Rêves mortels

PETER JAMES

POSSESSION	*J'ai lu* 2720/**5***
RÊVES MORTELS	*J'ai lu* 3020/**6***

PETER JAMES

Rêves mortels

TRADUIT DE L'ANGLAIS
PAR JAZENNE TANZAC

ÉDITIONS J'AI LU

Ce livre est dédié
à ma mère et à mon père

Ce roman a paru sous le titre original :

DREAMER

First published by Victor Gollancz Ltd, London

1

Porté par le vent qui soufflait par rafales, le hurlement la cingla comme un coup de fouet puis s'éloigna. Le visage brûlant sous les picotements de la poussière, elle s'immobilisa pour écouter. Une nouvelle bourrasque dispersa à travers le champ une poignée de feuilles mortes – les premières de la saison. A nouveau, elle entendit hurler.

Un seul hurlement d'épouvante qui la frappa comme un coup de couteau.

Va-t'en, disait-il, *fuis ! Fuis pendant que tu le peux. Cours !*

Sam hésita une seconde puis se mit à courir en direction du cri.

C'était une petite fille frêle qui venait d'avoir sept ans. D'un mouvement irrité, elle rejeta en arrière la frange brune qui glissait sur ses yeux et faillit tomber en trébuchant sur une pierre du chemin creux.

Hors d'haleine, elle s'arrêta pour regarder les sillons de terre brune qui s'étiraient à travers le champ désertique, les bois qui le bordaient sur deux côtés et la grange, tout au bout, au-delà du portail. Une nouvelle rafale n'apporta à ses oreilles attentives que le grincement d'un gond. Elle se remit à courir, plus vite cette fois, en prenant soin d'éviter les cailloux, les briques et les ornières. Sous ses pieds, le sable giclait du sol.

– J'arrive, dit-elle, en ralentissant pour reprendre haleine.

Elle se baissa pour renouer les lacets de ses baskets puis s'élança de plus belle.

– J'y suis, j'y suis presque.

Elle s'arrêta à quelques pas de la grange de Crow, hésitante. Elle devinait l'obscurité qui régnait à l'intérieur de ce bâtiment abandonné, immense et noir, dont la moitié des portes manquaient. On pouvait très bien y entrer avec un camarade, mais seule ? C'était dangereux. Lorsqu'elle venait jouer dans le voisinage pour explorer des cachettes, elle restait à bonne distance de la grange, suffisamment loin pour que rien ne puisse jaillir de ces ténèbres et s'emparer d'elle. Une porte entrebâillée tournait en gémissant sur ses gonds comme un animal blessé. Un claquement puis un autre la firent sursauter et elle ne retrouva son souffle qu'en voyant une plaque de tôle se soulever du toit et retomber à sa place avec fracas.

Lentement, craintivement, elle enjamba un morceau de bois pourri puis une roue de bicyclette rouillée et tordue et, franchissant le porche, pénétra dans l'obscurité silencieuse. L'odeur de la paille décomposée et celle, plus forte, de l'urine alourdissaient l'air. Il y en avait aussi une autre qu'elle ne pouvait définir mais qui lui donna, avec la chair de poule, l'envie de prendre ses jambes à son cou : l'émanation étrange et effrayante du danger.

Elle eut l'impression que le cri qu'elle avait entendu vibrait encore dans ces ténèbres.

Elle distingua dans l'ombre un abreuvoir vide, une vieille batteuse et le soc rouillé d'une charrue qui gisait sur le sol dans un rayon de lumière poussiéreuse. Une échelle était encore accrochée au fenil et, lorsqu'elle leva les yeux vers cette obscurité encore plus intense, elle perçut un bruit venant de là-haut ; un chuchotement.

La peur lui donnait le vertige.

Elle entendit alors une espèce de soupir, comme si quelqu'un était en train de gonfler un canot pneumatique, un soupir torturé et bizarre, puis un faible gémissement.

– Nooonn...

Nouveau soupir.

Sam courut vers l'échelle et se mit à grimper, indifférente à ses fléchissements, à sa vétusté, au fait qu'elle pouvait se rompre d'un moment à l'autre et qu'elle menait vers des ténèbres profondes. Arrivée au sommet, elle joua des pieds et des mains pour se hisser sur les poutrelles de bois disjointes, couvertes d'une épaisse couche de poussière et frémit lorsqu'une écharde lui écorcha profondément le doigt.

– Non ! Oh, non !... Je vous en prie, non !

La voix s'étrangla. Sam entendit un halètement, beaucoup plus fort que les précédents, accompagné d'un grognement. Puis ce fut la voix suppliante d'une jeune fille, rauque et à demi étouffée.

– Arrêtez ! S'il vous plaît, arrêtez ! Non ! Oh... oh !

Sous sa main, Sam sentit quelque chose de rond et de dur, un objet de plastique avec une corde au bout. Un commutateur. Elle tira dessus et une ampoule nue s'alluma, à quelques centimètres de son visage. Elle cligna des yeux et vit, entre les meules de paille entassées devant elle, un mince couloir sombre.

Pendant quelques instants, le silence fut total. Puis une plainte fusa, vite réprimée. Tremblante de peur, Sam s'avança lentement entre les ballots de paille sèche à l'odeur âcre qui s'entassaient jusqu'au plafond.

Elle marchait avec précaution sur les solives et son ombre se confondit bientôt avec l'obscurité.

Il y eut un nouveau halètement, droit devant elle, puis un craquement sec et un dernier hoquet – encore plus effrayant – qui mourut dans le silence. Figée par la peur, le cœur battant, elle vit une silhouette se détacher de l'ombre et trébucher vers elle, les mains tendues. Tremblante, elle se mit à reculer pas à pas, maladroitement, cherchant à tâtons la paille rêche pour garder son équilibre tout en fixant cette silhouette qui se précisait peu à peu.

Ce n'était pas l'obscurité qui dissimulait ce visage. Elle pouvait s'en rendre compte maintenant. C'était une cagoule. Une cagoule noire, percée de fentes pour les yeux, le nez et la bouche.

Puis elle vit ses mains. La droite était déformée ; le pouce et le petit doigt jaillissaient de l'ombre comme des griffes.

Elle trébucha et tomba en arrière sous l'ampoule électrique. Elle roula à terre, se remit péniblement sur ses jambes, tenta de reculer, tomba à nouveau et sentit le plancher pourri céder sous ses pieds dans un craquement.

– Sale petite garce ! Qu'est-ce que tu fous ici ?

L'homme la saisit à la gorge. Sa main mutilée, qui n'avait qu'un doigt et le pouce, avait la force d'une tenaille. Un relent d'oignon et de sueur sauta au visage de Sam. Cette sueur imprégnait les vêtements de l'homme depuis des semaines mais l'odeur d'oignon était si violente que les larmes lui montèrent aux yeux.

– Je... J'étais...

Figée, elle sentit l'étau se resserrer autour de son cou, prêt à écraser, à broyer les os. Elle se dégagea d'une violente secousse et ils s'écroulèrent ensemble sur le sol.

Une douleur fulgurante lui traversa le dos mais elle comprit au même moment qu'elle était libre. Elle roula par terre, entendit l'homme grogner, roula un peu plus et parvint à se relever. Une main agrippa son pull et tira. Elle se débattit frénétiquement pour se dégager puis buta contre une poutrelle et tomba.

Comme elle essayait de se redresser, l'homme la saisit par l'épaule et la fit pivoter. Penché au-dessus d'elle, il la tenait entre ses genoux, plaquée au sol, et lui soufflait son haleine en plein visage, comme un vent chaud empuanti par des relents d'oignon cru.

– Toi aussi, tu veux être baisée, gamine ? dit-il en riant.

Sous la lumière crue de l'ampoule, Sam voyait luire ses yeux et ses dents cariées et ébréchées à travers les fentes de la cagoule noire. Il se renversa en arrière pour déboucler sa ceinture. Soulevée par le vent, la plaque de tôle ondulée laissait passer par instants la lumière du jour puis retombait avec un bruit sec. L'homme leva les yeux vers le toit et Sam en profita pour le griffer au visage et tenter de l'aveugler. Ses doigts s'enfoncèrent profondément, beaucoup plus profondément qu'elle ne l'aurait cru possible, dans une abominable gélatine humide. Quelque chose – une bille ? – tomba en roulant sur le sol.

Une main s'abattit violemment sur sa joue.

– Petite salope, qu'est-ce que t'as fait ? Qu'est-ce que t'as fait, nom de Dieu ?

Les yeux écarquillés, tremblante, elle retira sa main de l'orbite aveugle qui pleurait des larmes de sang, sous les sourcils crispés. Elle sentit qu'il se redressait à tâtons et, libérant l'une de ses jambes, elle lui donna un violent coup de pied au visage. En rejetant la tête en arrière, il fit voler la lampe en éclats. Ils se trouvèrent tout à coup plongés dans la nuit. Elle roula de côté pour s'éloigner de lui et gagna fiévreusement la trappe à quatre pattes. Une fois de plus, il l'agrippa aux épaules, la rejeta en arrière et plongea sur elle. Une fois de plus, elle hurla, donna des coups de pied, frappa au hasard, mordit... Mais son souffle devenait de plus en plus proche et son visage n'était plus qu'à quelques centimètres du sien lorsqu'un rayon de lumière, venu du toit où la tôle se soulevait sous le vent, éclaira brusquement l'orbite sanguinolente.

– Au secours !

– Sam...

– Au secours !

– Sam ? Sam ?

Elle se débattit avec frénésie et l'étreinte se desserra. Tout à coup, elle se sentit tomber. La lumière changea. Elle roulait maintenant sur quelque chose de doux.

– Au secours ! Au secours !...

– Sam ?

La voix était suave. Sam vit le fil lumineux d'une porte entrouverte et une silhouette qui se penchait sur elle.

– Non ! hurla-t-elle en se débattant.

– Sam, voyons... Tout va bien.

Elle comprit qu'elle avait changé de monde.

– Tu as fait un mauvais rêve, un cauchemar.

Un cauchemar ? Elle prit une profonde inspiration, leva les yeux sur la silhouette. C'était une jeune fille. La lumière qui provenait du palier luisait faiblement à travers ses longs cheveux. Sam entendit un déclic.

– L'ampoule a dû sauter, dit la jeune fille de sa voix douce, la voix d'Annie. Pauvre chou, tu as fait un cauchemar.

Sam vit Annie s'approcher et se pencher sur elle. Nouveau déclic et le chien Snoopy, qui lui servait de lampe de chevet, lui sourit. Tout allait bien. La baby-sitter leva les yeux vers le plafond, ses cheveux blonds encadrant son visage tacheté de son. Sam fit de même : l'ampoule électrique avait éclaté. Ne restait dans la douille qu'un seul morceau de verre brisé.

– Comment est-ce arrivé, Sam ?

Le regard fixé sur la douille, la petite fille resta silencieuse.

– Sam ?

– Il l'a cassée.

Annie fronça les sourcils.

– Qui, Sam ? Qui l'a cassée ?

Un bruit de voix puis de la musique montèrent du rez-de-chaussée. La télévision, pensa Sam.

– Slider, dit-elle, c'est Slider qui l'a cassée.

– Slider ? (Intriguée, Annie contempla la petite fille tout en rajustant les bretelles de sa salopette en velours côtelé.) Qui est Slider, Sam ?

– Qu'est-ce que tu regardais ?

– Ce que je regardais ?

– A la télé ?

– Un film. Je ne me rappelle plus lequel, d'ailleurs. Je me suis endormie. Tu t'es coupée. Il y a des morceaux de verre dans tes cheveux et sur ton front. Et sur ton doigt. Il y en a partout.

Sam secoua la tête.

– L'ampoule a dû exploser. Ne bouge pas, trésor.

Avec précaution, elle ôta les morceaux de verre que Sam avait dans les cheveux.

– Est-ce que papa et maman sont de retour, Annie ?

– Pas encore. Sans doute s'amusent-ils beaucoup.

Elle bâilla.

– Tu ne t'en iras pas avant leur retour, n'est-ce pas, Annie ?

– Bien sûr que non, mon poussin. Ils ne vont pas tarder.

– Où ils sont ?

– A Londres. Ils sont allés danser.

– Maman avait vraiment l'air d'une reine, tu ne trouves pas ?

Annie sourit.

– Elle avait une très belle robe. Là...

Elle se dirigea vers la corbeille à papier tout en se baissant de temps à autre pour ramasser les bris de verre sur le tapis.

– Il y en a partout. N'oublie pas de mettre tes chaussons si tu te lèves. Je vais chercher une brosse et une pelle à poussière.

Sam entendit le léger tintement du verre tombant dans la corbeille puis le son aigu de la sonnette de la porte d'entrée. Elle sursauta.

– C'est sûrement tes parents. Ils ont dû oublier leur clé.

Sam écouta Annie descendre l'escalier et ouvrir la porte. Au lieu des voix attendues, elle perçut un étrange silence. Peut-être le film était-il terminé ? La porte se referma en claquant et de nouveau ce fut le silence. Puis elle entendit une voix d'homme murmurer doucement. Une autre lui succéda, qu'elle ne reconnut pas davantage. Perplexe, elle se glissa hors du lit, marcha sur la pointe des pieds jusqu'à la porte et jeta un coup d'œil prudent au rez-de-chaussée.

Annie parlait à deux policiers, l'air embarrassés et la casquette à la main.

Quelque chose était arrivé. Sam le comprit. Quelque chose de grave. Elle tendit l'oreille mais tout se passait comme si le son s'était subitement éteint. Elle ne pouvait que les regarder prononcer silencieusement des paroles qu'elle ne comprenait pas.

Puis Annie se détourna des policiers et lentement,

d'un pas lugubre, elle monta l'escalier pendant que les deux hommes demeuraient dans le vestibule, tenant toujours leur casquette à la main.

Elle fit asseoir Sam sur son lit et l'enveloppa dans les couvertures comme dans un châle. Elle lui tamponna la joue avec son mouchoir, ôta encore quelques morceaux de verre de ses cheveux, les déposa sur la table de chevet et la contempla de ses grands yeux tristes. Sam vit une larme couler sur sa joue. C'était la première fois qu'elle voyait pleurer un adulte.

Annie lui prit la main et la serra tendrement. Enfin, elle regarda l'enfant droit dans les yeux.

– Ton papa et ta maman ont eu un accident de voiture, Sam. Ils ne reviendront plus ici. Ils... sont partis au ciel.

Vingt-cinq années passèrent. Sam n'avait plus rêvé de l'homme en cagoule. Il n'était plus qu'un vague souvenir. Un élément de son enfance, au même titre que les jouets qu'elle avait oubliés, la balançoire rouillée et ces endroits, connus d'elle seule, qui étaient maintenant couverts de lotissements et de pelouses bien entretenues. Un élément qui avait disparu à jamais. Du moins le croyait-elle.

Mais lui ne l'avait pas oubliée.

2

Sam tapa une série de chiffres sur le clavier de son ordinateur puis s'appuya avec lassitude au dossier de sa chaise. Elle ferma brièvement les yeux : le vacarme infernal de l'aspirateur dans le couloir se répercutait dans sa tête. Elle regarda sa montre. 18 h 20. Mercredi 22 janvier. Mon Dieu, comme le temps passait vite ! Noël paraissait encore si proche.

Elle fit pivoter sa chaise et contempla, par-delà son propre reflet dans la vitre, le rideau vaporeux de la pluie qui tombait silencieusement au-dehors, dans Covent Garden dont les rues se vidaient rapidement. C'était la plus humide des pluies, celle qui vous assaille de tous côtés, imprègne vos vêtements, semble s'insinuer sous votre peau et même rebondir sur les pavés pour vous sauter dessus.

Par la fenêtre, un courant d'air froid lui soufflait sur la nuque. Elle arrondit le dos pour s'en protéger et se frotta les mains. Le chauffage était éteint et le bureau glacial. Elle regarda fixement le *story-board*. Le premier dessin montrait une plage frangée de palmiers. Le suivant représentait, jaillissant de la mer, un couple superbe – corps de rêve, bronzage plus vrai que nature, maillots mini. Sur le dernier, la femme mordait à belles dents une barre de chocolat que lui tendait l'homme.

Castaway. A croquer seul... ou à deux !

Le bureau avait des murs blancs, des meubles noirs et une plante verte. Rachitique, tapie dans un coin, celle-ci refusait obstinément de prospérer. Sam l'avait arrosée, lui avait parlé, lui avait joué de la musique, avait nettoyé ses feuilles avec du lait – ce qui lui avait valu une odeur désagréable pendant plusieurs jours ; elle l'avait rapprochée de la fenêtre, puis éloignée, posée dans tous les coins de la pièce où il était possible de mettre une plante. En vain. Rien n'avait changé dans son aspect. Elle n'avait pas vraiment dépéri au point de finir à la poubelle mais elle n'avait jamais montré non plus qu'elle était digne de tous ces soins. Selon Claire, la collègue de Sam, c'était une plante d'appartement et non une plante de bureau. Claire avait des idées bizarres mais bien arrêtées...

Les murs étaient couverts de plans de travail et de tableaux sur lesquels on avait épinglé mémos, photos polaroïd et prises de vues. Il y avait deux bureaux : celui de Sam, à peu près rangé, et celui de Claire, si impeccable que c'en était irritant. Claire le laissait toujours dans cet état, le soir, avant de partir. A croire qu'elle n'avait pas l'intention de revenir le lendemain.

Sam entendit l'aspirateur se rapprocher dans le couloir. Il ronflait, vrombissait et cognait. Elle ferma les yeux. Son mal de tête était si fort que tous les bruits se confondaient. La porte s'ouvrit et le grondement s'amplifia. Elle leva les yeux, prête à hurler si Rosa introduisait cet engin auprès d'elle mais c'était Ken Shepperd, son patron. Elle lui sourit.

– Salut ! Désolé. Je voulais descendre plus tôt, dit-il en refermant la porte, mais j'avais un...

Il fit un geste de la main droite et décrivit un cercle comme s'il enroulait le fil d'une bobine.

– Ça ne fait rien, répondit-elle. J'avais juste besoin de savoir à qui vous vouliez confier le tournage pour *Castaway*.

– Vous êtes toute pâle. Vous ne vous sentez pas bien ?

– J'ai la migraine. C'est sûrement ce dispositif d'affichage qui me fatigue les yeux.

– J'ai de l'aspirine, si vous voulez.

– Non merci. Ça ira.

Il se dirigea vers elle. C'était un homme nerveux, entre quarante et cinquante ans, habillé comme un étudiant. Le cheveu ébouriffé de quelqu'un qui va rarement chez le coiffeur, l'œil bleu et pénétrant, le visage épanoui et aussi fripé que sa chemise en coton, il souriait d'un air débonnaire. Il s'arrêta devant le bureau de Claire.

– Il est bien rangé, n'est-ce pas ?

Sam lui fit un grand sourire.

– Est-ce une allusion ?

– Comment la trouvez-vous ?

Claire avait été embauchée quelques semaines auparavant pour remplacer Lara, partie sans préavis. Un lundi, elle n'était pas venue et avait envoyé une lettre expliquant qu'elle souffrait de fatigue nerveuse et que son médecin lui avait conseillé de travailler dans un environnement moins trépidant.

– Elle est très bien, dit Sam. Elle ne parle pas beaucoup.

– Vous vous plaigniez que Lara bavardait trop. Claire tiendra peut-être mieux le coup.

Sam haussa les épaules.

– Que veut dire cet air sceptique ?

Nouveau haussement d'épaules.

– Au début, j'ai cru qu'elle était gentille mais... oh ! je ne sais pas...

– Donnez-lui du temps. En tout cas, elle est très efficace.

– O.K., boss !

Il passa derrière le bureau de Sam pour regarder le *story-board.*

– Joncie, dit-il. Je veux que ce soit Joncie qui le tourne.

– Dois-je le prévenir ?

– Envoyez-lui une note.

– Qui voulez-vous s'il n'est pas disponible ?

– Je lui en ai déjà parlé. (Il loucha vers la première illustration.) Castaway (1). Quel nom débile pour du chocolat !

– Pourquoi ? Moi je trouve que ça sonne bien.

Il jeta un coup d'œil aux autres légendes.

– *Pour Castaway comme pour les noix de coco*, lut-il à voix haute, *le meilleur est à l'intérieur.*

Reculant d'un pas, il se tapota l'estomac et répéta la phrase d'une profonde voix de basse. Sam se mit à rire.

– Castaway, tonna-t-il, la barre de chocolat qui ne fond pas au soleil ! Castaway, la première friandise prédigérée ! Vous n'avez même pas besoin de la manger, vous l'achetez et vous la jetez directement dans les toilettes.

Sam secoua la tête en souriant. Ken alluma une cigarette dont l'odeur mit la jeune femme à la torture. Elle le regarda rôder dans le bureau, examiner les plans de travail exposés sur les murs : dix-huit films publicitaires avaient déjà été tournés cette année. L'année précédente, ils en avaient obtenu quarante-trois. Ken prenait dix mille livres d'honoraires

(1) *Castaway :* naufragé.

par jour de tournage et la compagnie prélevait un pourcentage sur le coût total de la production. S'il n'avait pas eu de dettes à rembourser et de femme à entretenir, Ken aurait été un homme riche. Il pouvait encore le devenir à condition de maîtriser ses humeurs et de garder ce flair qui lui faisait deviner ce qui serait bientôt à la mode.

– Tâchez de bien vous tenir, demain, à la réunion.

– Vous avez peur que je fasse des bêtises ?

– Oui, dit-elle d'un ton malicieux.

Il hocha la tête, comme un écolier récalcitrant.

– Il y a beaucoup de fric à la clé, Ken.

– Vous avez préparé le budget ?

– Je m'apprêtais à l'enregistrer lorsque vous êtes entré.

Il regarda sa montre. Lourde, agressivement masculine, parfaitement étanche (jusqu'à cinq cents mètres de profondeur, on pouvait donc la garder dans sa baignoire – Sam dixit), elle était cerclée de mystérieux boutons.

– Je vous offre un pot ?

– Non merci. Je veux rentrer à temps pour le bain de Nicky. J'étais en retard hier soir.

– Un verre en vitesse ?

– Pressé ? Un rendez-vous galant ?

Il fit un geste de dénégation.

– Un coup pour rien. J'ai deux nouveaux types qui m'arrivent de chez Lowe Howard-Spinks. Les affaires, Sam, ajouta-t-il en remarquant son expression taquine.

– Mais oui, les « affaires ». Pauvre Ken !

Les essuie-glaces de la vénérable Jaguar, type E, barbouillèrent le pare-brise d'une pellicule translucide de pluie et de poussière. Craignant que Nicky ne soit déjà endormi à son arrivée, Sam conduisait vite, malgré la mauvaise visibilité. Elle passa devant la Tour de Londres, dont les créneaux illuminés baignaient dans un halo de brume, prit la direction des docks et ralentit en tournant dans Wapping High Street dont les pavés étaient périlleux pour une voiture de vingt-cinq ans d'âge. Elle dépassa un immeuble sombre, encore inachevé, et un grand panneau lumineux *Appartements à vendre* suivi d'un autre qui proclamait qu'à une *Propriété riveraine* correspondait *un style de vie riverain.* Achetez un style de vie, pensa-t-elle. Elle s'imagina chez l'épicier : trois tranches de salami, deux melons et un style de vie, s'il vous plaît.

Sam s'engagea dans une rue obscure, si obscure qu'on se serait cru transporté un siècle en arrière, longea un entrepôt et gara la Jaguar sur le parking désert. En sortant de la voiture, elle reconnut dans l'air l'odeur de mazout et d'iode de la Tamise. Elle saisit son porte-documents et ferma la portière à clé. Sous la pluie battante, elle traversa le parking au pas de course, jetant autour d'elle des coups d'œil méfiants. Elle tressaillit lorsqu'une rafale fit vaciller une palissade.

Elle gravit les quelques marches qui menaient au porche et la lumière s'alluma automatiquement avec un petit bruit métallique et sec. Elle composa les numéros du code et s'engouffra à l'intérieur. Ses pas résonnèrent sur les dalles pendant qu'elle traversait, sous les poutrelles d'acier peintes en rouge, le couloir mal éclairé où deux énormes fûts de chêne étaient encastrés dans le mur. Un entrepôt. Impossible d'oublier qu'elle logeait dans un ancien entrepôt – immense, sinistre et fantastique – de l'époque victorienne.

Elle pénétra dans l'ascenseur comme dans un trou noir : la lumière ne s'allumait qu'à la fermeture des portes. Elles mirent un temps interminable à se fermer. Sam, mal à l'aise, s'appuya contre la paroi de l'ascenseur pendant qu'il grimpait péniblement les quatre étages. Heureusement qu'il n'y en avait pas plus, pensa-t-elle, sinon elle aurait eu le temps d'y dîner. Il s'arrêta dans une secousse qui lui fit presque perdre l'équilibre. Elle longea le couloir jusqu'à sa porte, l'ouvrit et entra dans son vaste appartement. Sa chemise flottant sur son pantalon, Nicky, les cheveux dans la figure, courut à sa rencontre.

– Maman !... Hourra !

Elle se pencha pour le serrer dans ses bras et le petit garçon l'embrassa sur chaque joue puis la dévisagea d'un air solennel.

– Je suis un vestisseur !

– Tu veux dire un investisseur, mon tigre ?

– Parfaitement. J'ai un portefeuille.

– Un portefeuille ? répéta-t-elle déconcertée.

– Ouais. J'ai gagné trois livres aujourd'hui.

– Trois livres ? Tu es très fort. Et comment as-tu gagné ces trois livres ?

– Avec mes actions. Papa m'a montré comment faire.

– Et dans quoi investis-tu ?

– Viens, je vais te montrer. (Il la prit par la main et leva vers elle des grands yeux bleus que le triomphe agrandissait encore.) On va gagner gros !

– Tu crois ?

– Ouais.

– On dit « oui », chéri. Pas « ouais ».

– Ouais, insista-t-il pour la taquiner. (Il dégagea sa main de la sienne d'une secousse et partit en courant.) Ouais, répéta-t-il en tournant fugitivement la tête vers sa mère.

Sam posa son porte-documents, ôta son manteau et suivit son fils jusqu'à sa chambre.

– Papa, papa... Montre à maman combien d'argent nous avons gagné !

Nicky se tenait près de son père qui, agenouillé sur le tapis rouge en face de son ordinateur, tapait sur le clavier d'une main et tenait un verre de whisky de l'autre. Une cigarette achevait de se consumer dans le cendrier. Grand, bâti en force, même agenouillé, il réduisait les dimensions de la pièce par sa simple carrure. Il se tourna vers Sam et lui sourit d'un air absent.

– Salut, Bugs.

Pendant quelques secondes, elle contempla ce beau visage d'homme, un peu démodé, qui évoquait plus un acteur de Hollywood dans les années 40 qu'un homme d'affaires londonien des années 80, avec sa chemise rose à col ouvert, ses bretelles à carreaux, son pantalon à fines rayures et ses cheveux blonds plaqués en arrière. Elle contempla l'homme qu'elle avait tant aimé et qui était devenu presque un étranger.

– Bonne journée ? demanda-t-il.

– Excellente.

Elle se pencha vers lui pour frotter hâtivement sa joue contre la sienne, sentit sa barbe qui commençait à piquer et – à l'intention de Nicky – arrondit ses lèvres pour feindre un baiser.

– Et toi ?

– Plutôt calme. Le marché stagne, actuellement.

– Montre-lui, papa !

Un bras passé autour du cou de son père, Nicky, tout excité, lui tapotait l'épaule.

– Nous avons constitué un petit portefeuille. Nous avons pris quelques actions et je les indexerai chaque jour selon le cours du marché.

– Formidable, dit-elle d'un ton neutre. Et qu'allons-nous faire de Nicky ? Le plus jeune courtier du monde ?

– Hourra ! s'exclama l'enfant en sautillant. Nous avons des actions tata !

– T.A.A., gros bêta. Ce sont les initiales des Tabacs Anglo-Américains.

Le sol, les étagères et le rebord de la fenêtre étaient parsemés de jouets, surtout des voitures et des camions. Nicky en était fou. Un singe tenant une paire de cymbales gisait devant un garage Lego et, sur la commode, un robot semblait prêt à sauter. Le mari de Sam tapa d'autres chiffres sur le clavier, sous l'œil attentif du jeune garçon.

Nicky avait deviné que tout n'allait plus très bien entre ses parents et, avec son intuition d'enfant, il avait compris que son père était responsable de cette situation. Cela les avait encore rapprochés l'un de l'autre, si c'était possible.

Le fils de son père. Il avait failli coûter la vie à Sam lorsqu'il était né et pourtant il n'avait jamais vraiment été son fils, mais celui de Richard. Ils étaient si liés tous les deux. Par les avions, les voitures, les jeux de Lego, le bateau, la pêche, les armes. Et maintenant par cet ordinateur qu'ils lui avaient offert pour Noël. C'était toujours Richard qui lui enseignait les choses, qui comprenait ses jouets et savait comment les utiliser. Richard était son copain.

– L'American Express chute de deux points et demi.

– Ça veut dire qu'on a perdu de l'argent ?

– J'en ai peur.

– Beurk...

– Nick, c'est l'heure de ton bain !

– Oooh... S'il te plaît, maman, encore quelques minutes !

– Non. Viens. Tu es déjà en retard. J'ai commencé à le faire couler. Je vais me changer en attendant.

En quittant la pièce, Sam vit la nurse de Nicky sortir de la cuisine.

– Bonsoir, Helen.

Helen, toujours timide, sourit craintivement.

– Bonjour, madame Curtis.

– Tout va bien ?

– Tout va très bien, merci. Nicky a passé une bonne journée. Il a bien travaillé à l'école. Ils sont très contents de lui en arithmétique.

– Il doit tenir ça de son père !

En entrant dans sa chambre, Sam fut saisie, comme dans son bureau, par une sensation de froid. Décidément, elle la suivait partout. Elle regarda les couleurs chaudes et brillantes du tableau sur le mur. C'était un nu. Une femme couchée, les seins lourds, le pubis bombé, et dont le sourire narquois l'accueillait chaque matin à son réveil. Elle plaisait beaucoup à Richard qui avait insisté pour garder ce tableau. Sam s'assit sur le lit à colonnes et, après avoir retiré ses chaussures, s'étendit un moment. Les cheveux encore collés par la pluie, elle se contempla dans le miroir au-dessus du lit. Elle se trouva très pâle. Ces miroirs... Richard avait une passion pour eux.

De nouveau, son regard se posa sur la femme nue. Elle se demanda si la poule du bureau lui ressemblait. Celle avec qui Richard avait disparu dans un hôtel de Torquay. Avait-elle aussi de gros nichons et un sourire narquois ?

Sale garce, pensa-t-elle, avec un mélange de colère et de tristesse. Tout allait si bien auparavant ! Ils vivaient dans un monde propre et sans histoires. Ils étaient heureux. C'était le bon temps. Aucun problème. Tout marchait comme sur des roulettes.

Seulement elle avait fini par découvrir le pot aux roses. Quelque chose en elle s'était brisé et sa vie avait basculé.

Assise au bord du petit lit de Nicky, elle feuilleta le livre qui se trouvait sur la table de chevet : *Fungus, le croque-mitaine.*

– Je te fais la lecture ? demanda-t-elle.

– Non.

Le petit garçon avait l'air vraiment offensé.

– Raconte-moi une histoire. Tu en sais de bien plus belles.

Elle jeta un regard autour de la chambre.

– Tu m'avais promis que tu rangerais tes affaires. Tous les cadeaux que tu as reçus pour Noël vont s'abîmer.

Elle se leva et ouvrit toute grande la porte entrebâillée d'un placard. Un avion en plastique tomba. Détachée brusquement, sa queue roula sur le tapis. Nicky parut sur le point de pleurer.

– C'est toi qui l'as posé là ? C'est stupide, commenta-t-elle en s'agenouillant.

Silencieux, le garçonnet fit la moue.

– Ton père pourra peut-être te l'arranger demain.

Sam ramassa les morceaux, les déposa sur une chaise et se rassit près de son fils.

– Dimanche, c'est mon anniversaire, n'est-ce pas, maman ?

– Oui, mon tigre.

– Je vais avoir encore des cadeaux ?

– A condition que tu ranges ta chambre.

– Je le ferai, c'est promis.

– De toute façon, tu en as déjà reçu pour Noël.

– Noël, c'est passé depuis longtemps.

– C'était il y a quatre semaines, mon tigre.

– C'est pas juste !

Sa tristesse frappa la jeune femme qui lui caressa légèrement la joue.

– Mais oui, tu vas recevoir des cadeaux !

Je suis en train de l'acheter, pensa-t-elle. J'achète l'amour de mon enfant avec des bakchichs.

Et merde !

– Chouette ! s'écria-t-il, et, dans son excitation, il se mit à bourrer son lit de coups de poing.

– Allons, un peu de calme. Nous sommes mercredi. Tu as encore quatre jours à attendre.

– Plus que trois.

Elle ne put s'empêcher de rire.

– D'accord. Trois et demi.

Son mal de tête s'apaisait.

Perdu dans ses pensées, les joues gonflées et le visage crispé, Nicky comptait sur ses doigts.

– Trois et quart. Raconte-moi une histoire maintenant, une histoire de dragons.

– Je t'en ai déjà raconté une hier soir.

– Ça ne fait rien, m'man, protesta-t-il en s'asseyant sur son lit et en clignant des paupières. Tu fais comme si elle n'était pas finie. Comme si les dragons revenaient à la vie pour pourchasser celui qui les a tués.

– Comme tu veux. Il était une fois un homme abominable qui vivait dans un pays appelé la Terre-où-n'est-pas-Nicky.

– Pourquoi abominable ?

– Parce que.

– A quoi il ressemblait ?

– A un monstre.

Il se recoucha et parut s'endormir. Mais quand elle se leva, il ouvrit les yeux. Elle se pencha pour l'embrasser.

– Bonne nuit, mon tigre.

– T'as pas fini l'histoire...

Il ne dormait pas, pensa-t-elle. Rien n'échappe aux enfants. Ils sont aussi malins que des singes.

– Je te raconterai la fin demain soir. D'accord ?

– D'accord, dit-il d'un ton ensommeillé.
– Bonne nuit.
– Bonne nuit, m'man.
– Tu veux que j'éteigne la lumière ?
Il hésita.
– Non, laisse-la allumée.
Elle envoya un baiser dans sa direction et referma doucement la porte.

Sam regardait Harrison Ford danser avec Kelly McGillis dans la lumière des phares d'un vieux break. Ses yeux lui piquaient et une vague de tristesse la submergea à la pensée de ce qu'elle avait perdu. Rien ne serait plus jamais comme avant.

En face du téléviseur, Richard était vautré sur le divan, un verre de whisky à demi plein à ses côtés et, un peu plus loin, une bouteille de Teacher's presque vide. Dans l'âtre, les flammes de gaz léchaient en tremblotant la bûche artificielle. Sam frissonna : malgré le double vitrage des fenêtres qui s'étendaient sur toute la longueur de la pièce, un courant d'air soufflait de la Tamise.

La pièce était faiblement éclairée par deux petites lampes posées sur des guéridons et par le chaud reflet orange des réverbères de Bermondsey, sur l'autre rive. Sam détourna les yeux de la télévision et disposa les verres à vin sur l'immense table de chêne.

– Combien de verres veux-tu, Richard ?
– Hein ?
– Les verres. Combien dois-je en mettre ? Je prépare la table pour demain.
– Nous serons onze.
– Combien de verres pour chaque convive ? questionna-t-elle d'un ton légèrement agacé.
– Voyons... Nous prendrons du chablis et du bordeaux. Du Folatières 83, du Philippe Leclerc puis du

Calon Segur. C'est ma dernière bouteille de 62. Et aussi du sauternes, un très bon cru – le Coutet de Barsac 71.

Il prit son verre, le vida presque et alluma une cigarette.

– Harrison Ford, commenta-t-il en clignant des yeux. C'est un sacrément bon film.

Il saisit son verre avec délicatesse et y transféra le reste de la bouteille.

– Le chablis te plaira.

– Tant mieux.

– Archie est un vrai connaisseur. Il ne boit que des grands crus. Le genre à payer trois cents livres une bouteille – lafite ou l'équivalent. La classe. Archie te plaira. C'est un brave type.

– Je crois que nous devrions mettre aussi une bouteille de Perrier. Tout le monde aime ça.

Elle le regarda mais il était de nouveau absorbé par sa télévision.

– Offriras-tu du porto ?

– Oui.

– Alors je vais sortir aussi les verres à porto.

– C'est un fameux joueur, Archie.

– Tu pourras faire une partie avec lui.

– Je parle des affaires, Sam. Il joue gros.

– Il pourra peut-être enseigner deux ou trois trucs à Nicky.

Elle alla jusqu'au vaisselier et en sortit quelques verres. Dehors, le vent hurlait, frappant les eaux noires de la Tamise contre la jetée et secouant le gréement des yachts. Sam distinguait les jeux de lumière sur les vagues et les coques sombres des gabares amarrées au milieu du fleuve. Quel spectacle lugubre ! pensa-t-elle en se détournant pour apporter le plateau sur la table.

– Es-tu sûr que le célèbre Andreas viendra ?

Richard changea de position et but une gorgée de whisky.

– Euh... oui.

– Je vais enfin faire sa connaissance. Comment s'appelle-t-il, déjà ?

– Berensen.

– Il travaille à Londres ?

– Non. Il y est de passage pour affaires.

– Il vient de Suisse ? Qu'est-ce qu'il fait exactement ? C'est une espèce de banquier, non ?

– Euh... oui... il est dans la banque, admit Richard en se grattant la tête.

– C'est un des gnomes de Zurich ?

– Oui... En fait, il est plutôt grand, corrigea Richard en riant d'un air gêné.

– C'est ton plus gros client pour le moment ?

– Oui. On peut dire ça.

Sam songea, en fronçant les sourcils, que son mari se montrait bien évasif.

– Et comment va ton travail ? s'enquit-il.

– Je ne sais plus où donner de la tête. Je devrais être au bureau à cette heure.

– Ce type – Ken – te fait trop travailler. C'est fou, tous ces voyages. Tu voyages trop, ma chérie.

Il se tourna vers elle. Il faisait beaucoup plus vieux que ses trente-trois ans. Récemment, son teint avait pris une teinte jaunâtre et son visage, autrefois mince et sain, s'était creusé de rides. Aux lueurs vacillantes de l'écran et du feu, Sam devina brusquement à quoi il ressemblerait dans sa vieillesse, lorsque toute force et toute énergie l'auraient déserté et qu'il commencerait à se ratatiner et à se voûter, à la façon d'une goule dans un film d'horreur. Cela l'effraya. La vieillesse lui faisait peur.

– Ces voyages sont nécessaires.

Il but deux doigts de whisky et tira violemment sur

sa cigarette. L'odeur du tabac, l'envie de fumer mettaient Sam à la torture. Ce combat la laissait irritée.

– Je pense que tu ne consacres pas assez de temps à Nicky, dit-il.

– J'ai passé trois ans avec lui, Richard. J'ai abandonné ma carrière pour lui.

Il se pencha en avant pour écraser sa cigarette dans le cendrier.

– C'était le jeu, chérie.

– Qu'est-ce que tu veux dire par là ?

– Tu avais fait ton choix.

– *Notre* choix, rectifia-t-elle. J'ai donné trois ans. Qu'as-tu donné, toi ? Pourquoi n'as-tu pas fait le même sacrifice ?

– Ne sois pas ridicule.

– Je n'ai pas conscience de l'être.

– Bugs, je ne te reproche pas de travailler mais tu travailles jour et nuit. Tu rapportes des dossiers à la maison. Tu passes la moitié de ta vie à parcourir l'Europe, à sauter d'un avion dans l'autre. Tu es toujours partie. En France, en Hollande, en Allemagne, en Espagne, en Bulgarie. Tu es allée environ six fois en Bulgarie cette année. Je crois que tu ne te soucies pas de Nicky. Tu n'es pas une bonne mère pour lui.

La colère qui montait en elle se dissipa tout à coup, comme un ballon percé, faisant place à une sensation aiguë de culpabilité. Soudain privée d'énergie, elle se laissa tomber sur une chaise, cherchant à reconnaître l'écho inquiétant qui lui parvenait de son enfance.

Elle songeait à sa jeunesse et aux déceptions que lui avait apportées la vie. Elle songeait à son mariage, à son bonheur et à tout ce qu'elle avait voulu oublier. Peut-être avait-elle trop cherché à oublier, justement ? Après tout, les enfants ne sont pas seuls à se sentir rejetés. Cela peut arriver aussi aux adultes. C'était peut-être ce qui lui était arrivé.

3

– Quelque chose ne va pas.
– Quoi donc ?
– Je ne sais pas.

Un murmure étouffé parvint aux oreilles de Sam qui se redressa sur son siège. Elle se détourna et allongea le cou pour tenter de voir d'où provenaient ces bribes de conversations, comme celles que les gens tiennent à voix basse durant un cocktail. Derrière elle, un couple dormait. Elle écouta mais n'entendit que le son des moteurs de l'avion, un ronronnement lointain semblable à celui d'un lave-vaisselle. Puis son rythme changea et elle sentit l'avion plonger dans les nuages.

En temps normal, voler ne la dérangeait pas mais tout à coup une appréhension la saisit. Elle contempla d'un œil inquiet les traînées de pluie qui rayaient la vitre du hublot et les tourbillons de grisaille. Ils allaient atterrir. Les mains moites, elle prit conscience des frissons qui l'agitaient.

Elle aurait voulu revenir en arrière, ne pas être dans cet avion. Quelle idiotie ! pensa-t-elle. Ce voyage était superflu. Richard avait raison. Elle passait trop de temps loin de chez elle. Si seulement elle n'avait pas choisi ce vol et pris une place au rabais pour économiser l'argent de Ken ! Les compagnies de charters prenaient trop de risques, lui avait dit quelqu'un. Elle se morigéna : Du calme, Sam, du calme !

Un claquement se produisit et un panneau s'alluma en face d'elle. *Défense de fumer.* Puis il y eut une sonnerie stridente, vaguement musicale, comme celle qui annonçait l'arrivée de certains ascenseurs. Ce bruit l'agaça.

– Le commandant Walker vous parle.

La voix exagérément cordiale acheva de la mettre de mauvaise humeur. Il y eut un bourdonnement, un crissement puis un cliquetis sonore.

– Nous venons d'amorcer notre descente et nous espérons atterrir dans environ vingt-cinq minutes. Il neige sur Sofia et la température au sol est de un degré au-dessus de zéro. Nous espérons que vous avez fait un agréable voyage en notre compagnie et que votre séjour en Bulgarie vous donnera toute satisfaction. L'équipage et moi-même vous remercions d'avoir choisi la compagnie Chartair et espérons vous revoir bientôt sur nos lignes.

La voix était lasse, avec un accent très britannique, celui d'un ex-pilote de la R.A.F. qui s'efforçait de paraître amical et de masquer la fatigue et l'ennui qu'il éprouvait à transporter une fois de plus, par vol charter, une nouvelle cargaison de touristes minables vers une station touristique qui ne l'était pas moins.

Une petite fille qui était assise devant Sam passa tout à coup sa tête au-dessus du fauteuil.

– Bonjour, dit-elle.

– Bonjour, répondit Sam.

La petite fille disparut et Sam l'entendit bientôt glousser : « J'ai dit bonjour à la dame derrière nous. »

La sueur coulait le long de son visage. Elle se sentait mal. Débouclant sa ceinture, elle glissa sur les sièges vides à côté d'elle et descendit d'un pas mal assuré l'allée centrale en direction des toilettes. Elle marchait en s'accrochant aux dossiers mais les hôtesses étaient trop occupées à ranger les produits hors taxes pour lui prêter attention et nul ne l'interpella.

Elle parvint en tête de l'avion et s'étonna de constater que la porte du poste de pilotage était ouverte. Elle entrevit les cadrans orange du tableau de bord. Le commandant et le copilote, en chemise blanche, étaient assis sur leurs sièges.

Le copilote tourna la tête et Sam entendit clairement ses paroles :

– Derek, quelque chose ne va pas. C'est sûr.

Le commandant appuya sur un bouton et demanda distinctement, d'une voix forte :

– Ici Chartair six-deux-quatre. Demandons confirmation numéro de piste deux-un.

Une voix coupante et métallique grésilla dans le microphone. Elle parlait avec un accent haché mais précis.

– Chartair six-deux-quatre. Ici la tour de contrôle de Sofia. Nous confirmons le numéro de la piste d'atterrissage : deux-un. Visibilité limitée à deux cents mètres. Vérifiez votre altimètre.

– A tour de contrôle Sofia. Chartair six-deux-quatre. Confirmons piste deux-un.

Le commandant se pencha et rectifia quelque chose sur l'un des cadrans de son tableau de bord. Le copilote promena autour de lui un regard fixe. Sam vit son expression angoissée : la peur lui collait à la peau comme un masque glacé.

Le micro grésilla à nouveau. La voix s'accéléra.

– Chartair six-deux-quatre. Nous vous avons identifié sur notre écran radar. Vous êtes trop bas. Je répète : vous êtes trop bas. Grimpez à sept mille pieds immédiatement.

– Nous sommes à sept mille, répondit calmement le

commandant avec un soupçon de lassitude, comme si l'homme de la tour de contrôle succombait à la même peur irrationnelle que son premier copilote.

– Nous vous avons identifié sur radar, reprit le contrôleur. Vous êtes à quatre mille cinq cents pieds. Vérifiez votre altimètre. (La voix s'éleva, excitée, puis affolée.) Grimpez ! Grimpez immédiatement ! Arrêtez votre descente. Je répète : arrêtez votre descente.

– Mes altimètres indiquent sept mille chacun. Vérifiez votre radar.

Le capitaine commençait à perdre son calme.

– Grimpe, Derek ! hurla le copilote. Les montagnes ! Pour l'amour de Dieu, grimpe !

– L'avant est dégagé. Les montagnes sont à cinq mille.

Il y eut un claquement sec et la porte des toilettes s'ouvrit. L'homme qui se tenait devant Sam portait une cagoule noire, avec des fentes pour les yeux et la bouche.

Elle chancela et il lui plaqua une main gantée sur la bouche. Sa tête heurta violemment la cloison. Elle sentit le contact du cuir neuf, tenta de hurler et rejeta sa tête en arrière... Le gant de cuir noir descendit à nouveau sur son visage. Elle l'esquiva d'un mouvement instinctif, entendit une formidable explosion et le sifflement de l'air, et se retrouva projetée hors de l'appareil. Elle tournoyait dans les nuages, dans les clameurs assourdissantes des moteurs et du vent glacé et fou qui l'entraînait au sein d'un maelström de ténèbres, dans une chute qui semblait ne pas devoir finir.

Tout à coup, elle se retrouva libre, en train de flotter dans les nuages gris et froids comme dans une mer. Elle découvrit qu'en bougeant les bras elle pouvait se mouvoir à travers eux. Elle s'éloigna du

Boeing en nageant. Sans effort. L'appareil argenté était maintenant très loin d'elle. Ligoté par les nuages comme par les vrilles d'une plante, il fonçait à l'aveuglette dans une masse grise et sombre qui se dressait, menaçante, devant lui.

D'abord, tout demeura silencieux. L'avion sembla mettre beaucoup de temps à pénétrer le mur montagneux et Sam se demanda, l'espace d'une seconde, si son imagination lui jouait des tours et s'il ne s'agissait pas d'un nuage à la forme étrange. Puis l'empennage vola en morceaux. L'avion rebondit brièvement contre une crête et quelque chose en jaillit, comme un jet de champagne. Les bagages, songea la jeune femme, dont le cœur se soulevait.

L'avion rebondit de nouveau, s'élança en avant et fit lentement un demi-tour sur lui-même. Le flot de valises suivit la même trajectoire. Quelques-unes s'ouvrirent, laissant un sillage de vêtements qui voletaient dans l'air.

Attaché à son siège, un passager solitaire fut projeté dans le vide. Un autre le suivit, puis un troisième dont les membres s'écrasèrent au sol comme des jouets disloqués tombant d'un placard.

Il y eut comme un coup de tonnerre et une boule de feu s'éleva. Un objet flamboyant entra dans la danse, lançant une pluie d'étincelles dans toute cette grisaille. Le moteur. Dans un sifflement infernal il s'abattit dans la neige, à côté de l'empennage qui se détachait, sombre, contre toute cette blancheur. Sur la dérive, cassée à angle droit, on pouvait encore distinguer le mot « Chartair » et une partie de l'emblème de la compagnie, un tigre rampant, suivi des lettres G.Z.T.A.E.

Le silence qui suivit l'épouvanta. Une nuée tourbillonnante lui cachait le sol. Elle ne savait même plus si elle était couchée sur le ventre ou sur le dos.

La panique l'envahit. Elle voulait voir Nicky, le tenir dans ses bras et le serrer très fort. Elle voulait étreindre Richard, lui dire combien elle était désolée, qu'elle lui pardonnait et qu'elle regrettait d'avoir travaillé autant. *Où êtes-vous ?* Elle se tourna et se retourna à plusieurs reprises en essayant de se dégager des vrilles froides et grises qui l'enlaçaient. *Laissez-moi partir ! Je vous en prie, je veux les voir. Ne serait-ce que cinq minutes. Je vous en prie ! Cinq minutes, pas plus.*

La chaleur de l'air devenait étouffante. Elle avait du mal à respirer.

– Laissez-moi ! hurla-t-elle, en se tordant frénétiquement et en donnant des coups de poing dans le vide.

Un souffle frais passa sur sa figure.

– Sam ?

C'était la voix de Richard, pensa-t-elle, perplexe.

– Bugs ?

Dans une flaque de lumière, Richard se tenait debout devant elle, vêtu d'une chemise rayée et d'un caleçon en cachemire.

La lumière n'était pas la même. Le cadran non plus. Il était orange, comme ceux de l'appareil, mais il indiquait 0500.0500.0501.

Il réitéra sa question, penché sur elle.

– Ça va, Bugs ?

– Oui, répondit-elle en hochant la tête.

Les sourcils froncés, il se débattait avec ses boutons de manchettes. Des boutons en or, avec ses initiales gravées d'un côté et les armes de sa famille de l'autre. Elle les lui avait offerts pour leur mariage, dans un petit écrin lie-de-vin. Elle les avait payés deux cent seize livres. Curieux comme elle se rappelait certains détails... Elle fixa la femme nue couchée sur le mur, son propre visage dans la glace et la lumière provenant de la salle de bains.

– J'ai rêvé, expliqua-t-elle.

– Tu poussais des cris affreux, vraiment affreux.

Il se détourna pour nouer sa cravate devant la glace. Comme il resserrait le nœud, elle sentit sa gorge se serrer. La peur se glissa dans ses veines, flotta autour d'elle, envahit la pièce. Elle revit la cagoule noire et sentit à nouveau le gant de cuir noir plaqué contre sa bouche. Un frisson la secoua.

Richard se débattait maintenant avec son pantalon, rectifiait la position de ses bretelles. Au début de leur liaison elle adorait le regarder s'habiller. Il accordait tant d'importance à ses vêtements... Chemises à poignets mousquetaire, pantalons à revers... Tout à coup, elle eut envie de l'étreindre, de le sentir contre elle, de s'assurer qu'il était bien réel et que son univers était intact.

Puis elle se rappela le passé et elle eut un mouvement – presque un spasme – de recul. Peur ou dégoût ?

– De quoi rêvais-tu ?

– Je ne sais pas... C'était un cauchemar.

J'ai peur de lui raconter, pensa-t-elle.

– Il faut que je file.

Il se pencha pour l'embrasser et elle reconnut l'odeur du shampooing à la noix de coco dans ses cheveux humides et celle de la lotion de chez Paco Rabanne. Dans son haleine mentholée subsistait un vague relent d'ail, souvenir du dîner de la veille. Elle sentit un baiser humide sur sa joue.

– Tu as une journée chargée ? demanda-t-elle en souhaitant qu'il s'attarde un peu.

– A cause des Japonais. J'ai l'impression qu'un vent de folie va souffler sur Tokyo.

– Ne sois pas en retard. Ce serait gentil de ta part si tu pouvais m'aider ce soir à préparer la réception.

– Seigneur ! C'est vrai, nous recevons à dîner...

– Ce sont tes clients, Richard.

– D'accord. Je serai là à temps.

La porte d'entrée s'ouvrit et claqua. Sam ferma les yeux et les rouvrit aussitôt, craignant de se rendormir. Elle jeta un nouveau coup d'œil sur le réveil. 05 h 09. D'ici un quart d'heure, Richard serait à son bureau, en train de discuter avec ses collègues japonais. En train de parler du Nikkei Dow. En train de spéculer, de discuter garanties, options, devises, fluctuations du marché. Il y avait tant de facteurs variables, tant d'impondérables... Il s'était mis en colère lorsqu'elle lui avait dit un jour qu'il faisait le même travail qu'un croupier dans un casino de luxe.

La porte s'ouvrit et Nicky, les yeux englués de sommeil, entra à pas feutrés.

– Bonjour, mon tigre. Tu es debout de bonne heure.

– Je ne peux pas dormir.

Elle tendit la main et lui ébouriffa les cheveux. Quelle douceur ! Lui était bien réel. Il eut un imperceptible mouvement de recul puis rechercha sa main.

– Fais une bise à maman.

Il déposa un baiser humide sur sa joue. C'était Richard, en modèle réduit.

– Pourquoi ne peux-tu pas dormir, mon tigre ?

– J'ai fait un cauchemar.

– Raconte.

– Il y avait un homme épouvantable, un vrai monstre.

Elle s'assit sur son lit pour le prendre dans ses bras.

– C'est à cause de l'histoire que je t'ai racontée ?

Il fit signe que oui. Il était si sérieux parfois. Beaucoup trop sérieux pour son âge.

– Il m'a dévoré.

– Je suis sûre que tu avais bon goût, plaisanta-t-elle devant son expression désespérée.

Il tapa du pied sur la moquette.

– Ne ris pas. C'est pas drôle.

– Maintenant il faut que maman s'habille. Veux-tu dormir dans mon lit ?

– Non.

Elle le regarda quitter la pièce d'un air désemparé, en traînant les pieds, mais ce n'était pas son fils qu'elle voyait. Elle voyait un avion qui s'écrasait sur une montagne, la queue de l'appareil qui se détachait, des bagages qui se dispersaient dans le vide. Elle avait la boule ardente devant les yeux. Elle entendait l'explosion. D'un pas mal assuré, elle gagna la salle de bains en frissonnant. Un étrange pressentiment pesait sur elle comme un nuage noir.

Ce n'était qu'un cauchemar, pensa-t-elle. Il faut l'oublier.

Une péniche remontait la rivière. Elle perçut le rythme du moteur, profond et régulier.

Puis elle comprit que ce n'était pas la péniche qui faisait ce bruit. C'était son cœur qui battait à grands coups.

4

Dans le hall de la société Urquhart Simeon McPherson, Sam était assise sur un sofa, le dossier Castaway sous le bras. Elle regardait Ken faire nerveusement les cent pas, les mains enfoncées dans les poches de son manteau de cuir élimé. Il portait son uniforme habituel : chemise de toile, jean et bottes noires, luisantes de cire, aussi impeccables que ses vêtements étaient débraillés.

Deux jeunes filles entrèrent, firent un signe de tête à la réceptionniste et disparurent dans le couloir. Un coursier casqué, le nom de sa société imprimé sur le dos de son blouson, fit irruption dans la pièce et posa brutalement un paquet sur le comptoir. Il attendit la signature en se dandinant. Avec ses jambes arquées et son costume de cuir moulant, il ressemblait à un insecte venu d'une lointaine galaxie.

Ken s'assit sur l'accoudoir du sofa.

– Vous vous sentez bien ? demanda-t-il à Sam.

– Très bien, merci.

– Vous avez l'air tendue.

– Non, ça va, répéta-t-elle. Mais je n'aime pas attendre ainsi. J'ai l'impression d'être de retour au lycée et d'attendre le professeur.

Il tira un paquet de Marlboro de la poche de sa

chemise et alluma une cigarette avec un vieux briquet cabossé. Il tira une profonde bouffée, puis se passa la main dans les cheveux.

– Ah, ces comités de production ! soupira-t-il.

Sam eut un sourire.

– Je sais que vous ne les aimez pas.

– Ce rédacteur publicitaire – Jake Je-ne-sais-quoi – me donne la chair de poule.

– Il est excellent, affirma Sam.

– Il ne vous donne pas la chair de poule ?

– Non.

– Pourtant quelqu'un vous l'a donnée, affirma-t-il en la regardant d'un œil railleur.

Elle se sentit rougir et détourna le regard.

– Je suis peut-être un peu fatiguée. Je me suis levée très tôt ce matin.

– Qu'allez-vous faire dimanche prochain ?

– Je dois organiser le goûter d'anniversaire de Nicky.

– Il va avoir six ans, n'est-ce pas ?

Elle fit un signe d'assentiment.

– Vous aurez beaucoup d'invités ?

– Dix-neuf. Avec un spectacle de marionnettes et un film de Charlie Chaplin.

– Tous les petits amis élégants seront donc présents...

Il rejeta la tête en arrière et la toisa d'un œil hautain tout en prenant un accent aristocratique.

– Rupert, Julian, Henrietta, Dominic, Charlotte et compagnie ?

– Sans oublier l'honorable Sarah Hamilton-Deeley, un nom qui vous empêche de rigoler à lui seul.

Il se caressa le menton.

– J'espère que vous aurez une pensée pour moi qui grignoterai un cornet de frites parmi les masses laborieuses.

Une expression de tristesse passa sur son visage et Sam s'arrêta de sourire. Aime-t-il vraiment son indépendance, se demanda-t-elle, ou bien rêve-t-il de se remarier et d'avoir des enfants ? Elle se rendit brusquement compte qu'elle connaissait peu Ken, du moins l'homme qui se cachait derrière le patron. Ici, dans son milieu, il semblait à l'aise ; pourtant, une partie de lui-même paraissait désirer autre chose que toutes ces foutaises et tous ces artifices. Il lui donnait l'impression d'un homme pris au piège de ses erreurs et de ses succès.

– Je vous garderai une part de gâteau, dit-elle.

– Avec une bougie ?

– Evidemment.

Il leva les yeux au plafond puis les laissa errer sur les murs.

– Quel décor merdique ! Vous connaissez leur chiffre d'affaires de l'an dernier ?

– Quatre-vingt-deux millions de livres.

– Et ils ne sont même pas capables d'avoir un hall de réception convenable...

Sam fixa la table couverte de magazines et de journaux. Le *Financial Times* côtoyait *Media Week* et *Marketing*. Le logo de la société – des écrans de télévision emboîtés les uns dans les autres comme des poupées russes – était reproduit sur la moquette. Une version géante de ce logo s'étalait sur le mur, au milieu d'affiches publicitaires : les escarpins cirés d'une jeune fille où se reflétait une Ferrari ; plus loin, un homme au sourire éblouissant brandissant une brosse à dents... Dans un coin de la pièce trônait un gâteau de riz en carton-pâte de plusieurs mètres de haut dans le style d'Andy Warhol.

– Moi, j'aime assez, dit Sam.

– Désolé de vous avoir fait attendre.

Grand, dégingandé, ses mèches blondes en bataille,

Charles Edmunds entra dans la pièce. Avec son pantalon de sport, ses Hush-Puppies et sa chemise à fleurs, il avait l'air d'un lycéen qui aurait grandi trop vite. Comme les gens étaient étranges : les quadragénaires essayaient désespérément d'avoir l'air jeunes et les jeunes, comme Charlie, prenaient des airs terriblement sérieux pour faire croire qu'ils avaient quarante ans.

– Ravi de vous voir, Sam. Et vous aussi, Ken. Vous paraissez en pleine forme.

Ils le suivirent le long d'un couloir et entrèrent dans une pièce sans fenêtre, aux murs tendus de reps bleu et meublée d'une table de style nordique et de chaises assorties. Il y avait un classeur ouvert et des photos en couleurs sur la table, ainsi que plusieurs barres de chocolat enveloppées dans du papier argenté avec la marque Castaway imprimée en bleu. Une fraîche odeur boisée flottait dans la pièce où le système de ventilation produisait un petit sifflement monotone, à peine perceptible.

– Nos collègues seront là dans un moment, dit Charlie. Je regrette d'avoir dû vous convoquer aussi rapidement mais nous avons mis la barre très haut pour ce produit et la campagne de lancement doit démarrer immédiatement.

Comme pour souligner ses paroles, il jeta un coup d'œil à sa montre.

Sam l'imita puis contempla la peinture abstraite qui lui faisait face. A n'en pas douter, elle avait un sens profond. Tout avait un sens profond chez Urquhart Simeon McPherson et rien n'était laissé au hasard. Sam le savait mais, profond ou pas, ce sens avait tendance à lui échapper... Les teintes lui rappelaient vaguement celles d'une chambre dans un *Holiday Inn*. La porte s'ouvrit et deux hommes apparurent. L'un, qui pouvait avoir dans les vingt-cinq ans, était tout de noir vêtu. Sa veste flottait sur une chemise sans col et un pantalon étroit. Presque rasés sur le dessus de la tête, ses cheveux lui tombaient en longues mèches dans le cou. Son visage long et maigre semblait avoir été écrasé entre deux portes d'ascenseur et le nez, assorti, y avait l'air vissé par deux petits yeux beaucoup trop rapprochés l'un de l'autre. Son compagnon, un peu plus âgé, portait d'amples vêtements blancs. Il avait le crâne rasé à l'exception d'une épaisse crête de cheveux. Il portait des lunettes cerclées de fer et paraissait plus détendu et mieux nourri que son collègue.

Ce n'était pas la première fois que Sam les rencontrait. Ils lui rappelaient toujours deux poètes *beat* en mal de gloire.

– Jake, Zurbrick – vous connaissez Sam et Ken, dit Charlie.

Ils se saluèrent d'un signe de tête. Zurbrick, le directeur artistique, leur serra la main en souriant d'un air aimable, ajusta ses lunettes et enfouit ses mains dans ses poches. Jake, le rédacteur publicitaire, se borna à incliner la tête. Il suait la gravité et la suffisance.

Ils s'assirent et Sam, posant son attaché-case sur la table, en sortit un agenda et un rapport budgétaire.

– Bien, commença Charlie, vous avez tous vu le projet et... (il se pencha pour prendre une des barres de Castaway sur la table) ... le produit.

La présence des deux autres semblait accentuer sa nervosité.

Sam prit un crayon et griffonna quelques chiffres sur le bloc-notes qui lui avait été fourni par Urquhart Simeon McPherson.

– Quel budget avons-nous, Sam ?

– Légèrement supérieur aux prévisions.

Elle détacha la feuille et la lui fit passer. Il y jeta un coup d'œil.

– Oui. Bon. On s'en arrangera. Ah, il y a aussi un procès en cours. Il faut l'inclure dans le budget ainsi que l'exploitation publicitaire qu'on peut en faire. Inutile de mégoter.

– Qui a engagé l'action ? demanda Ken.

– Le directeur de marketing de Grand Speys Food. Mais ça n'a pas d'importance, Ken, ajouta-t-il rapidement. Il ne nous causera pas vraiment d'ennuis.

– Les procès créent toujours des ennuis.

– Il est trop occupé avec sa petite amie, précisa Charlie en souriant. Il ne va pas se défoncer pour cette affaire.

Ken poussa un grognement prudent.

Sam remarqua que le minuscule Jake, assis les mains sur la table comme s'il attendait sa bouillie, contemplait Ken d'un œil méprisant. Elle savait ce qu'il pensait : « Vous êtes un vieux con. Nous devrions engager un réalisateur plus jeune. »

– Vous avez déjà tourné aux Seychelles auparavant, n'est-ce pas, Ken ? dit Charlie.

Ken fit un signe affirmatif. Par Charlie, la jeune femme savait que Jake était hostile à Ken et qu'il voulait le remplacer par Tom Land, un jeune prodige de vingt-quatre ans.

– Comment est-ce ?

– Plein d'araignées venimeuses, de serpents, de crabes géants et d'indigènes hostiles.

Jake devint blême et ses traits se contractèrent.

– Il y a aussi des femmes superbes, ajouta Zurbrick avec une mine alléchée.

– Nous allons présenter notre projet au client dans quinze jours. Il veut que le réalisateur et le producteur soient présents.

D'un air de conspirateur, Charlie regarda Ken qui hocha la tête en signe d'assentiment.

– Où demeure-t-il ?

– Dans la banlieue de Leeds.

Il neige sur Sofia et la température au sol est de un degré au-dessus de zéro. Nous espérons que vous avez fait un bon voyage et vous souhaitons un agréable séjour en Bulgarie.

– Ça va, Sam ?

La voix de Charlie lui parut lointaine. Elle sursauta.

– Ça va ?

– Pardon ?

Ils la regardaient tous d'un air étrange.

– Vous êtes d'accord pour Leeds ? Pour la présentation du projet ?

– Certainement, dit-elle. Aucun problème.

Se redressant sur sa chaise, elle sourit à Charlie, à Zurbrick et à Jake, qui la contemplait, les yeux ronds, comme un vautour qu'on vient de déranger sur une charogne.

– Le scénario et son découpage sont encore à l'état d'ébauche, bien sûr, dit Zurbrick, mais toute la campagne sera basée sur ce projet. Nous voulons allier la subtilité à la persuasion.

Sam balaya son dossier du regard tandis que Zurbrick poursuivait :

– La grosse différence entre ce produit et les autres – ce qui nous permettra de le vendre – ce sont ses qualités nutritives. Le public ne doit pas le percevoir comme une friandise mais comme l'élément principal d'un système de nutrition personnalisé.

– Comment ? s'étonna Ken.

– Un système de nutrition personnalisé.

– Quand j'étais jeune, je crois me souvenir qu'on appelait ça une barre de chocolat.

Jake observa Ken comme il aurait examiné une pièce de musée.

– Les barres de chocolat, expliqua-t-il, ont disparu avec l'Arche de Noé. Nous parlons de concepts. D'inventions révolutionnaires.

Tout en se trémoussant sur sa chaise comme un ouistiti, il se pencha en avant d'un air résolu, les coudes étalés sur la table.

– Il faut que cette campagne publicitaire soit encore présente à l'esprit des professionnels dans dix ans.

– Ce produit est très particulier, Ken, précisa Zurbrick. Très particulier. Il renferme tout ce dont l'homme a besoin. Pour le client, c'est le premier article comestible qui peut remplacer un repas. Il contient toutes les vitamines nécessaires, des protéines, du glucose, de la noix de coco extrêmement nourrissante. Des fibres pour le transit intestinal. Il protège de la sénilité et des coups de soleil. Il évite la formation des rides. Il donne de l'énergie. Avec ça, vous n'avez besoin que d'un peu d'eau.

– Rien d'autre ?

Zurbrick approuva du chef.

– Et vous, vous accepteriez de ne manger que ça ? demanda Ken.

– Tout à fait.

Ken secoua la tête. D'un coup d'œil, Sam lui conseilla la prudence.

– L'atout majeur de cette barre de chocolat, c'est son enveloppe de biscuit. On peut l'exposer à la chaleur, il ne fondra pas, il ne collera pas aux doigts. C'est un produit sympathique qui *aime* être mangé. L'emballage est hermétique et étanche. C'est une vraie ration de survie. Ce n'est pas simplement une barre de chocolat, c'est LA nourriture des années 90.

La technique nutritionnelle élevée au rang des beaux-arts.

Ken le contemplait comme s'il était fou.

– Il y a donc deux points de vue à considérer, Ken. D'abord, le contenu, qui est étonnant. Ensuite, l'image. Le Castaway, c'est la nourriture des gens qui réussissent.

– Nous insistons sur l'énergie, ajouta Jake. L'énergie et la jeunesse. Les deux qualités des « battants » selon l'homme de la rue. (Le sarcasme était à peine voilé.) Nous ne voulons rien qui puisse rappeler cette fumisterie des années 60, le Bounty. Nous ne voulons pas de Robinson Crusoé sur son île déserte. Nous sommes au XXIe siècle, vous comprenez ? Et une île déserte au XXIe siècle, cela ne peut ressembler qu'à une station spatiale. C'est la nourriture des jeunes loups. De ceux qui en veulent. Nous nous adressons à ceux qui n'ont pas le temps de déjeuner. Vous vous souvenez de la réflexion de Gordon Gekko, le personnage joué par Michael Douglas dans *Wall Street* ? « Déjeuner, c'est bon pour les ratés ! » Or, Castaway est un déjeuner à lui seul. Le déjeuner de l'avenir.

Jake pointa un doigt en avant. Ses yeux, exorbités, semblaient sur le point de sauter sur la table.

– Voilà ce que nous voulons. Voilà ce que le scénario doit montrer. Je l'ai écrit dans cette optique.

Sam jeta un coup d'œil sur son bloc-notes. Elle venait d'y dessiner un avion.

– *Un produit qui aime être mangé*. Merde ! Quel ramassis de foutaises ! Et que fait celui qui n'aime pas qu'on le mange ? Il vous mord ? (Ken secoua la tête.) Le pire, c'est qu'ils y croient vraiment !

Il actionna les essuie-glaces. Sam les regarda s'agiter : leurs mouvements saccadés et maladroits trahissaient l'âge de la Bentley.

– Un système de nutrition personnalisé, continua-t-il. Psychologiquement, cela ne tient pas debout et c'est ce qui me tracasse. Les gens ont besoin de se réunir pour manger, de s'asseoir autour d'une table. Où allons-nous ainsi ? Vers un monde de zombies qui vivront avec un walkman collé aux oreilles et un « système de nutrition personnalisé »...

– A mon avis, le Castaway est très bon, dit Sam en souriant.

– Ce n'est qu'une barre de Bounty enrobée de biscuit.

En face d'elle, les essuie-glaces maculaient la vitre au lieu de la nettoyer. Elle avait l'impression, en regardant la route, d'essayer de voir à travers une vitre gelée. Elle distinguait les feux arrière, la coulée lumineuse des phares, les silhouettes confuses des piétons flottant comme des poissons qui nageraient debout et l'ondoiement de la circulation autour d'elle.

À VENDRE. À VENDRE. À VENDRE. Les enseignes flamboyaient au-dessus des agences de Kensington High Street. Ken se laissa aller sur son siège et sortit un paquet de chewing-gum de sa poche.

– Vous en voulez ?

– Non, merci.

– Ça roule mal. Nous aurions dû prendre Cromwell Road.

Il déchira le papier qui enrobait la plaquette et la mit dans sa bouche. Sam en devina l'odeur fugitive et fruitée. Elle fixait son regard sur le long capot bleu nuit. Feux arrière des voitures, enseignes au néon, feux de signalisation... Ciel gris sombre, lugubre. C'était l'époque des soldes dans les boutiques dont les étalages exhiberaient bientôt, sur des mannequins figés au regard stupide, des bikinis ou des robes d'été aux couleurs vives. En février ! Ce monde devenait cinglé.

Elle trouvait étrange d'être assise si haut, sur un siège aussi large et profond qu'un fauteuil. Ses pieds s'enfonçaient dans un tapis de laine moelleuse et elle sentait l'odeur du cuir neuf. Son oncle aussi avait eu ce genre de voiture surélevée qui fleurait le cuir. Une Rover. Elle s'asseyait toujours à l'arrière tandis que son oncle et sa tante, toujours silencieux, occupaient les sièges avant. Elle se rappelait les dimanches après-midi, la promenade rituelle à travers la campagne, la maison morne de Croydon. Ils traversaient alors des champs semblables à ceux où elle avait joué librement auparavant. Où une fois... mais c'était il y a longtemps... Elle en avait perdu le souvenir...

Le cuir. L'odeur du gant de cuir dans son rêve. Si nette. Cette cagoule noire avec ses fentes. Un frisson la parcourut. Ses nerfs étaient encore à vif. Finalement, on n'oublie rien. Il n'y a qu'un papier fragile tendu sur les fissures.

A la mort de ses parents, son oncle et sa tante l'avaient adoptée à contrecœur. Ils ne désiraient pas sa présence. Pour eux, elle n'était qu'une intruse qui venait troubler leur tranquillité de couple sans enfants.

Son oncle était un homme à l'air chagrin, à la moustache mélancolique. Tout l'irritait : un bruit, une lumière allumée, les nouvelles du jour. Il traînait interminablement les pieds d'une pièce à l'autre dans la maison sinistre, tapotant le baromètre du doigt ou marmottant des commentaires sur les prévisions météorologiques alors qu'elles ne le concernaient en rien puisqu'il ne mettait pratiquement jamais le nez dehors. Assis dans son fauteuil, il levait de temps à autre les yeux de sa collection de timbres qu'il maniait avec des pinces. « Un bleu à dix cents représentant Vancouver Island. Intéressant », disait-il, puis il retombait dans son mutisme.

Son épouse était une femme froide et sans humour qui blâmait perpétuellement Dieu pour la vie qu'il lui avait donnée et allait à l'église tous les dimanches pour l'en remercier. Elle passait sa vie à établir son crédit dans l'au-delà. Elle avait fait une action méritoire en épousant son mari. Elle en avait fait une autre en recueillant Sam. Encore une autre en invitant le vicaire et sa femme pour le thé. Une en aidant les Samaritains – Dieu sait quels conseils elle pouvait leur donner – et en rapportant aux services de police un portefeuille qu'elle avait trouvé dans la rue. Elle avait ainsi accompli trois cents actions méritoires, comme Sam l'avait découvert en lisant son petit carnet. Il y avait vingt ans de cela. Combien en avait-elle maintenant ? se demanda Sam.

Le passé était un endroit bizarre. Les images changeaient avec le temps. Il tentait de vous induire en erreur avec ses films en noir et blanc, aux images tressautantes, avec ses photos passées, sa rouille, ses rides et ses essuie-glaces tronqués. Il tentait de vous faire croire que tout avait toujours été comme cela. Il vous empêchait de vous souvenir que tout avait été neuf jadis et que tout ce qui vous entourait maintenant deviendrait vieux un jour.

Le crépitement de la pluie s'accentua une seconde puis s'atténua. On eût dit qu'un enfant venait de jeter une poignée de graviers contre les vitres. Sam lança un regard de côté. Comme les images d'un film, fugitives et rapides, les gros titres noirs exposés à la devanture du marchand de journaux lui passèrent sous les yeux.

– Arrêtez, Ken.

– Quoi donc ?

– La voiture, pour l'amour de Dieu !... ARRÊTEZ ! hurla-t-elle en cherchant à ouvrir la portière.

Elle y parvint au moment où il se faufilait devant

un taxi pour se ranger le long du trottoir. Il y eut le tintement d'une sonnette suivie de clameurs furieuses et un cycliste fit une embardée, raclant le trottoir de sa roue avant.

Sam dégringola de la voiture et courut en trébuchant vers le marchand de journaux. Le *Standard*, demanda-t-elle en s'emparant du journal. Elle sortit un portefeuille de son sac, lutta avec le fermoir et chercha la monnaie avec tant de maladresse qu'elle répandit les pièces autour d'elle. Puis elle s'immobilisa, indifférente aux piqûres glacées de la pluie, le regard fixé sur la manchette.

CATASTROPHE AÉRIENNE EN BULGARIE :
163 MORTS

La photographie, en dessous, montrait la queue de l'appareil – silhouette sombre contre la neige – et, sur la dérive cassée à angle droit, le mot « Chartair » et une partie du logo de la compagnie, un tigre prêt à bondir.

« Vol Chartair six cent vingt-quatre », prononça-t-elle silencieusement en regardant l'en-tête du journal noircir sous la pluie.

La Bulgarie a confirmé qu'un Boeing 727 de la compagnie Chartair s'est écrasé ce matin, provoquant la mort des 155 passagers et des 8 membres de l'équipage. Les détails de la catastrophe ne sont pas encore connus mais on pense que c'est le manque de visibilité qui a provoqué la collision avec la montagne juste avant l'atterrissage.

Elle ne poursuivit pas sa lecture mais regagna la voiture à pas lents.

Elle savait exactement ce qui s'était passé.

– Qu'est-ce qui se passe, Sam ?

La voix de Ken semblait lui parvenir de très loin.

– Sam... Ouh, ouh !... Vous êtes bien là ?

Elle referma la portière de la Bentley et contempla de nouveau le gros titre et la photographie.

– Qu'y a-t-il, Sam ? Qu'est-ce qui vous prend ? Vous connaissiez quelqu'un à bord de cet avion ?

Elle continuait de regarder devant elle, le visage inexpressif. Puis elle sortit un mouchoir de sa poche et s'essuya le visage. L'eau ruisselait dans son cou. Elle l'essuya aussi. Peine perdue. Elle ferma les yeux de toutes ses forces, sentit les larmes venir et renifla pour s'empêcher de sangloter. En vain.

La main de Ken se posa légèrement, tendrement, sur son poignet.

– Qui était à bord de cet avion, Sam ?

Elle demeura longtemps silencieuse, à écouter le grésillement de la pluie et le roulement des voitures.

– Moi, avoua-t-elle enfin. J'étais dans cet avion.

5

– Ils se les mettent dans l'anus.

– Non !

– Puisque je vous le dis !

– Je ne peux pas le croire.

Richard leva son verre avec un sourire d'ivrogne et fit tournoyer le vin.

– Ils s'enfoncent des gerbilles dans l'anus, vous dis-je.

– Vous parlez sérieusement ?

Sam contempla le beau visage soigné de Sarah Rowntree à la lueur des candélabres d'argent. Les feux d'une péniche glissèrent sous la fenêtre. La palpitation sourde du moteur domina un instant les bavardages.

– Je vous dis qu'ils mettent les bestioles dans des sacs en plastique et qu'ils se les enfoncent dans l'anus.

– C'est incroyable !

Un courant d'air froid plus fort que les autres fit vaciller la flamme des bougies. Sam regarda la lumière danser sur les diamants, l'argenterie, le teint lumineux de ses invitées. C'étaient ses amis et elle leur offrait à dîner. Elle adorait ce genre de réceptions.

En temps normal, du moins.

C'était le type de soirées qu'elle préférait. Un cocktail, c'était toujours la pagaille. On y papotait en essayant de nouer des contacts utiles aux affaires. On se retrouvait debout ou juché sur l'accoudoir d'un fauteuil, sans savoir où poser son verre, une assiette en carton à la main ou sur les genoux – assiette toujours trop petite et qui se pliait en deux quand on essayait de couper sa tranche de viande froide. Résultat : on répandait sa nourriture sur le sol si on avait de la chance et sur sa robe si on n'en avait pas.

Un dîner était la façon la plus civilisée de recevoir. Quelques amis choisis. Une nourriture raffinée. Des conversations intéressantes.

C'est ce qui se passait en temps normal. Mais pas ce soir.

Ce soir, tout allait de travers. Les plats, les invités, sa propre robe... tout la rendait folle. La bouillabaisse qu'elle avait servie en hors-d'œuvre s'était quasiment désintégrée. Harriet O'Connell s'était déclarée allergique au poisson à cause de la pollution et Guy Rowntree avait annoncé qu'il ne mangeait jamais d'ail, aussi avaient-ils tous deux partagé l'unique avocat de la corbeille à fruits.

Le gibier semblait carbonisé. Les baies de genièvre avaient fondu dans la cocotte et formé une épaisse bouillie amère. Quant à la sauce, elle avait fait sécession et s'étalait en surface comme une marée noire.

Et puis comment aurait-elle pu savoir que les baies de genièvre dénaturaient le goût du bordeaux ?

C'était Archie, son voisin de droite, qui l'en avait informée par un cours magistral. Archie Cruickshank *(Archie te plaira... c'est un brave type... un fameux joueur, un vrai connaisseur...)* Archie, avec sa grosse figure couperosée, son estomac proéminent, ses doigts boudinés et sa façon de plonger le nez dans son verre en reniflant comme un cochon qui cherche des truffes. Archie les avait assommés, elle et Bamford O'Connell, son voisin de gauche, avec ses commentaires sentencieux sur les grands crus.

– Le 78 est bien meilleur que le 83.

– Vraiment ?

– Ah oui, sans conteste. On ne devrait pas boire du 83 avant au moins cinq ans.

– En vérité ?

– Le 82 est sous-estimé. Bien sûr, tout dépend du vignoble.

– Bien sûr.

Il leva son verre à pied et le scruta dans la lumière, tout en le tenant à distance comme s'il contenait de la rinçure d'égout.

– Dommage pour ce bordeaux. Le 82 est un vin qui a de la personnalité. Vous auriez dû le consommer il y a un an ou deux mais de toute façon les baies de genièvre en ont ruiné le goût. Elles donnent au vin une saveur métallique. Je m'étonne que Richard ne vous ait pas prévenue.

– Richard est un petit cachottier.

– Je le prenais pour un connaisseur...

Sam sentit un souffle de vent. Elle crut voir osciller fugitivement l'énorme lustre en fer forgé au-dessus d'eux. Elle leva les yeux vers lui. Des ampoules électriques avaient remplacé les grosses bougies. Son regard s'abaissa sur ses invités, en particulier sur Andreas qui siégeait à l'extrême bout de la table, aux côtés de son mari. Andreas Berensen, le banquier suisse, qui ouvrait à peine la bouche mais observait les autres et se souriait à lui-même comme s'il était bien au-dessus de tout cela. Grand, d'allure sportive, entre quarante et cinquante ans, il avait un visage froid, plutôt harmonieux, avec un front haut et des cheveux blonds soigneusement coupés sur les tempes et réduits à un léger duvet sur le dessus de la tête. Sa main droite était gantée de noir. Il leva son verre et, tout en buvant, croisa le regard de Sam. Il lui adressa un sourire affecté.

La jeune femme frissonna de nouveau. Comme à l'entrée du banquier, lorsqu'elle avait dû serrer cette main gantée de noir, comme dans son rêve. Cinglée. Elle devenait cinglée.

Mon Dieu ! Tant de sentiments bouillonnaient dans sa tête. La culpabilité. La colère. « J'aurais pu les sauver », avait-elle crié à Ken, et avec douceur il lui avait assuré que des centaines de gens rêvaient de catastrophes aériennes et qu'elle n'aurait rien pu faire. Même si elle avait téléphoné à la compagnie, elle aurait reçu le même accueil que les centaines de maniaques qui les appelaient chaque semaine.

La colère continuait de faire rage en elle. La colère et le désarroi.

Pourquoi avait-elle fait ce rêve ? Comment était-ce possible ? Et l'avait-elle vraiment rêvé ?

Le dos de sa robe aussi contribuait à son irritation. Il la serrait trop et elle ne pouvait remédier à la situation tant qu'elle serait assise sur cette chaise. Elle tortilla légèrement ses épaules pour donner du jeu à l'étoffe. Elle était déjà retournée dans sa chambre, une fois, pour enlever les épaulettes. Maintenant, elle avait grande envie de les remettre. Elle s'agita de nouveau et sentit l'étiquette lui écorcher le cou.

Archie pressa le bord de son verre de sauternes contre ses lèvres humides et, tout en le renversant, fit un bruit semblable à celui d'une baignoire qui se vide. Un mince filet de vin dégouttait sur sa cravate. Il était tout éclaboussé de nourriture. Sam se demanda si sa femme le plongeait dans la machine à laver lorsqu'ils rentraient chez eux.

– Ça, c'est vraiment bon, dit-il d'un ton condescendant. Tout à fait délicieux. Dommage que ce gâteau meringué ne convienne pas au vin.

Elle jeta un coup d'œil à son voisin de gauche, Bamford O'Connell, l'un des plus vieux amis de Richard. Avec sa veste de velours écarlate, sa lavallière de soie jaune et ses cheveux partagés par une provocante raie au milieu, il ressemblait plus à un élégant de l'époque édouardienne qu'à un psychiatre. Son épouse, Harriet, personnage bohème et mal attifé qui avait toujours l'air de marcher pieds nus même lorsqu'elle était chaussée, était placée au milieu de la table. Elle haranguait son courtier de voisin, Peter Rawlings, sur les responsabilités écologiques et la conscience des Verts.

– Vous comprenez, nous ne sommes que des éponges et rien d'autre, lui affirmait-elle avec gravité, de sa voix aiguë de prédicatrice. Nous absorbons notre environnement comme des éponges.

– Il y aura bientôt un immense marché pour les éponges, murmura Peter Rawlings.

Sam n'aurait jamais dû les placer côte à côte. Ils n'avaient rien en commun et Peter avait l'air de s'ennuyer ferme. Elle aurait préféré l'avoir près d'elle, à la place d'Archie qui, à demi couché sur sa chaise, contemplait pensivement le plafond en faisant un bruit de succion désagréable.

Archie. Chaque milieu avait son quota de gens insupportables qu'il fallait tolérer, ménager et courtiser en serrant les dents. Sam avait les siens. Par exemple, Jake, le rédacteur publicitaire.

A l'école, on appelait cela faire de la lèche. Rien n'avait changé. On passait sa vie à faire de la lèche. Puis on arrivait au ciel, en serrant contre soi le carnet où l'on avait noté toutes ses actions méritoires, comme tante Angela, et là, on se livrait à la plus délirante séance de lèche qui soit. Ah, mon Dieu, quel magnifique univers vous avez créé ! Et vous n'avez mis que sept jours à le faire ? Impressionnant. Comment avez-vous pu ? Bien sûr, vous avez eu quelques ratés mais c'est sans importance, vraiment. Evidemment, vous auriez mieux fait de ne pas m'enlever mes parents et de ne pas m'avoir larguée chez deux minables de la pire espèce, vous auriez pu aussi m'épargner quatre fausses couches et m'accorder un accouchement moins dramatique, vous auriez aussi pu éviter de désintégrer les Japs à Hiroshima et faire en sorte que mon mari n'ait pas culbuté cette petite...

Vous auriez aussi pu empêcher cette catastrophe aérienne.

Sa gorge se serra et la peur lui noua l'estomac. Il lui semblait brusquement qu'aucun son ne lui parvenait. Elle voyait l'assistance mais elle n'entendait rien. Le son était coupé.

Un froid glacial l'envahit. Elle se sentit horriblement seule.

CATASTROPHE AÉRIENNE EN BULGARIE :
163 MORTS

Toute la pièce s'était figée en un arrêt sur image. Puis le film reprit. Ses oreilles bourdonnaient. Elle avait chaud. Archie se remit à manger sa meringue. Il n'avait interrompu ses cours sur le vin que pour lui demander, à trois reprises, si elle avait des enfants. A l'autre bout de la table, sa femme – cheveux décolorés et énormes tétons – tentait d'attirer l'attention de Richard qui discutait avec Andreas. Elle évoquait plus une strip-teaseuse que l'épouse d'un banquier.

– Ce gâteau meringué est un véritable délice, Sam, reconnut Bamford O'Connell avec son savoureux accent irlandais.

– Merci.

Elle sourit et faillit lui avouer, tout de go, qu'il venait tout droit de chez le traiteur et qu'elle n'avait eu qu'à le sortir du carton, mais elle se domina. C'était la seule réussite de la soirée.

Avec une expression de gourmandise, O'Connell attaqua avec ardeur une nouvelle portion. Trapu, bourré d'énergie, bon vivant, il semblait considérer la vie comme un banquet et savourer aussi bien les mets et les vins que les conversations ou même le silence. Absorbé par l'attention qu'il portait aux autres, il donnait l'impression de s'amuser perpétuellement et de trouver plaisir à tout. Croisant le regard de Sam, il leva son verre :

– Je bois à vos efforts.

Elle lui sourit en espérant qu'il ne se rendrait pas compte qu'elle rougissait. Sous son masque excentrique, il avait un esprit pénétrant et beaucoup de charme. Elle ne pouvait oublier qu'il était psychiatre et se demandait toujours quelle interprétation il donnait au moindre de ses gestes, quelles imperfections, quels désirs secrets ou quelles peurs cachées il devinait dans sa façon de découper sa viande, de tenir son verre ou de recevoir un ami. Elle en était gênée.

– Vivantes ? reprit une voix à l'autre bout de la pièce. Les bestioles sont vivantes ?

Elle lança à Richard un regard furibond pour l'obliger à changer de sujet mais il l'évita et échangea avec Andreas un sourire mal dissimulé.

– Oui, bien sûr, dit-il en regardant sa blonde interlocutrice. Apparemment, leurs frétillements procurent une sensation très érotique, si vous aimez ce genre de trucs.

– Je trouve ça répugnant, intervint Sheila Rawlings.

– Je parie que vos patients vous en racontent de bien pires, Bamford, dit Peter Rawlings en délaissant Harriet dans un nuage de fumée peu écologique.

O'Connell croisa le regard de Sam et lui sourit d'un air compréhensif.

– Assurément.

Il cligna de l'œil et tourna son verre entre ses doigts.

– C'est d'ailleurs pour cette raison que nous leur demandons de s'étendre sur un divan : pour qu'ils ne voient pas notre visage pendant que nous les écoutons.

– Qui utilise ainsi les gerbilles ? demanda la femme d'Archie, les yeux dessillés et les paupières battant comme des becs d'oiseau de proie.

– Les homos en Amérique, répondit Richard.

Le téléphone sonna.

Richard bondit jusqu'à son bureau et décrocha le récepteur. Il y eut un moment de silence pendant lequel tous les regards restèrent fixés sur lui.

– Harry, c'est magnifique ! s'exclama-t-il. Magnifique, mon biquet. C'est une excellente nouvelle. Non, je n'ai pas pu... J'ai dû quitter le bureau assez tôt... Oui... c'est un coup à guérir mon ulcère à l'estomac. Laisse tomber la couverture. Vends-les si tu trouves un acheteur qui t'en donne dix pour cent de leur valeur nominale. Et Sony ? Qu'est-ce qu'il fait ?

– Richard ! appela Sam. Ne peux-tu le rappeler plus tard ?

Richard couvrit le microphone de sa main et leva un doigt.

Bamford O'Connell rejeta en arrière les cheveux qui lui couvraient le front.

– Jamais de repos pour les requins, dit-il à Sam.

– A cinquante-cinq et demi, dis-tu ? Quel est le taux de la banque fédérale ?

Il tapa une série de chiffres sur son calculateur de poche et jeta un coup d'œil en direction d'Andreas.

– D'accord. Tu fonces. Achète-moi pour cent cinquante mille actions. A demain, biquet. On en reparlera.

Après avoir raccroché, Richard mit en route son terminal et pianota sur le clavier.

Sam le regardait d'un air furieux.

– A combien cote IBM, Richard ? demanda Peter Rawlings.

– Attends une minute.

Le clavier crépita de nouveau.

– Merde ! New York est en train de s'affoler.

Archie regarda les autres invités, puis Sam, d'un air inquiet. Manifestement, il mourait d'envie d'aller voir par lui-même ce qui se passait mais se ravisa. Seul, Andreas ne montrait aucun intérêt. Les yeux perdus dans le vague, il sirotait son vin avec un petit sourire froid et satisfait. Peut-être que les banquiers suisses connaissaient les mouvements de la Bourse avant tout le monde ? Peut-être considéraient-ils les financiers britanniques comme leurs marionnettes ?

– Les enchères sont à cent vingt-quatre. Offrez cent vingt-cinq ! s'écria Richard tout en regardant Andreas d'un œil interrogateur. Le banquier le rassura d'un mouvement de tête.

Sam se leva de table, suivie par les regards de ses invités, et se dirigea vers son mari.

– Arrête ça, chuchota-t-elle. Arrête ça tout de suite.

– Je veux savoir si nous contrôlons la situation.

– Ça m'est égal. Je veux que tu cesses. Maintenant.

Tout sourires, elle revint à la table et commença à enlever les assiettes à dessert.

– Peux-tu t'occuper des fromages, s'il te plaît, Richard ? demanda-t-elle en posant le plateau de vaisselle sale dans la cuisine.

Elle mit le percolateur en route, Richard sur ses talons.

– La bouillabaisse était très réussie, dit-il. Elle était particulièrement appétissante.

– Elle était complètement ratée et le gibier était un véritable désastre. Pourquoi ce type, Andreas, porte-t-il un gant ?

– Il ne le quitte jamais.

– Il me donne la chair de poule.

– Il n'y a pas de quoi. Je crois qu'il a eu un accident et qu'il en a gardé une affreuse cicatrice.

Il lui posa une main sur l'épaule.

– Détends-toi, chérie. Tu es complètement crispée.

Elle se dégagea et lui fit face.

– Et toi tu es complètement soûl.

– Je me sens très bien.

– Tu t'es comporté d'une façon scandaleuse. Tu as embarrassé tout le monde avec tes histoires soi-disant drôles de gerbilles qu'on se met dans le cul et tes révélations sur la Grande Catherine qui serait morte d'avoir été baisée par un cheval. Et pour terminer, tu laisses tes invités en plan pour t'occuper de la Bourse.

– Et toi tu as eu l'air d'un mannequin de cire toute la soirée. Tu n'as pas ouvert la bouche. Tu es restée assise au bout de la table en regardant le vide. Qu'est-ce qui ne va pas ?

– Rien.

– Tu as une mine épouvantable. Tu es aussi blanche que la nappe. Je crois que tu devrais voir un toubib.

– Je t'ai dit que cet accident d'avion m'avait bouleversée.

– Voyons, Sam, arrête tes conneries : tu n'es pas devenue pythonisse.

Furieuse, elle le dévisagea. Ils n'étaient plus que des étrangers l'un pour l'autre. Elle ne pouvait pas plus se confier à lui qu'au premier venu qu'elle rencontrerait dans un bus. En fait, cela lui serait sans doute plus facile de parler au premier venu. Elle se détourna et revint dans la salle à manger. Richard reprit sa place et la blonde se précipita pour lui faire du charme.

– Avez-vous jamais essayé les gerbilles ? demanda-t-elle.

– Non, dit-il en tirant bruyamment sur la cigarette qu'il venait d'allumer. Sam n'apprécie pas outre mesure les fantaisies sexuelles. (Il jeta un coup d'œil à sa femme.) En fait, elle est bien trop occupée à rêver, ces jours-ci.

– A rêver d'érotisme sauvage ?

– Non. Elle est plutôt spécialisée dans les catastrophes aériennes. Je crois qu'elle a rêvé de cet appareil qui s'est écrasé aujourd'hui en Bulgarie.

Sam croisa le regard d'Andreas. Il avait à nouveau ce sourire froid, affecté, qui savait tout.

– En fait, je pense qu'elle rêvait à mon pénis. Eh, Bamford, héla Richard, ce n'est pas Freud qui disait que les avions étaient des symboles sexuels ?

– Offriras-tu du porto, Richard ?

Sam essayait d'articuler les mots tout en espérant que nul n'entendrait le tremblement de sa voix. O'Connell lui adressa un sourire amical qui lui enjoignait de ne pas se soucier des incartades de son mari, de ne pas les prendre au tragique. C'était un type bien qui avait seulement un peu trop bu.

– Bien sûr. J'ai une excellente marque. Du Warres 63. Qu'en dis-tu, Archie ?

– Ce fromage est absolument délicieux, dit la femme du banquier. Il fond dans la bouche.

Une phrase résonna dans la tête de Sam : « Il coule des seins de cette grosse blonde », et elle se mordit les lèvres pour ne pas la laisser échapper.

– C'est du cambozola, précisa-t-elle avec aigreur, puis elle se rappela qui elle était, ce qu'elle faisait là et arbora un sourire de commande. Il est excellent, n'est-ce pas ?

– Et comment va le château historique, Sam ? demanda O'Connell.

– On ne peut guère l'appeler ainsi. Ce n'est qu'une vieille ferme.

– Je croyais que c'était une demeure d'époque, avec un fantôme et des légendes.

– Pas à ma connaissance.

– Vous déménagez ? intervint Archie dont l'intérêt soudain la surprit.

– Nous avions une petite maison de campagne et nous l'avons vendue pour acheter quelque chose de plus grand, mais la tempête a causé de sérieux dommages.

– C'est une bonne idée de laisser Londres et de fuir les cambrioleurs, dit O'Connell.

Sam commença de servir le café. O'Connell lui passait les tasses une à une.

– Merci, dit-elle lorsqu'elle eut terminé.

– La campagne grouille de cambrioleurs, dit Richard. Ils se déplacent en tracteur.

– Vous vous sentez bien, Sam ? demanda O'Connell.

Sam bredouilla une réponse d'une voix éteinte.

– Vous avez les traits tirés. Est-ce que vous ne travaillez pas trop ?

– Pas plus que d'habitude. J'ai reçu un choc aujourd'hui, c'est tout.

– Quel genre de choc ?

Sam se sentit rougir.

– Je... Savez-vous beaucoup de choses sur les rêves, Bamford ?

– Les rêves ? Celui qui vous répondrait par l'affirmative serait un menteur. J'en sais probablement autant que les autres. Pourquoi cette question ?

– Les utilisez-vous dans votre travail ?

– Bien sûr. Ils sont d'une grande importance, il y a encore beaucoup de choses que nous ignorons à leur sujet.

– Le pénis d'Adam. Le fruit défendu, pontifia Richard. Le serpent. C'est une explication freudienne classique.

– Comme c'est ingénieux ! roucoula la blonde. Je n'y aurais jamais pensé.

Sam but son Perrier à petites gorgées puis, tout en tournant le verre entre ses doigts, dévisagea le psychiatre.

– Croyez-vous qu'il soit possible de rêver... l'avenir ? dit-elle avec un léger embarras.

– Vous voulez parler de la précognition ?

– C'est ainsi que cela s'appelle ?

– Autrement dit, rêver à des événements qui se produisent en réalité ?

– Oui.

Il leva son verre et savoura son porto avec une telle expression de plaisir qu'elle regretta presque de n'en avoir pas pris.

– Très bon vin, commenta-t-il. Je vais avoir un mal de tête épouvantable demain. Est-ce de la précognition ?

Elle pencha la tête de côté.

– Je parle sérieusement, Bamford.

Il fronça les sourcils en souriant.

– Votre question a-t-elle quelque chose à voir avec la catastrophe aérienne qui a été annoncée aux informations ce soir ? C'était de cela que Richard voulait parler ?

Elle eut un signe d'assentiment.

– J'ai des malades qui voient l'avenir tout le temps, répondit-il en l'observant.

– Vraiment ?

– C'est du moins ce qu'ils croient.

– Mais est-ce vrai ?

– Si cela était, je serais devenu un homme riche. Je leur demanderais de me révéler les numéros gagnants au tiercé et je pourrais donner des tuyaux boursiers à Richard. Nous pourrions dominer le marché !

Un bruit sec retentit au-dessus de leurs têtes et Sam sentit une douleur aiguë dans la main. Elle laissa échapper un cri et contempla fixement les éclats de verre qui jonchaient la table tout autour d'elle. Un gros tesson sortait de son verre de Perrier et une petite tache de sang s'agrandissait sur son doigt. Désemparée, elle regarda autour d'elle. Toute l'assistance avait les yeux levés vers le lustre.

– Comme c'est bizarre ! remarqua quelqu'un.

– Il devait y avoir de la peinture sur les ampoules. La peinture a cet effet, parfois, dit une autre voix.

– C'est peut-être un court-circuit, suggéra une troisième personne.

– Mais il est minuit passé...

Sam regardait fixement le lustre. L'une des ampoules avait explosé. Il restait dans la douille un seul morceau de verre brisé.

Une peur glacée l'étreignit. L'écho du bruit résonnait dans sa tête, s'éloignait puis revenait de façon insistante, réveillant en elle le souvenir confus d'un passé trouble et flou.

Le front plissé, elle contempla la table : les grains de raisin sur le plateau à fromage, les minuscules fragments de verre qui scintillaient dans la lumière du lustre, les bijoux voyants aux doigts potelés de la blonde et, au-delà, la pénombre silencieuse de l'appartement. Le souvenir l'aiguillonna comme la douleur à son doigt blessé. Puis, de nouveau, elle croisa le regard d'Andreas qui lui souriait, ses doigts gantés de noir recroquevillés autour de son verre.

6

Sam entendit un robinet couler. Quelqu'un se brossait vigoureusement les dents. Elle se retourna dans son lit en réalisant à contrecœur qu'une nouvelle journée allait commencer sans qu'elle en ait fini avec la précédente. Elle ouvrit lentement les yeux. Ils étaient douloureux, comme écorchés. La porte entrouverte de la salle de bains laissait filtrer un rayon de lumière qu'absorbait la pénombre grise, cette pénombre languissante et théâtrale des petits matins d'hiver. Sam avait l'impression qu'une main inconnue réglait les éclairages.

Tournage en plein jour : Richard entre dans le champ. Il sort de la salle de bains, vêtu d'un peignoir en tissu-éponge bleu marine d'où sortent ses jambes poilues et blanches. Ses cheveux blonds, humides, sont rejetés en arrière et comme il s'est écorché avec son rasoir, il a le menton qui saigne. Il étire les lèvres pour exhiber des dents étincelantes.

Coupez !

ZING ! Le dentifrice recommandé par un nombre croissant de dentistes.

ZING ! La façon écologique de vous brosser les dents. Oui, messieurs-dames : lorsque vous avez utilisé tout le dentifrice vous pouvez manger le tube.

Un autre élément du système de nutrition personnalisé mis au point à votre intention par les fabricants de napalm. La plaque dentaire disparaît, le feuillage et la peau du visage aussi.

Sam sursauta, frissonnante.

« Quelqu'un marche sur ta tombe », disait alors sa tante d'un ton sinistre.

Elle essaya d'interrompre le film publicitaire bizarre qui se déroulait dans sa tête, alors qu'elle était ni tout à fait endormie ni tout à fait réveillée, dans un « état hypnopompique », avait-elle lu par hasard dans un magazine. Hypnagogique et hypnopompique : ces mots définissaient un état intermédiaire entre le sommeil et l'état de veille.

Elle se détendit un moment mais un pressentiment s'insinuait en elle, l'envahissait. Une impression pénible. Comme celle qui vous assaille quand vous vous réveillez après une nuit de beuverie en sachant que vous avez fait quelque chose de mal. Seulement, il ne s'agissait pas de cela. C'était pire, cette fois. Sam tenta d'éclaircir ses pensées sans y parvenir. Son index lui faisait très mal.

Elle ôta la mince bande qui l'enveloppait. Soudain, un fracas assourdissant ébranla la pièce.

– Merde !

Sam leva les yeux, à demi aveuglée par la lumière de la lampe de chevet que Richard avait allumée : son mari gisait sur le plancher, à plat ventre, les membres inférieurs ligotés dans une seule jambe de pantalon. En s'aidant des mains, il se releva péniblement et parcourut la pièce d'un regard perplexe.

– Rien de cassé ? demanda Sam.

Elle jeta un coup d'œil au réveil. 05 h 44.

– Je crois que je suis encore soûl, dit-il en s'asseyant sur le sol pour rajuster son pantalon.

Cette fois, il l'enfila lentement, une jambe après l'autre.

– Cela ne m'étonne pas, avec tout ce que Bamford et toi avez descendu !

Il se frotta les mains en plissant les yeux.

– Nous avons presque bu deux bouteilles de porto.

– Pourquoi ne ferais-tu pas la grasse matinée ?

– Impossible. Les Japonais deviennent cinglés.

– Ils n'ont pas besoin de toi pour ça.

– Le cours est peut-être monté à quatre cents maintenant.

Assis sur le lit, il s'essuya le visage de la main.

– J'ai une sacrée gueule de bois, admit-il. Je n'ai vraiment pas les yeux en face des trous.

Il enfila ses chaussures en vacillant puis vint l'embrasser. Son haleine empestait l'alcool.

– Tu n'es pas en état de conduire. Prends un taxi.

– Mais non, tout ira bien. Foutue soirée ! La bouffe était somptueuse.

Il y eut un cliquetis et la pièce retomba dans l'obscurité. Sam ferma de nouveau les yeux. Elle entendit la porte d'entrée claquer et tout à coup ce fut le silence. Un silence si profond qu'on aurait entendu tomber une aiguille... ou exploser une ampoule.

Le sommeil la reprit.

Elle fut réveillée par le grondement d'un bulldozer. Une vedette remontait le fleuve en fendant l'eau. Dans la rue, quelqu'un sifflait un air à la mode. Assise au bord du lit, Sam regardait fixement ses pieds posés sur le tapis épais. Le vernis de ses orteils commençait à s'écailler et ses jambes à perdre leur netteté. Il était temps de retourner chez l'esthéticienne, de retrouver l'odeur nauséabonde de la cire chaude. En regardant la petite marque jaunâtre sur son mollet, elle songea à cette crétine de fille qui l'avait brûlée la dernière fois.

Un grondement perfora l'air de plus en plus fort. C'était un avion qui atterrissait sur l'aéroport à quelques mètres du fleuve.

Sam se redressa et aperçut son reflet dans la glace.

De la tenue, jeune dame !

Ses mains s'enfoncèrent dans ses longs cheveux bruns, les tordirent, les ramassèrent haut sur la tête, puis les laissèrent retomber sur ses épaules. Elle jeta un coup d'œil au miroir. De beaux cheveux, épais et abondants. Chics, en un mot.

Elle pouvait en sourire maintenant car cela n'avait plus d'importance, mais elle en avait souffert pendant des années. Un matin, treize ou quatorze ans plus tôt, sa tante l'avait conduite, malgré ses réticences, à l'école de mannequins de Lucy Clayton. « Ça te fera du bien, lui avait-elle dit. Cela te donnera de l'assurance. »

Sam revoyait encore l'expression de mépris écrasant peinte sur le visage de leur interlocutrice, une petite dame frêle.

– Vous êtes trop petite. Beaucoup trop petite. Combien faites-vous ? Un mètre soixante-cinq à peine ? Nous n'avons que des filles de plus d'un mètre soixante-quinze.

La femme avait pris le visage de Sam entre ses mains comme si elle avait examiné un cheval.

– Le visage est joli, c'est tout à fait le type de la rose anglaise. Vous êtes vraiment mignonne, ma chère, tout à fait chic.

Ce mot avait été prononcé avec dédain, comme s'il désignait une difformité. Il n'avait rien d'un compliment.

– Vous avez du chic mais vous n'avez pas la *beauté*. (La femme s'était alors retournée vers la tante de Sam :) Elle a de jolies jambes. C'est son meilleur atout mais elles ne sont pas assez longues pour des jambes de mannequin.

Sam s'approcha de la fenêtre et écarta à demi les rideaux. C'était un matin gris et terne. Le jour ne se lèverait pas avant une heure. Elle contempla les eaux sombres de la Tamise qui s'étendaient au loin comme une bâche crasseuse. Une vedette blanche et noire de la police fluviale fendit les flots comme un couteau émoussé. Une gabare vide, amarrée à une énorme bouée, oscillait au gré des remous. Sam entendit le cri d'une mouette et vit l'ombre de l'oiseau effleurer brièvement la surface de l'eau. Le froid qui filtrait à travers la vitre s'insinuait en elle. Elle referma ses bras sur ses épaules et les frotta pour se réchauffer.

Deux foreuses martelaient le silence dans le chantier de construction qui se trouvait sous ses fenêtres. Sous la lumière crue des projecteurs, un ouvrier en grosse veste et casque orange se frayait précautionneusement un chemin vers un brasero pendant qu'un de ses collègues, invisible, sifflotait un air à la mode.

En bordure du chantier, un bulldozer faisait marche arrière, fouissait, pivotait puis déversait sa charge derrière une palissade qui annonçait, en grosses lettres rouges, la construction d'une cité de style « riverain ». L'ouvrier s'arrêta, s'agenouilla pour gratter la terre. Il en prit une poignée entre ses doigts et, après l'avoir examinée et palpée, la rejeta par-dessus son épaule.

Sam vit une boule de flammes s'élever dans le ciel. Le moteur de l'avion rebondit dans une pluie d'étincelles.

L'image s'immobilisa un instant devant ses yeux. Le silence était total.

Elle sentait des élancements dans son doigt comme si un éclat de verre était demeuré sous la peau. Pour atténuer la douleur elle se mit à le sucer énergiquement. Elle revit le sourire glacé d'Andreas Berensen et ses doigts gainés de cuir enlaçant le verre. Richard s'était complètement aplati devant lui, le servant en premier et sollicitant son opinion sur chacun des vins. Richard avait changé. Autrefois, il avait sa fierté, il ne passait pas son temps à lécher les bottes du premier venu. Et il s'intéressait à elle.

A l'extérieur, la cacophonie reprit de plus belle. C'était assourdissant. Elle reconnut le début d'une émission radiophonique populaire et la voix joyeuse et sirupeuse de l'animateur. « Je me demande, disait-il, combien d'entre nous se rappellent leurs rêves ? Je me demande parfois si Dieu rêve aussi ? »

Sam étouffa un bâillement. Allons, il fallait se secouer. Comment allait-elle s'habiller aujourd'hui ? Une rude journée l'attendait. Projection privée dans la matinée puis repas avec Ken. Elle entra sous la douche, vérifia la température du jet et ouvrit le robinet d'eau froide. Une multitude d'aiguilles, dures, douloureuses, lui piquèrent la peau. Elle s'écarta pour se frotter vigoureusement.

Elle se sentait déjà mieux. La dose massive d'ions négatifs faisait son effet. A quelle heure s'étaient-ils couchés hier soir ? A 3, 4 heures du matin ? Porto. Café... Encore du porto. Encore du café. Andreas était parti le premier lorsque Richard et Bamford s'étaient mis à raconter des histoires grivoises. Harriet avait fait un cours sur l'état de la planète. Elle s'inquiétait de l'usage du plastique. Selon elle, cette matière dégageait des gaz nocifs. On pouvait attraper un cancer rien qu'en s'asseyant sur des sièges en vinyle.

Sam ouvrit la penderie. La première projection l'inquiétait toujours beaucoup. Qui allait y assister aujourd'hui ? Hawksmuir. L'abominable Hawksmuir. Hier, Jake ; et maintenant, Hawksmuir. Ses deux bêtes noires. Il fallait les impressionner. Mettre toutes les chances de son côté. C'était une journée à soigner son image. Pure laine vierge, soie et parfum : la jeune femme moderne, élégante et sûre d'elle. Comme dans les pubs...

Son doigt la lançait. Comment une si petite coupure pouvait-elle faire aussi mal ? Elle tressaillit tandis que la douleur se répercutait dans son crâne, gagnait le cou et l'estomac, comme si on la coupait en deux avec un couteau de boucher. Bizarre. Elle se sentait bizarre, angoissée.

Elle enfila un ensemble de chez Galliano. Sa tenue de combat. La mode est déroutante, pensa-t-elle en s'enveloppant dans un magnifique châle signé Cordelia James. A peine est-on familiarisée avec ses tendances qu'il en surgit de nouvelles.

Elle sortit d'un tiroir un petit mouchoir blanc bordé de dentelle et marqué en bleu à ses initiales : S. C. Après l'avoir mis dans son sac, elle se donna un coup de peigne et s'examina dans la glace.

– Zap ! Kapow ! dit-elle en souriant à sa propre image.

Elle sortit de la chambre en se demandant pourquoi ces deux mots lui étaient tout à coup venus à l'esprit.

– Non, vous ne vous en sortirez pas, dit une voix avec un fort accent américain.

Elle entendit le rire de Nicky puis un bruit d'explosion.

– Pas cette fois, Batman.

KAPOW !... SOCK !... BIFF !... BAM !... ZAP !...

– C'est ce que nous allons voir !

Assis à table, Nicky et Helen regardaient la télévision. Nicky tenait sa cuillère en l'air et du lait dégouttait le long de sa manche. Fascinée par le film, Helen n'avait rien remarqué. Agacée, Sam empoigna la cuillère et épongea la rigole de lait avec une serviette de table.

– Je suis désolée, madame Curtis, dit Helen en se levant. Je...

– Ce n'est pas grave, dit Sam d'un ton un peu froid.

Elle rendit la cuillère à son fils et éteignit le poste.

– Bouh !... fit Nicky.

Helen se rassit en rougissant.

– Nicky passe beaucoup trop de temps devant la télévision, Helen. Il ne devrait pas la regarder pendant les repas.

Consciente de son irritation, Sam sourit à la jeune fille pour la rassurer.

– Excusez-moi, répéta Helen.

Sam s'assit auprès d'elle et se versa un verre de jus d'orange. Nicky l'observait d'un œil boudeur.

– Qu'est-ce que tu fais aujourd'hui à l'école, mon tigre ?

La publicité pour Esso avait beaucoup marqué le petit garçon. Quand il avait quatre ans, il se prenait pour un tigre. Il courait dans l'appartement à quatre pattes, bondissait, se cachait dans les placards en laissant traîner la queue de tigre qu'Esso donnait en prime à ses clients. « Le tigre est là ! Le tigre est là ! » criait-il.

Il tendit le bras et se servit généreusement – et maladroitement – un deuxième bol de flocons d'avoine dont il répandit une partie sur la table. Négligeant le lait, il enfourna plusieurs cuillerées de céréales.

– Tu m'as l'air grincheux, ce matin.

– J'ai pas bien dormi.

– Maman aussi est fatiguée aujourd'hui.

En fait, maman était crevée.

– Vous avez fait du bruit, hier soir.

– On t'a empêché de dormir ? Je suis désolée.

Nouvelle fournée de céréales. Le gamin ne prenait même pas la peine de fermer la bouche pour les mâcher.

– Je croyais que tu étais un tigre, pas un chameau !

Il ferma la bouche et continua de mâcher puis s'étira et but une gorgée de jus de fruits.

– Batman ! Je veux regarder Batman !

– Trop de télévision, ce n'est pas bon pour les petits garçons.

– Mais tu travailles pour la télé !

– Je ne fais que des films publicitaires.

– La pub, c'est nul. T'as fait le film pour les nouvelles céréales, et elles sont même pas bonnes. C'est de la crotte de bique.

– Et ça a quel goût, la crotte de bique ?

– C'est comme les céréales.

Elle croisa le regard de Helen. Inquiet, comme celui d'un enfant devant son professeur. Sam termina son jus de fruits et jeta un coup d'œil à sa montre. 8 h 15.

– Maman est en retard. Elle doit s'en aller.

Elle traversa la salle de séjour pour brancher le répondeur et contempla la pièce immense avec consternation. Des tasses de café, des verres à demi vides, des cendriers pleins à ras bord, des beurriers et des serviettes encombraient encore la table. Deux bouteilles de Perrier étaient débouchées. Sam partit à la recherche des capsules, trouva par hasard le bouchon de la carafe de porto et le remit en place. Un éclat de verre scintillait dans la salière. Elle leva un regard prudent vers le lustre : un tesson ébréché demeurait dans la douille. Les autres ampoules semblaient indemnes.

La pièce baignait dans une lumière grisâtre chargée de vapeurs d'alcool et de relents de fumée froide qui s'infiltraient sous sa peau comme l'humidité et imprégneraient ses vêtements et ses cheveux si elle s'attardait. Sam regarda autour d'elle : le bureau à cylindre de Richard, l'ordinateur dans un coin, le piano à queue avec le narguilé en cuivre martelé posé sur le couvercle, les deux sofas de part et d'autre de la cheminée, les blasons sur les murs de briques nus, les épées, les objets d'art médiévaux, bref, tout ce qui appartenait à Richard – y compris les portraits d'ancêtres et les rouleaux de parchemin scellés de cire rouge, souvenirs d'un passé sanglant – composait un décor sans chaleur et sans fantaisie. C'était un appartement d'homme et il le resterait. Dehors, un hélicoptère passa dans le ciel en grondant. Son ombre assombrit un instant la vitre.

– Au revoir, mon tigre ! dit-elle en enfilant son manteau.

Nicky sortit de la cuisine et se dirigea vers sa chambre.

– Salut, répondit-il sèchement.

– Hé, toi, viens par ici !

L'enfant s'arrêta net.

– Je n'ai pas droit à un petit bisou ?

Il hésita quelques secondes puis trottina vers elle.

– D'accord. Je te pardonne, pour cette fois.

– Et si tu es bien sage, moi aussi je te pardonnerai.

– Pour quoi ?

– Pour avoir été vilain avec maman, dit-elle en se penchant vers lui.

Il fit la moue et noua ses bras autour de son cou pour l'embrasser.

– Pardon, maman.

Il lui planta un autre baiser sur la joue et détala.

– Sois bien sage à l'école !

– C'est vendredi. Youpi !...

En ouvrant la porte, Sam découvrit le *Daily Mail* sur le paillasson. Elle chercha la page des horoscopes. Que prédisait-on aux Poissons ?

Un voyage risque de vous réserver des surprises. Ne vous laissez pas entraîner dans une discussion même si l'un de vos proches collaborateurs vous provoque. Cette journée et la fin de la semaine seront perturbantes et vous aurez besoin de toute votre énergie pour faire face.

Sympa ! Et bonne journée à vous ! Sam mit le journal dans son porte-documents et traversa le palier sombre, au quatrième étage de cet immeuble sans âme planté au milieu d'un no man's land. D'ici quelques années, il serait entouré de couleurs, de lumières et de boutiques mais pour le moment, il s'élevait en plein chaos. Difficile de faire la différence entre ce qui était voué à la démolition et ce qui était en construction.

Dans la rue, Sam fut assaillie par les odeurs d'essence et de goudron chaud mêlées aux effluves salés du fleuve. Le ciel était d'un gris pâle. Elle sentit sur ses lèvres un goût de cendre et de poussière. Au loin, un train siffla, des pneus crissèrent. Derrière l'entrepôt, la bétonnière ronronnait, comme tous les jours.

Ces horoscopes... Qui les prenait au sérieux ? Qui croyait aux rêves ? Qui s'intéressait aux ampoules électriques ?

Depuis la veille, une mince couche de poussière s'était déposée sur la Jaguar rouge et sur la vénérable Range Rover qui semblait décolorée. Sam s'assit dans la Jaguar et tourna la clé de contact. Le voyant du frein à main s'alluma. Clic. Clic. Clic... La jauge d'essence. Elle mit le starter et appuya sur le bouton du démarreur. Le moteur gémit, renifla et, après une détonation sèche, poussa un rugissement. L'aiguille du compte-tours oscilla frénétiquement puis se stabilisa. Sam envoya une giclée d'eau sur le pare-brise et mit les essuie-glaces en action, passa la première, se débattit avec le frein à main. Puis, empoignant le volant en loupe de noyer, elle lança la voiture en avant, tout en surveillant le bruit du moteur qui grognait comme un vieillard grincheux. Les trois essuie-glaces barbouillèrent la vitre d'une pellicule translucide de sel et de poussière.

Elle vira brutalement pour éviter un camion parqué dans Wapping High Street puis relâcha le volant, consciente de la rapidité excessive de ses gestes. Cette voiture rétro, cette pièce de collection, était une idée de Ken. Selon lui, une vieille voiture donnait de sa société une image élégante et c'était un bon investissement. Sam s'arrêta au carrefour suivant en attendant de pouvoir se glisser dans la file des voitures. Un autobus se plaça devant elle, lui barrant le passage, et elle jeta un regard furieux au chauffeur qui regardait fixement devant lui, comme un cheval muni d'œillères.

Puis elle vit l'affiche sur l'un des côtés du bus. Droit devant elle, comme un défi : le tigre prêt à bondir sur l'avion argenté, avec sa devise : *Chartair... Pour changer d'air*.

7

Elle gara la voiture et traversa Covent Garden à la hâte. Il lui restait juste assez de temps pour faire quelques brasses à son club de natation. Chaque matin, sauf voyage ou rendez-vous important, elle allait nager avant de se rendre au bureau. Aujourd'hui, elle en avait grand besoin pour se réveiller et s'éclaircir les idées.

En sortant du club, elle se sentait un peu mieux dans sa peau. Elle descendit la rue étroite, traversa le jardin public et passa devant le vieux marché couvert de Covent Garden, au milieu des pigeons et des balayeurs, maîtres des lieux à cette heure. Une rafale de vent glacé ébouriffa ses cheveux humides et un morceau de papier roula sur le sol devant elle comme un oiseau blessé.

RÊVES.

Ce mot ondula dans la vitrine d'une librairie.

DÉCOUVREZ LES SECRETS DE VOTRE MONDE INTÉRIEUR.

RÊVES. RÊVES. RÊVES.

La vitrine était pleine de livres sur les rêves.

Le Rêve : un miroir magique. Le Pouvoir des rêves. Les Rêves de A à Z.

C'était une petite librairie devant laquelle elle

passait tous les jours. Un coup d'œil à sa montre : 9 h 20. Elle entra. Une agréable odeur flottait dans la boutique : celle des couvertures neuves et de l'encre fraîchement imprimée. Sam adorait les livres.

Un homme très grand, en polo noir, glissait silencieusement à travers le magasin, tournant mécaniquement la tête d'un côté et de l'autre. Il s'arrêta à quelques pas de Sam, s'inclina légèrement et haussa les sourcils. Il était d'une propreté méticuleuse et sentait la savonnette.

– Je cherche un livre sur les rêves, expliqua Sam. Je...

Elle se troubla. L'homme l'intimidait. C'était le genre de libraire à qui l'on devait demander les œuvres de Marcel Proust.

– Je m'intéresse aux rêves...

– Hum...

Il pivota pour désigner d'un geste large une rangée d'étagères toutes étiquetées « Rêves ». Puis il se tourna vers la jeune femme.

– A quoi vous intéressez-vous en particulier ?

Il chuchotait à la façon des bibliothécaires et son haleine sentait la menthe. Comme s'il caressait la joue d'une belle endormie, il promena un doigt sur le dos des livres et en sortit un qu'il lui tendit.

– Voici quelque chose qui pourrait vous intéresser. Etes-vous étudiante ?

– Non, répondit Sam qui se sentit flattée.

Non, mais j'aimerais bien. J'aimerais en avoir l'air, avoir leur insouciance. Leur jeunesse. Vous êtes sans doute diplômé d'Oxford, n'est-ce pas ? Moi c'est la vie qui a été mon université. Dès le premier tournant, je suis descendue droit dans la Vallée des Larmes. Vous connaissez ? Vous n'en avez jamais entendu parler ? Je suis diplômée de chez Thompson : J. Walter Thompson, où j'ai commencé comme secrétaire. Puis je suis devenue assistante de production et à vingt-six ans j'étais productrice. Impressionnant, n'est-ce pas ? Puis j'ai tout laissé tomber pendant quelques années. Maintenant j'ai repris le collier. Je travaille et je rêve. En fait, j'ai fait un rêve au sujet de cette catastrophe aérienne. Vous savez, celle de Bulgarie ? J'aurais pu les sauver tous. J'aurais dû téléphoner à la compagnie, vous ne croyez pas ? TOUT LE MONDE DEHORS, LES GARS, CET AVION EST FOUTU !

Qu'auriez-vous fait à ma place ?

Merde ! Je deviens vraiment cinglée.

– Non. Je suis... tout à fait profane en la matière. Je m'intéresse seulement à l'interprétation des rêves.

Il remit le livre à sa place et sembla réfléchir une fraction de seconde.

– Hum... Voyons... Oui, je crois que vous trouverez des choses intéressantes là-dedans..., ajouta-t-il comme s'il l'avait connue de longue date. (Il prit un livre de poche dont la couverture représentait un œil et un poisson.) Oui. Celui-ci. *Ce que disent vraiment vos rêves.*

Sam jeta un coup d'œil au dos.

Dr Colin Hare, maître de conférences en psychologie à l'université de Hull, met Freud, Jung et d'autres grands interprètes du monde des rêves à la disposition du profane dans ce dictionnaire concis du symbolisme des rêves.

Un de mes livres de chevet... une découverte essentielle. (Extrait d'une critique du Times.*)*

Sam parcourut la table des matières puis chercha la rubrique « avion » qu'elle lut en diagonale :

Voler : exprime le désir de s'évader, de sortir de l'ornière. Autres interprétations : érection et fantasmes sexuels. L'avion est le symbole du phallus. Il peut être aussi celui de la matrice.

Elle feuilleta quelques pages.

Nager : fréquentes connotations sexuelles. Combattre ses impulsions primitives. Peut exprimer la difficulté de garder la tête hors de l'eau.

Elle revint aux critiques citées au dos de la couverture.

– Bien, dit-elle. Je le prends.

Elle sortit du magasin, replia la pochette en plastique autour du livre et mit le tout dans son sac. Elle passa devant diverses échoppes fermées et traversa la rue pour gagner son bureau situé dans un bâtiment étroit coincé entre une maison d'édition et un marchand d'appareils chirurgicaux.

Des stores vénitiens masquaient les fenêtres du rez-de-chaussée, au-dessus desquelles le nom de la firme, *Les productions Ken Shepperd*, s'étalait sur une bande de celluloïd qui représentait une pellicule géante. Sam poussa la porte Arts déco et pénétra dans le vaste hall de réception violemment éclairé.

Des éléments de voiture étaient encastrés dans les murs blancs comme des sculptures modernes. L'avant d'une Alfa Romeo rouge. L'arrière d'une Coccinelle. Les fauteuils destinés au public étaient de vieux sièges en cuir, montés sur un socle en plexiglas, et la réceptionniste, l'air absent, comme toujours, était assise derrière le volant de ce qui avait été autrefois l'avant d'une Cadillac décapotable blanche.

– Bonjour, Lucy.

La jeune femme, en pull mohair, maquillée à la diable, leva sur elle un regard vide.

– Oh, euh... salut ! marmonna-t-elle en relevant une mèche décolorée qui lui tombait sur l'œil.

– Ouais, bonjour, répéta-t-elle. Au fait, y a quelqu'un qui vous a appelée au téléphone.

– Qui était-ce ?

Sam la regarda farfouiller dans ses papiers avec un sourire endormi. Elle avait l'air d'avoir passé une nuit blanche.

– Voyons, c'est quelque part par là... ah ouais, c'est Roy Kempson, de Praiseworthy. Il voudrait un rendez-vous... (Elle se pencha sur sa feuille.) Lundi ou mardi matin, si possible. Il voudrait que vous le rappeliez. Y a rien d'autre.

Sam prit la fiche. La fatigue et le chlore de la piscine lui avaient irrité les yeux. Derrière Lucy, un mannequin de cire représentait Ken – grandeur nature – à demi couché dans un fauteuil d'osier. Il régnait sur son fief derrière un numéro déployé du *Daily Mail* renouvelé chaque jour. En passant, Sam lui jeta comme d'habitude un regard circonspect et s'assura qu'il ne leur jouait pas un tour macabre comme il l'avait déjà fait en prenant la place du mannequin. Le sculpteur avait donné à la cire l'apparence de la réalité dans ses moindres détails : la chemise en coton, les cheveux noirs et bouclés qui viraient au gris, le visage un peu marqué, un peu cabossé, du genre « le monde passera avant que je change ». Tout y était, sauf le regard bleu, aigu. Les yeux n'étaient pas ceux de Ken. Sans expression, ils fixaient le vide.

Etonnants, ces yeux. *Les fenêtres de l'âme...*

La peau cireuse et luisante n'était pas non plus la sienne. Elle ne sentait pas le tabac, l'after-shave, la sueur, l'alcool. Elle ne sentait rigoureusement rien et elle était froide au toucher, brillante et dure. Aseptisée.

Il aurait probablement cette apparence, une fois mort.

Sam monta l'escalier et passa devant d'autres carrosseries tronquées : l'arrière d'un vieux taxi londonien sans portières, le capot d'une Bugatti bleu cobalt fixé au mur par des courroies de cuir.

Le bâtiment avait trois étages et un sous-sol. Le bureau de Ken était situé sous les combles, la salle de billard qui faisait office de salle de projection au sous-sol et le bureau de Sam au premier. Elle avait comme voisin, dans une pièce minuscule au bout du couloir, Drummond, le chef électricien.

La jeune femme entra dans le bureau blanc et noir qu'elle partageait avec la secrétaire. Celle-ci était assise derrière sa table de travail dans un nuage pestilentiel de fumée.

– Bonjour, Claire.

Claire ne disait jamais bonjour, ce qui avait le don d'exaspérer Sam. Parfois, elle ne levait même pas les yeux et si Sam était déjà là, elle s'asseyait sans dire un mot. Cette fois, elle balaya de la main ses cheveux courts et épais et un sourire éclaira son visage de pékinois : c'était mauvais signe.

– Devinez ce qui nous arrive...

Sam la regarda en haussant les sourcils. Claire adorait annoncer les catastrophes.

– Il veut des girafes... Il en veut quatre.

Le doigt de Sam lui faisait horriblement mal et la fumée lui piquait les yeux.

– Qui veut quatre girafes ?

– Ken.

– Pour quoi faire ? Il veut ouvrir un zoo ?

– Je ne sais pas, avoua Claire en secouant la tête. J'abandonne. J'abandonne pour de bon. Où voulez-vous que je déniche quatre girafes ?

– Chez Harrods, dit Sam.

Elle profita du silence stupéfait provoqué par sa remarque pour se glisser derrière son propre bureau, dans un havre non pollué, près de la fenêtre. De l'air, de l'air pur, même s'il est glacé, demanda-t-elle mentalement en ouvrant la fenêtre.

– Chez Harrods ? s'étonna Claire.

– Pourquoi pas ? On trouve tout ce qu'on veut, chez Harrods.

Il y avait un mime assis sur le bord du trottoir. Elle le regarda un moment puis se détourna et vint se rasseoir derrière son bureau.

– Essayez la S.P.A., dit-elle en prenant le téléphone et en parcourant son courrier.

– Il y a un autre problème. Et là, c'est le vrai désastre. Il s'agit de la nuit polaire.

– Ce sont les ours qui nous causent des ennuis ? demanda Sam en composant un numéro.

– Non. L'obscurité. C'est la nuit polaire. Personne n'y a donc pensé ?

– Pensé à quoi ?

– La séquence que nous avons tournée pour la marque de poisson frit, vous savez, les « superfingers ». Celle du chalutier qui passe devant un iceberg. Dans l'Arctique.

Sam, qui écoutait la voix à l'autre bout du fil, hocha la tête.

– Je désirerais parler à Rob Kempson, s'il vous plaît.

– Ça se passe durant la nuit polaire. Il fait sombre. Et personne n'a pensé à ça...

– Pouvez-vous lui dire que je l'ai appelé ? Merci. Je serai à mon bureau cet après-midi.

Elle leva les yeux vers Claire.

– Il faudra tourner en studio.

– Impossible. Le client veut un tournage en extérieurs, dans l'Arctique.

Claire alluma une autre cigarette et écarta la fumée d'un revers de main.

– Je ne vois pas comment on pourra s'en tirer. J'abandonne. J'abandonne pour de bon !

La porte s'ouvrit et Drummond entra en traînant les pieds. Grand, maigre, voûté et drogué, il avait l'air d'un somnambule filmé au ralenti.

– Une nouvelle bobine, dit-il en reniflant et en regardant autour de lui comme s'il débarquait de la Lune.

Il portait une grande boîte en plastique gris.

– Où voulez-vous la mettre ? demanda-t-il.

– C'est bien celle de la BMW ? s'enquit Sam.

– Et aussi du Bacardi, confirma-t-il en reniflant à nouveau.

– Laissez-la ici. Je veux la voir. Ken et moi devons la visionner.

– Vous vous y connaissez en girafes ? demanda Claire.

– En girafes ?

– Oui.

Drummond la contempla d'un œil éteint. Une goutte glissait de son nez pourri par la cocaïne.

– Elles rêvent peu.

– Vraiment ? fit Claire.

– Elles ne rêvent pas plus d'une demi-heure par nuit, ce qui prouve qu'elles ne sont pas intelligentes.

– Etes-vous expert en rêves, Drummond ? demanda Sam.

– Moi ? (Il regarda autour de lui comme pour s'assurer que c'était bien à lui qu'elle s'adressait.) C'est bizarre, les rêves. C'est le monde des obsessions, c'est l'espace intérieur.

Il fronça les sourcils, posa la boîte sur le bureau de Sam, puis sortit de la pièce du même pas hésitant.

– Mme Wolf a dit que ce serait un mois pénible, assura Claire.

– Mme Wolf ? Après les girafes, les loups (1). Il semble que la matinée soit propice aux animaux.

– Mme Wolf est ma voyante, précisa Claire en décrochant le téléphone.

Sam sortit dans le couloir pour aller chercher une tasse de café au distributeur automatique. Elle souffla sur le liquide brûlant, but une ou deux gorgées puis revint à son bureau pour appeler Ken sur l'interphone.

– Nous devrions partir dans cinq minutes. Nous sommes attendus dans la salle de montage à 10 h 30.

– Je croyais que nous visionnions ici.

– Hawksmuir veut toujours voir la première pellicule sur la table de montage. Voulez-vous y aller à pied ou bien dois-je appeler un taxi ?

– On ira à pied. Je vous prends en passant.

Sam regarda Claire.

– Elle est douée, votre voyante ?

– Oui. Elle est très bonne. Elle m'a annoncé ma rupture avec Roger.

– Vous annonce-t-elle parfois de bonnes choses ?

– Ça lui arrive.

Claire, souriante, plissa les yeux et les leva vers le plafond. Dans leurs orbites creuses ils étaient aussi vitreux que ceux d'une femme en transe.

– Ça lui arrive quelquefois de m'annoncer de bonnes nouvelles.

La salle de montage était petite et sans fenêtre, tapissée de casiers chargés de boîtes de pellicule toutes soigneusement étiquetées et marquées au crayon feu-

(1) *Wolf :* loup.

tre. Ils contemplaient l'écran de contrôle de la table de montage Steenbeck.

Tony Riley, le chef monteur, éteignit le plafonnier et la machine se mit à bourdonner et à cliqueter.

Le capot d'une voiture, longue et racée, style années folles, apparut sur l'écran. Une main surgit et alluma la radio au tableau de bord.

Je suis au paradis... Je suis au paradis... Je suis au paradis... Sam fredonna mentalement les paroles de la chanson qui n'avait pas encore été enregistrée. La caméra recula pour montrer un jeune homme dans le vent conduisant une grosse Mercedes décapotable. Posées sur le volant, ses mains marquaient le tempo de la musique. Il conduisait avec nonchalance. La caméra fit un gros plan sur son visage – celui d'un play-boy sûr de lui – puis s'en détacha pour suivre une rue étroite et longue, bordée de maisons élégantes aux portes ouvertes.

Sur chaque seuil se tenait une jeune fille vêtue de façon provocante. Lorsque le conducteur passait devant elles en les détaillant de la tête aux pieds, elles s'avançaient pour effleurer la voiture du doigt, du bout de leurs escarpins ou même avec une cravache, et relevaient brièvement leurs jupes pour exhiber leurs bas à jarretières. Tout en fredonnant, l'automobiliste tournait la tête, d'un côté de la rue à l'autre.

Tout d'un coup, zoom avant et gros plan d'une civière qu'emportaient deux infirmiers. Ils passèrent devant les filles qui reculèrent, glacées d'horreur, à la vue de l'homme étendu qu'on arrêtait en face de la Mercedes. Plan rapproché sur le blessé, décharné et désespérément atteint. Le beau conducteur était à peine reconnaissable.

Enfer ou paradis... Sam se remémora machinalement le texte. *Ne laissez personne choisir pour vous. Utilisez un préservatif.*

La caméra s'éloigna de la civière et montra de nouveau la Mercedes abandonnée qui brûlait sur le bord de la route. Devant, dans la rue, d'autres voitures étaient en flammes et l'incendie se propageait aux maisons.

Nouveaux cliquetis : le projecteur s'arrêta et l'éclairage revint.

Il y eut un silence inquiétant.

Ken Shepperd. Réalisateur plusieurs fois primé. Vingt mille dollars à la clé.

Le silence se prolongea.

Nous avons respecté le budget, pensa Sam. Grâce à moi. J'ai réussi à freiner Ken. Seul, il aurait joyeusement jeté l'argent par les fenêtres, y compris nos bénéfices.

J'ai réussi au-delà de toute espérance.

Tom Hawksmuir, grand et revêche, son éternelle mèche blonde d'adolescent qui jurait avec son visage érodé par l'alcool, lança la première torpille. Euan Driver et Bentley Hewes l'accompagnaient. L'équipe de créateurs de l'agence était au complet.

– On a l'impression qu'il sort cette putain de Mercedes du dernier salon de l'automobile.

– A propos de cette fille avec le boa... vous n'aviez pas fait un gros plan sur la séquence où elle grimpe sur le capot pour se farcir le chauffeur ? demanda Bentley Hewes.

– Il n'aurait jamais passé la commission de censure, expliqua Ken.

Ces messieurs allumèrent leurs cigarettes. Ken. Tony. Tom. Ils étaient trois sur six à fumer. Sam avait terriblement envie de faire comme eux. La fumée, irritante, la fit éternuer. Elle fouilla son sac pour trouver son mouchoir. Curieux, pensa-t-elle, tout en cherchant jusque dans les pochettes intérieures. Je suis sûre d'en avoir pris un, celui qui a mes initiales brodées en bleu.

– Ces filles, intervint Hawksmuir, n'ont pas l'air de putes. On dirait de bonnes petites filles bien sages qui se sont déguisées.

– C'est justement l'impression que je voulais donner, dit Ken sobrement.

– Le scénario mentionnait des putes. Des poules, des prostituées. Pas des gamines qui ont emprunté les fanfreluches de leur mère pour rigoler.

Hawksmuir jeta un regard pénétrant à la jeune femme.

– Qu'en pensez-vous, Sam ? Vous les trouvez sexy ?

Il eut un sourire paillard.

– Qu'est-ce qu'une femme trouve sexy chez une autre femme ?

– Je croyais que le but du film était de toucher les adolescents, Tom, dit-elle en s'efforçant de rester calme. Je ne crois pas que beaucoup d'adolescents ont affaire à des putes. Ils couchent avec leurs petites voisines et ils se croient à l'abri des pépins. Nous avons essayé de trouver des filles que puissent reconnaître les adolescents.

– Revenons à la fille en boa.

– Revisionnons le film.

– Allons nous soûler la gueule, suggéra Ken lorsqu'ils redescendirent Wardour Street, par un temps clair mais froid, coupé de rafales de vent.

Ils entrèrent dans une trattoria. Il était tôt. Sur les nappes roses, les couverts étincelants, les petits pains et les *grissini* dans leur étui de cellophane étaient rangés en ordre impeccable.

Sam se sentait encore mal assurée sur ses jambes lorsqu'elle sortit de son bureau, peu après 18 heures.

Elle avait encore dans la bouche le goût de cumin éventé du kummel dont ils avaient arrosé leur café. Elle tenta de se souvenir de ce qu'ils avaient bu. Deux bouteilles de vin, peut-être trois. Puis au moins deux verres de liqueur. « Pour vous éclaircir les idées », avait prétendu Ken.

Eclaircir ses idées ? Seigneur ! Sam plissa les yeux, battit des paupières et toutes les lumières de ce début de soirée londonienne penchèrent à gauche. Elle avait une douleur sourde à l'estomac ; une autre, aussi fulgurante qu'un coup de couteau, lui vrillait le crâne et elle avait bu tellement de café qu'elle en tremblait.

Elle trébucha sur un pavé. L'air vif et froid n'arrangeait rien, se dit-elle en regagnant sa voiture d'un pas chancelant. Elle se demanda quelques secondes si elle était en état de conduire et décida que non. Un taxi affichant *libre* se présentait. Elle se dirigea vers lui, le bras levé.

– 64, Wapping High Street, dit-elle au chauffeur, en se demandant si elle parlait distinctement.

Le siège arrière sembla venir à sa rencontre et elle s'y laissa tomber. Oublier. Pendant un moment, au restaurant, elle était parvenue à oublier. Elle s'était sentie merveilleusement bien, un vrai bonheur.

Ken avait pris son rêve au sérieux. Intéressé, il lui avait posé un tas de questions. Il l'avait aidée à comparer son expérience avec les récits qu'avaient faits la télévision et la radio. Il n'avait pu lui fournir d'explication mais il l'avait crue. C'était une coïncidence, lui avait-il dit enfin pour la rassurer. Sa confiance lui avait fait du bien.

Maintenant l'oubli se dissipait et elle se souvenait de tout.

Elle regarda les panneaux d'affichage du vendeur de journaux, faiblement éclairés par le réverbère, et écouta le ronflement de la voiture qui s'engageait dans le Strand.

CATASTROPHE AÉRIENNE :
C'ÉTAIT UNE ERREUR DE PILOTAGE.

Oui. Maintenant ils le savaient. Ils auraient dû lui téléphoner : elle aurait pu leur donner tous les détails horribles.

C'est moi. Oui, bien sûr, que désirez-vous savoir ? J'y étais. Mon témoignage est capital.

Ici Sam Curtis, qui vous parlait de Bulgarie.

Elle s'enfonça dans son siège, fascinée par toutes ces lumières, clignotantes et éblouissantes, qui défilaient. Des lumières qui éclairaient les mannequins dans les vitrines et projetaient des ombres sur le trottoir où les passants fuyaient le froid, le crachin, la nuit. Elle se demanda s'ils rêvaient, eux aussi. Une vague de nausée la submergea ; elle retint sa respiration et déglutit. Les yeux fermés, elle s'abandonna au chaos de ses pensées.

Tout à coup, elle remarqua que le taxi s'était arrêté.

– C'est bien le 64 que vous m'avez dit ?

Ahurie, elle cligna des yeux dans l'ombre. Une fatigue énorme pesait sur elle. Elle se sentait si épuisée qu'elle n'avait pas la force de sortir du taxi. Elle jeta un coup d'œil aux chiffres rouges du compteur. Trois livres soixante-quinze. Elle sortit de son sac un billet qu'elle tendit au chauffeur.

– Gardez la monnaie.

Il prit l'argent et demeura quelques secondes silencieux. Puis, se retournant vers elle, il lui mit quelque chose dans la main. Un morceau de carton mince et raide.

– J'aimerais mieux de l'argent.

– Qu'est-ce que c'est ? s'étonna-t-elle.

– Ce que vous venez de me donner.

– Moi ? Je vous ai donné un...

Elle s'interrompit, cligna à nouveau des yeux et fixa d'un air hébété ce qu'elle tenait à la main. Une carte d'embarquement orange et blanc de la compagnie « Chartair », avec le numéro 35 A griffonné à la hâte.

– Je ne vous ai jamais... Je ne vous ai jamais donné ça... Je...

Stupéfaite, elle leva les yeux vers le chauffeur noyé dans la pénombre. Elle tenta de distinguer son visage. Il alluma alors son plafonnier et elle le vit clairement.

Le choc qui l'assaillit comme une vague déferlante l'arracha à sa banquette et la jeta sur le plancher du véhicule. Humiliée et incrédule, tremblante de peur, elle continuait de fixer la carte d'embarquement puis revint au visage encapuchonné qui la dévisageait en grimaçant. L'un des yeux étincelait à travers les fentes du masque. L'autre, les cils recourbés vers l'intérieur, n'était qu'une taie blanche dans une orbite rouge.

8

Le temps se figea.

Sam vit le sourire, la haine, la détermination.

Seigneur, si seulement quelqu'un pouvait m'aider. Je vous en prie !

Elle jeta un bref coup d'œil à travers la vitre du taxi. Il faisait noir. Pourrait-elle courir plus vite que lui ? La rue était calme. Il y avait des passages étroits, des palissades et des immeubles vides. S'il la rattrapait, il pourrait l'emmener dans des centaines d'endroits où personne ne songerait à la chercher.

Il l'observait en souriant d'un air sarcastique. La plaisanterie lui semblait manifestement très bonne. Il eut un petit rire étouffé.

Sam continuait à fixer la carte d'embarquement en essayant désespérément de comprendre. Elle était dans un taxi. Pour le moment, elle était en sécurité, non ?

Sa main s'abattit sur la poignée de la portière qu'elle poussa violemment.

Peine perdue. Elle refusa de s'ouvrir.

Sam se jeta de tout son poids contre elle. En vain. Elle regarda d'un air furieux l'homme qui s'esclaffait bruyamment. A genoux, elle tenta d'ouvrir la vitre mais la manivelle lui entailla le doigt. Plongeant de l'autre côté, elle s'efforça d'actionner la poignée mais elle savait, en son for intérieur, que celle-ci ne céderait pas plus que la première. A quatre pattes, elle revint à l'autre portière qu'elle secoua frénétiquement.

– Au secours ! Laissez-moi sortir !

– Madame ?

– Au secours !

– Madame ?

Sam secouait toujours la poignée de la porte.

– Madame ? Vous ne vous sentez pas bien ?

La voix inquiète et douce traversa les ténèbres.

– Madame ?

Une flaque de lumière orange l'éblouit. Un réverbère, pensa-t-elle.

– Ça va ?

Le moteur du taxi tournait au ralenti. Assis sur la banquette avant, un homme au visage sympathique, portant casquette et moustache, la dévisageait d'un air inquiet.

Elle se rendit soudain compte qu'elle gisait sur le plancher de la voiture dont elle pouvait sentir les trépidations et l'odeur de caoutchouc et qu'elle se cramponnait à la poignée de la porte. La tête lui tournait et elle crut qu'elle allait s'évanouir. Elle ferma les yeux, les rouvrit.

– Excusez-moi, dit-elle. Je... J'ai eu...

Il sortit pour lui ouvrir la portière puis l'aida à descendre de voiture.

– J'ai cru un instant que vous aviez une attaque.

– Excusez-moi, répéta-t-elle.

Au fur et à mesure qu'elle reprenait ses esprits elle avait conscience du ridicule de sa situation.

– Je me suis endormie et j'ai... j'ai fait un cauchemar. Combien vous dois-je ?

– Trois livres soixante-quinze, dit-il. Voulez-vous un coup de main pour rentrer chez vous ?

– Non, merci. Ça va mieux. (Elle lui tendit un billet et hésita.) J'ai été une passagère bien encombrante. Gardez la monnaie, je vous prie.

Elle grimpa à la hâte les marches de son immeuble et traversa le faisceau de la cellule photoélectrique. Le porche s'alluma, docilement et silencieusement. Après avoir fait le code d'ouverture, elle tourna la tête et aperçut le visage du chauffeur qui remettait son compteur à zéro et éteignait son plafonnier.

Elle attendit son départ, tremblante, l'esprit brouillé par la peur.

9

L'ombre de la femme s'allongea sur la pierre tombale, obstruant la faible lumière diffusée par les lointains vitraux de l'église. Le vent malmenait les arbres, secouant les branches avec un bruit d'ossements et portant les échos des hymnes entonnées par la chorale. La femme haletait.

Grande, solidement charpentée, la soixantaine, elle n'avait pas l'habitude de courir et il lui fallut quelques secondes pour reprendre son souffle, apaiser la douleur qui lui déchirait la poitrine et l'excitation qui bouillonnait en elle.

Lorsqu'elle eut retrouvé assez de calme pour parler, son ombre s'agita, mettant certaines lettres en lumière et laissant les autres dans l'obscurité.

Billy Wolf, 1938-1964.

Comme d'habitude, elle s'agenouilla, ferma les yeux et chuchota rapidement une succession de prières. Elle se balançait d'avant en arrière, dans un murmure qui s'accélérait jusqu'à devenir une plainte aiguë pendant que ses yeux s'emplissaient de larmes. Puis elle demeura silencieuse, les yeux toujours fermés. Lorsqu'elle ne put refréner son excitation plus longtemps, elle se releva.

– Je t'ai apporté un cadeau, Billy, dit-elle avec un

accent guttural d'Europe de l'Est. Tu vas être content de moi. Tu vas être si heureux. Je le sais. Regarde, Billy...

Elle sortit un mouchoir de son vieux sac à main défraîchi et le tendit vers la tombe.

– Il est à elle, Billy. Cela ira, n'est-ce pas ?

Elle eut un sourire rayonnant.

– Je sais que tu es content. Ça m'a pris si longtemps pour la retrouver. Son oncle et sa tante l'ont adoptée, tu comprends ? Ils ont changé son nom. Ils l'ont emmenée très loin mais nous l'avons retrouvée. Petite garce ! Tout ira bien maintenant, Billy.

Elle tendit à nouveau le mouchoir, sourit, le replia et le rangea soigneusement dans son sac.

– Nous avons tout ce qu'il nous faut, Billy. C'est elle que nous allons avoir maintenant.

10

– Eh, regarde cette Ferrari !... Ouaou ! Plus vite, m'man, dépasse-la ! Ouaou !

L'arrière de la voiture de sport rouge disparut dans le lointain.

– Pourquoi tu conduis si lentement, m'man ?

– Je suis à cent trente, mon tigre.

– C'est pas tellement.

– C'est au-dessus de la limitation de vitesse.

– Ce type, y respectait pas le code, alors ?

– Non.

– Comme papa. Il a roulé à cent cinquante, samedi dernier. Eh, le voilà ! C'est papa !

Sam jeta un coup d'œil à Nicky dont le visage était pressé contre la vitre arrière.

– Non, c'est pas papa. Mais c'est la même voiture. Sauf que celle de papa est plus rapide.

– Pourquoi tu tournes ?

– Parce que nous allons faire des courses.

– Oh non !... T'aimes faire les courses, Helen ?

– Cela dépend de ce que j'achète, Nicky.

– Moi je déteste !

– *Et maintenant, juste avant le bulletin d'information, voici nos prévisions météorologiques. Le temps de cette fin de semaine sera sec et venteux avec des rafales soufflant par intermittence. Donc, agrippez-vous à vos chapeaux et à vos perruques et laissez-vous transporter en 1967 avec les Kinks qui vous chantent « Sunny afternoon ».*

Sam se gara devant le supermarché. La chanson lui rappelait vaguement un souvenir agréable. Ils prirent chacun un caddie et entrèrent. Nicky bouleversa un étalage de boîtes de bière sans alcool, percuta un chariot et le coinça si solidement qu'il ne put dégager le sien, sauta par-dessus un portillon automatique, marcha sur les pieds d'un client et gravit une montagne de boîtes de conserve : des haricots blancs à la sauce tomate en promotion qui s'effondrèrent sous lui.

Sam sortit du supermarché avec un intense sentiment de soulagement.

– T'as acheté des petits pains, maman ?

– Oui.

– Et des saucisses ?

– Bien sûr.

– Youpi !

Sam donna un coup de freins sec. Dans un couinement de pneus, la Range Rover s'arrêta pile, précipitant Helen en avant, étirant au maximum sa ceinture de sécurité.

– Excusez-moi, dit Sam en fixant le feu rouge. (Elle se retourna vers Nicky, l'attacha au siège arrière.) Tout va bien, mon tigre ?

Il hocha la tête, intéressé par les voitures qui traversaient le carrefour.

– Une Ford. Une Ford. Une Datsun. Rover. Toyota. Encore une Ford. Une Citroën. Une Porsche. Est-ce que papa sera là, m'man ?

– Il arrivera ce soir. Il est parti chasser.

– Je veux aller chasser moi aussi. Il m'a promis de m'emmener à la chasse.

– Il t'emmènera avec lui demain.

La chasse. Sam fronça le nez. Elle ne voulait pas que son mari encourage ce goût chez Nicky. Elle voulait l'élever à la campagne mais elle n'aimait pas la chasse. Elle l'acceptait, bien sûr, mais toujours avec un sentiment de malaise. Elle tourna la tête pour lire les panneaux indicateurs. LEWES BRIGHTON EASTBOURNE TUNBRIDGE WELLS. Les feux changèrent. Elle passa en première et redémarra.

– Vauxhall, Austin, Volkswagen, Jaguar, Ford, Honda, encore une Volkswagen, Fiat...

– Assez, mon tigre ! Laisse-nous respirer un peu.

Il connaissait toutes les marques de voitures.

– Est-ce qu'il y aura des oies, m'man ?

– A la ferme ? Certainement.

– Est-ce que ça mord, une oie ?

– Non, mais ça pince.

– Est-ce qu'elle pourrait me tuer ?

– Non, dit Sam, amusée.

– Est-ce qu'elle me mangerait si elle me tuait ?

– Elle ne pourrait pas te tuer.

Cette orbite vide et blême.

Non, ce n'était rien. Tout cela ne voulait rien dire. Ce n'étaient que de vieilles images resurgies de vieux rêves. Il fallait les oublier. L'esprit vous joue de ces tours... C'était la trahison de Richard qui l'avait perturbée.

Et ce rêve de catastrophe aérienne ?

Simple coïncidence. Ken avait raison. Il ne fallait plus y penser. L'abandonner comme ces taches qui disparaissaient dans le rétroviseur. Elle aimait la campagne. C'était formidable de laisser Londres pour deux jours. La semaine avait été fatigante. Après l'anniversaire de Nicky, cette réception... Deux jours de repos allaient la remettre en forme.

Elle abandonna la grande route pour s'engager

dans un chemin bordé de haies. Un faisan s'enfuit, comme une vieille femme éclopée. Depuis la tempête d'octobre, le chemin, beaucoup plus clair, était difficilement reconnaissable. La plupart des arbres qui l'assombrissaient auparavant avaient été détruits. Le sol était jonché de branches arrachées, d'arbres déracinés, comme si un géant avait donné des coups de pied dans le paysage pour s'amuser.

– Je sais où on est maintenant ! Je sais...

La Range Rover franchit un portail en ruine, longea le fil barbelé qui défendait le domaine contre toute intrusion de bétail, dépassa un écriteau signalant l'existence du vieux manoir et s'engagea sur un chemin de terre. La voiture fit une embardée, plongea dans une ornière ; les amortisseurs gémirent. Une odeur de boue, de fumier et de paille humide s'insinua à travers les vitres closes. Sam se cramponna au volant.

– La route est drôlement moche, dit Nicky.

Sam tourna à gauche à l'extrémité du champ, passa devant la ferme et ses dépendances et descendit une colline en pente raide. Le toit de la maison surgit puis disparut derrière les arbres. La voiture fit le tour d'une grange délabrée que Sam ne pouvait voir sans une sensation de malaise et parvint devant la maison.

Elle était en bon état quand ils l'avaient achetée et ils auraient très bien pu l'habiter ainsi, mais Richard l'avait jugée trop modeste. Il avait fait percer des fenêtres et des portes, abattre des cloisons, poser des moulures aux plafonds, creuser une piscine et installer un court de tennis. L'argent était magiquement fourni par Andreas au terme d'opérations auxquelles Sam ne comprenait rien... Andreas, ce banquier suisse dont Richard s'était entiché au point de lui parler pendant des heures au téléphone et de lui faire la cour lorsqu'il venait dîner. Elle se demanda à quel moment son mari avait commencé à changer. Etait-ce avec l'arrivée du pactole ou au début de sa liaison avec cette poule du bureau ? Ou bien lorsqu'il avait fait la connaissance d'Andreas ? Andreas qu'elle venait enfin de rencontrer, Andreas et son gant de cuir noir.

Une partie du toit s'était envolée durant la tempête et il était encore en réparation. Un échafaudage rouillé était accroché au mur et le vent faisait claquer une bâche de toile bleu vif. L'échafaudage, pensa-t-elle, ne semblait pas correctement dressé. Son équilibre paraissait incertain.

Le manoir était de style victorien. L'ancien propriétaire avait perdu les deux jambes dans un accident et s'était suicidé. Il était mort dans la grange, asphyxié par les gaz d'échappement de sa voiture. Peu après la vente, sa veuve avait quitté la région. Richard et Sam n'avaient appris cette histoire qu'une fois le marché conclu. Si elle l'avait su plus tôt, se demandait-elle parfois, n'aurait-elle pas tenté de dissuader son mari ? Depuis, elle percevait une atmosphère de mélancolie dans cette maison. C'était l'intérieur qu'elle préférait : ces pièces élégantes et vastes, qu'ils avaient fait agrandir pour recevoir agréablement, sans toutefois leur ôter leur caractère d'intimité familiale.

Sam donna un coup de volant pour éviter un nid-de-poule dans l'allée au sol cabossé.

– Voilà un travail pour toi, mon tigre. Boucher les trous.

– Non.

– Pourquoi refuses-tu, Nicky ? demanda Helen.

– Parce qu'il y a peut-être des poissons dedans.

Devant le perron, le gravier crissa sous la voiture, un gravier si épais que les roues s'y enfonçaient jusqu'au moyeu. Sam freina et coupa le moteur. Le silence. La paix. Une rafale de vent ébranla la Range Rover. Nicky, surexcité, secouait la poignée de la portière.

– Demain, c'est mon anniversaire, ouais !

Il hésita et sourit effrontément à sa mère.

– Ouais ! répéta-t-il en bondissant hors de la voiture.

Sam et Helen échangèrent un regard.

– Je suis désolée, assura Helen en rougissant. Il a beaucoup de caractère.

– Comme son père, dit Sam en ouvrant la portière.

Le vent l'obligea à reculer et une poussière vint se loger dans son œil droit, qu'elle tapota avec son mouchoir. Clignant des paupières, elle alla ouvrir le coffre de la voiture.

Emue par la beauté du paysage, elle s'immobilisa un instant. En face d'elle, les champs descendaient jusqu'au bord de la rivière Ouse et les South Downs se profilaient dans le lointain. A droite, on apercevait les flèches et les murailles de Lewes, ses falaises crayeuses et son château éboulé perché tout en haut de la colline. Même par cette sinistre et venteuse matinée de janvier, en dépit des arbres arrachés, les racines en l'air, c'était une vue magnifique et vivifiante. Elle aurait aimé pouvoir enfiler ses bottes de caoutchouc et partir en promenade immédiatement mais elle se détourna et, hissant le premier carton à provisions hors du coffre, se dirigea vers la maison tout en jetant au passage un coup d'œil sur l'échafaudage et la toile bleue qui claquait au vent comme une voile.

L'odeur de la peinture fraîche l'assaillit quand elle ouvrit la porte. Elle renifla : ce n'était pas désagréable. Helen la suivit, chargée de sacs pleins à craquer.

– Mon Dieu, qu'il fait froid !

Sam porta le carton jusqu'à la cuisine et le posa sur la table. Elle contempla fièrement sa cuisinière flamblant neuve et l'alluma immédiatement, se réchauffant à sa flamme. Puis elle ouvrit le placard et brancha la chaudière du chauffage central. Il y eut un tintement, quelques cliquetis et l'appareil se mit à ronfler.

En revenant sur ses pas, elle croisa Helen qui apportait un casier de bouteilles de Coca-Cola. Nicky la suivait, traînant tant bien que mal un grand sac en papier.

– Tu t'en sors, mon tigre ?

Il eut un mouvement de tête résolu et Sam, chargée d'un nouveau carton, le regarda poser son fardeau et le reprendre bravement. Mon tout petit bonhomme, pensa-t-elle avec tendresse. Le jour de sa naissance, il ne lui avait pourtant pas paru si petit.

Son idiot de gynécologue ne s'était pas rendu compte que son bassin était trop étroit pour l'enfant. Il avait fallu faire une césarienne.

Non ! Seigneur, non ! Ô mon Dieu !...

Le Dr Framm, brillant gynécologue et beau parleur... Joli travail, vraiment ! Quel instrument avait-il utilisé ? Une pelle ?

Je n'aurai plus jamais d'enfant ? Je ne pourrai plus jamais en avoir ? Bravo ! Chapeau ! Merci beaucoup !

Vous pouvez le poursuivre en justice, lui avait-on dit. Et après ? Cela ne lui donnerait pas d'autres enfants.

Poursuivez-le, Sam ! Tout le monde poursuit tout le monde. Venez grossir les rangs des lépreux qui tendent leurs sébiles sur les marches du palais de justice. Poursuivez ! Poursuivez, voyons ! Les gens poursuivent tellement que plus personne n'a le courage de secourir l'autre, de le toucher, de faire quoi que ce soit pour l'empêcher de se vider de son sang dans une carcasse de voiture de crainte d'être poursuivi devant les tribunaux.

Nicky déposa le sac sur le plancher de la cuisine.

– Je vais à ma base secrète maintenant, m'assurer que tout va bien. J'ai du travail...

Sa base secrète était établie dans la grange. Au moins, il n'avait pas peur des granges, pensa-t-elle en le regardant détaler. C'est à Richard qu'il avait demandé de venir inspecter sa base secrète. Pas à elle. Il s'adressait à sa mère lorsqu'il s'ennuyait, pour qu'elle invente un jeu ou lui raconte des histoires avant de se coucher, mais c'était avec Richard qu'il préférait être. C'était Richard qui lui avait appris à nager, à utiliser un ordinateur, à faire de la voile, qui l'emmenait à la pêche et jouait avec ses voitures. Elle ne pourrait rien y changer, quoi qu'elle fasse. Le père et le fils s'aimaient beaucoup. Parfait. L'ennui, c'est qu'elle se sentait exclue. Il lui arrivait parfois de se sentir aussi seule que l'enfant mal-aimée que son oncle et sa tante avaient recueillie.

Elle retourna dehors, sortit un carton du coffre pour le transporter. Un vent froid soufflait. Comme ils auraient pu être heureux ici ! D'ailleurs, ils l'avaient été jusqu'à... Oh, cesse donc de t'apitoyer sur ton sort, pauvre idiote !

Elle traîna sa valise à l'intérieur et monta lourdement les escaliers poussiéreux.

– Je pensais que l'escalier serait peint. Pourquoi les entrepreneurs ne sont-ils jamais de parole ?

Il y avait tant à faire. Tant de tâches à accomplir. C'était facile, avec de l'enthousiasme. De l'enthousiasme... ils en avaient lorsqu'ils avaient acheté cette maison. L'agent immobilier leur avait laissé la clé pour qu'ils puissent la revoir seuls et ils en avaient profité pour faire l'amour, à même le plancher.

Oh oui ! S'il te plaît ! Mais... tu ne crois pas que c'est trop cher pour nous ?

Ne t'inquiète pas pour ça, ma chérie.

Oh, Richard ! Elle est fantastique, n'est-ce pas ?

C'était en juin dernier.

Elle franchit un couloir encombré d'échelles, de pots de peinture, de rouleaux de papier peint et entra dans la chambre où elle déposa la valise. Il y avait des miroirs sur tous les murs et sur les portes de l'armoire en acajou massif qu'ils avaient achetée en même temps que la maison. Richard prévoyait même d'en mettre un au plafond. Pourquoi aimait-il aussi passionnément les glaces ? Pour y contempler son derrière velu ?

Elle traversa la pièce. De la fenêtre elle pouvait voir les nuages qui s'épaississaient, le tourbillon des feuilles, les arbres tourmentés par le vent qui agitait les herbes hautes et l'eau du fleuve.

Slider.

Il la regardait fixement, sous sa cagoule noire, de l'autre côté de la vitre.

La carte d'embarquement blanc et orange.

Siège 35 A.

Un léger cliquetis se fit entendre derrière elle, le cliquetis ténu d'une porte qui se refermait et elle se sentit soudain cernée par la peur comme par un brouillard froid et visqueux. Devant elle, la vitre était floue. Quelque chose – ou quelqu'un – venait de pénétrer dans la chambre et se tenait derrière elle. Tout près. Elle pouvait presque sentir son souffle sur son cou.

Tremblante, elle secoua la tête et agrippa le radiateur. Elle le serra si fort qu'elle pouvait sentir les cannelures d'acier s'enfoncer dans sa main. Elle aurait voulu se retourner et faire face, mais cela lui était impossible. Elle ne put qu'émettre un mot :

– Oui ?

Silence.

– Que voulez-vous ? parvint-elle enfin à articuler d'une voix claire et distincte.

Le silence continua.

Elle fit volte-face, poussée par une folle audace. Personne. Il n'y avait personne en face d'elle, à part son reflet dans un miroir.

Elle s'assit en chancelant sur le dessus-de-lit en piqué blanc et sortit la page du *Daily Mail* de son sac. Elle regarda la photo de la queue de l'appareil gisant dans la neige et, plus petite, une autre photo d'un Boeing 727. « Le même que celui qui s'est écrasé », disait la légende.

En page deux, le pilote et le copilote la regardaient fixement, l'un souriant et l'autre grave. Ni leurs visages ni leurs noms n'éveillèrent de souvenir en elle. Elle parcourut l'article jusqu'à ce qu'elle trouve ce qu'elle cherchait : le numéro de téléphone à appeler en cas d'urgence.

Elle le composa fébrilement. Au bout d'une dizaine de sonneries, quelqu'un décrocha enfin.

– La compagnie Chartair ? demanda Sam en se sentant un peu ridicule.

Une voix de femme répondit affirmativement.

– Pourriez-vous me donner des renseignements sur... l'accident ?

– Il s'agit d'un parent, madame ?

– Euh... je n'en suis pas sûre.

Sam, troublée, imaginait avec crainte les réactions de l'employée : encore une piquée, excitée par les histoires macabres.

– Il est possible que j'aie un parent parmi les victimes, expliqua-t-elle tout en prenant conscience de son manque de conviction.

– Pouvez-vous me donner son nom, madame ? demanda la femme avec une certaine impatience.

– Il occupait le siège numéro 35 A.

– Vous avez bien dit 35 A ?

Sam eut envie de raccrocher. Le ton de son interlocutrice l'écrasait.

– Oui, balbutia-t-elle. Enfin, je crois...

– Il ne pouvait pas être dans cet avion. Il n'y avait que trente-deux rangées de sièges.

– Excusez-moi, dit Sam. J'ai dû faire une erreur.

– Avez-vous son nom ?

– Quel nom ?

– Celui de votre parent.

– Excusez-moi. Je me suis trompée. Il... n'a pas dû prendre cet avion.

Brûlante d'émotion, elle raccrocha tout en contemplant son reflet dans le miroir.

Siège 35 A.

Elle avait beau tourner et retourner ces chiffres dans sa tête, les additionner, les soustraire, les répéter, elle n'en tirait rien. Elle sortit de son sac le livre qu'elle avait acheté et ôta le papier d'emballage.

Ce que disent vraiment vos rêves.

Elle regarda longuement l'œil et le poisson dessinés sur la couverture et parcourut la biographie de l'auteur sur le rabat.

Pr Colin Hare, docteur en philosophie et docteur en droit. Membre de la Société britannique de psychologie, il a reçu la médaille de l'université de Londres pour le caractère novateur de ses travaux. Il est considéré comme le spécialiste incontesté des rêves et donne des conférences dans le monde entier.

Elle feuilleta quelques pages puis revint à la table des matières. Elle chercha le mot « cagoule ». « Cagoule : voir masque. »

Rêver de vous-même ou d'autres personnes portant une cagoule ou un masque peut être l'avertissement d'une trahison de la part d'un de vos proches.

Ce rêve peut aussi révéler un aspect de votre personnalité.

Rien de plus. Elle chercha à « nombres » et se reporta à la page indiquée.

Trois : l'appareil génital masculin. Le père, la mère et l'enfant. La Trinité.

Cinq : le corps, la chair, la vie.

Une lettre de l'alphabet annonce une bonne nouvelle.

Quel charabia, pensa-t-elle. Certains pouvaient faire les mots croisés du *Times* en quelques minutes. Pas elle. Elle n'y était jamais parvenue. Elle n'avait jamais été bonne pour résoudre les devinettes, les charades et les énigmes. Tu n'as pas l'esprit vif, ma pauvre Sam.

Elle entendit le bruit de l'eau dans le radiateur et sentit un courant d'air froid sur sa nuque. La peur la saisit de nouveau et elle eut la chair de poule sur les bras, les épaules et les cuisses. La porte de la chambre s'entrouvrit une seconde avec un petit clic, se referma, se rouvrit. Clic, clic...

Le même type de bruit se produisit à sa droite et la porte de l'armoire s'ouvrit lentement. Paralysée, Sam, le cœur battant à se rompre, regarda l'intérieur sombre. Les portemanteaux de métal se mirent à carillonner doucement.

Au-dessus de sa tête, les solives craquèrent comme si quelqu'un les arpentait. La pièce tout entière semblait s'animer.

Sam sortit sur le palier et descendit les escaliers quatre à quatre puis s'arrêta. Elle devait retrouver son calme. Elle regarda en haut, derrière elle : les portemanteaux, comme des triangles musicaux, continuaient à tinter de concert.

11

– Dix-sept, dix-huit, dix-neuf.

Sam regarda Helen d'un air railleur.

– Oui, j'ai réussi à mettre dix-neuf couverts.

Dans la salle à manger, la longue table à tréteaux était recouverte d'une nappe claire et portait dix-neuf assiettes en carton, dix-neuf serviettes rose et jaune et dix-neuf gobelets rouges à rayures bleues. Des ballons enrubannés festonnaient les murs et sur la grande bannière tendue sur l'un d'eux on pouvait lire : *Bon anniversaire, Nicky.*

– C'est réussi, n'est-ce pas ?

La voix de Helen vibrait d'excitation et Sam sourit, heureuse de sa joie. Heureuse que la jeune fille puisse être aussi émue par quelque chose d'aussi simple. Tout était simple, joli, désuet.

– C'est magnifique, approuva-t-elle d'un ton absent en regardant la jeune fille applaudir comme une enfant. Après tout, c'était encore une enfant. Dix-neuf ans. Une drôle de chevelure hérissée, un fort accent du Nord et des superstitions. Une manie de voir des présages partout. Ne pas regarder la nouvelle lune dans un miroir. Retourner la monnaie dans sa poche. Dire « lièvres gris » la dernière nuit du mois et « lapins blancs » au petit matin. Sam fronça les sourcils avec inquiétude. Elle espérait que Helen n'influencerait pas son fils avec ses craintes et ses remords et qu'elle n'en ferait pas un anxieux.

Comme ceux qui rêvaient de catastrophes aériennes.

Sam sentit la brise lui caresser le visage. Dehors, le vent avait redoublé de violence et faisait vibrer les fenêtres. Il y avait, semblait-il, autant de courants d'air dans cette maison que de voies d'eau dans un bateau en détresse. Elle traversa le vestibule et contempla un instant les marches nues de l'escalier. N'aurait-elle pas mieux fait de garder les bâches qui le protégeaient de la poussière ? Une odeur de fumée émanait du feu de bois qui venait d'être allumé dans le salon où il crépitait en jetant des étincelles.

Avec un bon feu et le retour de Richard, la maison n'avait plus rien d'inquiétant. Le vent et le chauffage central étaient responsables de sa peur. La maison n'avait pas été habitée depuis cinq ans. Elle était humide, pleine de craquements et de sons étranges lorsque les tuyauteries se mettaient à fonctionner. Et puis le bois « travaillait ». Richard le lui avait expliqué auparavant. C'était compréhensible. Tout allait bien. Son imagination lui avait joué un tour dans cette maison abandonnée où le vent soufflait partout.

Elle ouvrit la porte de la cuisine et découvrit son mari assis derrière la table, son fusil de chasse démonté devant lui. A ses côtés, Nicky, le visage maculé d'huile, nettoyait la crosse. Richard enfonça une baguette dans un des canons pour le nettoyer puis passa à l'autre.

– Vraiment, Richard ! Pas sur la table !

Il ferma un œil et braqua tour à tour les deux canons vers elle.

– Il faut que je le fasse vérifier. La visée n'est pas bonne. Je ne comprends pas pourquoi.

Il prit un chiffon et se mit à frotter l'arme.

– Tu ne m'as donc pas entendue ? Je ne veux pas de tout ça sur la table. Nous allons manger.

– D'accord, d'accord.

Il étudia la détente un moment puis se mit en devoir de la graisser.

Il pressa la burette qui fit un petit bruit de ventouse et Sam se mordit la lèvre, avec un sentiment de culpabilité.

La famille au complet réunie par le bonheur domestique. Quelque chose qu'elle n'avait jamais eu et qui pouvait avoir une importance infinie pour un enfant. Elle sortit quelques journaux d'un placard et les lui tendit en souriant.

– Glisse au moins ça dessous.

– Je les ai déjà lus, dit-il en y jetant un coup d'œil.

– Richard ! dit-elle d'un ton de reproche.

Nicky brandit la crosse luisante.

– Regarde, maman !

– C'est du bon travail, Nicky. Mais c'est l'heure de ton bain, maintenant.

– Papa a dit que j'irais chasser avec lui demain parce que c'est mon anniversaire.

– Si tu as le temps. Tu auras beaucoup à faire demain.

Le visage de Nicky s'allongea et il se tourna vers son père.

– On aura le temps, dis, papa ?

– Bien sûr. Nous le prendrons, assura Richard en souriant. Embrasse-moi avant d'aller au lit.

Sam regarda Nicky étreindre son père, les bras autour du cou. Un amour d'enfant, simple, total, direct. Il adorait son père. Elle aussi avait adoré Richard. Elle l'avait aussi respecté et admiré pendant dix ans. Jusqu'à ce que...

– Tu me diras l'histoire que tu m'as déjà racontée

l'autre nuit, maman ? Tu sais, celle de l'homme qui a tué le dragon qui ressuscite ?

– C'est encore cette histoire que tu veux ?

– Oh oui ! Dis-la-moi. S'il te plaît !

L'homme qui tua le dragon et vécut très heureux après. Le bonheur éternel : l'un des mythes inépuisables de l'enfance.

Nicky détala.

– Bonne nuit, mon tigre, dit Richard en reposant le canon de son fusil sur la table.

Il prit un verre, se versa quatre doigts de whisky et le porta sous le robinet pour y ajouter un peu d'eau.

– Tu es ravissante, ma chérie, ajouta-t-il tendrement. Ce pull te va bien.

Elle le remercia tout en s'assurant d'un coup d'œil de ce qu'elle portait.

Après un moment d'hésitation, il plongea une main dans la poche de son pantalon de velours côtelé et en sortit un petit paquet.

– C'est pour toi.

Il le lui tendit. L'emballage de papier argent, maladroit et froissé, était abondamment scellé au *scotch*. Sam dut le décoller avec précaution. C'était un petit écrin en cuir usagé. En l'ouvrant, elle découvrit une fine montre rectangulaire Rolex à deux cadrans.

– Elle est authentique, tu sais, elle date des années 30. J'ai pensé qu'une montre rétro te conviendrait très bien.

– C'est la grande mode, reconnut-elle en la soulevant. Elle est très chic. Tu es un amour.

Elle embrassa son mari et, ôtant sa montre, mit la nouvelle à son poignet.

– Tu devras la remonter, bien sûr.

– Oui. Comme c'est curieux, ces doubles cadrans. A quoi servent-ils ? A donner l'heure dans différentes parties du monde pour ceux qui prennent fréquemment l'avion ?

– Non. Il y en a un pour les heures et un pour les minutes.

Elle sourit.

– Cela devrait améliorer ton image de femme d'affaires.

– Certainement.

– Elle te plaît ?

– Elle est superbe !

Il se rassit à table, les yeux humides. Elle s'aperçut qu'il pleurait.

– Je suis désolé, chaton. J'ai fait un tel gâchis de notre existence. J'ai vraiment... (Il se prit la tête entre les mains.) Je t'aime, tu sais. Je t'aime vraiment. Je ne veux pas te perdre.

Elle alla vers lui, l'enlaça et se serra très fort contre lui tout en refoulant ses propres larmes. Elle déplorait ce qui était arrivé entre eux, ce qu'il ressentait maintenant et surtout le fait que même à ce moment précis, entre ses bras, elle sentait qu'une partie de lui-même lui était devenue étrangère. Elle caressa son visage.

– C'est une montre magnifique. Elle a dû coûter une fortune.

– Je voulais t'offrir quelque chose d'exceptionnel.

– Tu dépenses beaucoup d'argent, ces derniers temps.

– Tout va bien, dit-il en reniflant, j'ai fait quelques bonnes affaires. Selon Andreas, tout ira pour le mieux tant que le marché japonais demeurera stable.

– Et tu penses qu'il le restera ?

Il s'écarta d'elle et but une large gorgée de whisky. Elle l'observa et décela une vague expression d'inquiétude sur son visage. Elle revint à la charge avec douceur :

– Tu crois en sa stabilité ?

Il renifla à nouveau.

– Oui.

Il n'était pas aussi sûr de lui qu'à l'ordinaire, pensa-t-elle.

– Depuis combien de temps travailles-tu avec Andreas ?

– Environ huit ou neuf mois, répondit-il en haussant les épaules.

– Apparemment, votre collaboration a été fructueuse.

Il rougit légèrement.

– C'est un brave type.

– Tu as confiance en lui ?

– Totalement.

– A ce point ?

Il hocha la tête avec vigueur.

– Il ne ferait pas des affaires un peu louches ? insista Sam.

– Non. Pas du tout. En fait, il est très prudent. Il dirige une banque, un établissement assez important. (Il se gratta maladroitement le sommet du crâne.) Pourquoi toutes ces questions ?

– Je le trouve un peu bizarre, c'est tout.

– Les Suisses ont une certaine froideur.

– Tu as fait bonne chasse ?

– Un assez beau tableau. (Il avait l'air heureux du changement de sujet.) Cent quatre-vingts faisans... J'en ai rapporté quelques-uns. Je vais faire installer un garde-manger convenable.

Elle se mit à remonter sa montre. Soigneusement. D'avant en arrière. Cela faisait des années qu'elle n'avait pas fait de tels gestes.

– Tu as pensé à la séance de guignol, chaton ?

– Oui.

– A quelle heure commence-t-elle ?

– 15 heures. Tu ferais bien d'installer le projecteur. Nous n'aurons pas beaucoup de temps demain puisque tu dois aller chercher ta mère.

– Cette vieille bique...

Il but une autre gorgée.

– Ça fait longtemps qu'elle n'est plus cotée en Bourse, plaisanta-t-il.

– Un jour, Nicky dira peut-être la même chose de nous.

– C'est probable.

– Cela ne te fait rien ?

– Non, dit-il en haussant les épaules.

– Je monte lui raconter son histoire, conclut-elle en lui donnant un nouveau baiser sur la joue.

Elle sortit et, tout en refermant la porte, se moucha et essuya ses larmes. Elle monta l'escalier lentement, retournant dans sa tête l'histoire de l'homme qui avait tué un dragon qui ressuscitait mais, cette fois, il avait deux dragons à combattre. Il les tuait. Les deux dragons ressuscitaient aussi et il en avait quatre à combattre. Et il tuait les quatre monstres. Définitivement.

12

– *Am stram gram, pic et pic et colegram...* Qui est la vilaine ?

Sam regardait fixement le théâtre de guignol aux rideaux rouge et blanc. Le gendarme, avec son grand nez crochu, virevoltait sous son chapeau pointu et frappait violemment de son bâton la scène minuscule en poussant des cris perçants.

– Vilaine, vilaine, vilaine ! Qui a été une vilaine petite fille ?

– La maman de Nicky ! hurla un des enfants.

Le gendarme se pavanait d'un bout à l'autre de la scène.

– La maman de Nicky a été vilaine... La maman de Nicky a été vilaine, répéta-t-il à mi-voix. Eh bien, nous allons nous en occuper. Vous êtes d'accord ?

– Oui, hurla le chœur enfantin.

– Am stram gram, qui a été une vilaine petite fille ?

Il pivota et, penché par-dessus la rampe, regarda Sam droit dans les yeux tout en la désignant du doigt.

L'index de la marionnette était d'une longueur disproportionnée à sa taille et le geste inquiéta la jeune femme.

– *Am stram gram, pic et pic...*

Il répéta plusieurs fois l'antienne pendant que son doigt recourbé s'approchait d'elle. Saisis par le caractère insolite de la représentation, les enfants se taisaient.

– Je crois qu'il faut la punir. Qu'en dites-vous, les enfants ?

– Oui !

Le gendarme se redressa et frappa à nouveau la scène de son bâton.

– Qui savait qu'elle était dans l'avion ? questionna-t-il avec un rire saccadé.

Sam sursauta.

– Vilaine, vilaine, vilaine petite fille.

Le bâton s'approcha. Pan, pan, pan !

– Qui allons-nous punir alors ?

– La maman de Nicky ! hurla le chœur.

Arrêtez ! Je veux que tout cela cesse ! Faites-le sortir ! Il est fou.

– Nous pourrions la battre avec une canne, glapit la marionnette qui disparut tout à coup. Ou nous pourrions...

Il réapparut sur scène.

Il portait une cagoule noire.

Sam essaya de reculer. Elle voulut faire quelques pas en arrière sur le tapis mais un obstacle à la fois dur et molleux l'en empêcha. Le sofa, pensa-t-elle.

Elle pouvait voir les lèvres de l'homme sourire à travers la cagoule puis il cligna de l'œil et le globe oculaire jaillit de l'orbite, roula sur le tapis, rebondit sur le plancher, heurta la plinthe et poursuivit sa course avec fracas, comme un boulet de canon.

Les enfants hurlaient de rire.

L'homme souleva un objet brillant et métallique de la scène.

Sam frémit.

C'était une carabine.

Il l'épaula d'un mouvement preste et visa la jeune femme.

– Non ! hurla-t-elle.

Elle vit les flammes sortir du canon et sentit une douleur cuisante sur la joue.

Les lumières s'éteignirent et pendant quelques instants elle se trouva plongée dans des ténèbres moites et écœurantes qui la bâillonnaient et l'isolaient du reste du monde. Puis une rangée de chiffres rouges surgit au-dessus d'elle. Saisie, elle battit des paupières.

0415.

L'obscurité se teintait de rouge. On aurait dit que la lumière saignait. Un ronflement bref se fit entendre près d'elle, suivi d'un gargouillis et de grognements.

– Qu'est-ce qui se passe ?

C'était la voix de Richard.

Un souffle froid passa sur la jeune femme. J'ai rêvé, pensa-t-elle. J'ai encore rêvé.

0416.

La lumière ruissela tout à coup du réveil comme le sang dans l'eau. Elle entendit à nouveau Richard.

– Mais qu'est-ce que c'est, bon sang ?

Puis le glissement de son bras sous les draps, un bruit de verre brisé et d'eau renversée. Il jura et alluma la lumière.

– Nom de Dieu !

Il fixait le plafond. Des fissures couraient dans toutes les directions, comme les veines sur la main d'une vieille femme.

Sam frissonna. On eût dit une vitre frappée par une balle.

Il y avait un trou dans le plâtre juste au-dessus de sa tête. Elle prit conscience que sa joue lui faisait horriblement mal. Avec précaution, elle tâta son visage et sentit les écailles de plâtre s'effriter sous ses doigts.

Horrifié, Richard bondit hors du lit.

– Tout va dégringoler. Vaut mieux se tirer d'ici.

Il enfila sa robe de chambre à la hâte et Sam fit de même. Le plafond semblait bouger, s'affaisser, se fendiller sous leurs regards. Comme une coquille d'œuf.

– L'eau est rentrée partout après cette foutue tempête, expliqua Richard en la précédant dans le couloir. Lorsque j'ai fait vérifier la toiture, on m'a dit qu'il y avait une fuite dans le plafond et que le grenier était très humide au-dessus de notre chambre. Avec le chauffage central, ça sèche et ça fait jouer les poutres.

Ils coururent jusqu'à la chambre de Nicky puis à celle de Helen, y jetèrent un coup d'œil rapide en disant d'un ton rassurant : « Tout va bien. Ce n'est rien. »

– Es-tu sûr qu'il n'y a aucun danger pour eux ?

– Tout a l'air normal. Le toit n'a pas été endommagé de ce côté-là. C'est notre chambre qui a tout pris.

Il n'y avait pas encore de lit dans les chambres d'amis. Ils traînèrent draps et couvertures au rez-de-chaussée et s'installèrent sur les deux sofas du salon. Richard ralluma le feu, entassa quelques bûches dans l'âtre et Sam, douillettement emmaillotée, regarda s'élever les flammes vacillantes. Les battements de son cœur s'apaisèrent peu à peu. Quand l'aube pointa, le feu s'était éteint mais la jeune femme le fixait encore.

13

Le sol gelé crissait sous ses pas. Sam se frotta les mains pour les réchauffer. Dans l'air glacé, un soleil bas, sans chaleur et sans éclat, pesait sur les Downs. Avait-il lui aussi passé la nuit à veiller ? La peur étreignait la jeune femme. Silencieusement. Comme coulait la rivière sombre à côté d'elle.

Elle effleura d'un doigt précautionneux sa joue éraflée et regarda sur son doigt la marque presque effacée. Une explosion étouffée se fit entendre – celle d'un sac de papier qui crèverait brusquement – puis une autre et elle vit, en se retournant, Nicky courir à travers la pelouse à la poursuite d'une boule de poils gris qui courait d'un air affolé.

– Il est pas mort, papa !

L'enfant pointa un doigt puis fit un saut en arrière pour observer son père qui marchait à grands pas, le fusil sous le bras. Il lui apprenait déjà à chasser. Il lui avait promis un fusil pour son neuvième anniversaire. Les armes. La chasse. Le meurtre. Est-ce que le monde changerait si on apprenait aux enfants à dominer ces vieux instincts ? Ou bien était-il stupide de les ignorer, de faire comme s'ils n'existaient pas ? C'était un choix à faire. Un de plus dans l'éducation d'un enfant. Il fallait prendre tant de décisions qui l'affecteraient ou le changeraient à jamais. Et toutes ces décisions, qui était qualifié pour les prendre ?

Sam jeta un coup d'œil à sa montre Rolex. 13 h 05.

– Richard ! cria-t-elle. Il est temps d'aller déjeuner.

Elle soupira : le moment de répit était terminé. Elle était parvenue à préserver cinq minutes de calme au milieu des préparatifs. Le reste de la journée allait être démentiel. Elle bâilla. Souvenir d'une nuit passée sur le sofa : son dos était un peu douloureux. Pourtant, elle ne se sentait pas trop mal. Evidemment, une bonne nuit de sommeil aurait été préférable.

Am stram gram, pic et pic et colegram...

La comptine lui revint bizarrement à l'esprit et elle crut voir devant elle le doigt recourbé de la marionnette.

Am stram gram, pic et pic et colegram... Ce bon Dieu de plafond avait bien failli s'écrouler.

Elle se demanda si l'accident était responsable de son rêve. Si celui-ci s'était déclenché au moment précis où le plâtre s'effritait ? Est-ce ainsi que fonctionnaient les rêves ? Se produisaient-ils instantanément ? A la suite d'un choc ?

– Maman, on a tué un pigeon.

– Beau tir, mon chéri.

Elle baissa les yeux. Le sol de la cuisine était couvert de papiers d'emballage et la voiture télécommandée était déjà endommagée. Dans le jardin, la BMX gisait, abandonnée.

– Tu n'aimes pas ta bicyclette ?

– Mais si, répondit-il, les yeux brillants.

– Elle va s'abîmer si tu la laisses dans l'herbe mouillée.

– Je vais m'en servir cet après-midi.

– Tu ne devrais pas la laisser là.

– Je la sécherai, c'est promis.

– Tu ne le feras pas.

– Mais si, je te le promets.

– On ne doit pas promettre à la légère, mon tigre. Il ne faut jamais faire une promesse si l'on n'a pas l'intention de la tenir.

Le regard fuyant, il approuva silencieusement.

– Richard, appela-t-elle, viens manger !

– Oui, une minute ! s'écria-t-il en interrompant sa conversation téléphonique.

Elle plongea une louche dans le ragoût et en déposa une petite portion dans l'assiette de son fils.

Richard entra.

– A qui parlais-tu ?

– A Andreas. Rien d'important. Veux-tu un peu de vin, m'man ? offrit-il en prenant la bouteille que Sam venait de déboucher.

Il se pencha vers la vieille dame, une bouteille à la main. Sam contempla le mince visage ridé, trop maquillé, les cheveux élégamment coiffés mais trop noirs et les vêtements coûteux mais légèrement élimés, non par pauvreté mais par négligence. Cela lui semblait toujours étrange d'entendre son mari appeler cette femme « m'man ». Elle se demanda si Nicky l'appellerait toujours ainsi lorsqu'elle aurait le même âge. Richard répéta sa question d'une voix plus forte.

– Encore un peu de vin, m'man ?

– Je prendrais plutôt du café, dit-elle. Avez-vous de l'espresso ?

– Le repas n'est pas fini, dit Richard avec une patience inhabituelle.

Sa mère se tourna vers lui.

– Ton père prendra du vin, je pense, mais il est en retard.

Elle ouvrit son sac à main et en fouilla l'intérieur. Lentement, délibérément, avec circonspection. Comme un chien qui gratte la terre pour déterrer un os. Elle en sortit un poudrier, l'ouvrit d'un geste sec et examina sa bouche. Elle prit un tube de rouge à lèvres et l'ouvrit.

Sam et Richard échangèrent un coup d'œil. Son mari était mort depuis huit ans.

– Un peu de ragoût, m'man ?

– Je préfère fumer, chéri.

– Il faut d'abord manger, Joan, s'interposa Sam avec douceur mais fermeté.

Sa belle-mère, étonnée, fronça les sourcils.

– As-tu remercié grand-mère pour son cadeau ? demanda la jeune femme au petit garçon.

Nicky fit la moue.

– Elle m'a apporté des mouchoirs.

– Les mouchoirs sont des choses très utiles, dit Helen.

– Grand-mère, annonça Nicky, on a tué un pigeon.

Grand-mère se passa la langue sur les lèvres puis remit soigneusement le tube de rouge dans son sac. Elle en sortit un paquet de cigarettes.

– M'man, nous n'avons pas terminé le repas, dit Richard d'un ton irrité.

– C'est quand, son anniversaire ? Bientôt, n'est-ce pas ?

– C'est aujourd'hui, précisa Sam.

Sa belle-mère fronça de nouveau les sourcils et regarda sa montre.

– A cette heure, il devrait être rentré... Sans doute a-t-il été retenu par un rendez-vous d'affaires.

Elle regarda son fils.

– Je suis sûre qu'il ne nous en voudra pas si nous commençons à manger sans lui, dit Sam. Pourquoi ne prenez-vous pas un peu de ragoût ?

– Les pigeons sont méchants. Papa m'a dit qu'il m'offrirait un fusil pour mes neuf ans.

– Ne mets pas tes coudes sur la table, mon tigre.

Sam se tourna vers son mari.

– Tu ne penses pas que nous devrions rappeler le montreur de marionnettes ? Il devrait être déjà arrivé. Il avait dit qu'il serait là à 13 heures.

– Tu attends la fête avec impatience, n'est-ce pas, Nicky ? demanda Helen.

Le garçonnet opina.

Ils entendirent le bruit d'un moteur et Sam regarda par la fenêtre. Une petite Ford usagée s'arrêtait dans la cour.

– Merci, mon Dieu ! dit-elle en sortant de la pièce en courant comme si elle craignait qu'il ne changeât d'avis.

Le marionnettiste, debout sur le seuil, avait l'air confus. C'était un petit homme insignifiant, vêtu d'un costume informe et d'un imperméable élimé. Il portait deux grosses valises.

– Je suis désolé d'être en retard, dit-il. Vraiment désolé, mais ma femme était malade et j'ai dû attendre le docteur.

Il sourit, exhibant des dents mal rangées et gâtées, dont la teinte jaunâtre trahissait le fumeur de pipe. Son haleine sentait mauvais. On lisait la peur dans ses yeux.

– Je comprends, dit Sam d'un ton compatissant.

– Merci. Il y a des moments pénibles dans la vie... Surtout lorsqu'il faut être gai et mettre de l'ambiance.

Nicky la tira par la manche de son pull-over.

– C'est le marionnettiste, mon tigre.

– Bonjour, jeune homme. Joyeux anniversaire !

Nicky leva sur l'homme des yeux méfiants.

– Dis bonjour, tigre.

L'enfant resta muet. L'homme était mince et blême. Sa peau semblait translucide et le sommet de son crâne était chauve, avec juste quelques mèches plaquées sur le front. Il ressemblait à un jouet abandonné.

– Voulez-vous un coup de main pour transporter votre matériel ?

– Non, je peux me débrouiller. Merci.

Il souleva les deux énormes valises et partit en haletant, chancelant sous leur poids. Sam vit perler la sueur à son front et elle frissonna brusquement. Cet homme la mettait mal à l'aise, avec sa femme malade et ses valises pleines de poupées. C'était lui qui devait amuser les enfants, les faire crier de joie. Quelle vie ! pensa-t-elle. Quelle vie qui consiste à aller d'une maison à l'autre. Aimait-il les enfants ? Etait-ce un original ? Elle eut peur en le regardant comme s'il apportait la mort dans ses grosses valises.

Nicky l'observait avec inquiétude. Il se hissa sur la pointe des pieds et chuchota d'une voix de conspirateur :

– Maman, il ne ressemble pas du tout à Guignol.

– Je crois que nous sommes un peu en avance. Excusez-nous.

– Mais non, c'est parfait, assura Sam en souriant à une femme qu'elle tentait désespérément d'identifier.

Voyons, c'était l'épouse d'un ami de Richard et ils possédaient une propriété fastueuse dans les environs.

– C'est très gentil à vous d'avoir invité mon Edgar.

Sam jeta un regard de doute sur l'enfant renfrogné. Un horrible marmot. Cela se remarquait à première vue.

– Je suis ravie de faire sa connaissance, dit-elle.

– J'ai marché dans de la merde de vache ce matin, annonça Edgar.

– Chéri, dit sa mère, je ne crois pas que Mme Curtis soit intéressée par ce genre de réflexion.

– Je vais chercher Nicky.

Sam regarda autour d'elle.

– Mon tigre ? Viens accueillir ton premier invité.

Helen apparut, tirant Nicky par la main.

– Je te présente Edgar, dit Sam.

Edgar tendit un paquet d'un geste brusque.

– J'ai marché dans de la merde de vache ce matin.

– Edgar ! reprit sa mère.

– Qu'est-ce qu'on dit, Nicky ?

Nicky rougit violemment.

– Merci beaucoup. On a tué un pigeon ce matin.

Helen prit le petit paquet.

– Je suggère que nous l'ouvrions plus tard, dit-elle. Nous allons le mettre avec les autres pour ne pas tout embrouiller.

– Pourquoi ne pas montrer tous tes cadeaux à Edgar ? dit Sam en souriant à ses invités. Voulez-vous entrer ?

– Non merci. Je suis pressée. Je repasserai prendre mon fils à 18 heures.

– A bientôt, donc.

Sam referma la porte.

– Je veux tuer un pigeon, dit Edgar.

– Aujourd'hui nous donnons une fête, Edgar. Tu reviendras un autre jour pour tuer un pigeon avec Nicky et son papa.

– Je veux en tuer un maintenant.

– Nicky a reçu une voiture télécommandée. Tu veux la voir ?

– Un pigeon ! coupa le gamin en tapant du pied. Rrrrah... Grrrr...

Il traversa le vestibule en courant, s'arrêta net et jeta un coup d'œil furibond dans la cuisine. Richard y lisait le journal. L'enfant entra d'un pas conquérant.

– Rrrraaaah... Grrrr...

L'homme le regarda par-dessus son journal.

– Fous le camp, dit-il.

– Grrrr... Je veux tuer un pigeon ! hurla le marmot en plissant les yeux.

– Adresse-toi à elle, répondit Richard en désignant d'un mouvement de tête sa mère qui examinait son visage dans la glace de son poudrier.

Il reprit sa lecture. Edgar tendit la main et, saisissant une feuille, la déchira de haut en bas.

– Je veux tuer un pigeon ! répéta-t-il en tapant du pied.

Richard l'attrapa par l'oreille et, délaissant son journal, la lui tordit en le traînant hors de la cuisine.

– Je t'ai dit de dégager, gronda-t-il en accentuant délibérément son mouvement.

– Richard, qu'est-ce que tu fais ?

– Je me débarrasse de ce petit salopard.

Edgar se mit à brailler au beau milieu du vestibule et Richard retourna dans la cuisine, Sam sur ses talons.

– Qu'est-ce que tu as fait à cet enfant ? demanda-t-elle d'un ton furieux.

– Ce foutriquet a déchiré mon journal.

– Tu l'as frappé ?

– Non. Mais je le ferai la prochaine fois.

La sonnette retentit.

– Ô mon Dieu ! s'exclama-t-elle. Il n'est pas encore 15 heures ! Pourquoi arrivent-ils en avance ? Peux-tu mettre les saucisses au four ?

– J'y mettrai ce sale mioche s'il revient par ici.

– As-tu rangé ton fusil ?

– Oui.

– Que fait ta mère ?

– Elle veut savoir si nous allons bientôt manger.

C'est complètement stupide de l'avoir amenée ici aujourd'hui.

– C'est l'anniversaire de son petit-fils.

– Elle l'a totalement oublié.

– Elle n'est pas complètement gaga. Elle lui a acheté un cadeau et une très jolie carte.

– Je veux retourner chez moi ! braillait Edgar.

– Eh, Sam ! appela une voix dans le vestibule.

– Vicki !

Sam se précipita vers la nouvelle venue.

– Entrez.

– Il faut que j'aille chercher Peter qui fait de la voile.

– Bonjour, Willie, dit Sam à un enfant qui avait l'air un peu désemparé.

– Merci beaucoup, chuchota Nicky en acceptant un autre petit paquet multicolore.

– Rowie !

C'était la marraine de Nicky.

– Sam...

Leurs joues se heurtèrent et chacune envoya un baiser dans l'air.

– Comment vas-tu, ma chérie ?

– Très bien.

Sam passa une main dans les cheveux d'un petit garçon compassé.

– Bonjour, Justin.

– Bonjour, tante Sam.

– Sam, c'est complètement absurde. Nous vivons à cinq cents mètres l'une de l'autre à Londres et presque porte à porte ici et nous ne nous voyons qu'aux réceptions enfantines. Qu'est-ce que tu dirais de venir déjeuner avec moi cette semaine ? Mardi, cela te conviendrait ?

– Avec plaisir. Pourquoi ne pas déjeuner au club ? Après quelques brasses et un bon sauna ? Ils ont un bar maintenant où on peut manger des salades diététiques.

Une autre voiture s'arrêta. Quelle confusion... Sam se sentit désemparée. Puis elle vit le marionnettiste qui descendait l'escalier. Il entra dans le salon de son allure furtive et silencieuse. Comme un fantôme, pensa-t-elle.

14

– Tu veux une saucisse, Celia ?

La petite fille secoua la tête et fit danser sa queue-de-cheval.

– Je ne mange pas de saucisses. Ma mère dit que c'est vulgaire.

Sam la dévisagea, muette de stupéfaction, puis passa le lourd plateau entre les convives tout en écoutant leur babillage.

– Une saucisse, Willie ?

– Merci, madame.

– Quand je reçois mes amis, je leur offre des langoustines, proclama Celia à la cantonade.

Richard suivait sa femme avec des quiches chaudes.

– Je ne mange pas de quiches, dit Celia. (Elle fit bouffer sa robe rose d'un air hautain.) Ma mère dit que je serai très belle. Je deviendrai mannequin.

– Aurons-nous bientôt un film ? demanda une voix tout excitée que Sam ne reconnut pas.

Elle regarda son fils qui présidait la table. Une couronne de papier doré sur la tête, un petit pain à demi dévoré au poing, il ruisselait de ketchup et respirait la joie de vivre. Son visage et son pull-over neuf étaient aussi barbouillés qu'un tableau de Jackson Pollock.

– Quel film ? Quel film ?

Sam regarda sa montre. Il était 16 heures.

Les enfants bavardaient. L'un d'eux souffla dans une trompette en plastique et un autre dans un sifflet au timbre grave d'où fusa un serpentin. Une petite fille, tout excitée, entra en courant dans la pièce, s'assit près d'une de ses amies et se mit à lui parler à l'oreille. Elles sortirent toutes deux en courant. Sam vit le marionnettiste debout dans l'encadrement de la porte. Elle lui fit un signe d'assentiment.

– Bien. C'est l'heure du guignol, les enfants.

Il y eut des glapissements de plaisir et quelques grognements.

– Vous allez tous dans la pièce voisine, s'il vous plaît.

Sam dirigea sa petite troupe jusqu'au salon et les fit asseoir sur le plancher, face au petit théâtre rayé rouge et blanc. Il vacillait légèrement à chaque mouvement de l'homme qui s'affairait derrière les rideaux et mettait ses poupées en place. Elle le regarda faire quelques instants, d'un œil circonspect. Son rêve de la nuit précédente lui revenait à l'esprit, mêlé au bruit des conversations. Helen errait parmi les enfants tout en distribuant des sucettes.

– Il y a un homme caché dedans.

– Mais non !

– Comment tu le sais ?

– J'ai regardé.

– Comment t'as pu regarder ? T'es pas assez grand.

– Je te parie que si !

– Je te parie que non !

Une petite fille assise toute seule, à l'écart des autres, se mettait les mains devant les yeux.

Sam se rendit dans la cuisine où elle trouva sa belle-mère, perdue dans la contemplation de son miroir, en train de se barbouiller le nez de fond de teint.

Une mince fumée s'élevait d'une petite montagne de mégots barbouillés de rouge à lèvres dans le cendrier à côté d'elle.

– Joan, dit Sam, la représentation va commencer. Pourquoi n'y assisteriez-vous pas ?

– Une représentation, ma chère ? Non, répondit-elle en fronçant les sourcils, je préfère rester ici. Mon rouge à lèvres coule un peu.

– Il est très joli. Je suis certaine que Nicky serait content si vous étiez avec lui.

La vieille dame recommença à fouiller dans son sac comme un chien qui s'obstine à vouloir déterrer un os.

Une vague de rires leur parvint.

– Je reviens tout de suite.

Sam traversa le vestibule et fit halte à la porte du salon. Sur la cheminée, la pendule Arts déco marquait 16 h 15.

Ces chiffres lui parurent obscurément familiers.

– *Am stram gram, pic et pic et colegram...* Vilain, vilain.

Sam ressentit un picotement d'inquiétude en entendant ces mots.

– Non, ce n'est pas moi le vilain !

– Oh si, c'est vous ! glapit la femme du gendarme en virevoltant dans sa longue robe.

– Non, ce n'est pas moi.

– Oh si !

– Dites-lui les enfants ! Dites-lui que ce n'est pas moi.

– Si, si ! C'est lui !

Sam contempla cette multitude de visages aux lèvres souriantes ou refermées sur des sucettes. Les petites filles portaient leur plus jolie robe et les garçons des chemises qui étaient déjà sales et des culottes courtes que les jeux avaient malmenées. Qui deviendraient-ils en grandissant ? On pouvait reconnaître les doux et les autoritaires, les méditatifs et les voyous. Seigneur ! Ils en avaient du chemin à parcourir avant... avant quoi ? Avant de commencer à comprendre ? Regardez-moi, pensa Sam, j'ai trente-deux ans. Je suis adulte. Et je ne comprends toujours rien à la vie. Peut-être n'y a-t-il rien à comprendre, d'ailleurs. Peut-être la vie est-elle autre chose. Nous nous précipitons tous sur les mêmes chemins. Nous ne prenons peut-être pas les bons. Ces enfants seraient-ils un jour aussi déroutés qu'elle ? Passeraient-ils leur vie à ouvrir et à fermer des portes ? A chercher l'introuvable ? A fouiller dans leur sac en espérant y trouver des cigarettes – comme la mère de Richard dans la cuisine – ou la clé du mystère ? Non. Ils ne pourront pas être ainsi. Le monde entre dans l'ère du Verseau, l'ère de la compréhension, où les hommes trouveront un sens à leur vie.

– Aidez-moi, les enfants. Si vous pensez que je ne suis pas vilain, alors criez avec moi, d'accord ? OH NON !

Un chœur hésitant répéta ces derniers mots. L'incertitude du jeune public trahissait un certain embarras.

– Ne l'écoutez pas, piailla la femme du gendarme. Dites avec moi : « OH OUI ! VOUS ÊTES UN VILAIN ! »

Sam regarda son fils, totalement absorbé par le spectacle. C'était un gentil petit garçon, pensa-t-elle. Il deviendrait certainement quelqu'un de bien.

– OH OUI ! VOUS ÊTES UN VILAIN !

Elle eut vaguement conscience que la porte s'ouvrait de l'autre côté de la pièce.

– Plus fort !

– OH OUI ! VOUS ÊTES UN VILAIN !

Quelque chose n'allait pas. Quelque chose lui faisait terriblement peur.

– Allons, encore plus fort !

– OH OUI ! VOUS ÊTES UN VILAIN !

A vingt mètres d'elle, Sam vit un sourire démoniaque illuminer un visage qui n'était pas celui d'un enfant. Il disparut aussitôt, faisant place à un gamin hilare, un enfant têtu qui a enfin ce qu'il désire et en est tout heureux avant que ce bonheur fugitif ne se transforme en ennui. Il riait tout seul, comme un fou, pendant que la jeune femme, pétrifiée de terreur, sentait son sang se glacer.

– Edgar ! Non, Edgar !

Mais son cri se perdit dans le tumulte des voix enfantines qui encourageaient Polichinelle.

– Edgar ! hurla-t-elle à nouveau. Pose ce fusil tout de suite ! Pour l'amour du ciel, lâche ça !

Il ne pouvait pas être chargé. Richard était prudent. Il n'avait pas pu être assez idiot pour...

– Edgar !

Le gosse, debout dans l'encadrement de la porte, chancelait sous le poids de l'arme comme un combattant ivre.

Le doigt. Ce doigt qui se courbait vers elle dans la nuit.

4 h 15. L'horloge dans sa chambre, au moment où elle s'était réveillée.

4 h 14. L'horloge sur le dessus de la cheminée. Le doigt sur la gâchette.

– *Am stram gram, Pic et pic et...*

– Edgar !

Elle fit un pas en avant.

Le fusil balaya l'assistance, revint à elle, visa le plafond puis les enfants qui lui tournaient le dos.

– Je vais tuer les pigeons.

Malgré le vacarme, les mots parvinrent clairement aux oreilles de Sam, aussi clairement que s'ils avaient été prononcés à côté d'elle.

Le canon du fusil se balançait dans sa direction.
– Edgar, fais attention. Pose cette arme !
Le fusil était maintenant pointé carrément vers elle.
– OH NON, JE NE SUIS PAS UN VILAIN !
– OH SI, OH SI !
– EDGAR, LÂCHE CE FUSIL !
Elle pouvait voir l'intérieur du canon braqué sur elle.
– OH NON, JE NE SUIS PAS UN VILAIN !
Fermez-la ! Pour l'amour du ciel, fermez-la, idiot ! Ne voyez-vous pas ce qui se passe ? N'y a-t-il aucune lucarne dans votre bon Dieu de théâtre ?
– Pan, pan, pan !
– Si vous me frappez, je vous cognerai dessus.
– POSE-LE, EDGAR ! POSE-LE.
– Oh non ! Vous ne ferez rien de tel !
– Mais si, j'en suis tout à fait capable !
Elle entendit un ricanement solitaire. Le doigt du gamin pressait la gâchette.
– EDGAR !
Elle eut un regard désespéré pour Nicky, tenta de le rejoindre pour le mettre à l'abri et pour arrêter Edgar.
– Pan ! Pan ! Pan !
– Ouille !...
– Où est-il parti ? Où est-il parti ?
– IL EST DERRIÈRE VOUS !
La marionnette virevoltait.
– NON, IL N'Y EST PAS !
– OH SI ! OH SI !
Elle tournait d'un côté et de l'autre.
– MAIS NON, JE NE LE VOIS PAS...
Sam vit un jet de flammes jaillir du canon et plongea à terre. Edgar, abasourdi, fut projeté en arrière et le fusil tomba sur le sol avec fracas.

La jeune femme se détourna : une fumée blanche flottait dans l'air autour du petit théâtre. Quelque chose dégringola sur le plancher, rebondit bruyamment sur la plinthe et s'immobilisa à ses pieds : la tête du gendarme. La marionnette au sourire niais avait un œil et une partie de la joue arrachés.

Le bruit de la détonation lui parvint alors, vibrant en elle comme une onde de choc. Assourdie, elle porta les mains à ses oreilles pour ne plus entendre qu'un faible tintement.

Les visages ne riaient plus : les masques joyeux étaient tombés. Elle parcourut la salle d'un œil affolé. Nicky, la bouche ouverte, tenait une sucette à la main. Elle se releva, et traversa la foule des enfants aussi figés que des bibelots, s'agenouilla près de lui et le serra entre ses bras.

– Tout va bien, mon tigre ? Tout va bien ?

Il hocha la tête et elle regarda frénétiquement autour d'elle. Où était Richard ? Il traversait la pièce comme dans un film au ralenti.

L'odeur de la poudre lui piquait les narines. Elle prit conscience qu'un enfant sanglotait. Nicky gardait les yeux fixés sur la scène dont le dais était déchiré et les rideaux en lambeaux. Il semblait attendre la réapparition du gendarme et de Polichinelle, dans un ultime piaillement.

Le petit théâtre vacilla, glissa de quelques centimètres à gauche puis se remit à osciller.

Ô mon Dieu, non ! pria Sam.

Il s'immobilisa enfin et le marionnettiste en sortit, ahuri, le visage blanc comme un linge. Il se mit à tituber dans la pièce, les bras étendus devant lui.

– La police, dit-il. Appelez la police !

Il sortit, toujours titubant, dans le vestibule.

Sam se leva d'un bond et courut après lui.

– Vous n'êtes pas blessé ? demanda-t-elle.

– La police ! Il faut aller chercher la police ! répéta-t-il en gesticulant.

– Je vais le faire. Etes-vous sûr de n'être pas blessé ?

– Je veux la police ! cria-t-il en tapant du pied comme un enfant.

Sam n'insista pas. Richard, qui venait de poser une main conciliante sur son bras, lui fit signe de le suivre dans la pièce voisine.

– Allons-nous choisir un nouveau jeu ?

C'était la voix de Helen qui avait surgi du fond de la pièce et circulait parmi les enfants aux visages bouleversés qui pleuraient et parlaient tous à la fois. Edgar hurlait, assis sur le sol. Helen s'agenouilla près de lui.

– Où as-tu mal ? s'enquit-elle.

Il continua de crier.

Elle attendit qu'il se calme.

– Eh bien, où as-tu mal ?

– J'ai mal au bras.

Nouveaux hurlements.

– J'ai mal !

– Fais-moi voir.

Il secoua la tête et elle lui saisit le bras, furieuse.

– Fais voir, à la fin !

Etonné, il la dévisagea et en oublia de crier. Il tendit son bras d'un air maussade. Elle l'examina avec soin.

– Tu n'as rien. Tu l'as juste un peu cogné, c'est tout. Cela t'apprendra à jouer avec des armes à feu.

Assis sur le sol, il regarda d'un œil noir la jeune femme dont l'attention allait maintenant aux enfants et au petit théâtre aux rideaux déchirés.

A un endroit, les plombs avaient criblé le papier peint tout neuf. Sam regarda autour d'elle. Sur la cheminée, l'horloge marquait 4 h 20.

Am stram gram, pic et pic et colegram...

Ce doigt rose qui se courbait vers elle...

Elle ferma les yeux quelques instants, espérant que tout ceci n'était qu'un rêve, que rien n'était arrivé et qu'elle allait se réveiller.

– Si nous jouions aux charades musicales ? suggéra Helen.

Sam ouvrit les yeux. Helen se donnait tant de mal.

– Bonne idée ! enchaîna-t-elle en essayant de sourire et de paraître gaie.

Un silence glacial accueillit sa proposition. Les visages tournés vers elle trahissaient la méfiance et la peur. Sam comprit qu'on ne pouvait duper des enfants à coups de sourires guillerets. Ils savaient que les dragons ne mouraient pas et que le bonheur n'était pas éternel. Pourtant, il fallait essayer. Après tout, c'était ça la vie, non ?

– Excellente idée, répéta-t-elle. Nous allons jouer aux charades musicales !

15

– Bonsoir, Vivian. Oh, excusez-moi, c'est Virginia, bien sûr ! Ecoutez, je suis affreusement désolée mais Simon est un peu perturbé... Nous avons eu un accident... Non, non, personne n'est blessé. Tout va bien... mais un des enfants a pris le fusil de mon mari pour s'amuser et... mais tout va bien. Ne vous inquiétez pas...

La mère de Simon devint livide comme si elle était en proie au mal de mer.

– Je vous assure, il va très bien...

Simon sortit de la maison en traînant les pieds, le visage aussi défait que ses cheveux, en tenant un ballon argenté où était inscrit ce message en lettres mauves : *MERCI D'ÊTRE VENU À L'ANNIVERSAIRE DE NICKY*. Le ballon dodelinait au-dessus de sa tête.

J'ai rêvé cet accident, vous savez. Je l'ai rêvé. C'est la deuxième fois que cela m'arrive. La première fois, c'était pire : cent soixante-trois personnes y sont passées.

Arrête de me regarder comme ça. Je ne suis pas timbrée.

Je ne suis pas folle.

Bon. J'ai eu un rêve prémonitoire. Mais que pouvais-je faire ? Annuler la réception ? Dire à mon fils que je regrettais, mais que maman ne pouvait pas lui organiser de fête pour son anniversaire parce qu'elle avait fait un mauvais rêve ?

De toute façon, est-ce vraiment de la prémonition ou de la précognition, je ne sais plus comment ils disent ?... Simplement parce qu'un morceau de plâtre m'est tombé sur la joue. N'est-ce pas plutôt parce que je pensais à certaines choses que j'ai eu cette vision ? J'ai cru voir Slider dans le taxi. J'étais complètement bouleversée. J'ai pensé que c'était seulement un rêve étrange. Dans le livre que j'ai acheté, les armes symbolisent le phallus, l'organe sexuel masculin, et l'usage de l'arme représente une agression sexuelle.

J'ai très bien pu tout élaborer dans ma tête. Après tout, Richard et moi ne sommes plus exactement un couple uni...

En proie à une multitude de pensées, elle traversa Covent Garden. C'était un lundi matin ensoleillé. Le froid vif la réveilla. Elle s'était sentie trop fatiguée pour aller nager et le regrettait maintenant. Les idées se brouillaient dans sa tête douloureuse après une nuit d'insomnie passée à revoir inlassablement les mêmes images inquiétantes de marionnettes, de fusils, de gens encagoulés jaillissant des portes et des ascenseurs, de plafonds qui s'émiettaient comme des coquilles d'œufs, de toits qui s'effondraient sur elle avec cette séquence finale : un Slider ricanant, enseveli avec elle dans les ténèbres, et qui la fixait de son orbite vide.

Ouvrant d'une poussée la porte de style Arts déco, elle entra dans le bureau et regarda autour d'elle, désorientée. La pièce était pleine de jeunes femmes, les unes assises sur les divans et les chaises, les autres debout. Toutes avaient des sacs en bandoulière ou des press-books. Toutes étaient vêtues d'imperméables fatigués ou de surplus de l'armée américaine.

Toutes portaient des jeans et des boots. Toutes fumaient ou mâchaient du chewing-gum. Et toutes la regardèrent entrer avec espoir comme si elle était la bonne fée venue les délivrer.

Merde ! C'était jour de casting et toutes ces filles étaient candidates.

Sam pensa qu'elle avait autant besoin d'elles que d'une balle dans la tête.

Des slogans lui vinrent à l'esprit : *Soleil de minuit. Kapow ! Pour les cheveux qui s'éveillent la nuit. Boum ! Soleil de minuit... Pour les gens qui vivent la nuit. Zap ! Soleil de minuit, le shampooing très spécial pour cheveux très spéciaux, clap-clap...*

– Bonjour, Lucy. Ken est là ?

– Ben... Euh... Ouais.

– Quelqu'un de l'agence est avec lui ?

– Ben... Euh... Nnnon.

Lucy avait-elle assisté aussi à une réception enfantine ? C'est ce qu'on pouvait penser à première vue. Son visage béat semblait barbouillé de ketchup et de chocolat. Au second coup d'œil, on s'apercevait que c'était une illusion provoquée par ses cheveux teints et son maquillage outrancier.

– Vous avez passé un bon dimanche ?

– Un peu chargé, reconnut Lucy en bâillant.

Sam regarda certaines filles, passa près de l'effigie de Ken, le *Daily Mail* du jour à la main, et monta les trois étages qui menaient à son bureau. Elle frappa et entra.

C'était moins un bureau qu'une tanière. Les clients n'y venaient jamais. On les recevait au sous-sol, dans la salle de projection, entre la table de billard et l'écran. Ce bureau, sous l'avant-toit en pente raide, était d'une simplicité sans éclat : deux chaises longues, deux divans confortables, des murs couverts de photographies encadrées représentant des remises d'oscars ou des scènes de tournage. On voyait Ken en pleine action, agitant les bras, pointant un doigt, assis dans une chaise à l'ombre d'une grue pour les prises de vues en travelling, serrant des mains ou dirigeant des brochettes de personnalités qui allaient des célébrités locales aux grands noms du spectacle, tels que Orson Welles, Robert Morley, Frank Bruno et John Cleese. Sur le mur droit, s'étalait une gigantesque affiche de cinéma, bariolée de jaune et de vert dans un style ultramoderne.

ATLANTIS : LE MONDE PERDU DU XXe SIÈCLE

Ce film avait presque ruiné Ken. Trois ans auparavant, lorsqu'il avait engagé Sam, il avait failli lui coûter sa maison. Il y avait eu des problèmes de trésorerie, des séances de projection, des entrevues interminables avec des banquiers dont il lui faisait part avec une grande franchise. Il avait englouti plus de deux millions de dollars dans cette entreprise qui avait été son rêve, sa plus grande ambition : s'affirmer comme réalisateur de cinéma. Pour y parvenir, il avait engagé toute sa fortune, emprunté le maximum de fonds, et tout mis en gage, y compris sa maison.

ATLANTIS : LE MONDE PERDU DU XXe SIÈCLE

Cinq siècles après la disparition de notre civilisation, à la suite d'une guerre thermonucléaire, la vie renaît une fois de plus sur la planète Terre... Quelques centaines d'années plus tard, un moine de Borodovie, Ignav Flotum III, découvre une vieille boîte de conserve sur un site archéologique. Convaincu qu'il s'agit d'une capsule temporelle laissée délibérément par de lointains ancêtres, la boîte est ouverte en grande cérémonie. Elle contient une bobine enregistrée par le directeur commercial d'une chaîne de télévision et qui donne un résumé de la société du XXe siècle. Comme ces petits films durent de trente secondes à une minute, les observateurs en concluent que le pouvoir de concentration de l'homme du XXe siècle était extrêmement faible, ce qui explique la chute de cette civilisation, malgré la richesse de son message socio-économique.

Le film était resté inachevé et Ken n'en avait jamais véritablement donné les raisons. Parfois, c'était à cause des caprices de l'acteur principal, un mégalomane forcené. Parfois, c'était à cause des conditions météo. Parfois, c'était la faute des dirigeants du studio avec qui il s'était associé et qui ne lui avaient jamais apporté le fric promis. Sam avait deviné qu'il s'était détaché du film bien avant les problèmes financiers. Il lui avait promis de le lui projeter, un jour, mais elle se demandait s'il tiendrait sa promesse.

Quoi qu'il en soit, il avait réussi à sauver sa maison, cette immense demeure victorienne près de Clapham Common qu'il avait emplie d'objets bizarres et de tableaux étranges qui étaient tous des pièces de collection. Il avait même édifié dans le jardin une « folie », un petit temple romain à demi éboulé. Il adorait cette maison à laquelle il avait consacré des années d'efforts et de recherches pour en faire quelque chose d'impressionnant, en dehors de toutes règles, avec une salle de bains byzantine, une salle à manger médiévale et un salon baroque. Le résultat était original, excentrique mais fabuleux. La maison était assez vaste pour amalgamer tous les styles. Le mobilier était superbe. C'était un endroit plaisant à habiter et il y vivait seul, par choix. Depuis longtemps divorcé, il souffrait encore de ses blessures. Il y avait bien sûr des femmes dans sa vie, dont une qu'il remorquait souvent, une jeune fille optimiste, plus brillante que ses autres conquêtes, mais qu'il gardait à distance, comme si son cœur était désormais verrouillé.

Assis derrière son bureau, Ken lisait une lettre. Il n'avait pas ôté sa veste de toile et son écharpe était encore enroulée autour de son cou. Sans doute venait-il juste d'arriver. Il leva les yeux et sourit.

– Vous avez pensé à m'apporter une part du gâteau ?

– Quel gâteau ?

– Le gâteau d'anniversaire de Nicky. Vous m'en aviez promis une.

– Oh, merde ! Je...

– A quelle heure devons-nous auditionner les candidates ?

– A 9 h 30.

– Elles sont déjà arrivées ?

– Oui, mais personne de l'agence.

Il la dévisagea.

– Seigneur, vous avez vraiment une sale mine ! Vous allez bien ?

Elle hocha la tête et avala péniblement sa salive.

– Comment s'est passée la réception ?

Sam se détourna pour lui cacher ses larmes. Elle n'aurait pas dû monter directement chez lui. Elle regarda une photo le montrant à quatre pattes, en train de montrer à un chien de berger comment il devait manger sa pâtée. Elle entendit la sonnerie du téléphone intérieur retentir à plusieurs reprises, insister puis bourdonner dans un autre bureau. La main de Ken se posa légèrement sur son épaule.

– Qu'est-ce qui s'est passé, Sam ? C'est encore l'effet de l'accident d'avion ? Vous ne surmontez pas le choc ?

Elle sentit les pleurs ruisseler sur ses joues et ferma les yeux très fort pour en endiguer le flux.

– C'est abominable, Ken. C'est vraiment horrible.

– Qu'est-ce qui est si horrible ? demanda-t-il avec douceur.

– J'ai fait un nouveau rêve, expliqua-t-elle en secouant la tête. J'ai fait un autre cauchemar.

La sonnerie reprit, insistante. Ken décrocha le récepteur, dit « d'accord » et le reposa.

– Ils sont tous là. Il faut que nous descendions. Voulez-vous que nous parlions de tout ça plus tard ? Devant un verre ? Cet après-midi, lorsque tout sera fini.

– Merci, dit-elle en reniflant. Je descends tout de suite. J'ai un coup de fil à passer.

Elle ouvrit la porte.

– Sam, ne vous tracassez pas. Tout ira bien.

Elle hocha la tête d'un air de doute.

– Il y a longtemps que vous n'avez pas pris de congés. Vous êtes même venue travailler pour Noël. Pourquoi ne pas prendre quelques jours de repos ? Pourquoi ne pas partir quelque part avec Richard ?

– Ça ira, merci.

– Vous avez besoin de respirer. Tout le monde en a besoin. Partez faire du ski ou de la voile. Ah ! j'allais oublier... J'ai lu cet article sur les rêves dans un magazine et je vous l'ai découpé.

Elle le remercia et mit l'article dans son sac.

– Je suis désolée d'avoir oublié votre part de gâteau, dit-elle avant de sortir.

Dans le couloir, Drummond marchait de long en large en examinant l'étiquette d'une boîte qu'il tenait à la main.

– Bonjour... (Il marqua une pause, comme s'il recherchait son nom.) ... Sam, ajouta-t-il enfin.

– Bonjour, Drummond.

– Vous avez passé un bon week-end ?

– Excellent, dit-elle avec un sourire las.

– Vous avez fait de beaux rêves ?

– Comment ?

– Vous m'aviez dit que vous rêviez de girafes ou d'animaux de ce genre.

Le front plissé, il contemplait la boîte d'un air intrigué.

– Je me souviens que vous m'avez dit qu'elles rêvaient peu.

– C'est exact.

– J'aimerais bien être une girafe, dit-elle en rentrant dans son bureau.

Des tourbillons de fumée l'enveloppèrent. La fumée bleue, épaisse et brumeuse du lundi matin, jour où Claire semblait consommer deux fois plus de cigarettes que le reste de la semaine.

– Bonjour, Claire.

Claire était plongée dans la lecture d'un scénario. Sam crut déceler une inclination de tête mais n'aurait pu en jurer. Elle ouvrit brusquement la fenêtre pour dissiper la fumée et l'irritation que sa collègue éveillait en elle puis mit son agenda à jour.

– Vous avez passé un bon dimanche ? demanda-t-elle par politesse.

Claire interrompit sa lecture une seconde.

– Très bon, puis elle la reprit.

Sam se demanda ce que Claire faisait de ses soirées. Elle savait qu'elle avait eu un petit ami qui s'appelait Roger, qu'ils avaient rompu, et qu'elle habitait le West End. Autant essayer d'ouvrir une palourde hermétiquement close que de la faire parler de sa vie privée. Elle jeta un coup d'œil sur la pile de lettres. Le courrier attendrait.

– J'ai mis le nom et l'adresse des hôtels sur votre bureau, dit Claire tout à coup.

– Quels hôtels ?

– Ceux de Leeds où vous descendrez pour la projection de lancement du chocolat Castaway. Elle aura lieu vendredi à 9 heures du matin. Vous m'aviez demandé de vous retenir une chambre d'hôtel pour la nuit de jeudi.

– Ah oui ! Merci.

Sam passa rapidement le courrier au crible : des devis, des numéros à rappeler, des mémos. Rien d'urgent. Elle se sentait fatiguée et tendue. Elle aurait dû aller à la piscine comme à son habitude. Et puis tout le monde consultait un psychiatre actuellement. On ne parlait que de maladies psychosomatiques dues à la tension nerveuse : la grippe des jeunes cadres surmenés, le syndrome des jeunes cadres surmenés. C'était peut-être son cas.

Elle revit l'avion s'écraser sur la montagne. Le doigt qui se courbait dans sa direction. Edgar entrer dans la pièce, le fusil à la main. Un filet de sueur glacée s'écoula le long de son dos, comme un doigt suivant une goutte sur une vitre gelée. Frissonnante, elle sortit le répertoire téléphonique.

Bamford O'Connell avait son cabinet dans Harley Street. Elle composa le numéro. Une voix de femme, agréable et directe, lui répondit.

– Puis-je parler au Dr O'Connell, s'il vous plaît ?

– De la part de qui ?

– Mme Curtis. Je suis une amie.

Il prit la communication quelques secondes après, à sa grande surprise.

– Sam ? C'est vous ?

Son accent irlandais était très chaleureux.

– Excusez-moi de vous appeler à votre cabinet, Bamford, mais je me demandais si vous pourriez me recevoir, en tant que patiente.

– Votre soirée était très réussie.

– Merci.

– Vous aimeriez me parler de quelque chose ?

– Oui, s'il vous plaît. C'est au sujet de la conversation que nous avons eue pendant le dîner.

– De quoi parlions-nous ?

Sam leva les yeux vers Claire puis les abaissa sur son bureau.

– Des rêves. J'en avais eu un et je...

Claire ne lisait plus. Elle écoutait, sans quitter son scénario du regard.

– Est-il possible de vous voir en privé ? demanda Sam, gênée.

– Bien sûr. Venez à mon cabinet. Est-ce très urgent ?

Aussi urgent qu'un incendie, pensa Sam, mais elle bafouilla :

– Non, je...

– Si c'est urgent, je pourrais vous consacrer quelques minutes dans la journée. Autrement, voyons-nous jeudi matin à midi. J'aurai un peu plus de temps alors.

– Jeudi me convient parfaitement. Merci, Bamford. C'est très gentil à vous.

Comme elle sortait du bureau en refermant la porte derrière elle, Claire se détourna pour sourire.

Sam descendit les escaliers lentement, perdue dans ses pensées. Le hall de réception était bondé de jeunes femmes qui babillaient à qui mieux mieux, au milieu de la fumée, des bouffées de parfum et des jappements excités d'un petit chien. Le standard téléphonique gazouillait pendant que Lucy, le récepteur aux oreilles, poursuivait une conversation personnelle. La porte d'entrée s'ouvrit et un homme entra. D'un pas rapide et résolu, il se fraya un chemin parmi la foule et se dirigea vers Sam en la fixant. C'était une grande brute vêtue de noir, le visage recouvert d'une cagoule qui laissait à peine voir ses yeux à travers deux fentes minces.

Sam sentit ses genoux se dérober et sa tête tourner. Une atroce sensation de froid au creux de l'estomac, elle s'abattit contre l'effigie de Ken, vit le journal se froisser et pensa vaguement que son patron ne lui pardonnerait jamais un tel crime de lèse-majesté. Elle trébucha, se raccrocha à la main de cire glacée pour éviter la chute. Quelque chose céda et elle bascula en avant, sans lâcher cette main inerte, comme un enfant qui veut traverser la route. Le bras s'était détaché de l'épaule. Elle essaya de faire quelques pas, tomba contre le mur et heurta la portière de la Cadillac blanche de Lucy. Elle voulait désespérément reculer, fuir l'homme en cagoule dont les yeux apparaissaient à peine à travers les fentes. Mais elle ne pouvait s'empêcher de chanceler devant toutes ces filles qui la regardaient, bouche bée, les yeux écarquillés. Toutes ces jolies filles qui fixaient le bras d'un air épouvanté. Avec un petit gémissement, Sam s'écroula.

Aidez-moi ! Aidez-moi à lui échapper ! Mon Dieu, faites qu'elles cessent de me regarder comme une bête curieuse ! Elles ne comprennent donc pas ?

Il se penchait au-dessus d'elle. Il portait un pantalon élimé, une veste crasseuse et un passe-montagne. D'une main, il tenait un casque de moto et de l'autre, un sac de sport qu'il laissa tomber pour s'agenouiller auprès d'elle.

– Ça va mieux, poupée ? demanda-t-il en l'aidant à se relever.

Il sentait le cuir, le tabac et l'essence.

– Ça va, merci. Je...

Mal assurée sur ses jambes, elle regarda autour d'elle. Des visages silencieux la fixaient. Le chien jappait.

– Suffit, Bonzo. Du calme !

– Sam... Mince alors, qu'est-ce qui vous est arrivé ?

– J'ai eu un malaise.

– C'est bien le siège des productions Ken Shepperd ? questionna l'homme au passe-montagne en ouvrant son sac. J'ai besoin d'une signature.

Sam regarda successivement le bras arraché sur le sol, la multitude des visages et le journal froissé. Elle ramassa le bras de cire.

– Lucy, si vous avez un moment, vous pouvez peut-être essayer de le rafistoler... (Elle avait conscience de parler très lentement, comme si une partie d'elle-même observait l'autre.) ... et acheter un nouveau *Daily Mail*.

Elle examina l'intérieur de la manche et vit un trou béant, aux contours déchiquetés. Elle posa le bras de cire sur les genoux du mannequin, tourna les talons et descendit l'escalier qui menait au sous-sol.

16

L'eau jaillit dans un sifflement. Sam sentit la chaleur assaillir ses narines et des rigoles de sueur coulèrent le long de son visage et de son corps. Elle jeta un coup d'œil au thermomètre qui montait toujours, s'étendit sur la serviette de bain qui recouvrait les lattes de bois et respira la vapeur torride mêlée à l'odeur âcre du pin.

– Encore un peu ? demanda Rowie.

Elle aussi était nue et ruisselante de sueur, les cheveux collés par l'humidité. Ses seins tombaient – non, s'affaissaient légèrement. Elle devrait faire attention, pensa Sam, elle a tendance à prendre du poids. Les premiers signes commençaient à apparaître sous sa peau laiteuse de rousse, la chair semblait bouffie par endroits : autour du cou, en haut des bras ; à la naissance des cuisses, de grosses vergetures dessinaient de vilaines stries.

Rowie. Elles avaient fait les quatre cents coups ensemble, autrefois. Sam avait été demoiselle d'honneur au mariage de Rowie qui lui avait lancé son bouquet. Elle l'avait attrapé au vol et la prédiction s'était réalisée : elle avait rencontré Richard et ils s'étaient mariés huit mois plus tard.

Rowie. Pour elle, la vie avait été facile. Des amoureux, le mariage, des enfants – elle en avait quatre –, aucune épreuve. Tout se déroulait au mieux pour elle. Elle prenait la vie comme elle venait et en général tout venait à temps. « Je me sens coupable, avait-elle confié un jour à Sam. Je ne sais pas pourquoi ma vie est si merveilleuse. »

Bien sûr, il y avait toujours une tempête, un désastre ou une tragédie en perspective, mais, au dernier moment, les choses s'arrangeaient. Un seul petit nuage, quand elle avait découvert que son troisième enfant était dyslexique. Mais là encore, tout était vite rentré dans l'ordre.

Sam regarda de nouveau le corps de son amie. Tu engraisses, pensa-t-elle. Tant mieux ! Tu vas devenir grassouillette et d'ici quelques années tu auras des bourrelets partout.

Seigneur !

La malveillance de ses pensées lui créa un choc. Souhaitait-elle vraiment l'obésité à Rowie ? Ou un désastre ? L'aimait-elle vraiment ou était-elle jalouse comme un pou ? Elle baissa les yeux sur son propre corps. De beaux seins fermes. Qui ne deviendraient pas flasques. Des cuisses fuselées, des jambes fines. Presque trop minces.

La réflexion de Richard croisant sur la plage un mannequin d'une minceur d'anorexique lui revint en mémoire : « On doit avoir l'impression de baiser un squelette. » Pensait-il la même chose d'elle ? Seigneur, comme c'était difficile de trouver le poids idéal !

Une grosse femme informe, coiffée d'un bonnet de bain, entra dans le sauna, les salua d'un air revêche et examina le thermomètre.

Si tu rajoutes de l'eau, je fais un malheur, pensa Sam en l'observant. Elle avait des cuisses comme des troncs d'arbre, un estomac style Bibendum et des seins qui pendaient comme des gants de toilette. Elle n'avait pas de fesses mais une zone imprécise qui reliait son dos à ses cuisses. On aurait dit qu'après l'avoir ébauchée, Dieu l'avait laissée tomber sur terre, comme un vieux sac.

Je ne ressemblerai jamais à ça. Jamais !

Sam et Rowie plongèrent dans la piscine en riant, s'aspergèrent d'eau et la grosse mémé les suivit, réduisant leur dialogue à des bavardages sans intérêt. Sam montra à Rowie la brûlure que lui avait infligée l'esthéticienne à la jambe en l'épilant et Rowie lui raconta comment, en skiant avec les enfants à Noël, elle s'était fait sur la croupe un énorme bleu qui venait à peine de disparaître. Puis elles s'habillèrent et commandèrent deux gaspachos et des salades au thon, avec des noix, des fèves, du soja et tout un tas de choses indéfinissables qui font gargouiller votre estomac pendant des heures. Installées dans un coin tranquille, enfin débarrassées de la matrone obèse, elles levèrent leur verre de jus de pomme diététique.

– A ta santé !

Elles se sourirent.

– Mon Dieu, cela fait des siècles que nous n'avons pas mangé ensemble, dit Rowie.

– Pas exactement. La dernière fois, c'était en septembre.

– Tu es sûre ?

– Juste avant la tempête. J'en suis certaine.

– C'est incroyable comme le temps passe vite ! Tiens, tu as une nouvelle montre ? Elle est magnifique !

– C'est Richard qui me l'a offerte. Pour améliorer mon image de marque.

– Il ne s'est pas fichu de toi ! A propos, tu sais ce que Suzie m'a dit samedi dernier ? « Ne viens pas faire les courses avec moi, maman. Ça ruinerait mon image de marque. » A onze ans, tu te rends compte ?

Sam se mit à rire.

– Elle regarde trop les pubs à la télé !

Elles mangèrent en silence. Un long silence gêné pour Sam dont les pensées se bousculaient et gâchaient la joie des retrouvailles.

Elle se sentait accablée, sans savoir pourquoi. Rowie ouvrit un petit pain au sésame et en trempa un morceau dans son gaspacho à la façon d'une infirmière qui nettoierait une blessure. La comparaison fit frissonner Sam.

– Comment va Richard ?

– Euh, il... Il va bien, merci. Il a beaucoup de travail, répondit Sam en regardant son amie dans les yeux et en secouant la tête.

Les larmes jaillirent d'un seul coup et elle se mit à gémir, se balançant d'avant en arrière comme une enfant.

Elle finit par recouvrer son calme et, déchirant à son tour un petit pain, en trempa une bouchée dans le potage. Le goût brûlant de la tomate à l'ail et des oignons lui emplit la bouche.

– Qu'est-il arrivé ? demanda Rowie.

Sam promena sa cuillère dans son assiette de soupe. Elle n'en avait jamais parlé à personne... Parce que... parce qu'elle se sentait tellement ridicule. Peut-être Rowie connaissait-elle l'histoire et lui posait-elle cette question par gentillesse... Tout le monde était au courant : les Pearce et les Garforthwestward, les Pickering et les... Oh merde, merde ! Elle leva les yeux.

– Les copains, tu sais, Roddy, Guy et les autres, avaient organisé une partie de chasse en Ecosse la première semaine de janvier, comme tous les ans. Richard y va toujours. Il est parti avec eux cette année, comme d'habitude, sauf que la police m'a appelée au téléphone le dimanche soir à 6 heures. J'ai cru qu'il avait été blessé ou tué dans un accident. C'était affreux. Ils m'ont donné le numéro de sa BMW et ils ont demandé à qui appartenait la voiture.

Elle fixa Rowie intensément puis, posant les coudes sur la table, se pencha vers elle. Cette fois, elle allait se libérer.

– Ils avaient trouvé sa voiture parquée en double file devant un hôtel de Torquay depuis le vendredi soir. Ils l'avaient mise à la fourrière et s'inquiétaient parce que personne ne l'avait réclamée. Ils se demandaient si ce n'était pas une voiture volée.

Elle regarda Rowie d'un air railleur.

– C'était normal, commenta son amie. (Puis son visage changea soudain d'expression.) Mon Dieu, tu veux dire que... ?

Elle commençait à comprendre.

Sam fit un signe de tête.

– Oui. Il était parti avec une fille de son bureau, une petite garce qui travaille pour lui.

Elle contempla de nouveau son potage en y agitant sa cuillère.

– Malheureusement, je n'ai pas pigé tout de suite. J'ai cru que la voiture avait été volée puis abandonnée n'importe où. J'ai appelé ses amis. J'avais leur numéro en Ecosse. Tu t'imagines ? J'avais l'air maligne ! Ses amis, qui étaient aussi les miens, étaient tous au courant. Ils ont essayé de couvrir son escapade comme s'il s'agissait d'une farce d'écolier.

– Ma pauvre Sam ! Tu as dû te sentir complètement...

– Oui. Comme tu dis.

– Et Richard ? Qu'est-ce qu'il a dit ?

– Pas grand-chose.

– Il ne s'était pas rendu compte que sa voiture

avait disparu du vendredi soir au dimanche après-midi ? Que diable fabriquait-il durant tout ce temps ? (Elle s'interrompit brusquement.) Oh, Sam, je suis désolée !

– Je croyais que notre mariage n'était pas comme les autres, dit Sam en soupirant. Que nous étions... enfin, que nous avions du respect l'un pour l'autre. Ce n'est pas seulement... C'est aussi la façon dont il s'est comporté, le moment qu'il avait choisi. Je crois que Noël est une date tout à fait spéciale. Tu comprends ce que je veux dire ? Est-ce si ridicule ?

Rowie lui sourit.

– Et puis il y a le risque du sida, reprit Sam. J'y pense souvent. Dieu seul sait la vie que menait cette fille. Et puis tous nos amis qui m'ont aussi trompée. Seigneur ! J'en ai vu certains à Noël. Ils savaient tous qu'il n'allait pas à la chasse avec eux. Les femmes aussi. Et personne ne m'a rien dit !

Rowie sirotait son jus de pomme.

– Ce genre de choses arrive, Sam, dit-elle sans poser son verre.

– Je croyais que cela n'arrivait qu'aux autres.

– Cela ne veut pas dire grand-chose pour Richard. Il ne faut pas croire qu'il ne t'aime plus. Pas forcément. Beaucoup de gens ont des liaisons uniquement pour le sexe.

– Je sais. Une partie de moi reconnaît que c'est idiot de se mettre dans des états pareils pour une affaire de ce genre. Tous les hommes ont des aventures, dit-on. Une autre partie de moi refuse de le toucher. Nous n'avons pas fait l'amour depuis. Rien que d'y penser, j'en suis malade. A ton avis, c'est normal ?

– Je ne sais pas, Sam. Tous les mariages sont différents. J'ai toujours cru que vous formiez un couple uni.

– Je le croyais aussi, reconnut Sam en haussant les épaules. Richard a beaucoup changé, récemment.

– Comment cela ?

– C'est difficile à expliquer. Il s'est mis à gagner beaucoup d'argent. Durant les huit ou neuf derniers mois, il est devenu copain avec un banquier suisse qui me fait un drôle d'effet. Mais c'est peut-être une réaction purement personnelle. Richard lui fait littéralement la cour. Il l'appelle tout le temps au téléphone pour lui demander son avis.

Elle but quelques cuillerées de potage.

– Je pense à cette histoire de fusil, durant le goûter d'anniversaire. Autrefois, jamais il n'aurait laissé traîner une arme. Il était très calme, très patient. Maintenant, il est devenu irritable. Il s'est montré vraiment brutal avec Edgar, ce jour-là.

– Peut-être est-il inquiet pour ses affaires. Les financiers sont parfois très nerveux avant certaines opérations. La baisse a été brutale, récemment. A-t-il perdu beaucoup ?

– Non. Il a dit qu'Andreas l'avait averti à temps.

– Qui est Andreas ?

– Le Suisse.

– Tu n'as jamais eu envie de prendre un amant ? demanda Rowie.

– Non. Je me suis parfois fait draguer à des cocktails, mais cela ne m'intéresse pas du tout. Et toi ?

Rowie eut un petit rire et se remit à manger du pain.

– J'en ai un. Depuis des années, avoua-t-elle.

Sam eut l'impression que le monde s'écroulait.

– Qui ?

– Un Noir.

– *Comment ?*

– C'est mon prof d'aérobic.

– Tu me fais marcher ?

– C'est uniquement sexuel, expliqua Rowie. Tu sais, je ne pensais pas qu'une femme pouvait réagir de cette façon, mais entre nous, c'est formidable.

Elle eut un sourire d'excuse, presque penaud, comme si elle se reprochait cette confidence.

– Je croyais que tu étais heureuse en ménage, dit Sam. Que votre couple était à part. Comme Richard et moi.

– L'herbe est toujours plus verte chez le voisin. Oui, mon mariage est réussi, mais James travaille tout le temps et j'ai fini par me sentir un peu seule. Je ne sais pas... (Nouveau sourire.) Tu vois, je ne suis vraiment pas qualifiée pour juger la conduite des autres...

– L'est-on jamais ?

Sam repoussa son assiette de potage et entama la salade.

– Comment va Justin ? Etait-il très perturbé en revenant de la réception ?

– Non. Au contraire, il était tout excité. Il a cru que cela faisait partie de la séance de guignol. Et Nicky ?

– Je pense qu'il est encore très choqué. Richard ne cesse de m'affirmer que les enfants sont très résistants mais je ne suis pas convaincue.

Richard avait donné cinq cents livres au marionnettiste pour le dissuader d'appeler la police.

– *Je ne veux pas que tu apprennes à tirer à Nicky.*

– *Ce n'était pas sa faute.*

– *Je ne peux m'empêcher de penser à ce qui aurait pu arriver. Il baissait son arme de quelques centimètres et il tuait cet homme, ou Nicky, ou n'importe lequel de ces gamins.*

– *C'était la faute de ma mère.*

– *Ne sois pas ridicule.*

– *C'était sa faute. On ne laisse pas une cigarette al-*

lumée sur une table. Bon sang, si je ne m'en étais pas aperçu, toute la maison aurait brûlé ! J'étais dans une colère noire. C'est pour ça que j'ai oublié le fusil. C'est ce qui a dû se passer. Seigneur, je ne peux pas encore y croire ! Je le mets toujours sous clé et j'enlève les cartouches. Je les range au-dessus de l'armoire. J'étais certain d'avoir rangé cette arme comme je le fais d'habitude. Certain.

Sam avait tenté de lui parler de son rêve mais il avait refusé de l'écouter.

– Moi, c'est sur la résistance des adultes que je m'interroge, dit Rowie.

Elles bavardèrent jusqu'à 15 heures. Des hommes, de la vie, des gosses, des gens qu'elles avaient connus et qu'elles ne voyaient plus que par hasard, en coup de vent. Sam aurait voulu parler de ses cauchemars à Rowie, lui dire : « Ecoute, j'ai rêvé cela et c'est arrivé », mais l'occasion ne se présenta pas. Après tout, il n'y avait rien d'urgent. Elles se promenèrent dans Covent Garden, allèrent dans les boutiques de South Molton Street et chacune acheta ce que l'autre admirait et jugeait élégant. Sam se demanda pourquoi elle se préoccupait des goûts de Richard et pourquoi Rowie voulait être belle pour James. Mais quand son amie choisit un ensemble de jogging fluorescent, elle comprit que ce n'était pas pour plaire à son mari...

Puis, brusquement, Sam put parler à Rowie de ses rêves. Loin de s'en moquer, Rowie dit qu'elle comprenait très bien. Elle-même avait parfois des prémonitions. Elle avait une tante qui était médium et qui faisait toujours le même rêve la nuit précédant une mort. Elle voyait un inconnu marcher au loin sur une plage puis s'enfoncer dans la mer.

Elles s'arrêtèrent dans un bar à vin puis traversèrent Hanover Square d'un pas mal assuré, burent à nouveau une bouteille de chardonnay. Sam se demanda si Archie, le connaisseur, aurait approuvé leur choix. Elles se soûlèrent tellement qu'elles finirent par trinquer en gloussant comme des écolières. Rowie lui dit de ne pas se tourmenter : tout le monde avait des pressentiments mais certaines personnes en avaient plus que d'autres. Sam était saine d'esprit. Elle n'était pas cinglée et aucun homme en cagoule n'allait surgir de son passé pour l'attaquer. La trahison de Richard l'avait bouleversée et avait déclenché en elle toutes sortes de réactions irrationnelles. Rien de plus. Et maintenant il fallait rentrer.

D'accord.

Détends-toi, Sam.

Elle décida de marcher un peu pour s'éclaircir les idées. Elle se sentait vaguement coupable. Il était tard. Elle n'avait pas téléphoné à son mari pour le prévenir et elle avait manqué le coucher de Nicky. Devait-elle prendre sa voiture ou héler un taxi ? Elle était trop ivre pour conduire, elle s'en rendait compte. Mais quand elle arriva à Covent Garden, il n'y avait aucun taxi en vue et comme il pleuvait à verse, elle courut vers le parking.

17

La pluie s'arrêta aussi brutalement qu'elle avait commencé, laissant sur les rues de Londres des plaques de laque noire où dansaient et scintillaient des paillettes de lumière. Sam jeta un coup d'œil par la vitre. Le reflet de la Jaguar se dessinait sur le bitume sombre aussi nettement que la coque d'un bateau sur un lac.

Un feu orange clignota devant elle et elle s'arrêta pour laisser passer un homme qui portait un parapluie brisé.

AUTOROUTE DU NORD.

Elle fronça les sourcils. Comment avait-elle pu prendre cette direction ? Elle était vraiment ivre. Quelle heure pouvait-il être ? Londres paraissait calme, d'un calme surprenant. Elle regarda le réveil sur le tableau de bord. Son tic-tac était aussi bruyant que celui d'une horloge.

21 h 45.

Elle avait l'impression qu'il était 4 heures du matin.

21 h 45. Seigneur ! Rowie et elle avaient donc bu pendant tout ce temps ?

Un coup de klaxon furieux se fit entendre derrière elle.

– Oh, ta gueule ! cria-t-elle au taxi qui la suivait, tout en donnant un coup de volant.

Clignant des yeux, elle freina prudemment : devant elle, les lumières se brouillaient. Elle s'était égarée. Il lui fallait ralentir, ralentir absolument et retrouver le chemin de la City.

Elle tourna un peu plus loin, remonta l'avenue Fitzjohn en direction de Hampstead. Une Ford Capri blanche, montée sur d'énormes roues, roula à sa hauteur un moment. Le conducteur, un loubard, lui fit un signe d'invite. Elle détourna la tête avec dédain, rétrograda et appuya à fond sur l'accélérateur. L'arrière de la Jaguar dérapa, les pneus mordirent le bitume et, dans le grondement du moteur, elle sentit la montée de cette puissance qu'elle déchaînait en accélérant. Elle continua sa route et traversa une ruelle. Descendant la colline, des phares fonçaient sur elle. Comme son moteur souffrait, elle voulut passer en troisième mais n'y parvint pas. Dans un horrible grincement, la voiture ralentit. Les phares étaient tout proches, maintenant. Elle s'entêta à tripoter le levier de vitesse et donna un brusque coup de volant à gauche, au dernier moment. Le camion frôla la Jaguar qui oscilla dans le déplacement d'air.

Merde !

C'est alors qu'elle vit la voiture de police. Elle descendait la colline au ralenti comme si elle cherchait une route pour tourner et la rejoindre.

Il faut que je m'arrête, pensa-t-elle.

Non, je suis stupide. Il faut fuir.

Elle prit une route secondaire à droite, sans mettre son clignotant, et accéléra. Elle finit par déboucher dans une rue animée, brillamment éclairée, jalonnée de boutiques, de restaurants, de cafés et de bars. Hampstead High Street.

Elle vira à gauche, vit une petite rue sur sa droite

et s'y engouffra. Elle était bordée d'arbres, de maisons mitoyennes et de voitures en stationnement. Sam regarda dans son rétroviseur : aucune voiture ne la suivait. Rassurée, elle ralentit et, très lentement, chercha une place pour se garer. Quand elle l'eut trouvée, elle coupa le moteur, éteignit les phares et respira un grand coup. Tout était si calme.

Elle sortit de la voiture dans l'étrange lumière translucide et leva paresseusement les yeux vers la pleine lune qui brillait entre les branches des arbres. Eblouissante comme un soleil. La jeune femme se mit à marcher le long de la rue. Une voiture passa à toute allure et l'obligea à monter brusquement sur le trottoir. Avait-elle voulu l'écraser ? Sam suivit des yeux les feux arrière qui s'éloignaient.

L'ombre des arbres dessinait des flaques obscures. On aurait dit du sang. La peur s'empara de Sam. Peur des arbres qui semblaient la guetter. Peur de la lune dont la lumière trop crue la mettait en évidence, comme ces lapins paniqués que les phares débusquent sur le bord des routes.

Elle poussa un soupir de soulagement en pénétrant dans Hampstead High Street. Elle retrouvait les gens, le bruit, la circulation. L'éclat de la lune se confondait avec la lumière des réverbères et des étalages. Elle se sentit enfin en sécurité et chercha un taxi du regard. Deux d'entre eux passèrent, chargés de passagers. Un homme à l'aspect huileux, au volant d'une voiture de sport japonaise, ralentit pour mieux la dévisager. Elle détourna la tête et remarqua une bouche de métro, un peu plus loin. Après quelques minutes d'attente, elle abandonna l'idée du taxi et, traversant la rue, se dirigea vers le cercle de néon rouge.

Encrassé et ouvert à tous les vents, le couloir semblait vide, à l'exception de l'employée entre deux âges qui, derrière son guichet, regardait fixement la jeune femme d'un air sévère.

– Un billet pour Wapping, s'il vous plaît.

– Aller et retour ? demanda la femme d'un ton acerbe.

– Non. Je veux simplement me rendre à Wapping. Je... ne désire pas retourner, expliqua Sam, consciente de bredouiller, de buter sur les mots comme une femme ivre.

– Nous ne vendons pas d'allers simples dans cette station, dit la femme sans bouger un sourcil.

« Un aller simple », voilà l'expression qu'elle cherchait. Pourquoi ne l'avait-elle pas trouvée ?

– Alors ce sera un double, fit Sam.

A ces mots, le maquillage de la femme commença à se craqueler, ses lèvres s'ouvrirent, s'élargirent, s'étirèrent. Son expression changea si brusquement que Sam prit peur. Mais, lorsqu'elle vit ses épaules trembler et ses yeux étinceler, elle comprit que l'employée était prise d'un fou rire, tout simplement.

– Et un double pour Madame ! fit la femme, comme s'il s'agissait d'un scotch...

Elle s'esclaffa de plus belle et Sam sourit à son tour.

– Vraiment très drôle, reconnut la femme. (Elle cligna de l'œil et désigna le quai du menton.) Allez-y, passez. Vous m'avez fait trop rire pour que je vous fasse payer un billet. Si le receveur vous demande quelque chose, dites-lui que Beryl est d'accord.

Après avoir franchi le tourniquet, Sam se retrouva devant une file d'ascenseurs aux larges portes d'acier qui convenaient apparemment mieux au transport des marchandises qu'à celui des voyageurs.

Elle appuya sur le bouton d'appel et attendit. Derrière son guichet, la femme continuait à rire et l'écho de ses gloussements parvenait aux oreilles de Sam.

Peu à peu le ton changea. De quoi riait-elle vraiment ? De la plaisanterie ou de Sam elle-même ? Elle remarqua tout à coup, en face d'elle, les lettres rouges sur fond blanc : *Hors service*. Comment ne les avait-elle pas vues plus tôt ? Elles étaient énormes.

Elle se dirigea vers l'escalier. Ses pas claquèrent sur les marches de ciment qui descendaient en spirale le long de la cage d'ascenseur aux parois d'acier.

ATTENTION. VOUS ÊTES DANS LA STATION DE MÉTRO LA PLUS PROFONDE DE LONDRES. 300 MARCHES. CET ESCALIER NE DOIT ÊTRE UTILISÉ QU'EN CAS D'URGENCE.

Il y eut un bruit de voix et quelque chose claqua et tinta au loin. Le mur continuait implacablement sans aucun graffiti pour en alléger la perspective.

Seigneur ! pensa Sam. Tous ces carreaux crasseux et sinistres ! On a l'impression de descendre dans des toilettes publiques.

L'écriteau ne mentait pas. L'escalier paraissait interminable et elle se demanda à quelle distance elle se trouvait de la sortie. Elle n'avait aucun point de repère et l'escalier descendait toujours selon la même spirale monotone. Elle remarqua un mégot sur le sol. Il se consumait encore. L'ombre s'épaississait autour d'elle, la couleur des carreaux s'effaçait et il faisait de plus en plus froid.

C'est alors qu'elle sentit une main sur son cou.

Une bouffée de colère, d'abord. Et puis la peur. La panique qui vous paralyse.

Non ! Pas moi ! Je vous en prie, pas moi !

Elle fut tirée brutalement en arrière et crut que sa colonne vertébrale allait se briser. Elle hurla de douleur. Une main serrait son cou et l'asphyxiait. Elle allait lui broyer les os. Puis une autre main s'abattit sur sa bouche. Dure et rugueuse, elle lui écrasait les lèvres et avait un goût de sang. Sam tenta vainement de la mordre. Et soudain, elle sentit l'odeur. Mon Dieu, cette odeur d'oignon...

Comme Slider.

Ô mon Dieu, c'est Slider ! Faites que ce soit un rêve et que je me réveille.

Elle entendit une porte s'ouvrir. C'est par là qu'on allait la traîner. Elle voulut donner des coups de pied, dégager sa bouche et hurler mais toute résistance était vaine. Ses pieds glissèrent sous elle et elle se cambra violemment en arrière, la gorge serrée sur un hurlement de douleur.

La lumière disparut complètement et elle entendit le claquement d'une porte qui se refermait.

Il faisait nuit noire et elle était seule avec son agresseur. Elle entendit son souffle rauque.

Je vous en prie, aidez-moi ! Ne m'abandonnez pas, mon Dieu !

Une main rude et calleuse montait le long de sa cuisse. Elle se débattit frénétiquement, sans aucun résultat. Les doigts atteignirent l'aine et se mirent à fourrager dans les poils de son pubis, puis s'enfoncèrent en elle, l'écorchant à coups d'ongles. Elle voulut hurler mais la main la bâillonnait toujours.

Mon Dieu, aidez-moi ! Salopard ! Non... Non !

Il essayait maintenant de lui arracher son slip.

De nouveau, elle tenta de le mordre, de lui échapper, mais il la tenait dans un étau et chacun de ses mouvements la faisait cruellement souffrir. Les yeux exorbités, elle fixait les ténèbres. Quelque part dans la pièce il y eut un cliquetis puis un bourdonnement. Réfléchis, Sam, réfléchis, pour l'amour du ciel ! Il faut te défendre, lui faire mal, lui plonger les doigts dans les yeux. Où était son visage ?

Elle l'entendait haleter et grogner comme un porc.

Elle sentit un courant d'air froid entre ses jambes et les doigts s'enfoncèrent plus profondément en elle, si violemment qu'elle crut qu'il allait la déchirer. Un bruit de bouton qui saute et le crissement d'une fermeture Eclair. Les mouvements de son assaillant étaient d'une prudente lenteur. Il se préparait.

Non ! Je ne veux pas ! Je vous en prie, mon Dieu !

– Embrasse-moi. Dis-moi que tu m'aimes.

Il avait l'accent du nord de Londres et elle sentit sa bouche taquiner son oreille.

– Dis-moi que tu m'aimes, répéta-t-il, avec un séduisant accent français cette fois, tout en continuant à lui mordiller l'oreille.

D'un brusque coup de tête, elle échappa à sa bouche humide, à ce relent de cigarette, de bière et d'oignon. Il sortit ses doigts et se mit à caresser son pubis.

– Dis-moi que tu m'aimes, demanda-t-il à nouveau d'un ton cassant.

Un silence suivit. Les yeux écarquillés dans l'ombre, le cœur battant à se rompre, la tête tourbillonnante de pensées, elle écoutait son souffle devenir de plus en plus rauque.

Des pas se firent entendre à l'extérieur. Sam sentit l'inquiétude de son assaillant à la crispation de la main qu'il maintenait sur sa bouche. Il y eut un grondement sourd et le sol se mit à trembler légèrement.

– Dis-moi que tu m'aimes. Dis-moi que tu m'aimes.

La main desserra son étreinte une fraction de seconde, juste pour la laisser parler. Sam, ouvrant la bouche toute grande, s'efforça de le mordre d'un seul élan, de lui arracher un morceau de la main.

– Salope !

L'étreinte se relâcha un peu et elle en profita pour bondir sur lui et le frapper à coups de pied et de poing jusqu'à ce qu'elle l'entende gémir. Il lui cogna la tête contre le mur et elle rebondit, à demi assommée.

– Sale petite garce !

Elle continua de frapper de toutes ses forces, cherchant la porte à tâtons et, comme elle ne pouvait distinguer la silhouette de son assaillant, manqua son but et frappa dans le vide. Une main empoigna ses cheveux et elle bondit en avant, plongeant les doigts dans une masse molle et gélatineuse. Il poussa un hurlement. Elle continua de le frapper et enfonça ses doigts de plus belle. Il hurlait toujours. Elle sentit la poigne se desserrer.

Sa main se posa sur la poignée de la porte. Une poussée et la porte s'ouvrit. Sam se retrouva dans l'escalier de ciment. « Au secours ! », voulut-elle crier, mais elle ne put émettre qu'un chuchotement. « Au secours ! Mon Dieu, au secours ! » Elle monta les marches en trébuchant. Sam, il faut courir, pour l'amour de Dieu ! Elle entendit la porte s'ouvrir derrière elle. Cours, Sam, cours ! Elle s'élança en avant. L'air était comme une muraille. Au secours ! Aucun son ne sortit de ses lèvres.

Agrippant la balustrade, elle essaya de se relever mais l'escalier était beaucoup trop raide. Elle fit un nouvel effort et sentit les muscles de son bras se durcir contre la force qui l'immobilisait.

– Sale garce !

La main se referma sur son cou et la rejeta violemment en arrière.

Elle voulut le cingler de ses coudes mais il lui tenait fermement les bras et elle était presque immobilisée.

– Non ! hurla-t-elle. Non, non, non !

Elle battit des pieds contre les marches, cherchant un point d'appui. En vain.

– Non ! Non, non !

– Bugs ?

– Non !
– Sam ? Ça ne va pas ?
La voix n'était plus la même. Elle était pleine de douceur. Un courant d'air froid passa sur son visage. Elle sentit la sueur ruisseler sur son visage et sur son corps.
– Qu'est-ce qu'il y a, Bugs ?
Sam frissonna.
– Eh bien, réponds, ma chérie !
Elle entendit le froissement des draps, le grincement du sommier, le déclic de l'interrupteur et une lumière blanche et vive, encore plus vive que celle de la lune.
– Tu ne te sens pas bien ?
Le visage de Richard était si près du sien qu'elle ne pouvait pas le fixer.
– Abominable. C'était abominable.
– Tu poussais des cris affreux, lui dit-il.
– Excuse-moi.
Elle s'assit sur le lit, le cœur battant.
– C'est probablement l'alcool, suggéra-t-il.
– L'alcool ?
Elle avait un mal de crâne épouvantable. Des images confuses se bousculèrent dans sa tête. Seigneur ! combien de verres avait-elle pris ? Comment était-elle revenue à la maison ? Affolée, elle essaya de s'en souvenir et n'y parvint pas. C'était le brouillard.
– Tu étais complètement ronde.
– Je regrette, dit-elle d'une voix blanche.
– C'était tout à fait cocasse. Surtout ta façon de supplier Julian de ne pas se tracasser.
– Quel Julian ?
– Julian Holland.
Holland, le père d'Edgar. La mémoire lui revint. Il était là quand elle était rentrée.
– J'étais désolée pour lui.

– Il a dû penser que tu avais perdu les pédales. Tu t'es presque assise sur ses genoux et tu lui racontais que tout était de ta faute parce que tu n'avais pas tenu compte de ton rêve.

Son rêve. Elle frémit en y repensant.

– Il avait l'air si malheureux... si coupable.

– Tu ne t'attendais pas à ce qu'il soit fou de joie ?

– C'était gentil de sa part de nous rendre visite.

– J'ai fait une partie de squash avec lui. Il avait besoin de se remuer.

– L'ai-je remercié pour ses fleurs ?

– Environ une centaine de fois.

Elle regarda les tentures qui s'agitaient doucement dans le courant d'air.

– Elles sont crasseuses.

– Crasseuses ? Tu parles des fleurs ?

– Non. Des tentures. Il faudra les faire nettoyer bientôt. Nous ne les avons jamais fait nettoyer.

Sa tête lui faisait toujours mal et sa bouche était parcheminée. Elle sentait encore cette odeur d'oignon chaud, de bière et de fumée froide.

– As-tu mangé des oignons ?

– Oui. Nous avons soupé de poisson frit et de pommes de terre aux oignons. C'était excellent. Tu sais, dans ce petit restaurant...

– Vous avez passé la soirée à jouer au squash et à manger de la friture ?

– Oui.

– Je croyais que tu voulais perdre du poids.

Après avoir bu quelques gorgées d'eau, elle ferma les yeux pour se protéger de la lumière et se retrouva tout à coup dans les ténèbres. Frissonnante, elle s'assit sur le lit, effrayée à l'idée de retomber dans le sommeil.

– Tu te sens bien ?

– Très bien, dit-elle. Je crois que je vais lire un peu.

18

La salle d'attente de Bamford O'Connell sentait l'encaustique et le moisi, comme toutes les salles d'attente de médecin que Sam avait fréquentées. Des revues consacrées à la voile et au jardinage étaient disposées avec soin sur une table basse. Elle se demanda si cet ordre était dû au patient qui était actuellement en tête à tête avec Bamford derrière la porte close.

Elle imagina le dialogue :

– J'ai un goût très prononcé pour l'ordre, docteur. Je viens de ranger votre salle d'attente. Si quelqu'un se permet de déranger les magazines, je lui tranche la tête avec un coupe-coupe. Vous me comprenez, n'est-ce pas ?

– Bien sûr. Il est important de ne pas réprimer vos sentiments.

– Ce serait une bonne chose si je lui coupais la tête, n'est-ce pas, docteur ? Ça l'empêcherait de faire des cauchemars.

– Evidemment.

– J'envelopperais sa tête dans un sac en plastique et je la planterais au bout d'une pique dans mon jardin. Ainsi, tous les matins, je pourrais lui dire : « Vilaine, vilaine, vilaine qui as encore fait un cauchemar cette nuit ! »

Quelqu'un avait tracé au stylo bille des petites lunettes rondes et une barbiche de bouc sur le visage du mannequin vedette de *Vogue,* le transformant en une version plutôt sinistre de Sigmund Freud.

La porte qui s'ouvrit derrière elle fit sursauter la jeune femme.

– Bonjour, Sam. Entrez, je vous prie, dit Bamford.

Sa voix était plus douce qu'à l'ordinaire et son accent irlandais avait presque disparu.

Son costume prince-de-galles et ses lunettes d'écaille lui donnaient un air sérieux. Le bon vivant, habillé de façon excentrique pour les soirées entre amis, était métamorphosé en expert sûr de lui. Seule, la raie médiane qui séparait ses cheveux trop longs rappelait à Sam l'ami de toujours. Elle jugea ce changement bizarrement rassurant : il mettait une distance entre eux.

D'un geste résolu, il ferma la lourde porte lambrissée qui assurait le secret de ses consultations. Le silence de son cabinet surprit Sam qui se demanda s'il était insonorisé. Comme les yeux s'adaptent à la lumière, ses oreilles s'adaptèrent lentement à cette quiétude, seulement troublée par le faible crissement des pneus dans Harley Street, trois étages plus bas, et par le sifflement ténu mais constant du radiateur à gaz.

La pièce était claire, élégante et sobrement meublée d'un bureau en acajou, d'une bibliothèque en chêne, de deux confortables fauteuils de style victorien, d'un divan et d'un grand tableau représentant ce qui semblait être un massif de rhubarbe sous la tempête.

– Asseyez-vous, Sam, dit-il en indiquant l'un des fauteuils. Vous nous avez donné une merveilleuse soirée la semaine dernière. Je m'y suis beaucoup diverti.

– J'en suis heureuse. J'étais contente de vous recevoir tous les deux. Harriet a l'air très en forme.

Il s'assit à son bureau. Derrière lui, la fenêtre composait un fond pluvieux et gris, un paysage de toits sur lesquels tombait une pluie lourde et régulière, le genre de pluie qui tombe dans les films du dimanche après-midi. Il remonta ses manches et elle entrevit une montre élégante au bracelet en crocodile.

– Alors, qu'est-ce qui me vaut l'honneur de votre visite ?

– J'ai besoin d'aide. L'aide d'un professionnel. Je vous paierai cet entretien.

– Il n'en est pas question.

– Je vous en prie. Je désire vraiment vous payer.

– Impossible. De toute façon, je ne peux vous recevoir en tant que patiente sans la recommandation d'un généraliste. (Il lui fit un clin d'œil.) Racontez-moi ce qui vous amène.

Elle baissa les yeux sur la coûteuse moquette de laine d'un blanc rosé puis les releva.

– Nous avons parlé pendant le dîner de rêves et de prémonitions...

– Vous aviez rêvé d'une catastrophe aérienne comme celle de Bulgarie.

– Oui.

Elle s'interrompit et, regardant l'ampoule électrique qui pendait au plafond, eut un frisson glacé.

– J'ai rêvé encore ce week-end. Le rêve s'est à nouveau réalisé.

Elle lui parla du guignol, de la marionnette en cagoule, du fusil et de ce qui était arrivé un peu plus tard. Il la regardait en silence, si intensément qu'elle commençait à en être gênée. Il semblait déchiffrer son visage comme on lit une fiche de police.

– Cet individu en cagoule était dans vos deux rêves. Vous est-il déjà apparu ?

Elle hésita, puis finit par hocher la tête.

– Dans quelles circonstances ?

Elle examina ses doigts.

– Cela vient de mon enfance. C'est une longue histoire.

– Nous avons tout notre temps, assura-t-il avec un sourire d'encouragement.

– Il y avait un garçon, là où j'habitais quand j'étais petite. C'était en quelque sorte l'idiot du village, sauf qu'il n'avait rien de comique. C'était un sale type, malveillant et mauvais. Il vivait avec sa mère dans une ferme. C'était un endroit inquiétant. Une grande ferme isolée sur laquelle couraient toutes sortes de bruits.

– Lesquels, par exemple ?

– On disait qu'il s'y déroulait des choses étranges. De la magie noire... Sa mère était une espèce de sorcière, je crois. Elle était étrangère. Mon oncle et ma tante en parlaient parfois. On racontait dans le village qu'elle était la femme ou la maîtresse d'un magicien allemand spécialisé dans les meurtres rituels et que Slider était le fils de cet homme mais... (Elle haussa les épaules.) C'étaient probablement des commérages. Une chose était sûre : cette femme était mystérieuse. Elle vivait en recluse. Des événements bizarres ont eu lieu dans cette ferme. Une amie m'a raconté des années plus tard qu'elle avait une relation incestueuse avec son fils. Comment pouvait-elle le savoir ?

Sam sourit.

– Les petites communautés engendrent des rumeurs bizarres. La femme dont je vous parle est tombée enceinte. Elle a eu une petite fille que personne n'a jamais vue. Je ne sais pas si c'était l'enfant de son fils. On racontait que des orgies rituelles avaient lieu dans cette ferme et Dieu sait quoi encore. On disait aux enfants de ne jamais s'en approcher. La maison donnait une impression malsaine. Je m'en souviens encore très bien. Les animaux familiers disparaissaient et on chuchotait que c'était Slider qui les volait.

– Slider ?

– C'était son surnom. A cause d'un œil de verre qu'il faisait glisser hors de son orbite (1). Quand il marchait dans la rue principale et qu'il voyait venir quelqu'un, il ôtait son œil et il le brandissait. L'orbite était rouge, horrible, et ses cils se recourbaient vers l'intérieur.

Elle regarda Bamford qui demeurait impassible.

– Il lui arrivait parfois de mettre un oignon dans son orbite, à la place de son œil de verre. Alors il le sortait, il l'agitait devant nous, puis il le mâchait et le recrachait.

Bamford fronça légèrement les sourcils.

– Personne ne savait comment il avait perdu son œil. Selon certains, c'est un chat qu'il torturait qui le lui avait arraché. Selon d'autres, il avait eu un accident de voiture. Après sa mort, quand sa mère a déménagé, on a retourné leur jardin. C'était un véritable ossuaire. Il avait la réputation de torturer et de tuer tous les animaux qu'il réussissait à attraper.

– Quel âge avait-il ?

– Un peu moins de vingt ans, je crois. Il avait une autre difformité. Il n'avait qu'un seul doigt et un pouce à une main. Tous deux desséchés. On aurait dit une pince. C'était affreux.

(1) *To slide :* glisser.

– Etait-ce accidentel ?

– Je ne sais pas, mais je crois qu'il était né ainsi.

– Comment est-il mort ?

Cela fait des années, pensa-t-elle, des années que je n'ai pas parlé de cette affaire. A personne. La peur avait été si forte qu'elle ne s'était même jamais confiée à son mari. Comme si le fait d'en parler risquait de réveiller les fantômes. Elle sentit quelque chose s'approcher d'elle, un nuage, une vague obscure qui montait à sa rencontre. Frissonnante, elle regarda à nouveau O'Connell comme si elle attendait de lui assurance et courage.

– Je l'ai tué.

Il y eut un long silence.

– Vous l'avez tué ? dit-il enfin.

Sam fit un signe d'assentiment et mordit sa lèvre inférieure. Elle avait cru que tout cela s'était estompé, qu'en s'efforçant de tout oublier elle en arriverait à douter de la réalité du drame. A se convaincre qu'elle était en sûreté, que Slider ne pouvait plus rien contre elle. La nécessité d'en parler lui causait un profond malaise.

– Vous l'avez assassiné ?

– Non. Je... Je jouais dans les champs lorsque j'ai entendu quelqu'un crier dans la grange. C'était une bâtisse isolée, presque à l'abandon. On l'utilisait très rarement. J'y suis allée en courant et j'ai entendu des bruits, là-haut, dans le grenier, des gargouillis, des bruits horribles. Alors j'ai grimpé à l'échelle et je l'ai vu, lui, Slider, avec sa cagoule noire. Il venait de violer et d'étrangler une jeune fille.

» Il m'a poursuivie à travers le grenier puis il m'a renversée. Je ne savais pas qui il était à cause de ce capuchon, mais je savais qu'il voulait me tuer. Je l'ai mordu, je lui ai donné des coups de pied. J'ai planté mes doigts dans ses yeux et l'œil de verre a sauté.

Cela l'a rendu encore plus furieux... Je ne me rappelle plus ce qui s'est exactement passé, mais comme le plancher était à demi pourri, Slider est passé au-travers et s'est empalé sur une vieille faux qui était en bas.

Sam tremblait, maintenant ; elle tremblait si fort qu'elle ne pouvait empêcher ses dents de claquer.

– La lame lui a traversé le cou. Il me fixait du regard. Il y avait du sang partout. J'étais dans l'obscurité car l'ampoule électrique s'était brisée dans la lutte. J'étais seule avec la morte. Je savais qu'elle était morte – ne me demandez pas pourquoi, mais je le savais. Par contre, j'ignorais si Slider était bien mort, ou seulement K.-O. Il avait encore sa cagoule sur la tête et tout ce que je pouvais voir de lui, c'était l'un de ses yeux par l'une des fentes du tissu. Je me demandais s'il n'allait pas se relever brusquement et venir me tuer... Et je n'osais pas descendre parce que...

– Qu'est-il arrivé ?

– Je suis restée là-haut un moment. J'ai pensé tout à coup que je pourrais l'empêcher de m'atteindre en lui jetant des ballots de foin, mais il ne bougeait pas. Il faisait tout à fait sombre et je ne le voyais plus, ce qui était encore plus effrayant. Puis, plus tard, j'ai entendu des voix, j'ai vu des torches électriques et j'ai entendu mon père. Alors je me suis mise à hurler, à hurler...

– Et Slider était bel et bien mort ?

– Oui.

– Qui était l'autre jeune fille ?

– Quelqu'un du village. Je ne la connaissais pas vraiment. Elle était plus âgée que moi. C'était une adolescente.

– Quel âge aviez-vous ?

– Sept ans.

– C'est un souvenir d'enfance traumatisant, Sam.

– Je n'ai pas fini.

Elle se mit à jouer avec son bracelet-montre.

– Après cet événement, je me suis mise à faire des cauchemars. Toujours les mêmes. J'entendais crier, j'allais dans la grange, je grimpais à l'échelle et Slider sortait de l'ombre pour m'attraper. A la différence que dans mon rêve, il ne mourait pas. Il était toujours sur le point de m'avoir – il était couché sur moi, avec son œil manquant dans son orbite rouge et vide. C'est à ce moment que je me réveillais et, automatiquement, il se passait quelque chose.

– C'est-à-dire ?

– Au début, c'était un événement insignifiant. La première fois que j'ai fait ce cauchemar, mon hamster est mort. Une autre fois, je suis tombée malade. Mais ça n'a fait qu'empirer. Ma mère a perdu l'enfant qu'elle attendait et puis, la dernière fois, mes parents ont été tués dans un accident de la route.

– Tout cela durant votre huitième année ?

– Oui.

– Et vous avez cessé de rêver en grandissant ?

– Oui. C'était comme si Slider avait eu ce qu'il voulait. Sa vengeance.

– Pouviez-vous deviner d'après vos rêves ce qui allait vous arriver ?

– Non.

– Et dans les deux rêves que vous avez faits récemment, vous avez retrouvé l'image de Slider ?

– En fait, il y a eu trois rêves, corrigea-t-elle.

Après lui avoir raconté l'incident du taxi, elle ajouta en souriant :

– La nuit dernière, j'ai également fait un rêve inquiétant. Vous pensez probablement que je suis en train de craquer.

– Racontez-le-moi.

Elle lui décrivit l'agression dans la station de Hampstead. Son expression demeura indéchiffrable.

– Ce Slider, cet homme en cagoule, était le même que celui de votre cauchemar dans le métro ?

– Je ne sais pas. Je ne crois pas. Je ne pouvais pas voir son visage. Je n'ai pas eu l'impression qu'il portait un masque mais... (Sa voix devint songeuse.) Il sentait l'oignon.

– Vous avez l'air très fatiguée, Sam. Prenez-vous des médicaments ?

– Non.

– Pas de somnifères ? Pas de tranquillisants ?

– Non, aucun.

– Richard sait-il que vous êtes venue me voir ?

– Non. Je préférerais que vous ne lui en parliez pas.

– Bien sûr.

Le regard de Bamford était toujours aussi inexpressif. Les yeux de Sam s'abaissèrent alors sur le vaste bureau ciré que rien n'encombrait, à part un stylo en or et un bloc. Puis elle examina ses mains. Je me ronge encore les ongles, pensa-t-elle en remarquant son pouce tout mordillé. Hideux.

– Je me demandais si vous pourriez me prescrire des pilules qui m'empêcheraient de rêver, dit-elle tout en portant machinalement son doigt à sa bouche.

Bamford fit la moue tout en tapotant le bureau du bout de son stylo.

– Certaines drogues ont une influence inhibitrice, répondit-il, mais elles ont un grand nombre d'effets secondaires. Elles vous empêcheront effectivement de rêver la nuit mais vous risquez alors d'avoir des hallucinations dans la journée. Au fond, Sam, si vous voyez vraiment l'avenir, en quoi est-ce effrayant ? N'est-ce pas plutôt une faculté dont vous pourriez tirer parti ?

– Ce n'est pas tout à fait ça. C'est comme si... je provoquais certains événements par le seul fait d'en rêver.

– Vous voulez dire que vous pensez avoir provoqué l'accident d'avion ?

Elle fit signe que oui.

– Selon vous, si vous n'en aviez pas rêvé, aucune catastrophe ne serait survenue ?

Sam se sentit rougir. Elle eut un petit haussement d'épaules.

– Revenons à ces cauchemars que vous avez eus enfant, après la mort de ce type en cagoule. Les événements se réalisaient combien de temps après que vous les aviez rêvés ?

Elle essaya de se concentrer. Son enfance lui apparaissait comme une terre lointaine et brumeuse. Comme les rayures dans le bois d'un vieux bureau, que le temps a aplanies et dont on ne peut se rappeler l'origine.

– C'était variable, je crois.

– Un jour ? Une semaine ? Plusieurs mois ?

Sam entendit crier la petite fille qu'elle avait été. « *Maman !* » Elle s'accrochait au cou de sa mère en pleurant. « *C'est fini, chérie. Tout va bien.* »

– Ils se produisaient assez rapidement. Le lendemain, ou deux ou trois jours après.

– Vos rêves étaient-ils toujours suivis d'un événement malheureux ?

– Oui.

Il y eut un silence.

– Je vois...

Sam recommença à se mordiller le doigt. Elle déchira une petite peau près de l'ongle et se fit mal.

– Il y a un accident d'avion toutes les deux ou trois semaines, Sam. Quand vous rêvez ainsi, vous avez toutes les chances de voir votre rêve se réaliser.

– Certainement pas dans tous les détails ?
– Les avez-vous notés avant d'apprendre la nouvelle ?
– Non.
– Je sais que vous êtes une femme intelligente, Sam, mais vous êtes extrêmement tendue en ce moment. Ne pensez-vous pas que vous avez attribué à votre rêve des détails qu'il ne comportait pas ? Que vous avez en somme adapté le rêve à la réalité ?
– Non.
– Voyons les autres rêves, par exemple l'épisode du taxi avec ce type en cagoule qui vous donnait une carte d'embarquement. Cela ne me paraît pas prémonitoire. Vous avez découvert que ce chiffre ne correspondait pas à un numéro de siège, n'est-ce pas ?
– C'est vrai.
– C'était le 35 A ? Bien. Ce numéro pourrait avoir une autre signification. Il ne vous dit absolument rien ?
– Non.
– Il n'est pourtant pas gratuit. Tous les éléments de nos rêves ont une explication mais on ne peut la trouver qu'à travers une analyse.
Il sourit.
– N'ayez pas l'air si accablée.
– Croyez-vous que je doive m'adresser à un psychanalyste ?
– Si vous sentez que vos rêves vous perturbent au point d'affecter votre qualité de vie, je crois que c'est une démarche à envisager.
– Que pourrait-il faire ?
– Il essaierait de démasquer les angoisses qui provoquent ces rêves et d'en découvrir la source. De ramener celle-ci à la surface. De vous aider à comprendre pourquoi vous les avez.
Elle se mit à ronger un autre ongle.

– Je persiste à croire que ces rêves sont prémonitoires, Bamford.

Il ouvrit un tiroir à droite de son bureau, le referma sans rien prendre et fit la même chose avec le tiroir de gauche.

– Passons maintenant au rêve du guignol : le gendarme disparaît, réapparaît avec une cagoule noire et vous tire dessus. Vous vous réveillez et un morceau de plâtre tombe de votre plafond. C'est bien cela ?

– Il m'a écorché la joue.

– Le lendemain, un gosse s'empare du fusil de votre mari, appuie sur la gâchette durant la séance de marionnettes.

Bamford ramassa son stylo et le fit rouler entre ses mains soigneusement manucurées.

– Bien. Il est certain qu'il existe une relation entre les deux événements mais je ne crois pas que vous auriez pu prévoir ce qui est arrivé à partir de votre rêve. Personne ne l'aurait pu. Voyons cela de plus près. Comment ce gamin de six ans a-t-il pu s'emparer d'un fusil chargé ?

– Richard pense qu'il a oublié de le ranger. Il le garde normalement au premier étage et laisse les cartouches sur le dessus de l'armoire, hors de portée de Nicky.

– Mais il se pourrait qu'il l'ait rangé ?

– C'est improbable. Le gamin a dit qu'il avait trouvé le fusil posé contre un mur.

O'Connell se pencha en avant.

– Vous comprenez, Sam, il se peut que votre rêve cherche à vous dire quelque chose mais ce n'est pas ce que vous pensez. Vous avez abandonné votre carrière pour Nicky et, parce que sa naissance a été difficile, vous ne pouvez plus avoir d'enfant. Peut-être ressentez-vous de la colère envers lui ? Peut-être qu'au plus profond de vous-même vous croyez que s'il n'était pas là...

Sam le regarda, les yeux écarquillés. Elle sentit la colère monter en elle.

– Etes-vous en train de me dire que je lui ai donné cette arme ?

– Je ne vous dis pas que c'est ce que vous ressentez mais je veux attirer votre attention sur les zones qu'un analyste explorerait pour essayer de découvrir ce qui provoque ce type de rêves. Vos rêves montrent que vous avez des problèmes qu'il vous faut maîtriser. En les considérant comme des prémonitions, vous négligez leur véritable sens, vous les enterrez. Il est beaucoup plus facile d'y voir des prémonitions que d'affronter la réalité.

– Vous ne croyez pas que vous êtes en train de négliger ce que je vous raconte au profit d'une douillette explication freudienne ? demanda froidement la jeune femme.

– Je ne néglige rien mais il faut que vous compreniez le rôle que jouent les rêves dans notre vie, Sam. (Il posa délicatement le stylo en or devant lui et, du bout du doigt, l'empêcha de rouler.) Notre vie repose sur un équilibre permanent entre la raison et la folie. La plupart d'entre nous s'en tirent très bien. Nous maîtrisons nos émotions à l'état de veille mais dès que nous dormons elles resurgissent sous forme de rêves : jalousie, souffrance, contrariétés, colère, rancune, souvenirs du passé... C'est très important, le passé...

S'apercevant que le stylo distrayait son attention, il le rangea dans un tiroir et reprit :

– Vous savez, les bons vieux schémas primaires : papa est en train de sauter maman. Je voudrais bien en faire autant mais s'il m'attrape il me coupera les burettes... Ou, dans votre cas, papa a un gros zizi et moi un tout petit clitoris ; donc je suis un être inférieur...

Sam sourit faiblement.

– Vous m'avez très bien raconté le rêve du métro. Mais, ajouta-t-il en levant les mains, je ne comprends rien à ce qu'il veut dire. Il renferme probablement des symboles qui vous sont très personnels.

Il s'interrompit, l'air gêné, tout à coup. Il changea de position et, posant ses coudes sur le bureau, mit son menton dans sa main.

– Sam, dit-il avec douceur, me permettez-vous de vous poser une question personnelle ? Si vous ne voulez pas répondre, cela ne fait rien. Je comprendrai.

– Allez-y.

– Je n'ai pas pu m'empêcher de remarquer, durant notre dernière soirée, que les choses ne semblaient pas marcher très fort entre Richard et vous. (Sam rougit.) Ai-je vu juste ?

Frustration sexuelle. Evidemment, l'explication bateau de tous les troubles. Voilà pourquoi j'ai des rêves déments.

Bamford se laissa aller contre le dossier de sa chaise sans quitter la jeune femme des yeux.

– Je crois que ce serait beaucoup plus facile pour vous si consultiez un étranger. Par exemple, un membre de mon équipe qui, sans vous harceler, pourrait vous aider à démêler tout ça.

– Je ne sais pas.

– Si vous sentez que ces rêves vous perturbent au point d'affecter votre vie de tous les jours, alors il faut vous adresser à un spécialiste. Il est possible aussi qu'ils disparaissent comme ils sont venus.

– Ils ne disparaîtront pas, affirma-t-elle.

– Pourquoi en êtes-vous si sûre ?

– Je ne sais pas. C'est une impression.

– Voulez-vous que je vous recommande quelqu'un ?

– J'aimerais vous croire, Bamford. J'aimerais croire toutes vos théories de psychanalyste, mais j'ai des *prémonitions*. Je *sais* que j'aurais pu sauver la vie de tous ces malheureux.

– Oubliez les prémonitions, Sam. Ce ne sont que des coïncidences. Rien de plus. Ne vous égarez pas dans ce genre d'impasse.

La colère s'empara d'elle.

– Pourquoi pas ? Nicky aurait pu être tué, comme n'importe quel enfant présent cet après-midi-là. Et moi, j'aurais pu empêcher cela.

Bamford secoua doucement la tête et ce geste irrita Sam encore davantage.

– Quelle que soit la décision que vous prendrez, Sam, laissez-moi vous donner un conseil : tenez-vous à l'écart de toutes ces niaiseries. (Il se tapa le front du doigt.) Tout se passe là-dedans. Peu importe ce qu'on peut vous dire. Je le sais. Tous les médecins le savent.

– Vous n'êtes qu'un salaud plein de suffisance.

Il n'eut aucune réaction et, dans le silence qui suivit, Sam sentit qu'elle rougissait de plus belle sous son regard. Elle regrettait ses paroles comme elle regrettait de lui avoir imposé si longtemps sa présence.

– Sam, dit-il, vous êtes venue pour me demander des conseils. Je vous les ai donnés. Que voulez-vous de plus ? Que je vous envoie chez un médium ? Chez un parapsychologue ? Que je vous recommande un groupe d'études sur les rêves ? Je désire vous aider et non aggraver les choses.

– Pour m'aider, Bamford, il faut d'abord me croire.

Il remonta chacune de ses manches, se gratta le nez et mit ses coudes sur la table.

– Je vais vous dire ce que je crois. Je crois que vous êtes *vraiment* convaincue du caractère prémonitoire de vos rêves.

– Et vous pensez que c'est une illusion ? demanda-t-elle en sentant à nouveau la colère bouillonner en elle. Vous voulez une autre mort ? Un autre drame qui vous servira de preuve ?

Il se redressa, les bras croisés sur la poitrine.

– Vous rêvez d'hommes en cagoule, dit-il. Ce type... Slider... C'est bien ainsi que vous l'appelez ? (Elle opina d'un air maussade.) Voyons, Sam, vous êtes adulte. Vous avez un fils et vous réussissez dans votre profession. Pourtant, vous continuez à rêver du croque-mitaine de votre enfance. Je ne connais personne sur terre qui puisse prédire réellement l'avenir. Il n'y en a jamais eu. Il y a simplement des gens qui ont plus ou moins d'intuition. Quelquefois, durant le sommeil, l'esprit s'emballe et nous suggère toutes sortes de possibilités. Rien de plus. Ce grand type affreux qui sent l'oignon vous épouvante et vous vous croyez hantée par le fantôme d'un individu mort depuis vingt-cinq ans et qui viendrait dans vos rêves pour vous détruire. Si c'est vraiment son but, pourquoi vous en avertir ?

A nouveau Sam se sentit glacée. Vide. Incapable de mettre ses pensées en ordre. Elle leva les yeux vers l'ampoule électrique puis laissa son regard errer par la fenêtre sur le paysage de toits qui s'étirait sous un ciel plombé.

– Il joue peut-être avec moi... Un jeu macabre pour me tourmenter. Vous comprenez ? Il s'amuse jusqu'à ce qu'il soit prêt...

– Nous sommes tous hantés par des fantômes, Sam, mais ils n'ont rien de surnaturel. Ce ne sont pas des démons surgis de l'enfer. Ce sont nos propres peurs, nos propres angoisses. (Il se tapa une fois de plus la tête du doigt.) Nous devons fouiller ça et extirper ce croque-mitaine. C'est le travail d'un psychanalyste.

Elle le regarda intensément et secoua la tête.

– J'aimerais que vous ayez raison, Bamford.

Seigneur ! pensa-t-elle en fermant les yeux. Comme j'aimerais que vous ayez raison !

19

Assise à sa coiffeuse, Sam se maquillait. Elle portait la parure de dentelle noire (slip, soutien-gorge et porte-jarretelles) que Richard lui avait offerte pour Noël, l'année précédente. Elle se demanda s'il s'en souviendrait et pour quelle raison elle l'avait mise. Etait-ce une invite ? Un rameau d'olivier ?

Elle s'examina dans la glace. Les pattes-d'oie s'accentuaient au coin de ses yeux. Et voilà, ma fille, pensa-t-elle, tu commences à baisser. Tu vas bientôt avoir l'air d'une vieille pomme fripée et, un peu plus tard, d'une croulante... Puis, rien. Le vide. L'obscurité du néant sans Dieu. Elle toucha les petites rides du doigt, les fit disparaître un instant en étirant la peau et regarda une photographie d'elle datant de neuf ans, avec Richard, sur le pont d'un yacht en Grèce. Ils avaient l'air si jeunes et si insouciants alors. Comme son visage était doux et pur... Elle fronça les sourcils et une rangée de rides se dessina sur son front. Elle ne les avait jamais remarquées auparavant.

Et si c'était la photographie qui changeait et non pas elle-même ? Peut-être qu'elle avait toujours eu le même visage et que la photo reculait dans le passé, montrant une femme qui devenait de plus en plus jeune. Si jeune qu'elle lui était totalement étrangère. Elle dévissa son tube de rouge à lèvres.

Elle songea à Bamford O'Connell. Peut-être avait-il raison, après tout. Avec un haussement d'épaules elle tira ses cheveux en arrière. Pas le moindre fil blanc. Mais ça viendrait...

Ne pensez-vous pas que vous avez attribué à votre rêve des détails qu'il ne comportait pas ? Que vous avez, en somme, adapté le rêve à la réalité ?

Non. En aucun cas.

Oh, merde ! Laissez-moi tranquille, Bamford. Tout est là, dans ma tête, en séquences bien précises. Ne venez pas y jeter la confusion sous prétexte que cela ne concorde pas avec vos petites théories.

– Où tu vas, maman ?

Dans le miroir, elle vit son fils debout dans l'embrasure de la porte et se tourna vers lui en souriant.

– J'accompagne ton père à un dîner.

– Chez qui ?

– Chez les Howorth. Te souviens-tu d'eux ?

– Quand est-ce qu'on retourne à la campagne ? Ce week-end ?

Sam marmonna un assentiment en dessinant soigneusement les contours de sa bouche au crayon gras.

– C'est le début du week-end, demain ?

– Demain, c'est vendredi. Viens embrasser maman.

Nicky trotta vers elle et Sam lui caressa les cheveux.

– Tu es encore le premier de ta classe en arithmétique ?

– Oui.

– C'est très bien. Ta maman était souvent la dernière.

Nicky leva la tête au bruit de la porte d'entrée et se précipita hors de la pièce.

– Papa, papa, papa !

La voix de Richard résonna dans le vestibule.

– Salut, le tigre !

– Papa, tu peux me brancher mon train électrique ? Je ne m'en suis pas servi depuis Noël. Je peux m'en servir ce soir ?

– Arrête de piailler, bon sang !

– S'il te plaît, papa, tu peux me le brancher ?

– Pour l'amour du ciel ! Fous-moi la paix, le tigre !

Richard entra en trombe dans la chambre et referma la porte d'un coup de pied.

– Il n'arrête pas de pleurnicher, ce gosse. Toujours après moi. Qu'est-ce que c'est que cet accoutrement ? On dirait une pute.

– Richard, c'est toi qui m'as offert cette parure !

– Ouais. Et ça t'a bien servi, hein, pour te faire baiser par ce salopard de Ken !

Sam se leva, le visage blême.

– Tu ne sais plus ce que tu dis. Tu es ivre.

– Non, mais ça va pas tarder, bordel !

Il fonça hors de la pièce sous le regard ébahi de Sam. Quelle rage ! Elle ne l'avait jamais vu dans un état pareil. Il revint avec un verre de whisky et claqua à nouveau la porte.

– Qu'est-ce qui t'arrive ? demanda-t-elle.

– Enlève ces trucs de pute et mets quelque chose de décent.

Sa voix menaçante lui fit peur. On aurait dit un fou.

– J'ai cru que tu aimerais...

Il s'avança vers elle et, empoignant le soutien-gorge, le déchira si violemment qu'il lui écorcha la peau. Elle cria de douleur et le gifla de toutes ses forces.

– Espèce de salaud !

Il la dévisagea un moment en clignant des yeux et elle crut qu'il allait la frapper. La tuer même. Puis il recula et, comme s'il sortait d'un état de transe, s'assit sur le lit d'un air hébété. Il but une gorgée de whisky et se pencha pour dénouer ses lacets. Il se débarrassa de ses chaussures, but une nouvelle gorgée et s'étendit sur le lit, les yeux fermés.

– A quelle heure sommes-nous attendus ?

– A 20 heures, dit-elle.

Tout en l'observant prudemment elle ôta ce qui restait du soutien-gorge et en mit un autre.

– Tu ne penses pas que tu ferais mieux de boire du café ?

La question resta sans réponse.

Le slip de dentelle suivit le même chemin que le soutien-gorge. Sam en mit un autre, enfila sa robe en silence et, après avoir pris sa pochette de soirée, voulut ranger son sac à main dans l'armoire. En inventoriant son contenu elle remarqua une enveloppe. Elle contenait une coupure de journal qu'elle déplia, intriguée.

LES RÊVES : DERRIÈRE VOS YEUX FERMÉS
L'AVENIR SE DÉPLOIE.

C'était Ken qui lui avait donné cet article lundi. Elle l'avait complètement oublié. Elle sortit de la pièce et ferma la porte derrière elle. Le bain de Nicky coulait. Dans sa chambre, le garçonnet boudait sur son lit. Sam s'assit auprès de lui.

– Papa a eu une journée difficile, mon tigre.

– Il m'avait promis qu'on jouerait avec mon train ce soir.

– Ce soir nous devons sortir.

– Il s'est mis en colère contre moi et j'ai rien fait de mal.

Il se mit à pleurer. Elle le serra contre elle.

– Je vais jouer avec toi jusqu'à ce que papa soit prêt.

– Non, ce n'est pas pareil. Toi tu sauras pas faire marcher mon train électrique.

Helen entra dans la pièce.

– Le bain de Nicky est prêt, annonça-t-elle.

– Va prendre ton bain, mon tigre. Je te raconterai une histoire avant de partir.

Le visage ruisselant de larmes, il se dirigea lentement vers la porte. Sam le suivit puis, traversant la salle de séjour, alla s'asseoir sur le divan en face du poste de télé. Elle frémissait de rage contenue et de désarroi. Richard venait de lui apparaître sous un jour nouveau. C'était un homme totalement différent de celui qu'elle connaissait et elle ne savait comment se comporter avec lui. C'était peut-être lui, après tout, qui aurait dû consulter Bamford ! A moins que le marché n'ait été particulièrement difficile aujourd'hui... Il lui arrivait d'être grincheux lorsque la Bourse était en baisse, mais jamais à ce point. Ses yeux se posèrent sur l'article et elle commença à lire.

Selon le Dr Abner, psychologue clinicien à l'hôpital Guy, les rêves devraient être pris beaucoup plus au sérieux qu'ils ne le sont généralement. Non seulement ils nourrissent la créativité mais ils donnent des informations précieuses sur les problèmes psychologiques du rêveur et même, à l'occasion, un aperçu de l'avenir.

Le plus célèbre des rêves prémonitoires est probablement celui du pharaon mentionné dans la Bible. Sa vision de sept vaches grasses dévorées par sept vaches maigres permit à l'Egypte, en stockant le grain durant sept bonnes années, d'éviter la famine durant sept années de pénurie.

Des personnages plus modernes ont été eux aussi profondément affectés par leurs rêves. Hitler, alors caporal durant la Première Guerre mondiale, échappa à la mort grâce à un cauchemar où il se vit enseveli sous les ruines. Le choc le réveilla. Il se précipita dehors juste à temps pour échapper à un obus qui détruisit le bunker quelques secondes plus tard et tua tous ses occupants.

Les rêves ont également inspiré les inventeurs. Elias Howe inventa la machine à coudre après avoir rêvé d'indigènes lançant des sagaies à la pointe trouée.

Les chefs des grandes religions ont toujours admis que Dieu parlait en songe à ses prophètes. « Beaucoup de gens partagent cette opinion aujourd'hui et je suis certain que c'est vrai. Quelle que soit la nature de Dieu, il nous adresse des messages sous forme de rêves. Il semble, écrit le Dr Abner, que certaines personnes fonctionnent comme des postes récepteurs. Jung y voyait la présence de l'inconscient collectif. Que notre explication soit scientifique ou spirituelle, il est hors de doute que certaines personnes captent des connaissances intuitives qui ne sont pas accessibles à l'esprit éveillé. »

Dans les prochains mois, le Dr Abner et un groupe de collègues thérapeutes également intéressés par les rêves projettent de mettre en service une ligne téléphonique spéciale où toute personne pourra raconter son rêve et en discuter avec des thérapeutes qualifiés qui assureront une permanence vingt-quatre heures sur vingt-quatre.

En attendant, ceux que les rêves passionnent peuvent s'inscrire à des groupes d'études organisés par le Dr Abner. Pour plus de renseignements, appeler le 01.435.0702.

Allez vous faire foutre, Bamford ! pensa la jeune femme en décrochant le téléphone. Allez vous faire foutre avec vos conseils à la noix et votre arrogance !

Au bout de trois sonneries, une voix masculine lui répondit. Elle était douce, avec un soupçon d'accent américain.

– Dave Abner à l'appareil.

– Je...

Elle se sentit si embarrassée qu'elle regarda autour d'elle pour s'assurer qu'elle était seule dans la pièce.

– Je viens de lire un article sur vos travaux...

Il y eut un silence suivi d'un marmonnement lointain.

– De quel article parlez-vous ?

– Quelqu'un l'a découpé à mon intention. Je ne sais pas dans quel journal mais cela concerne les groupes d'études sur les rêves.

– Ah oui, je me souviens.

La voix parut ennuyée.

– Vous n'avez pas fait le bon numéro. C'est une erreur du journal. Ils auraient dû donner celui de Tanya.

– Qui est Tanya ?

– Tanya Jacobson. C'est elle qui dirige actuellement le groupe. Je vais vous donner son numéro.

A l'appel de Sam, une voix féminine répondit. Rauque et épuisée, elle paraissait hors d'haleine.

– Oui ?

– Pourrais-je parler à Tanya Jacobson, s'il vous plaît ?

– C'est moi.

Le ton était irrité et l'espace d'une seconde Sam eut envie de raccrocher.

– C'est David Abner qui m'a donné votre numéro,

dit-elle timidement. J'ai lu un article sur vos groupes de travail et je me demandais si...

– Si vous pouviez vous joindre à nous ? (La voix devint tout à coup amicale.) Vous avez bien fait d'appeler. C'est une coïncidence surprenante. Nous recherchions justement une femme pour compléter un nouveau groupe qui commencera lundi prochain, le soir. N'est-ce pas trop rapide pour vous ?

– Non.

– Magnifique ! Vous semblez très sympathique. Je sens les choses à distance, vous savez. Je capte les vibrations. Vous aussi ?

– Quelquefois, dit Sam d'un ton hésitant.

Les vibrations. Tout le monde parlait de vibrations depuis quelque temps. C'était à la mode.

– Parfait. Comment vous appelez-vous ?

– Mme Curtis.

– Oh la la ! C'est bien cérémonieux ! Quel est votre prénom ?

– Sam.

– C'est joli, Sam. Nous allons nous entendre à merveille. Nous commençons à travailler à 19 h 30. Si vous arrivez un peu plus tôt, vous pourrez prendre le café et rencontrer les autres. Je vais vous donner l'adresse. Connaissez-vous Hampstead ?

– Hampstead ? répéta Sam en frissonnant.

– Nous sommes installés tout à côté du métro.

– Du métro ?

Cette fois, Sam se mit à trembler. Elle eut une violente envie de raccrocher et d'oublier la conversation.

Hampstead.

Le métro.

– Sam ? Vous êtes toujours là ?

Nous sommes installés tout à côté du métro de Hampstead. La phrase résonnait dans sa tête.

– Connaissez-vous Willoughby Road ?

– Je trouverai.

Sam ne reconnut pas sa propre voix.

– Elle donne dans High Street. En sortant du métro vous prenez à gauche et vous descendez la rue.

– Je viendrai en voiture, précisa Sam en raccrochant.

Il faisait froid tout à coup dans la pièce et le vent malmenait les fenêtres. Comme un étranger irrité qui aurait voulu entrer à toute force. Comme Richard. Seigneur ! qu'est-ce qui n'allait pas chez lui ? Une péniche remontait le fleuve. Sam perçut le martèlement sourd de son moteur et le hurlement du vent dans le gréement des yachts amarrés à quai. Il bousculait les drisses et les grattait comme les cordes tendues d'une guitare.

Il jouait aussi avec les nerfs de Sam.

20

La pluie qui était tombée sans interruption toute la journée venait juste de cesser lorsque Sam sortit de son bureau. Les lumières des feux arrière, des phares et des néons transformaient les rues en kaléidoscopes. Des flaques d'eau scintillantes, comme abandonnées par le reflux, emplissaient les caniveaux et les voitures qui y plongeaient projetaient autant d'écume que la proue d'un navire. Le gyrophare d'une voiture de police lançait des éclairs bleus. Sam s'arrêta pour laisser passer un homme qui portait un parapluie au manche cassé.

Tout se passait comme dans son rêve.

Elle sentit son estomac se contracter. Tout était semblable : la pluie, l'obscurité, les reflets lumineux. C'était un film qu'elle avait déjà vu. Elle avait envie de s'arrêter et de rebrousser chemin mais suivit Avenue Road en se mordant la lèvre, consciente d'être mue par une force irrésistible, celle du rêve qu'il lui fallait revivre.

Elle cligna des yeux. Etait-elle vraiment éveillée ?

Elle jeta un coup d'œil inquiet à sa montre. 19 h 10. Elle aurait dû partir plus tôt du bureau, mais elle avait attendu jusqu'au dernier moment pour prendre sa décision. Maintenant, il lui fallait encore trouver l'endroit du rendez-vous et garer la voiture. *Si vous arrivez un peu plus tôt, vous pourrez prendre le café et rencontrer les autres.*

Après le panneau indiquant AUTOROUTE DU NORD, elle s'engagea dans une rue à sens unique. Un coup de klaxon furieux se fit entendre derrière elle.

– Va te faire voir ! hurla-t-elle au taxi qui la suivait.

Clignant des yeux, elle freina prudemment : devant elle, les lumières se brouillaient. La pluie éclaboussait le pare-brise. Elle mit les essuie-glaces en route, tourna à droite, un peu plus loin, et remonta l'avenue Fitzjohn en direction de Hampstead. Une Ford Capri blanche arriva à sa hauteur et le loubard qui la conduisait lui fit un signe d'invite.

Elle frémit. Non ! C'était impossible ! Le cauchemar n'allait pas recommencer !

Ne sois pas ridicule, Sam. Ce n'est qu'une coïncidence, rien de plus. Elle détourna la tête avec dédain et, passant en troisième, appuya à fond sur l'accélérateur. L'arrière de la Jaguar dérapa, les pneus mordirent le bitume et, dans le grondement du moteur, elle sentit la montée de cette puissance qu'elle déchaînait en accélérant.

Dévalant la colline, des phares fonçaient sur elle. Une peur glacée l'envahit.

Non, Seigneur, non !

Le même camion que dans son rêve.

Elle entendit grincer son moteur, malmena le levier de vitesse. Les phares étaient tout proches maintenant. Elle donna un brusque coup de volant à gauche et le camion passa à quelques centimètres d'elle. La Jaguar oscilla dans le déplacement d'air.

Merde !

C'est alors qu'elle vit la voiture de police. Elle descendait la colline au ralenti comme si elle cherchait une route pour tourner et rejoindre Sam.

Un étau glacé lui serrait les tempes. Tout se déroulait exactement comme dans son rêve. Au lieu de s'arrêter, de revenir sur ses pas et de fuir, elle prit une route secondaire à droite – qui ressemblait étrangement à celle de son rêve – et pénétra dans Hampstead High Street. Sur sa droite, presque immédiatement, elle reconnut la rue bordée d'arbres et s'y engagea sans hésiter.

Willoughby Road. Elle contemplait le panneau d'un œil incrédule lorsqu'elle entendit un coup de klaxon derrière elle. Elle repartit lentement tout en essayant de lire les numéros par la vitre baissée. Il y avait une place libre parmi les voitures parquées le long du trottoir. La même que dans son rêve. Elle fit un créneau puis descendit tout en regardant autour d'elle. Tout était calme. Etrangement calme. Comme si la nuit guettait quelque événement mystérieux et dangereux.

Sam chercha le numéro 56. Un sourire forcé lui vint aux lèvres : elle s'était garée juste en face.

La porte était ouverte. Elle entra et descendit quelques marches de mosaïque décolorée. Deux poubelles, des cartons d'emballage, un amas de bouteilles de lait vides... Au fond, une autre porte, sur laquelle était punaisé un bristol : *Centre d'études oniriques*.

Elle regarda fixement la sonnette, incapable d'appuyer sur le bouton. Elle n'avait qu'une envie : tourner les talons, récupérer sa voiture et s'enfuir. Quelque chose de malveillant l'avait attirée dans cet endroit. Quelque chose qui l'angoissait. Elle frissonna. Elle avait la gorge sèche et l'estomac noué.

Qu'en dirait Bamford ? Ces sensations n'étaient peut-être dues qu'à l'appréhension de ce travail de groupe. Tout ceci n'était qu'une suite de coïncidences et la peur qu'elle ressentait était celle de l'inconnu.

Elle leva la main et appuya doucement sur le bouton, si doucement qu'elle espéra que nul ne l'entendrait. Une sonnerie aiguë lui vrilla les oreilles, stridente et agressive.

– Salut. Vous devez être Sam.

– Oui.

– Vous avez trouvé l'adresse facilement ?

– Sans problème.

– Bravo ! Je suis Tanya Jacobson.

Une petite femme rondelette, manifestement bourrée d'énergie, tendit à Sam une main amicale. Vêtue d'une blouse informe et de collants de laine noire, elle avait, sous une masse de cheveux crêpelés, un visage franc, sans la moindre trace de maquillage. Un cristal de quartz pendait à un cordon autour de son cou et ses doigts boudinés étaient couverts de bagues ornées d'énormes pierres de différentes couleurs.

– Entrez, dit-elle.

Sam la suivit le long d'un couloir sordide. Dans la petite pièce où elles pénétrèrent, des chaises branlantes étaient alignées le long des murs. Une table en pin occupait le centre.

– Asseyez-vous, Sam. J'ai besoin de vous parler un peu avant de vous présenter aux autres.

La femme s'assit, les pieds sous sa chaise, posa son menton dans la main et se mit à observer sa visiteuse.

– Vous avez un beau visage, Sam. Je crois que vous êtes quelqu'un de très bien. Ai-je raison ?

– Je ne sais pas, dit Sam en rougissant.

– Avez-vous fait partie d'un groupe d'études auparavant ?

– Jamais.

Tanya Jacobson hocha la tête.

– Etes-vous mariée ?

– Oui.
– Votre mari sait-il que vous êtes ici ?
– Non.
Tanya montra une légère surprise.
– O.K ! C'est très bien. (Elle releva la tête puis la reposa sur son menton.) Qu'est-ce que vous faites dans la vie, Sam ?
– Je travaille pour une société qui réalise des publicités pour la télévision.
– Très bien, approuva la femme en souriant. Dites-moi, pourquoi voulez-vous vous joindre à notre groupe ?
Sam haussa les épaules.
– Je ne sais pas vraiment. J'ai parfois des rêves très bizarres qui semblent se réaliser. J'ai lu l'article et j'ai pensé que je pourrais prendre contact avec vous.
– Vous croyez que ce sont des rêves prémonitoires ?
– Oui.
Tanya se redressa d'un air empressé. On dirait un chiot avide de plaire, pensa Sam.
– Bien. Vous pourrez les raconter au groupe. Vous allez voir ce soir comment vous réagissez, comment vous percevez les autres. Si vous vous sentez bien parmi nous j'espère que vous assisterez à nos réunions de façon régulière.
– Comment cela ?
– Jusqu'à la dissolution du groupe. Normalement, l'expérience dure deux ans. Nous nous rencontrons tous les lundis et c'est... (Elle parut légèrement embarrassée.) ... neuf livres la séance.
– Deux ans, ça me paraît bien long.
– Il faut beaucoup de temps pour comprendre les rêves, Sam. Il faut que la dynamique du groupe puisse

se déployer. Vous comprendrez un peu plus tard. Je crois que vous serez un bon élément.

Elle tapota la main de la jeune femme.

– Vous partez avec un léger handicap car les autres membres du groupe fonctionnent depuis plusieurs semaines. Il vous faudra un certain temps pour vous intégrer.

– Les autres font-ils aussi des rêves prémonitoires ? demanda Sam.

– Vous savez, je suis psychothérapeute et psychologue. D'accord ? Dans ce groupe, nous essayons de communiquer avec notre moi onirique, de le percevoir au moyen d'associations libres et de relancer la dynamique. D'accord ? Les prémonitions, les précognitions, cela me paraît un peu – comment dirais-je ? – un peu marginal. Voulez-vous me suivre, maintenant ?

Elles se retrouvèrent dans le couloir. Sam n'aimait pas ce genre de réponse truffée de mots spécialisés et prétentieux. Le journal disait que le groupe étudiait les rêves prémonitoires mais cette femme, Tanya Jacobson, ne semblait pas s'y intéresser.

Elles entrèrent dans une grande pièce carrée qui sentait le tabac froid et le renfermé. Une seule ampoule électrique pendait au plafond. De vieux coussins et des poufs usagés étaient disposés le long des murs en guise de sièges. Plusieurs personnes s'y vautraient, les jambes étendues sur le tapis usé jusqu'à la corde. Sam devina leur hostilité. Elle eut envie de tourner les talons et de s'enfuir.

– Bon. Je vous présente Sam. Procédons par ordre. Voici Barry, qui dirige le groupe avec moi.

Un homme, grand et maigre, s'étira. Pieds nus, les cheveux noirs et brillants coiffés à la Jeanne d'Arc, il était vêtu d'un kimono de karatéka. Il avait les yeux fermés et se parlait intensément à lui-même. A la façon d'un chef indien, il leva le bras sans ouvrir les yeux.

– Heureux de vous rencontrer, Sam, marmotta-t-il avant de reprendre le fil de son monologue.

– Et voici Anthea.

Une quinquagénaire, blottie dans un coin, la dévisagea en battant des paupières. Sam pensa à un serpent qui se chauffait au soleil. Elle portait un pull tricoté à la main et un jean crasseux. Ses longs cheveux roux qui lui tombaient jusqu'à la taille lui couvraient les bras et la poitrine comme un châle. Elle salua Sam d'un geste imperceptible et leva les yeux vers le plafond d'un air intrigué comme s'il pleuvait tout à coup.

Une jolie fille blonde se présenta. Elle avait l'accent de la Nouvelle-Angleterre et avec son chemisier de soie blanche, son bandeau de velours et sa montre de chez Cartier, elle était l'élégance même.

– Bonjour. Je m'appelle Gail. C'est un peu intimidant, n'est-ce pas, la première fois ?

Le sourire était doux, le ton sympathique. Sam répondit d'un signe de tête.

– Moi, c'est Clive.

L'homme avait un fort accent du Nord. Les cheveux courts, ébouriffés, prématurément blanchis, il approchait de la quarantaine. Il serra la main de Sam comme s'il s'agissait d'une corvée pénible dont il fallait se débarrasser au plus vite. Puis il se rassit, le menton sur les genoux, ensaché dans un vieux pull trop large.

– Mettez-vous à l'aise, Sam. Voulez-vous une tasse de café ? Nous avons aussi de la camomille et du pissenlit. Si vous préférez le café, je peux vous offrir du Hag ou du Nescafé.

Sam choisit le Nescafé.

– Un peu de lait ? Du sucre ?

Sam accepta le premier et refusa le second.

Le serpent-qui-se-chauffait se déroula un peu et l'homme-au-pull-trop-large s'appuya contre le mur et étendit les bras. « Allez-vous-en, disait leur attitude, nous ne voulons pas de vous ici. »

Sam s'assit à bonne distance, sur des coussins inoccupés près de la porte.

– Nous attendons Sadie, expliqua Tanya. Après elle, nous serons au complet pour ce soir. Roger a téléphoné qu'il avait la grippe et qu'il ne pourrait pas venir. Je lui ai dit que nous garderions mentalement sa place.

Sam promena son regard autour de la pièce. Elle remarqua la fenêtre haute, sans rideaux, aux vitres de verre dépoli, le radiateur électrique, le téléphone et le répondeur sur la petite table et le buffet en pin qui servait à la fois de bibliothèque et de dépotoir pour les tasses vides et les cendriers pleins.

Tanya Jacobson revint dans la pièce et tendit à Sam une tasse de café bouillant.

– Vous protégez votre territoire, n'est-ce pas ? Vous gardez votre espace vital ?

Sam se demanda si elle avait fait quelque chose de mal ou révélé un trait important de sa personnalité. Comment savoir ? Elle se sentait gênée, mal à l'aise et indésirable. Elle entendit le cliquetis du radiateur qui se mettait en route et le claquement d'une porte qui se refermait.

– Sadie est encore en retard, constata Tanya. Je crois qu'elle a des problèmes avec son emploi du temps. Elle rêve souvent d'horloges.

– Et de sexe, ajouta l'homme au pull-over trop large. Elle semble rêver beaucoup de sexe.

– A mon avis, elle a des problèmes sexuels, dit la jeune Américaine.

Tanya hocha la tête en souriant vaguement. Elle avait décidé d'observer une neutralité bienveillante.

– Nous avons tous des problèmes. C'est la raison d'être du groupe. Maintenant, Sam, voulez-vous nous raconter un de vos rêves ? Ce serait la meilleure façon de faire connaissance. En avez-vous apporté un avec vous ?

– Avec moi ? Je n'ai rien écrit. Non.

Tanya se tapota le front.

– Je veux dire dans votre tête, Sam. Y a-t-il un rêve que vous aimeriez nous raconter ?

Sam regarda autour d'elle. Le serpent somnolent dans son coin semblait être tout à fait endormi. L'homme au pull-over trop large fixait obstinément le mur opposé. Boudait-il parce que Tanya ne lui avait pas demandé de raconter un de ses rêves ? L'Américaine adressa à Sam un sourire d'encouragement et un petit signe de tête.

La porte s'ouvrit et une toute petite femme entra. Sa silhouette évoquait un ballon de rugby et son visage pincé, outrageusement maquillé, était à demi caché par ses cheveux raides et bruns. Elle ouvrit la bouche pour formuler une excuse silencieuse, vérifia son rouge à lèvres du bout de la langue et s'assit sur un pouf avec une dignité exagérée. Ouvrant son sac à main d'un geste sec, elle fouilla à l'intérieur, sortit un paquet de cigarettes, un briquet et une petite boîte en fer-blanc dont elle ôta le couvercle avant de la poser à ses pieds. Perchée sur ce pouf, elle ressemblait à un lutin, pensa Sam, qui se demanda quel usage elle allait faire de cette boîte.

– Sadie, nous avons une nouvelle venue dans le groupe ce soir. Sam, voici Sadie. Sam va nous raconter un de ses rêves. Ce peut être un vieux rêve, Sam. Aucune importance.

Sadie lança à Sam un sourire que celle-ci prit

d'abord pour une marque de sympathie avant de comprendre que c'était en fait un avertissement. Embarrassée, elle détourna son regard. Le briquet cliqueta sèchement et Sadie aspira bruyamment la fumée.

– Vous rappelez-vous le rêve que vous avez fait la nuit dernière, Sam ? demanda Tanya Jacobson.

Le visage empourpré, Sam promena un regard désorienté autour d'elle. Tout lui semblait inutile. L'Américaine fit un signe de tête encourageant.

– Non, bredouilla-t-elle. Je ne crois pas avoir rêvé la nuit dernière.

Elle se traita mentalement d'imbécile et entendit à nouveau Bamford : *Que voulez-vous que je fasse ? Que je vous envoie chez un médium ? Chez un parapsychologue ? Que je vous recommande un groupe d'études sur les rêves ? Je désire vous aider et non aggraver les choses.*

Elle revint à Sadie, toujours perchée sur son pouf, les yeux mi-clos. « Dépêchez-vous, crut-elle entendre, j'ai des rêves importants à raconter. »

– La semaine dernière, commença-t-elle en hésitant, j'ai fait un rêve qui... enfin, qui semble s'être réalisé. Du moins, en partie.

– Voudriez-vous nous le raconter ?

Sam leur conta alors son rêve dans la station de métro de Hampstead. Elle se sentait ridicule de parler ainsi à des gens qui la contemplaient d'un regard vide. Les yeux fermés, Tanya Jacobson, assise sur son coussin, se balançait d'avant en arrière tandis que Sadie, accroupie sur son pouf, tirait sur sa cigarette en laissant parfois les cendres tomber dans la boîte en fer-blanc. L'un d'entre eux comprenait-il ce qu'elle racontait ?

Quand elle cessa de parler il y eut un long silence. L'Américaine se pencha en arrière pour regarder le plafond ; l'homme au pull trop large fixait toujours le mur opposé. Tanya Jacobson prit plusieurs inspirations avant d'ouvrir les yeux.

– Très bien, dit-elle. La première chose que je vous demande de faire, c'est l'association d'idées.

– Je vous demande pardon ?

– Je veux que vous me disiez tout ce qui vous vient à l'esprit lorsque vous vous remémorez ce rêve.

– Une répétition.

– Comment cela, une répétition ?

– Oui. Le trajet que j'ai fait pour venir jusqu'ici s'est déroulé exactement comme dans mon rêve. En venant ici, j'avais l'impression de répéter les mêmes gestes, comme dans une pièce de théâtre.

Tanya la dévisagea d'un air absent.

– Ne vous laissez pas obnubiler par cet aspect pour le moment. Pourquoi avez-vous rêvé de Hampstead ? Y avez-vous déjà vécu ? Connaissez-vous quelqu'un qui y habite ou qui y a habité ?

– Non.

– J'ai eu l'impression que vous nous racontiez un film de Buñel, commenta l'Américaine tout à coup. Puis, lorsque vous êtes descendue dans l'escalier, cela m'a fait penser à un tunnel. Voyons, dans quel film était-ce... Ah ! oui, dans *Le Troisième Homme*.

Dans son coin, Anthea se déroula légèrement et leva la tête.

– C'étaient des égouts, précisa-t-elle lentement, en articulant avec soin, comme si la phrase faisait partie d'un exercice de diction.

– Des égouts ? répéta Tanya comme en écho.

– Des égouts. Oui. Gail se trompe. Ce n'était pas un tunnel mais des égouts.

– Je ne vous perçois pas, Anthea, dit la psychothérapeute.

– Oh, pour l'amour de Dieu ! reprit Anthea d'une

voix plus forte et hautaine. Dans *Le Troisième Homme,* la scène que vous évoquez se déroule dans les égouts de Vienne et non dans un tunnel.

Elle baissa la tête et se replia à nouveau sur elle-même.

– Excellent film, dit Barry sans ouvrir les yeux. (Il se gratta la jambe gauche avec les orteils du pied droit.) Avec Orson Welles.

– Et Joseph Cotten, ajouta l'Américaine.

– Un vagin, suggéra l'homme au pull trop large d'un ton bourru. Tout cela me suggère un vagin.

Il se redressa et, serrant les mains l'une contre l'autre, regarda Sam fixement. Son visage avait peut-être été attirant autrefois mais maintenant il avait une expression dure et amère.

– Pour moi, vous descendez dans un vagin et vous y découvrez quelque chose d'horrible. Cet homme vous empoigne, vous traîne dans une pièce sombre où ne pénètre aucune lumière et il tente de vous étrangler et de vous violer. J'ai l'impression que vous haïssez les hommes.

– Ne croyez-vous pas que c'est une résurgence d'une existence antérieure, Clive ? demanda Tanya.

Clive, les sourcils froncés, se rassit en enfonçant les mains dans ses poches.

– Une existence antérieure ? Hum...

Tanya secoua la tête.

– Vous savez ce que j'en pense ? Nous nous trouvons face à plusieurs rêves. D'abord le voyage. L'achat du billet. La descente et l'entrée dans les ténèbres. Pour moi, il s'agit d'une naissance à l'envers. Je perçois l'influence d'une vie antérieure.

Sam essaya de traduire ce jargon. Elle regarda l'estampe accrochée au mur : le portrait d'un jeune homme du XVIIIe siècle, à demi couché, absorbé dans la contemplation d'un bibelot qu'il tenait à la main. Lui aussi paraissait intrigué.

– Vous voulez dire qu'elle revient dans le sein de sa mère ? demanda l'Américaine.

Tanya secoua trois fois la tête comme si elle voulait secouer de l'eau de sa chevelure.

– Elle descend dans une sorte de tunnel puis, brusquement, elle est traînée dans une pièce obscure. C'est le contraire qui se passe durant la naissance. On commence dans la matrice, puis on descend un tunnel et enfin le médecin, ou la sage-femme, vous tire à l'extérieur. (Elle se tapota la poitrine.) J'ai de plus en plus la conviction que vous rêvez de revenir dans le sein maternel. C'est un endroit agréable où l'on n'a rien à faire. C'est chaud et tranquille et on y est en sécurité. Ce serait un excellent refuge. Pas de problèmes, pas de prémonitions. Me percevez-vous, Sam ?

Sam hésita à répondre qu'elle n'en était pas sûre.

– Comment êtes-vous née, Sam ? Avez-vous eu une naissance traumatisante ? Etes-vous venue par césarienne, par exemple ? Ou bien tout était-il normal ?

– Je ne sais pas. Je n'ai jamais...

Sam ne termina pas sa phrase et Tanya eut un sourire rassurant.

– La naissance est un grand choc, expliqua-t-elle. On ne s'en guérit jamais. Nous ne cessons de la revivre à travers nos rêves.

Sam pensa que la psychothérapeute était complètement à côté de la plaque. Que cela n'avait rien à voir avec son problème.

– Vous me suivez, Sam ?

– Non, dit-elle sur un ton d'excuse.

– Connaissez-vous cet homme ? demanda Barry, les yeux toujours clos.

Qui ? Slider ? Etait-ce vraiment Slider ? Cette

odeur d'oignon. Seigneur ! Dois-je vraiment me plier à tout ça ?

– Non, dit-elle enfin.

– Ce pourrait être votre *animus,* dit l'Américaine.

– Avez-vous déjà entendu parler de l'*animus* et de l'*anima* ? s'enquit Tanya.

Sam répondit négativement.

– Jung croyait que notre contraire apparaît souvent dans les rêves. Un homme rêve à une femme étrange qui représente la partie féminine de son âme et une femme rêve à un homme étrange qui représente sa partie masculine. Eprouvez-vous des sentiments violents envers quelqu'un ? Envers vous-même ?

Sam secoua la tête.

Le silence s'étira. Tanya se rassit en fermant les yeux puis les rouvrit.

– Essayons encore les associations d'idées. Cet homme essayait de vous violer dans votre rêve. Pensez au viol. Que vous suggère ce mot ? Dites tout ce qui vous vient à l'esprit.

Le regard de Sam fit le tour de la pièce puis revint à l'estampe. Elle se sentait oppressée. Le radiateur continuait à émettre des bruits bizarres. Quelque part au-dessus de leurs têtes, elle entendit la sonnerie étouffée d'une porte d'entrée.

– A Slider, dit-elle.

L'homme au pull trop large tourna la tête dans sa direction et l'observa pensivement. L'Américaine sourit.

– Qui est Slider, Sam ? Voulez-vous nous parler de lui ?

Sam leur raconta toute l'histoire : comment elle avait connu Slider, comment il était mort et comment elle avait rêvé de lui jusqu'à l'accident qui avait coûté la vie à ses parents.

Quand elle eut terminé, un silence interminable s'établit dans la pièce.

– C'est une histoire épouvantable, fit l'Américaine. Vraiment épouvantable. J'en ai la chair de poule.

Long silence à nouveau.

– Quels étaient vos sentiments à l'époque, Sam ? demanda enfin Tanya.

Les mots résonnèrent étrangement et Sam regarda autour d'elle, perplexe. Pourquoi lui posait-on cette question ? Elle vit Sadie sur son pouf et, l'espace d'une seconde, elle la crut perchée sur le rebord d'un rocher.

– Vraiment, je ne m'en souviens pas. J'ai été comme anesthésiée, je crois, pendant assez longtemps. J'ai pensé qu'il avait tué mes parents. Ensuite, je n'ai plus rêvé de lui pendant des années.

– Pourquoi pensiez-vous qu'il les avait tués ?

– Parce que c'était la pire chose qui pouvait m'arriver à l'époque. C'était sa vengeance.

– Qui vous a élevée par la suite ?

– Mon oncle et ma tante.

– Etaient-ils gentils avec vous ?

– Non. Ils ne voulaient pas de moi. C'étaient des gens au cœur sec.

– Leur avez-vous parlé de Slider ?

– Jamais.

– Avez-vous parlé de lui à quelqu'un ?

Sam hésita en se rappelant son entrevue avec Bamford.

– Non.

– Même pas à votre mari ?

– Non.

– Qu'est-il arrivé lorsque vous avez rêvé de lui à nouveau ? C'était combien de temps après le drame ?

– Vingt-cinq ans après. Cela s'est passé il y a exactement deux semaines.

– Oh la la ! dit Tanya. Vous gardez tout refoulé en vous, n'est-ce pas ? Vous n'avez pas pu en parler à votre oncle, à votre tante, à votre mari, à personne... mais cela ressort dans vos rêves, Sam, c'est inévitable. (Elle se pencha en avant.) Vous comprenez, peu importe ce que l'on essaie de cacher au monde et à soi-même. De toute façon, cela resurgit dans nos rêves et cela continue de resurgir tant qu'on n'y fait pas face une bonne fois. Mais il faut que cela remonte à la surface, Sam. Parce que ainsi vous êtes obligée d'en tenir compte, d'en parler, et finalement de l'assumer.

Tanya joignit les mains, dans un geste quelque peu théâtral.

– Il faut regarder vos démons en face, Sam. Nous avons tous nos démons intérieurs qui apparaissent durant notre sommeil. C'est ce que nous essayons précisément de faire ici : les affronter et les comprendre. A ce moment-là, ils s'en iront.

Sam jeta un coup d'œil à sa montre. Les autres s'impatientaient-ils en leur for intérieur ? Elle se rendit compte que Sadie regardait elle aussi sa montre d'un air irrité en tirant furieusement sur sa cigarette.

– Quelqu'un d'autre pourrait peut-être me remplacer maintenant ? suggéra-t-elle. J'ai pris pas mal de temps.

– Ne vous occupez pas des autres pour le moment, Sam. Il s'agit de votre rêve. Réfléchissons à votre cas.

Au bord des larmes, Sam se sentit tout à coup submergée par l'émotion. Elle regarda autour d'elle et ne vit que des regards amicaux. Même Sadie avait perdu son air hostile. Elle se sentit en confiance.

– Voyons qu'est-ce qui vous vient à l'idée ?

Sam ferma les yeux. Oserait-elle poursuivre ? Elle les rouvrit. Finalement, il était facile d'en parler.

– Eh bien, je pense à mon mari, avoua-t-elle en rougissant. L'homme de mon rêve sentait l'oignon. Lorsque je me suis réveillée, j'ai senti la même odeur dans l'haleine de mon mari.

– Et vous avez fait le rapprochement avec le violeur ?

– Il me trompe, dit Sam en se mordant la lèvre.

– Oh la la ! (Tanya frappa dans ses mains.) A mon avis, je crois que vous commencez à y voir clair. Votre histoire n'est pas simple ! Cet homme en cagoule – Slider – me paraît vraiment bizarre. Derrière cette cagoule je perçois autre chose. Un masque, par exemple. Je crois que ce que vous voyez en lui, c'est le côté obscur de votre personnalité. Vous comprenez, vous ne pouvez vous montrer telle que vous êtes. Vous ne pouvez exprimer vos sentiments que vous gardez soigneusement dissimulés derrière un masque. A mon avis, cet homme symbolise un tas de choses. En partie, tout ce qui vous a blessée dans le monde des adultes : votre oncle et votre tante, entre autres. Vous avez été arrachée à des parents aimants et chaleureux et vous avez rencontré un accueil froid et réservé, un manque total d'affection.

Tanya se balança d'avant en arrière en secouant la tête puis regarda Sam droit dans les yeux.

– Songez à la description que vous faites de lui. La cagoule, l'œil unique. A qui d'autre vous fait-il penser ? Ne vous rappelle-t-il pas quelqu'un ou quelque chose d'autre ?

Sam tenta de réfléchir, de se concentrer sur la question.

– Ce monstre borgne à allure d'homme me fait penser à un pénis, Sam. Un pénis géant.

Le découragement s'empara de Sam. Toute analyse se terminait donc de la même façon ? Par des histoires de pénis ?

– Vous avez été violentée, Sam. Dans votre enfance, par un homme ; et maintenant, dans votre vie de femme, par votre mari. Qu'en dites-vous ?

Sam sentit la colère monter en elle. Foutaises ! Tout cela n'était que foutaises !

– C'est une théorie intéressante, mais vous oubliez l'essentiel. L'important, c'est cette prémonition que j'ai eue à propos de la catastrophe aérienne en Bulgarie. J'en ai rêvé la veille. Dans mon cauchemar, un personnage portait la cagoule de Slider. Le lendemain, j'ai de nouveau rêvé de lui dans un taxi. Tout se passe comme s'il était lié à chacune de mes prémonitions. Je sais que le pire ne s'est pas encore produit. J'ai eu une nouvelle prémonition quelques jours plus tard et Slider m'est à nouveau apparu.

Tanya haussa les sourcils.

– On se laisse facilement obnubiler par le caractère prémonitoire d'un rêve, Sam. Je crois que vous y trouvez une excuse pour ne pas affronter le véritable sens de ce rêve. Je ne dis pas que ces prémonitions n'existent pas, mais je ne crois pas que cet aspect soit important.

– Il l'est pour moi.

– Soit. Il l'est pour vous. (Tanya jeta un coup d'œil à sa montre.) Il y a une chose qui me paraît très significative et à laquelle je voudrais que vous réfléchissiez : cet homme qui vous poursuit, vous avez tenté de lui échapper en montant les escaliers et vous ne pouviez plus bouger. Etre poursuivie par quelqu'un du sexe opposé peut vouloir dire que vous êtes attirée par une personne mais que vous vous sentez coupable de ressentir cette attirance. Vous n'osez pas, en somme, répondre à ses avances. Est-ce que je me trompe ?

– Je... je ne sais pas. Je ne vois pas de quoi vous voulez parler.

– Voulez-vous que nous en restions là ?

Sam accepta d'un hochement de tête.

– Bien. Vous avez matière à réflexion. Quelqu'un d'autre veut-il raconter son rêve ?

– Moi, dit Sadie, d'un ton empressé. J'ai eu un nouveau rêve à connotations sexuelles.

Sam entendit le soupir vaguement irrité que poussait l'homme au pull-over trop large. Elle essaya de se rappeler son nom. Colin ? Ian ?

Sadie plongea la main dans son sac et en retira un épais carnet de notes. Elle le feuilleta quelques secondes.

– C'était lundi dernier, la nuit qui a suivi notre réunion. J'étais dans une grande pièce mansardée. Comme celle qui se trouvait dans la maison de mes parents, mais beaucoup plus spacieuse. Dans un coin, il y avait une petite vieille toute ridée qui avait l'air de me surveiller. Elle faisait de la tapisserie mais sur une feuille de métal et avec une perceuse.

» Moi, j'étais étendue toute nue sur mon lit, des menottes aux poignets. Je savais que c'était elle qui m'avait attachée et que sur sa feuille métallique, elle comptait les points.

Sadie regarda l'assistance d'un air suffisant et sortit une cigarette.

– C'est alors que Clive est entré dans la pièce. Je ne l'ai pas reconnu tout de suite, mais j'ai su que c'était lui à cause de son pull-over trop grand.

Sam regarda Clive du coin de l'œil. Il était presque fou de rage.

– Il a commencé à me faire l'amour, mais sans me satisfaire. Alors je lui ai dit de reprendre la file d'attente et de réessayer plus tard. Puis, un jeune collègue est entré. Il m'a dit qu'il avait le béguin pour moi depuis des mois et qu'il voulait être mon petit ami.

Le rêve s'étirait, interminable. Au jeune collègue

succédèrent Robert Redford, le prince Philip, Jack Nicholson, John McEnroe, Paul Hogan, Richard Gere. Tous désiraient follement et secrètement Sadie depuis des années. Tous se montrèrent incapables de la satisfaire.

Enfin, les assistants se levèrent. Deux heures s'étaient écoulées. On dit à Sam qu'elle avait été « très bien perçue ».

– Avez-vous l'impression d'en savoir un peu plus sur vous-même ? lui demanda Tanya.

– Peut-être, répondit Sam d'un ton dubitatif.

Chacun parut embarrassé au moment de payer. L'argent changea de mains rapidement, silencieusement, presque clandestinement, comme s'il s'agissait de quelque contrebande ou d'une nécessité dégradante.

– Reviendrez-vous la semaine prochaine ? demanda Tanya.

Sam répondit affirmativement.

Barry, toujours étendu sur le plancher dans son kimono noir de karatéka, leva le bras droit.

– Au revoir, lui dit-il sans ouvrir les yeux. J'ai été heureux de faire votre connaissance.

– Vous gardez beaucoup trop de choses en vous, Sam, insista Tanya. Il faut vous en libérer et cela prendra beaucoup de temps. Ne laissez pas ces prémonitions vous détourner de l'essentiel. Nous ne voyons pas l'avenir en rêve, Sam. En revanche, nous entrons en contact avec nos démons. Oubliez ce qui vous paraît évident. Ce qu'il faut, c'est explorer votre psyché.

– J'aimerais vous croire, répondit Sam.

– Vous verrez, vous finirez par partager mon point de vue.

Sam sortit du sous-sol, la tête bouillonnante de pensées. C'était bon d'être rassurée. De recevoir des réponses à ses questions. Les professeurs aussi avaient toujours des réponses toutes prêtes. Le seul ennui, c'est que ce n'étaient pas celles qui importaient.

Il faut regarder vos démons en face, Sam.

Autrement dit, il faut tuer le dragon. *Tous* les dragons.

Elle sortit dans la nuit. A la rencontre de son démon. De *ses* démons.

21

La nuit était douce. On se serait cru en été et non au début du mois de février. Les membres du groupe se dispersèrent en silence, sans se dire « au revoir ». Sam eut un regard pour le ciel en montant dans sa Jaguar. Dans l'éclat de la pleine lune, les branches des arbres se dessinaient comme des ombres chinoises.

Elle tourna la clé de contact, écouta monter l'essence et actionna le démarreur. Le moteur toussa puis se tut. Nouvel essai, cette fois en mettant le starter. Un hoquet. Une brève pétarade. Et un long soupir. Elle abaissa à demi la manette du starter et recommença la manœuvre. A deux reprises. En vain. Elle regarda l'horloge du tableau de bord : 21 h 45.

Elle coupa le contact, attendit un moment, remit le contact et fit une nouvelle tentative.

– Démarre ! Je t'en prie, démarre ! Je dois me lever tôt demain.

Elle dut se rendre à l'évidence : elle avait noyé le moteur. Inutile d'insister. Il n'y avait plus qu'à appeler le Royal Automobile Club. Mais combien de temps leur faudrait-il pour la dépanner ? Au moins une heure, peut-être même deux ou trois. Elle avait un petit déjeuner d'affaires à 7 h 45. Une négociation difficile. Il fallait qu'elle soit en forme. Après tout, la voiture ne craignait rien. Drummond viendrait la chercher le lendemain matin.

Elle frissonna, sans savoir pourquoi.

Au moment où elle fermait la portière, elle entendit un crissement de pneus et un bruit de moteur qui se rapprochait. Elle leva les yeux : deux phares l'aveuglèrent. Elle eut tout juste le temps de se mettre à l'abri derrière la Jaguar. La voiture la frôla et disparut dans la nuit.

Nous ne voyons pas l'avenir en rêve, Sam. En revanche, nous entrons en contact avec nos démons. Oubliez ce qui vous paraît évident. Ce qu'il faut, c'est explorer votre psyché...

Elle descendit la rue. L'ombre des arbres dessinait des taches de sang sur le trottoir. Sous l'éclat métallique de la lune, elle se sentait prise au piège, comme un lapin hypnotisé par le faisceau de phares au milieu d'une route.

Comme dans son rêve...

Soudain, le ciel s'obscurcit. Il y eut un petit bruit mat puis une galopade de pas ténus, et une grosse goutte s'écrasa sur son front.

La pluie ! Soulagée, Sam se souvint qu'il ne pleuvait pas dans son rêve.

L'averse s'abattit sur elle. Elle fut tentée de retourner à la voiture pour prendre son parapluie. Mais elle était à deux pas de High Street lorsqu'un taxi la frôla.

– Taxi ! cria-t-elle, mais il avait déjà disparu.

Trempée, elle demeura sous la pluie qui redoublait, cherchant le panneau lumineux d'un taxi parmi l'éclat brouillé des phares et des feux arrière.

Une autre voiture passa en l'éclaboussant. Des gens étaient assis à l'arrière. Puis une autre : tous les taxis étaient pris. Ses cheveux dégoulinaient sur son front et son manteau trempé pesait sur ses épaules. Elle aperçut une bouche de métro à mi-chemin de la colline. Après une brève hésitation, elle fouilla la rue du regard : aucun taxi à l'horizon.

Il n'y avait pas de pluie dans son rêve. Donc, tout irait bien.

Non, Sam, n'y va pas !

Il faut regarder tes démons en face.

Mais ce n'était qu'un rêve...

On se laisse facilement obnubiler par le caractère prémonitoire d'un rêve, Sam.

Un vagin. Tout cela me suggère un vagin.

Vous voulez dire qu'elle veut retourner dans le sein de sa mère ?

Evidemment. N'est-ce pas le rêve de tout le monde ?

Sam courut vers la bouche de métro puis s'arrêta net. Quelle idiote ! Une vraie poule mouillée.

Moi ?

Parfaitement. En fait, je ne prends plus jamais le métro... à cause des agressions. D'ailleurs Richard n'aime pas que je le prenne.

Poule mouillée !

Elle courut vers la station.

Tu ne vas pas descendre là-dedans, Sam.

Oh si !

Non, réfléchis un peu.

Je vais y descendre.

Oh non ! Sûrement pas !

Et merde !

Elle entra dans la bouche de métro en bousculant plusieurs personnes qui se pressaient au tourniquet et contempla les distributeurs de tickets. Une odeur de poussière froide et de moisi régnait dans le couloir.

Hors service. Hors service. Le troisième distributeur

semblait fonctionner. Sam sortit son porte-monnaie et hésita : Wapping ne faisait pas partie des gares desservies.

Tremblante, elle se dirigea vers le guichet. Allait-elle revoir la femme de son rêve ? Non. A son grand soulagement, c'était un jeune homme barbu.

– Un aller pour Wapping, s'il vous plaît.

– Les ascenseurs ne marchent pas, dit-il en haussant les sourcils.

– Vous dites ?

– Les ascenseurs sont en panne. Nous avons un problème d'électricité.

– Je prendrai l'escalier.

– Vous l'avez déjà pris ? demanda-t-il en fronçant les sourcils.

– Non.

– Il est très long.

Elle sentit la peur la gagner.

– Tant pis, répondit-elle après une pause.

Il haussa les épaules.

– Comme vous voulez. C'est quatre-vingt-dix pence. A votre droite.

Elle prit son billet et passa le portillon. Il y avait un écriteau en haut des escaliers :

ATTENTION. VOUS ÊTES DANS LA STATION DE MÉTRO LA PLUS PROFONDE DE LONDRES. 300 MARCHES. CET ESCALIER NE DOIT ÊTRE UTILISÉ QU'EN CAS D'URGENCE.

Les murs couverts de carreaux de faïence lui parurent familiers. On se serait cru dans des toilettes publiques, plutôt sordides. Comme dans son rêve, elle contempla fixement les marches de béton.

Mon Dieu, comment un rêve peut-il être aussi précis ?

Peut-être suis-je déjà venue ici ? Il y a longtemps ? C'est la seule explication possible.

Elle tremblait.

Calme-toi, Sam. Ce n'est qu'un escalier de métro. Tout le monde prend le métro.

Elle tendit l'oreille, dans l'espoir que d'autres voyageurs la rejoindraient. Elle perçut un bruit de pas rapides et deux hommes, en grande conversation, apparurent en haut des marches. Puis d'autres pas, des rires, des exclamations. Un groupe d'étudiants étrangers, pleins de gaieté et d'enthousiasme. Elle pressa le pas pour rester à côté d'eux, pour ne pas être abandonnée à sa solitude.

Ils étaient au milieu de l'escalier lorsqu'elle entendit un bruit sec, celui de son sac à main qui tombait sur le sol. Il dégringola plusieurs marches en rebondissant. Son agenda s'ouvrit et des cartes de visite s'éparpillèrent.

Sam jura entre ses dents.

Sans cesser de plaisanter, les étudiants évitèrent soigneusement cette femme accroupie qui ramassait maladroitement ses papiers et les fourrait dans son sac.

Consciente du ridicule de sa situation, elle se redressa... Le silence l'impressionna tout à coup. Frissonnant dans ses vêtements mouillés, elle se rendit compte qu'elle était en plein courant d'air et qu'elle mourait de peur. Les bavardages s'éloignaient et elle était de nouveau seule.

Demi-tour, Sam ! Remonte l'escalier et sors de là.

Allait-elle continuer ou s'enfuir ? Dans une direction comme dans l'autre, tout était sombre et menaçant.

Il faut affronter vos démons...

Maintenant ? Ici ?

Du calme, Sam, du calme. Descends ces marches et tout ira bien.

Son sac bien calé sous son bras, elle descendit une marche, puis une autre. Elle entendait l'écho de ses pas sur le béton.

Il ne pleuvait pas dans son rêve.

L'employée derrière le guichet était une femme.

Un cauchemar. Ce n'était qu'un cauchemar...

Lentement, elle poursuivit sa descente, étage après étage. Sous ses pieds, dans les profondeurs du sol, elle entendit le lointain grondement d'un train.

Dans son rêve, elle était seule. Ce soir, au contraire, il y avait beaucoup de gens dans le métro. Il y avait sûrement des gens. Elle continua de descendre, sur la pointe des pieds, en essayant de ne pas faire de bruit. Ainsi, personne ne pourrait l'entendre approcher. Au bruissement de son manteau s'ajoutait le frottement de son sac. Elle s'arrêta de nouveau pour écouter. Elle n'entendit qu'un lointain grondement. Combien restait-il de marches ? Combien en avait-elle descendues ? Elle sentit des picotements sur sa nuque. Quelqu'un se glissait derrière elle. Quelqu'un s'approchait.

Elle se retourna brusquement. Personne.

Son cœur battait si fort qu'elle pouvait presque l'entendre. Allons, Sam. Tu dois affronter tes démons.

Et quand ils sont là qu'est-ce que je fais ?

J'essaie de les assommer à coups de sac ? De les battre à la course ? Jusqu'où ? Jusqu'à un quai désert ?

Elle regarda avec appréhension l'escalier derrière elle et continua à descendre, lentement, le plus silencieusement possible.

Je dois être presque en bas, pensa-t-elle. Combien de marches a cet escalier ? Trois cents. Combien m'en reste-t-il ? Elle se mit à compter : cinq, six, sept... Très vite, elle abandonna. C'était interminable. Sans espoir. Pour se donner du courage, elle décida qu'elle était à mi-chemin.

Puis, soudain, elle s'arrêta. Retint sa respiration. Juste en dessous, elle avait cru entendre un bruit de pas.

Immobile, elle écouta à nouveau.

Il y avait quelqu'un. Là, à quelques mètres.

Une ombre se profila sur le mur.

Quelqu'un se tenait aux aguets. Quelqu'un qui l'attendait.

Les murs parurent se refermer sur elle. Un frisson glacé la parcourut.

L'ombre s'avança à sa rencontre, d'un pas rapide et résolu. Elle s'étira, menaçante.

Les pas résonnaient sur le sol comme sur un tambour. L'homme grognait. Il grognait comme un porc.

Elle fit demi-tour et se mit à courir.

Non ! Au secours ! Seigneur, aidez-moi !

Elle trébucha, tomba sur un genou, se releva, fit trois pas de plus et s'agrippa à la balustrade. Elle heurta le mur, se blessa à l'épaule et dut s'arrêter. L'air déchirait ses poumons. Elle reprit son souffle, et s'élança de nouveau, l'ombre sur ses talons. Elle entendait son halètement et le martèlement de ses pas. Il l'effleurait presque.

Brusquement, elle déboucha sur le quai, passa le tourniquet, fendit la foule qui attendait à l'entrée et se retrouva dehors, dans les lumières de la ville, sous une pluie battante.

Adossée au mur, elle reprit haleine, avalant de grandes goulées d'air. Son cœur était près de se rompre dans sa poitrine. Une douleur fulgurante la plia en deux. Elle demeura ainsi quelques secondes, le visage ruisselant de sueur et de pluie.

Elle ôta ses gants pour sentir l'eau couler sur ses

mains. Elle était devenue un élément de la rue, une pauvre chose tassée contre un mur, l'une de ces épaves que l'on côtoie dans les grandes villes, sans s'arrêter.

Elle se traîna en boitant jusqu'à une cabine téléphonique. Sa cheville lui faisait horriblement mal. Le numéro du Royal Automobile Club était dans l'annuaire.

– Puis-je savoir votre numéro de membre ? demanda la standardiste d'un ton sec.

– Ma carte est restée dans la voiture. Elle est au nom de la société qui m'emploie : les productions Ken Shepperd.

– Ne quittez pas.

Elle attendit un long moment.

– Restez près de votre voiture, dit enfin la fille, comme à contrecœur. Nous allons envoyer quelqu'un.

– Combien de temps devrai-je attendre ?

– Au moins une heure. Nous avons beaucoup d'appels.

Sam monta dans la Jaguar et ferma les yeux. Tout se bousculait dans sa tête. Et si tout cela n'était que le fruit de son imagination ? Elle revit l'ombre qui l'avait terrorisée. Elle était sur ses talons. Frissonnante, elle jeta un coup d'œil par la vitre et alluma la radio.

Elle l'éteignit presque aussitôt, craignant de ne plus entendre les bruits extérieurs et resta assise en silence, réfléchissant au groupe d'études, à Bamford et à cette ombre qui l'avait poursuivie.

Et si Bamford avait raison ? Ou Tanya Jacobson ?

Et si l'ombre naissait de sa propre peur ?

Si, si, si... Que de suppositions. Elles étaient probablement exactes.

Qu'allait-on dire d'elle ? Qu'elle était complètement cinglée ?

Comment va votre épouse, mon vieux ?

Sam ? Elle déménage, j'en ai peur. En fait, elle est folle à lier.

Le grondement d'un moteur la fit sursauter. Elle aperçut l'éclat d'un gyrophare puis le camion du dépanneur se rangea près d'elle. Le chauffeur lui fit un signe de la main et elle sortit de la voiture. La pluie avait cessé et l'air s'était rafraîchi.

– Impossible de démarrer ? s'écria l'homme gaiement.

– Impossible.

– Chouette bagnole ! Une vraie pièce de musée.

– Elle marche très bien, d'habitude.

– Ça doit être l'allumage qui déconne. C'est classique, sur ces vieilles Jag.

Il se glissa à la place du conducteur, mit le contact et poussa le starter.

Le moteur partit immédiatement. Il donna quelques coups d'accélérateur et un épais nuage de fumée jaillit du pot d'échappement. Il laissa tourner le moteur un instant. Incrédule, Sam le regardait faire. Il passa sa tête par la portière.

– Vous l'avez probablement noyé. Mais il tourne rond. Pas de problème.

– Je ne l'ai pas noyé, affirma-t-elle en secouant lentement la tête.

Il haussa les épaules.

– Il y a une autre raison, dit Sam.

– Un faux contact, alors ?

– Non.

– Elle est capricieuse ?

Sam accepta l'explication en regardant au loin. Quelque part, dans un appartement au-dessus d'eux, un rire résonna faiblement puis une voix d'homme, rauque, lui succéda. Elle entendit crisser les freins d'une bicyclette ; une femme en descendit et porta l'engin sur le perron du numéro 54.

– Vous avez votre carte de membre ? Et j'aurais besoin d'une petite signature.

Sam lui présenta ses excuses pour le dérangement.

Il remonta dans son camion.

– Vous avez sûrement noyé le moteur. Ça arrive tous les jours. Quel type de carburateur avez-vous sur ce modèle ?

– Je n'en sais rien.

– Vous l'avez noyé, pour sûr.

Elle sortit la carte de membre de la boîte à gants et la lui remit. Elle aurait pu abonder dans son sens. Oui, j'ai noyé le moteur. C'était idiot de ma part. Mais non, elle savait que ce n'était pas la raison.

Aucun mécanicien n'aurait pu trouver la cause de cette panne.

22

Il était plus de minuit lorsqu'elle rentra chez elle. Elle referma doucement la porte et ôta son manteau trempé. Au bout du couloir, dans la salle de séjour, une lampe luisait faiblement.

Richard était penché sur son ordinateur, un verre de whisky et une bouteille de Teacher's à portée de main.

– T'as l'air mou... mouillée, bredouilla-t-il en tournant la tête dans sa direction.

Et toi tu as l'air complètement bourré, pensa-t-elle.

– Il pleut à verse, dit-elle à voix haute en se penchant pour l'embrasser sur la joue. Encore au travail ?

– Andreas pense qu'il va y avoir du remue-ménage cette nuit. Des transactions inattendues pourraient se produire.

Tout en se frottant le nez d'un air distrait, il remplit son verre à ras bord puis pianota sur son clavier, penché en avant comme s'il avait du mal à distinguer l'écran. Il fronça les sourcils devant la sarabande des chiffres.

– Où étais-tu ?

– Nous avons un problème avec un client. Superfingers – tu sais, le poisson surgelé. Ils insistent pour que le film soit tourné dans l'Arctique et nous essayons de le convaincre de le faire en studio.

Heureusement qu'il ne la regardait pas : elle n'avait jamais su mentir.

– Et puis la voiture est tombée en panne.

– C'est ridicule de rouler dans Londres avec une bagnole pareille. A mon avis, ce type – Ken – est sérieusement perturbé.

– Pas du tout. Il aime les vieilles voitures. Et c'est un bon investissement ; ça fait partie de son image de marque.

– Surtout quand elles vous lâchent au beau milieu de la nuit !

Il se pencha à nouveau vers l'écran en fronçant les sourcils.

Sam regarda par la fenêtre la pluie qui tombait avec violence sur les silhouettes sombres des gabares et l'eau noire du fleuve. Au moins, Richard semblait avoir renoncé à la violence. Il n'y avait pas eu de nouvelle crise de fureur. Pas de soutien-gorge arraché. La gifle lui aurait-elle fait du bien ? Depuis, il était plutôt calme. Irritable, mais calme.

– John Goff a appelé. Il a des billets de théâtre pour jeudi soir. Une nouvelle pièce de Ayckbourn, je crois.

– Zut, je voulais la voir ! Mais jeudi je vais à Leeds. On a une présentation le vendredi matin.

Il loucha devant les chiffres et vérifia quelque chose sur son carnet.

– Bon Dieu ! Bande de salauds ! Vous ne pouvez pas faire ça ! Ah non ! Merde ! C'est pas vrai !

Son poing s'abattit sur le bureau.

– Chut ! dit Sam. Tu n'as pas besoin de hurler comme ça. Tu vas réveiller Nicky.

– Je m'en fous, de Nicky ! Mais qu'est-ce que fout le marché ? Andreas était pourtant sûr de son coup !

A quoi ils jouent, ces salopards ? Tokyo m'avait dit que New York jouerait à la baisse...

Il darda des regards furieux sur l'écran encombré d'une multitude de chiffres, de noms et de symboles étranges. C'était une langue à part. Un jargon pour initiés qui était aussi étranger à Sam que l'aurait été pour Richard celui de son groupe d'études oniriques.

Elle resta à ses côtés durant quelques minutes, le regardant boire, jurer et taper des ordres sur son clavier. Il semblait avoir oublié sa présence. Plus rien d'autre ne comptait que ce petit écran vert où dansaient des symboles.

Elle alla se déshabiller et demeura étendue un long moment, perdue dans ses pensées. Elle aurait voulu savoir ce qui rongeait son mari. Pourquoi n'en parlaient-ils pas franchement ? Pourquoi ne pouvait-elle pas lui raconter ses rêves sans qu'il ricane ? Elle aurait tellement voulu qu'il lui dise ce qui n'allait pas. Elle songea à Bamford O'Connell et au groupe. Elle revit la catastrophe aérienne, la réception gâchée, l'escalier du métro de Hampstead. L'horloge marquait 02 h 15. Richard n'était toujours pas venu se coucher.

Bamford O'Connell et Tanya Jacobson avaient dit tous les deux la même chose.

Tout se passait dans son imagination.

Mais alors qu'est-ce qui l'avait poursuivie dans le métro ? Un produit de son imagination ?

Elle entendit cliqueter la porte de la salle de bains puis couler l'eau de la douche. Bizarre, pensa-t-elle confusément. Richard n'avait pas l'habitude de prendre une douche avant de se coucher. Un souvenir entêtant lui revint : celui de l'ombre dans les escaliers.

Rien. Il n'y avait rien. Mais pourquoi diable n'avait-elle pas continué à descendre cet escalier ?

Il faut affronter vos démons intérieurs.

Non. J'ai trop peur.

Une poule mouillée, voilà ce que tu es, Sam.

– Au revoir, Bugs.

Elle reconnut l'odeur mentholée du dentifrice. Richard l'embrassait. Elle se redressa.

– Quelle heure est-il ?

– 6 h 25. Je suis en retard.

– C'est le matin ?

Les yeux de son mari étaient injectés de sang et son visage d'un gris terreux. Elle-même ne devait pas être beaucoup plus brillante.

– J'irai faire une partie de squash ce soir.

– Tu rentreras pour dîner ?

– Oui, mais pas avant 21 heures.

– D'accord.

Il referma la porte derrière lui.

C'était bien le matin. Elle avait donc dormi ? Et elle n'avait pas rêvé ! Elle se glissa hors du lit. Elle se sentait fraîche et dispose. En pleine forme. Question de biorythmes sans doute.

Vous avez été très bien perçue, Sam.

Vraiment ?

Il vous faudra du temps pour percevoir ce qu'il y a dans votre psyché.

Elle offrit son visage au jet agressif et tonique de la douche. Le savon lui piqua les yeux et elle sourit. Elle avait l'impression d'être soulagée d'un grand poids. A nous deux, Slider ! J'aurai ta peau, espèce de saligaud !

Elle s'habilla et sortit dans le couloir, où elle se retrouva nez à nez avec Helen, encore en peignoir.

– Bonjour, madame Curtis. Vous partez bien tôt, ce matin.

– J'ai un petit déjeuner d'affaires. Quel est le programme de Nicky aujourd'hui ?

– Une sortie. Ils vont visiter le zoo.

Sam entra dans la chambre de son fils qui venait de s'éveiller. Elle lui donna un baiser léger sur le front.

– A ce soir, mon tigre.

Il la regarda d'un air endormi, les yeux tristes.

– Pourquoi tu t'en vas maintenant, maman ?

– Parce que je travaille très tôt ce matin.

Tout à coup, elle se sentit coupable. Que ressentait-il ? se demanda-t-elle. Les paroles de Bamford O'Connell lui revinrent en mémoire. *Vous avez abandonné votre carrière pour Nicky... Peut-être ressentez-vous de la colère envers lui ? Peut-être qu'au plus profond de vous-même vous croyez que s'il n'était pas là...*

Inconsciemment, considérait-elle l'enfant comme un obstacle à sa carrière ? Une source d'ennuis ? Lui en voulait-elle de sa présence ?

Elle regarda son fils. Elle n'avait aucune envie de le laisser. Elle aurait aimé le serrer contre elle, l'emmener au zoo pour voir les girafes et lui montrer combien elle l'aimait. Elle ne voulait surtout pas qu'il connaisse, ne fût-ce qu'une seconde, le sentiment d'abandon qu'elle avait connu dans son enfance.

– A ce soir, lui dit-elle en se détournant à contrecœur.

– Tu rentreras tard, maman ?

– Non.

– C'est promis ?

Elle promit en riant.

– Tu ne m'as pas raconté d'histoire, hier soir.

– Maman a travaillé tard hier soir, Nicky.

– Tu m'en raconteras une ce soir ?

– Oui.

– Celle du dragon ? Tu me la diras une fois encore ?

Elle fit oui de la tête et, tout en caressant ses cheveux, l'embrassa à nouveau en souriant. Puis elle sortit de la pièce et enfila son manteau. Il était encore humide.

Dehors il faisait à peine jour et des tourbillons de brume étaient lourds de crachin. Planté devant les boîtes aux lettres, un facteur renfrogné, vêtu d'un ciré, triait le courrier.

– Vous avez quelque chose pour moi ? demanda Sam. Appartement 11...

L'homme la scruta désespérément à travers ses verres de lunettes ruisselants de pluie.

– Laissez tomber, lança-t-elle en se précipitant vers sa voiture.

Son énergie se dissipa rapidement et quand elle arriva à son bureau, après la réunion, elle était K.-O. Il avait fait une chaleur étouffante dans la salle à manger de l'hôtel. Ils avaient grignoté des toasts et but force cafés parmi les relents d'œufs frits, de harengs fumés et de lotion après-rasage. A quoi avait servi cette réunion ? A rien. Les pontes de chez McPherson avaient tenté de convaincre Ken de l'importance de ce film publicitaire et de la nécessité d'assister à la présentation de Leeds. Ils avaient échangé des poignées de main et des compliments hypocrites. Il ne s'agissait pas d'un film ordinaire, certes non. A côté de l'apparition de Castaway sur le marché, celle du Christ sur la Terre n'était qu'un détail infime dans les annales du temps. Castaway : le début d'une nouvelle ère. Le premier système personnel de nutrition. La nourriture du XXIe siècle. Celle qui intensifie vos perceptions.

Le cendrier était plein de mégots mal éteints et maculés de rouge à lèvres. La fumée épaississait l'air de la pièce. Claire, tête baissée, se concentrait sur sa machine à écrire qu'elle martelait avec vigueur.

– Bonjour, Claire.

Claire leva imperceptiblement la main en signe d'accueil et poursuivit son activité frénétique.

– Qu'êtes-vous en train de taper ?

– C'est pour Ken, répondit la secrétaire d'un air vaguement gêné.

– Qu'est-ce que c'est ? insista Sam qui sentait croître son exaspération.

– Ils ne veulent plus de girafes.

– Comment ?

Ouvrant la fenêtre, Sam respira profondément la brume humide qui flottait sur Covent Garden.

– Ils ont décidé d'annuler.

– Toute la séquence ? s'inquiéta Sam.

– Non. Mais ils ont décidé d'utiliser des fausses girafes. Ils ne veulent pas d'histoires avec la S.P.A.

– La ligue antitabac, antialcoolique, les défenseurs des droits de la femme et maintenant, les animaux... Pour l'amour du ciel ! On ne pourra bientôt plus bosser du tout !

Sam s'assit derrière son bureau et décacheta la première enveloppe de sa pile de courrier. C'était une note l'informant de l'augmentation des frais de laboratoire.

Claire sortit une cigarette et glissa vers la jeune femme un coup d'œil sournois.

– Terrible, la nouvelle de ce matin. Vous avez entendu la radio ?

– Quelle nouvelle ? demanda Sam d'un ton absent tout en relisant la lettre.

– Cette pauvre femme.

– Quelle femme ?

– Celle qui a été assassinée la nuit dernière.

Sam relut le premier paragraphe de la lettre, irritée par le bavardage de sa collègue. Elle essayait de calculer le taux de l'augmentation.

– Ils en ont parlé à la radio ce matin. Dans la station de métro de Hampstead.

Sam leva les yeux en sursautant.

– Qu'est-ce que vous dites, Claire ? De quoi parlez-vous ?

– La nuit dernière, une femme a été violée et tuée dans la station de métro de Hampstead. Je l'ai entendu ce matin à la radio. On se demande où on est encore en sécurité, n'est-ce pas ?

La pièce sembla se dissoudre autour de Sam. Elle sentit ses jambes trembler sous elle et un goût acide lui emplit la bouche.

Claire s'était remise à taper.

– Vous dites que cela s'est passé à Hampstead ? Dans le métro de Hampstead ?

Claire ne parut pas l'entendre.

– Mon Dieu !

Sam regarda sa montre. Il était 11 h 20. Elle sortit, courut jusqu'au kiosque à journaux et attendit, tête nue et sans manteau sous la pluie battante, que la première édition du *Standard* soit lancée de l'estafette et que le vendeur, avec une insupportable lenteur, en ait coupé la ficelle.

Elle relut plusieurs fois les titres, contemplant attentivement chaque grosse lettre noire, comme si elle avait peur de poursuivre et de découvrir tout à coup qu'elle était la victime, celle qui avait été...

VIOLÉE ET ASSASSINÉE DANS LE MÉTRO.

Seigneur !

Doux Jésus, non ! Oh non !

Elle avait à peine conscience du monde qui l'entourait. Quelqu'un descendit d'un taxi. Deux personnes passèrent en se hâtant sous le même parapluie. Un camion déchargeait des colis.

Puis elle vit la photo, sous le titre.

Elle vit le visage de la femme et ce sourire qui semblait s'adresser à elle et à personne d'autre, comme si une secrète connivence les unissait.

Elle chancela, heurta le vendeur qui sentait la toile de sac humide, s'excusa, s'agrippa au kiosque et, pétrifiée, continua de fixer la photographie.

Mon Dieu, non ! Faites que ce ne soit qu'un rêve.

Elle revint lentement, sanglotant d'impuissance, de honte, de douleur et de remords. Elle se sentait horriblement coupable. J'aurais pu la sauver si je n'avais pas été si lâche. J'aurais pu la sauver... J'aurais pu sauver cette femme à qui je venais de parler quelques minutes plus tôt.

Ce n'était pas possible. Ce n'était pas vrai. Ce ne pouvait être qu'un cauchemar...

Elle entra dans l'immeuble d'un pas mal assuré et heurta Drummond qui sortait en hâte. La boîte qu'il tenait à la main tomba sur le sol avec un bruit sec et le contenu se répandit dans le caniveau.

– Excusez-moi, dit-elle. Je suis désolée, vraiment désolée.

Elle passa devant l'effigie de cire de Ken Shepperd – le bras, mal recollé, décrivait un angle inhabituel – et monta dans son bureau. Elle s'assit, posa sur sa table le journal détrempé dont elle ne pouvait détacher son regard et relut la légende sous la photographie :

Une femme de trente-sept ans, mère d'un petit garçon, a été violée et assassinée dans la station de métro de Hampstead la nuit dernière.

Tanya Jacobson, psychothérapeute, a été trouvée morte dans la salle des chaudières, sous le célèbre escalier de trois cents marches, peu après 22 heures, par un électricien du service maintenance. Le préposé aux tickets, John Barker, avait averti Mme Jacobson que les ascenseurs étaient en panne et que l'escalier était très long.

Vous savez, Sam, les prémonitions et les précognitions, cela me paraît un peu... comment dirais-je ? Un peu marginal... Dans ce groupe, nous essayons de communiquer avec notre moi onirique, de le percevoir au moyen d'associations libres et de relancer la dynamique.

Sam leva les yeux et vit Claire qui l'observait.

– Je connaissais cette femme, lui dit-elle tristement. Je me trouvais avec elle juste avant qu'elle... Enfin, je suis allée à...

Elle se rappela les ténèbres, les mains autour de son cou, ses sous-vêtements arrachés, cette odeur d'oignon...

Dis-moi que tu m'aimes.

Sale garce.

Non ! Je vous en prie. Non ! Ne me tuez pas ! Ne me tuez pas, j'ai un enfant. Je vous en prie...

Un froid pénétrant l'envahit. Elle ferma les yeux et les rouvrit aussitôt.

– Il s'en est fallu de quelques minutes, bredouilla-t-elle. J'aurais pu la prévenir...

Claire plissa le front.

Sam revit l'ombre haletante qui la poursuivait dans les escaliers.

– Je devrais appeler la police. Leur dire que j'étais là.

– Avez-vous vu quelque chose ?

– Oui... Enfin... je ne sais pas.

Elle soupira et, se levant d'un bond, marcha de long en large en serrant les poings. Elle alla jusqu'à la fenêtre et demeura un moment à contempler la pluie battante, les flaques d'eau, les auvents, les parapluies noirs et un vieil homme qui fouillait dans la poubelle sur le trottoir.

Tanya était morte.

Magnifique ! Je m'appelle Tanya Jacobson.

Tanya Jacobson. Sam sentit un courant d'air froid sur ses mains et prit conscience de l'eau qui dégoulinait de ses cheveux sur son visage.

Nous ne voyons pas l'avenir en rêve, Sam. En revanche, dans le sommeil, nous entrons en contact avec nos démons.

– Je l'ai rêvé.

Il est facile de se laisser obnubiler par le caractère prémonitoire d'un rêve, Sam. Je crois que vous y trouvez une excuse pour ne pas affronter le véritable sens de ce rêve.

C'était peut-être l'inverse ? Et si Sam fuyait les prémonitions dans la psychologie ?

Toujours à la fenêtre, elle sentit la chaleur du radiateur dissiper le courant d'air froid.

– La voyante dont vous m'avez parlé, Claire, pourquoi la consultez-vous ?

– Mme Wolf ?

– Oui. Pourquoi allez-vous la voir ?

– Pour prendre conseil.

– Elle prédit vraiment l'avenir ?

Claire se passa la main dans les cheveux et regarda brusquement le plafond comme si la réponse y était inscrite.

– Oui. Ce qu'elle me dit est souvent exact. Très souvent, même.

– Vous aide-t-elle à comprendre ce qui vous arrive ?

– Elle est très douée pour... aider les gens à comprendre les choses.

– Pourrait-elle me recevoir ?

– Certainement. Vous n'avez même pas besoin de prendre rendez-vous. Allez simplement la voir. Elle consulte le mercredi.

23

La boutique était située dans une rue étroite de Bloomsbury. Sam aperçut l'enseigne : CENTRE D'ÉPANOUISSEMENT DE LA PERSONNALITÉ. Elle était peinte en bleu et dégageait, lui sembla-t-il, des vibrations étranges. Un coup d'œil à sa montre lui apprit qu'elle avait un quart d'heure d'avance.

Elle s'approcha. Une carte de visite était collée sur la vitrine : *Eva Wolf, voyante. Consulte aujourd'hui.*

Une autre carte, placée au sommet d'une pile de pyramides, vantait « les merveilles de l'Egypte ancienne ». Sam vit également une rangée de cristaux, plusieurs paquets de tarots, un assortiment de livres consacrés à l'étude de la magie et des pouvoirs psychiques, et « Le plus beau cadeau de la Saint-Valentin », un bracelet porte-bonheur en argent orné d'un trèfle à quatre feuilles.

L'intérieur de la boutique baignait dans une lumière bleutée, de la même nuance que l'enseigne, grâce à des tubes au néon teintés. Le décorateur devait s'intéresser aux sciences occultes, pensa la jeune femme. Elle entra. Une impression d'hostilité l'assaillit. Elle faillit s'enfuir sur-le-champ, loin de cette lumière bleue, de cette chaleur, de ces bâtons d'encens et du regard furibond de cette femme qui l'observait, derrière une caisse enregistreuse à demi démontée.

Etait-ce Mme Wolf ?

Ses cheveux roux étaient plaqués sur son crâne, la peau de son visage tirée de façon insolite – comme si elle portait un masque – et sous son polo noir ses seins pointaient comme deux becs.

Sam se détourna pour regarder autour d'elle. Plusieurs boules de cristal, des cartes astrologiques, des pyramides, des cassettes pour favoriser la méditation côtoyaient des bougies noires, des plantes aux vertus somnifères, et une bourse sur laquelle étaient posées plusieurs petites pierres. Une étrange odeur, où n'entrait pas seulement l'encens, flottait sur tout cela. Sam, le crâne chauffé par les tubes fluorescents – de véritables lampes à bronzer –, jugea l'endroit inquiétant.

Penchée sur sa caisse enregistreuse, la femme fouillait dans l'engin avec un tournevis comme si elle essayait de décortiquer un homard.

– Excusez-moi...

La femme leva les yeux.

– Oui ?

Ne voyant pas ses lèvres bouger, Sam se demanda, l'espace d'un instant, si elle avait bien entendu. Un étrange désarroi la gagnait.

– J'ai rendez-vous avec Mme Wolf.

La femme recommença à embrocher son engin.

– Derrière les livres. L'escalier qui descend.

Sa bouche était demeurée parfaitement immobile.

Sam traversa la boutique, passa devant une pile de livres et hésita une seconde en haut de l'escalier.

Quelque chose lui disait de partir au plus vite.

Ne sois pas stupide, pensa-t-elle. Claire vient souvent ici. Tout va bien. Peut-être que cette femme s'est disputée avec son petit ami ou a mal dormi cette nuit, tout simplement. Elle descendit l'escalier étroit et se retrouva dans un sous-sol transformé en bibliothèque. Un homme habillé de noir, coiffé en queue-de-cheval, alignait des livres sur les étagères. Il y en avait partout : sur les tables, les rayonnages, jusque dans les corbeilles à papier. Sur le mur opposé, une flèche pointait vers une porte, au bout d'un petit couloir.

Eva Wolf, voyante. Le nom était écrit à la main en grosses lettres rondes et les différents types de consultations ainsi que les tarifs en plus petits caractères, en dessous.

CONSULTATION DE VOYANCE, 30 minutes £ 12.
CHIROMANCIE, £ 10.
LECTURE D'AURA, £ 10.
TAROTS, £ 12.
CONSULTATIONS PRIVÉES SUR RENDEZ-VOUS.

Par la porte entrouverte, une voix gutturale à l'accent slave se fit entendre.

– Est-ce vous madame Peterson ? Vous êtes en retard et j'ai un autre rendez-vous.

– C'est Mme Curtis.

Il y eut un silence.

– Je ne crois pas que Mme Peterson vienne aujourd'hui. Entrez, je vous prie, entrez.

Sam poussa la porte. La pièce était à peine plus grande qu'un cabinet de toilette. Les murs de briques nus et l'unique ampoule électrique qui pendait du plafond étaient peints du même bleu que la boutique. A l'odeur de l'encens se mêlait le parfum sucré et entêtant de Mme Wolf. Vêtue d'un pull noir et d'une veste afghane largement ouverte, celle-ci était assise, très droite, derrière un guéridon que sa forte charpente rendait plus minuscule encore. La soixantaine passée, elle avait un visage inexpressif, outrageusement maquillé, encadré de cheveux gris et raides qui descendaient en frange sur son front. Ses yeux ourlés de bleu, très enfoncés dans leurs orbites, se posèrent sur Sam avec la circonspection des êtres venus d'ailleurs.

– Veuillez fermer la porte, je vous prie. Vous avez un portemanteau près de vous.

Sam obéit et s'assit. La femme s'empara rapidement de sa main, comme un rapace s'empare d'une proie, et la tint fermement entre les siennes. Elles étaient dures, calleuses, comme si elle avait passé sa vie à biner les pommes de terre. Ses ongles sans vernis étaient crasseux. Sur la table, une vieille bible, couverte de papier cristal craquelé, était posée à côté d'une tasse de café maculée de rouge à lèvres.

La voyante observait Sam comme si son aspect la surprenait et la jeune femme se sentit mal à l'aise. Cette proximité physique lui donnait une sensation d'étouffement.

– C'est une consultation que vous désirez ?

– Je veux simplement vous parler. J'ai besoin d'un conseil. Je vous paierai, naturellement.

Aucune réaction chez la voyante.

– Vous avez une demi-heure. Vous pouvez l'utiliser comme bon vous semble.

Elles demeurèrent silencieuses quelques secondes et le malaise de Sam s'accrut. Elle entendit des pas au-dessus de sa tête et le faible ronronnement d'un ventilateur. Sur le visage grave et figé de la voyante, elle remarqua deux verrues et un grain de beauté où poussait un poil. Ce visage parut se raidir un peu plus et, lentement, de façon presque imperceptible, la femme se mit à trembler. Sam sentit ses mains frémir.

– J'ai des rêves prémonitoires... c'est ainsi qu'on les appelle, je crois. Cela a commencé il y a deux semaines. Je...

Elle entendit sa propre voix s'éteindre. Qu'est-ce que je désire entendre ? pensa-t-elle tout à coup.

Pourquoi suis-je ici ? Elle sentit la peur monter en elle.

« Tenez-vous à l'écart de toutes ces niaiseries », lui avait dit Bamford.

– J'espérais que vous pourriez m'aider à comprendre ce qui se passe en moi, conclut-elle.

Elle avait l'impression que Mme Wolf ne s'intéressait pas du tout à ce qu'elle disait.

– Ce sont les esprits qui vous parlent.

– Les esprits ?

– Tout vient d'eux.

– Ah ?

– Ils sont le reflet de l'amour divin.

– Ah ?

L'expression de Mme Wolf s'adoucit. Elle se pencha en avant pour tapoter tendrement sa bible, comme un bébé qui vient de terminer sa tétée.

– Le regard du Seigneur nous suit partout : peu importe que vous soyez juif ou chrétien. Il y a place pour tous dans Son royaume.

Son sourire lointain se fit indéchiffrable.

– Il comprend tout et Il me demande de vous dire qu'Il vous garde une place à Sa droite. Quand vous voudrez venir à Lui, Il vous recevra.

C'était très raisonnable de Sa part.

– Tendresse. Il est plein de tendresse. Il est toute tendresse et tout amour.

C'est pour cela qu'Il a tué mes parents, pensa Sam.

– Il vous demande de prier avec moi. Une petite prière pour demander Sa protection, puis nous dirons le *Notre-Père*.

La voyante ferma les yeux et serra un peu plus la main de Sam. Elle ne la serrait plus, d'ailleurs : elle la broyait.

– Esprit de bonté, nous sommes réunies pour demander Ta bénédiction sur Mme Curtis. Nous sollicitons Ta protection, ô Père, et nous savons qu'en venant à Toi nous obtiendrons Ta grâce et que nous serons protégées de tout mal. Si nous pouvions venir à Toi plus souvent, nous trouverions la paix et le contentement qui n'existent qu'en Ta présence...

Aucune sincérité dans ces paroles. Ce n'était qu'une parodie de prière. La femme aurait aussi bien pu lire une page de l'annuaire.

Et Claire la croyait ? Elle avait une confiance absolue en elle ?

Allons, laissons-lui sa chance, décida Sam.

– Amen.

La voyante observait Sam qui répondit à mi-voix : « Amen. »

La main de la voyante était glacée. Comment pouvait-on avoir la peau aussi froide ? C'en était gênant.

– Je vois que vous êtes en relation avec des milieux publicitaires. Est-ce exact ?

– Oui, dit Sam, en pensant qu'elle lui avait révélé sa profession au téléphone.

– Je vois deux personnes. Deux esprits. Ce pourraient être vos grands-parents ? Non, ils sont trop jeunes. Vos parents, alors ?

Sam fronça les sourcils.

– Ils sont morts très jeunes, n'est-ce pas ?

Est-ce Claire qui lui avait raconté tout cela ?

– On me dit que vous avez eu une interruption dans votre carrière, à cause d'un enfant, mais c'est du passé ?

Sam hocha la tête à contrecœur.

– Je vois des difficultés avec un homme actuellement. C'est un ambitieux et on me dit que son cœur est déchiré, tiré dans deux directions contraires. Je ne sais pas s'il s'agit de vous et de son travail ou bien de vous et d'une autre femme...

Mme Wolf resserra son étreinte sur la main de Sam

qui tressaillit de douleur. Les yeux fermés, la voyante se mit à haleter. La main prise dans un étau, Sam vit avec horreur que la sueur commençait à perler sur son front. Entrait-elle en transe ?

VIOLÉE ET ASSASSINÉE DANS LE MÉTRO.

La nuit dernière, elle avait lu jusqu'à ce que la fatigue l'empêche de tourner les pages. Elle s'était vue descendre l'escalier sombre, attendre l'ombre et, à sa vue, elle s'était sentie comme paralysée, incapable de courir. Elle s'était alors mise à hurler et Richard, tiré de son sommeil, lui avait demandé en bredouillant si elle n'était pas malade.

Non. Je vais très bien. Va au diable. Tu ne me crois pas, n'est-ce pas ? Tu ne crois pas que j'étais là, dans cette foutue station de métro, quelques minutes avant le meurtre ?

Que lui avait-il répondu en souriant malicieusement ? Ah oui : « Il s'en est fallu de peu, pas vrai, Bugs ? »

Il trouvait sans doute cela très drôle.

Mme Wolf ouvrit des yeux emplis d'une étrange, d'une incompréhensible peur. Elle les referma tout en haletant de plus belle.

– Connaissez-vous... un homme... avec un seul...

Elle parlait lentement, comme une somnambule, puis la panique s'empara d'elle à nouveau et elle se mit à secouer la tête de gauche à droite en gémissant : « Non !... non... non... »

Un froid intense envahit la pièce. Sam pouvait voir l'haleine de la voyante se figer dans l'air. Elle en eut la chair de poule et son estomac se serra.

Un étrange grondement – celui d'un train ? – retentit au-dessus de sa tête et elle sentit le froid se glisser en elle, la pétrifier.

Quelque chose claqua au-dessus d'elles.

La lumière s'éteignit.

Sam leva les yeux, essayant de distinguer l'ampoule, puis scruta les ténèbres, affolée.

La voyante haletait et gémissait toujours. Son étreinte se desserra et Sam sentit que la température de la pièce redevenait normale.

– Je crois qu'il faut arrêter, dit Mme Wolf. Je crois que nous ferions mieux de nous en tenir là.

Sa respiration était encore oppressée.

– Je vous en prie, chuchota Sam, dites-moi ce qui s'est passé.

– Il y a...

La voyante s'agita sur sa chaise. Sam entendit bruire ses vêtements dans l'ombre.

– Ils ne me montreront rien maintenant... rien.

– Pourquoi ? Je ne comprends pas.

– Cela vaut mieux pour vous.

– Mais je veux savoir !

– Vous ne me devez rien pour cette consultation. Je ne peux pas vous donner ce que vous cherchez.

La femme recula sa chaise.

– Pourquoi ? Je vous en prie, expliquez-moi !

– Vous voulez savoir ce qui se passe ? Je ne peux pas lire l'avenir. Je ne peux pas vous le montrer !

– Pourquoi ?

– Je ne peux pas. C'est tout. Ouvrez la porte. Il faut ouvrir la porte.

– Mais pourquoi ? répéta Sam avec force.

– Parce qu'il n'y a rien à voir.

– Que voulez-vous dire ?

– Il n'y a rien.

– Vous voulez dire que vous n'avez rien vu ?

– Rien du tout.

– Que dois-je en conclure ?

– Qu'il n'y a pas d'avenir pour vous, assura la voyante d'une voix chevrotante. Que vous n'avez pas d'avenir.

Elle abandonna la main de Sam qui devina qu'elle se levait et ouvrait la porte. Une faible lumière, venue du couloir, éclaira la pièce.

– Vous ne me devez rien. Partez. Vite.

– Je vous en prie, insista Sam. J'ai besoin de comprendre...

– Dehors ! Dehors ! Sortez ! hurla la voyante. Vous ne me devez rien. Sortez. Pourquoi avez-vous apporté cela avec vous ? Remportez-le. Je ne veux rien de tel ici. Emportez-le et sortez !

Sam regarda l'ampoule intacte mais noircie. Abasourdie, elle se leva, sans pouvoir dire un mot.

– Sortez d'ici, lui intima la femme d'une voix sifflante. Sortez d'ici et emmenez-le avec vous.

Sam sortit de la pièce à reculons et croisa, dans le couloir, l'homme à la queue-de-cheval qui la dévisagea d'un air malveillant. Dans la boutique, la femme aux cheveux roux, fourrageant toujours dans sa caisse enregistreuse, la suivit des yeux.

La jeune femme sortit dans la rue d'un pas mal assuré, l'esprit en déroute. C'était un après-midi clair et froid, au ciel d'un bleu délavé. Il n'était que 16 heures mais le soleil se couchait déjà. Un serveur sortit du restaurant grec de l'autre côté de la rue pour verrouiller la porte. Deux hommes passèrent près d'elle, marchant à grandes enjambées. Ils bavardaient tout en se frottant les mains pour les réchauffer.

Elle s'éloigna aussi vite qu'elle le put de la boutique de Mme Wolf, de la femme au visage tiré. Ses pensées étaient si confuses qu'elle ne voyait rien autour d'elle. Elle heurta des passants à plusieurs reprises puis, voyant un objet sur son chemin, fit un détour et descendit du trottoir pour l'éviter.

Il y eut un crissement de freins et lorsqu'elle leva les yeux, ébahie, elle vit un taxi arrêté à quelques centimètres d'elle.

Le chauffeur passa la tête par la portière. Des touffes de cheveux sortaient d'une casquette à carreaux.

– Hé, la p'tite dame ! Pouvez pas r'garder d'vant vous ? Z'avez vraiment envie de vous faire tuer ?

– Excusez-moi, dit-elle.

A travers un brouillard de larmes elle aperçut un petit jardin public de l'autre côté de la rue. Elle y entra et s'assit sur un banc.

La tête enfouie dans ses mains, elle luttait contre la nausée. Autour d'elle, le monde tourbillonnait comme une grande roue qui tournoyait en accélérant. Prise de vertige, elle se cramponna à son siège de toutes ses forces. Si elle lâchait prise, elle allait basculer dans le vide.

Il n'y a pas d'avenir pour vous. Vous n'avez pas d'avenir...

D'accord. Mais maintenant je dois me réveiller. Je dois échapper à ce rêve.

Deux juges, en toge et perruque, descendaient le sentier devant elle. Elle les contempla en espérant qu'ils allaient d'une minute à l'autre se métamorphoser en grenouilles ou en girafes, ou bien ôter leurs vêtements et bondir en l'air, lui fournissant ainsi la preuve qu'elle rêvait bel et bien. Mais rien de tel ne se passa. Ils continuèrent à marcher en devisant.

Elle regarda le panneau publicitaire apposé sur un immeuble. Les lettres, énormes et hardies, s'allumaient déjà dans le crépuscule naissant. Elles la défiaient, semblait-il, de tout leur éclat arrogant : PROTÉGEZ VOTRE AVENIR GRÂCE AUX ASSURANCES ROYAL GUARDIAN.

24

Le flot de voitures qui s'écoulait vers le nord se raréfiait au fur et à mesure qu'ils s'éloignaient de Londres. Ils auraient pu se croire sur une autre planète. Deux voyageurs de l'espace, pensa Sam, en contemplant à travers le pare-brise l'obscurité criblée de feux rouges fuyants et de clignotantes lumières orange. Le vent se ruait sur la route. Les ponts qui défilaient au-dessus de leurs têtes semblaient arrêter le temps une fraction de seconde et des panneaux émergeaient de l'ombre qui les engloutissait aussitôt.

NORTHAMPTON, COVENTRY, LEICESTER,
LOUGHBOROUGH.

Un éclair zébra le ciel et quelques gouttes de pluie vinrent s'écraser sur le pare-brise. A l'exception des cadrans faiblement éclairés sur le tableau de bord, l'intérieur de la Bentley était sombre ; la radio était allumée mais inaudible. Ken, contrairement à son habitude, se taisait. Ils n'avaient pas échangé plus de trois mots depuis le début du voyage.

– C'est Claire qui vous a suggéré de consulter cette femme ? demanda-t-il brusquement.

– Oui.

– Elle y va souvent ?
– Je crois. Elle ne jure que par elle.
– Lui avez-vous répété ce que vous a dit la voyante ?
– Non. Cela ne m'est pas très facile de lui parler.
– Vous ne l'aimez pas beaucoup, n'est-ce pas ?
– Je la trouve un peu bizarre.
– Elle est très efficace dans son travail.
– Que savez-vous d'elle, Ken ?
– Pas grand-chose. Elle vit à Ealing. Elle vivait auparavant en Afrique du Sud où elle a travaillé pour une petite société commerciale pendant huit ans.
– Savez-vous ce qu'elle y faisait ?
– La même chose que chez nous, je suppose.
– Je ne crois pas qu'elle ait beaucoup l'expérience de ce travail.
– Elle a d'excellentes références.
– Les avez-vous vérifiées ?
– Non. Elle m'a dit que la société avait fait faillite. Comme elle venait de rompre avec son petit ami, elle a décidé de revenir en Angleterre. Vous ne pensez tout de même pas que ses références sont fausses ?
– Non. Pas du tout. Je crois que je suis... enfin, je suis assommée par tout ce qui m'arrive.
– Vous avez besoin de vous changer les idées, Sam. Pourquoi n'iriez-vous pas passer quelques jours à l'étranger avec Richard ?
– Il n'a pas du tout l'air d'avoir envie de partir en ce moment.
– Il faudra que j'aille jeter un coup d'œil à ce Centre d'épanouissement spirituel : votre Mme Wolf mérite une bonne raclée, dit-il d'un ton méprisant. Tout ça, c'est de la frime. Des charlatans. Des cinglés. Les groupes d'études oniriques, les voyants, les psychiatres...

Il jeta un coup d'œil dans le rétroviseur et s'engagea dans un chemin vicinal.

– Nous devrions peut-être essayer un sorcier. Ils en ont peut-être à Leeds !

Elle sourit.

– Qu'allons-nous faire de vous, Sam ?

– Ne vous inquiétez pas pour moi. De toute façon, je n'ai aucun avenir.

– Bien sûr que vous en avez un ! (Il ôta une main du volant et lui effleura le bras.) Je *veux* que vous en ayez un. Ecoutez, Sam, vous n'allez tout de même pas prendre ça au sérieux ? Aucun de nous n'a d'avenir. D'ici quelques années nous serons tous morts. Alors, que voulait-elle dire ? Que dans un siècle vous ne serez plus là ? Inutile d'être voyante pour prédire ce genre de connerie.

– A votre avis, pourquoi m'a-t-elle parlé ainsi ? Je croyais que les voyantes ne disaient jamais ce qu'elles voyaient de mauvais ?

Il haussa les épaules.

– Le monde est plein de gens bizarres, Sam. Peut-être que votre tête ne lui revenait pas. Elle a peut-être été jalouse de votre jeunesse et de votre beauté et elle s'est amusée à vous faire peur.

Un autre éclair se dessina dans le ciel puis disparut. Comme une lampe qui s'éteint.

Pop.

Ping.

Ces ampoules électriques...

Elles éclatent fréquemment, n'est-ce pas ? Tout produit collant, la peinture par exemple, peut les faire exploser.

Sam revit le visage tiré de la femme rousse.

Et celui de Mme Wolf.

Ken avait raison. Elles avaient dupé Claire, mais

pas elle. Oh non ! Fameux, ce truc de l'ampoule qui explose. Ça marche à tous les coups.

Un autre panneau surgit des ténèbres.

LEEDS.

Puis un autre encore, noir et blanc cette fois.

CATASTROPHE AÉRIENNE EN BULGARIE : 163 MORTS.

Le panneau tourbillonna dans la nuit. Il se tordait et claquait au vent comme une feuille de journal.

VIOLÉE ET ASSASSINÉE DANS LE MÉTRO.

Il venait droit sur eux, frappa le pare-brise et s'étala comme l'aile d'un insecte géant. Ken mit les essuie-glaces en action et l'image se précisa, aussi nette qu'une photographie. Là, sur le pare-brise, le visage de Tanya Jacobson regardait Sam en souriant d'un air complice.

Me percevez-vous, Sam ?

La jeune femme poussa un cri perçant.

– Sam ! Qu'est-ce qui vous arrive ?

C'était la voix de Ken. Sam écarquilla les yeux. Elle ne voyait plus rien. Rien d'autre que la nuit, des feux arrière et les essuie-glaces ôtant les taches de pluie. Une nouvelle lumière apparut au loin, minuscule et vacillante. La voiture tourna.

– Tout va bien, dit-elle. Excusez-moi, je somnolais.

L'hôtel n'était qu'à une faible distance de l'autoroute et de nombreux panneaux signalaient sa présence.

TROPICANA GOLF ET COUNTRY CLUB.

PISCINE CHAUFFÉE ET GRILL-BAR – OUVERTS AUX NON-RÉSIDENTS.

RESTAURANT *TROPICANA* : CUISINE CRÉOLE.

DISCOTHÈQUE *PARADISE.*

Un gigantesque palmier, symbole de l'établissement, scintillait au-dessus du portail. Personne n'aurait eu la permission de construire un hôtel de vingt étages en pleine campagne, songea Sam, mais un

« country club », c'était autre chose. Question d'image. D'emballage. D'étiquette. On peut faire n'importe quoi, à condition de coller la bonne étiquette sur le paquet.

ENTRÉE RÉSERVÉE AUX RÉSIDENTS.

GOLF.

PARKING.

Ils suivirent les flèches en forme de palmes le long d'une allée bordée d'arbres et de buissons. Comme la voiture s'arrêtait devant la porte, Sam regarda autour d'elle d'un air inquiet et ne put réprimer un frisson.

– Tout cela fait un peu toc, dit Ken.

Elle contempla le palmier de cuivre au-dessus de l'entrée puis son regard se perdit de nouveau dans la nuit.

– Qu'y a-t-il ?

– Rien, dit-elle en souriant. Tout va bien.

Des plantes tropicales, des lumières éclatantes, des meubles en rotin d'un vert luxuriant décoraient le hall. Une jeune fille en paréo vert leur adressa un sourire radieux. Un petit palmier doré, gravé à son nom, était agrafé à son décolleté.

– Bonsoir, madame. Bonsoir, monsieur. Avez-vous réservé ?

– Oui. Nous sommes invités à la réception donnée par les produits Spey.

– Ah... (Elle fouilla dans une liasse de papiers.) Vous êtes ?

– M. Shepperd et Mme Curtis.

– Un M. Edmunds vous a laissé un message. Ils ont été retenus à Londres et arriveront tard dans la soirée. S'ils ne peuvent vous voir ce soir, ils vous retrouveront demain matin au bar, à 8 h 15.

Ken remercia et se tourna vers Sam.

– Je suggère que nous déposions nos bagages dans nos chambres et que nous allions dîner. D'accord ?

Un très jeune portier, plein de suffisance, la lèvre ombrée d'un duvet, les accompagna jusqu'à leurs chambres. Celle de Sam se trouvait au dix-neuvième étage.

– Vous avez une vue magnifique sur l'autoroute, annonça-t-il en ouvrant la porte.

La chambre était petite mais propre et claire, avec des meubles de bambou, des rideaux d'un vert vif assortis au couvre-lit, un tapis à motifs de roseaux et, sur le mur, une reproduction d'une toile de Gauguin représentant un couple de Noirs assis sur le sol d'une case.

– Rendez-vous au bar dans un quart d'heure ? suggéra Ken.

– D'accord.

Sam ferma la porte et ouvrit sa valise : les serrures obéirent avec un cliquetis sec.

Mon Dieu ! Pourquoi s'était-elle encombrée de tout ça ? Pour une seule nuit ! Elle défit les courroies et vérifia les piles de vêtements aplatis. Un pull-over chaud. Un deuxième. Trois tailleurs... Il faisait une chaleur étouffante dans la pièce. Elle alla jusqu'à la fenêtre, tira les rideaux et sortit sur le balcon.

L'air frais lui fit du bien. Elle pouvait entendre la pluie tomber dans l'ombre. Au loin, l'autoroute s'étirait comme un interminable tube au néon. Baissant les yeux, elle vit juste au-dessous d'elle un énorme dôme de verre octogonal : le toit de la piscine creusée dans un jardin tropical illuminé. La vapeur, condensée en légère brume, donnait au tableau un aspect flou. Une femme blonde, à la silhouette élégante, était étendue sur une chaise longue sous une lampe à bronzer. Sam la vit secouer sa longue chevelure. Plusieurs clients en maillot de bain étaient assis au bar, sous un auvent de palmes tressées. Quelle température pouvait-il faire sous ce dôme ?

Sam se pencha pour mieux voir et elle eut la brève impression que la rambarde en fer forgé oscillait sous son poids. Reculant d'un pas, elle secoua les barreaux. Apparemment, c'était solide. Elle poussa un peu plus fort. Rien ne bougea. Décidément, son imagination lui jouait des tours. Allons, Sam, remets-toi ! Domine tes nerfs. Détends-toi. Elle pesa de tout son poids contre la balustrade pour se rassurer une bonne fois pour toutes. Elle lui donna même un coup de hanche, juste pour voir.

25

Pour la troisième fois de la soirée, l'orchestre joua *Une île au soleil*. Une chaleur accablante régnait dans la salle. Manifestement, la direction de l'hôtel n'avait rien épargné pour donner à ses hôtes l'illusion qu'ils dînaient au milieu de l'océan Indien et non sur une bande de gazon humide coincée entre deux autoroutes dans la campagne anglaise.

Les murs blanchis à la chaux étaient décorés de filets de pêche et un modèle réduit de goélette trônait sur une étagère. Sam, la bouche incendiée par le poisson créole au curry, but quelques gorgées d'eau pendant que Ken allumait une cigarette. La sueur maculait sa chemise et perlait à son front.

– Vous paraissez un peu plus gaie, dit-il en levant son verre. A votre santé.

– A la vôtre. Il ne faut pas que j'oublie de sourire. Ça m'arrive souvent, ces temps-ci.

– Oui ? Je ne crois pas que ce soit une mauvaise chose. C'est dangereux d'être trop gai.

– Ah bon ?

– Oui. Je pense que nous devrions faire hospitaliser tous les gens gais. Le monde serait plus sûr si nous étions tous déprimés. Les optimistes sont dangereux, ils ont des œillères. « T'en fais pas, mon vieux, tout va s'arranger ! » Tu parles !

– Vous avez probablement raison, admit Sam en souriant.

– Voulez-vous un dessert ? demanda-t-il en cherchant le serveur du regard.

– Non merci.

– D'ici un an ou deux, on ne demandera plus la carte au restaurant. Tout le monde recevra sa ration de Castaway. Comment désirez-vous votre Castaway, messieurs-dames ? Nature ? Dans son emballage ? Sur un plat ? Voulez-vous que nous vous le découpions ? Que nous le mangions à votre place ?

Il s'essuya le front avec la serviette de table.

– Je suis en nage. On aurait dû nous dire d'apporter des vêtements tropicaux. Ça vous dirait de faire quelques pas ? De prendre un peu l'air ?

Ils sortirent par une porte latérale. L'orage et la pluie avaient cessé et la brise était agréable. Ils prirent un sentier qui longeait le terrain de golf et s'enfoncèrent dans l'obscurité au fur et à mesure qu'ils s'éloignaient de l'hôtel illuminé. Puis le sentier prit fin et ils se promenèrent sur l'herbe humide et moelleuse du green, à pas prudents car il faisait nuit noire, à présent.

D'un geste calme et protecteur, Ken prit la main de la jeune femme et la tint serrée dans la sienne. Elle se sentit réconfortée.

Deux silhouettes sortirent de l'ombre. Sam vit rougeoyer une cigarette et entendit un petit rire mêlé à des chuchotements. Les silhouettes s'éloignèrent.

– Croyez-vous au surnaturel, Ken ?

Il demeura longtemps silencieux.

– Je n'exclus jamais rien de prime abord, finit-il par répondre. La moitié des scientifiques se sont trompés depuis que le monde est monde. Qui connaît la vérité ? Qui peut la connaître ? Lorsque l'électricité fut découverte, les savants proclamèrent haut et fort que c'était impossible, que cela ne pouvait pas exister, qu'il s'agissait d'une illusion, de l'œuvre du diable... Et pendant ce temps-là, les hommes d'affaires fabriquaient des lampes.

Elle sourit.

– Je ne sais que penser de la prémonition. Votre façon de voir les choses est... très étrange. J'ignore s'il s'agit de surnaturel ou de simples coïncidences... Savez-vous ce que font les Indonésiens ?

– Non.

– Ils lisent l'avenir dans les entrailles des poulets. Je l'ai vu à la télévision. C'est répugnant.

Sam se sentit brusquement un peu étourdie. Elle eut un rire d'écolière.

– Et ça marche ?

– Ils affirment que oui. Que dirait Richard si vous décidiez de les imiter ?

– Il... Oh, rentrons, voulez-vous ? dit-elle en frissonnant.

– En fait, mon père avait souvent des pressentiments. Ce n'étaient pas vraiment des prémonitions... Il appelait cela « avoir le noir ». « Je sens que je vais avoir le noir, mon garçon, me disait-il parfois. Un sacré coup de noir. »

– Comment réagissait-il ?

– Mal. Ça le rendait nerveux. Et comme il était superstitieux, il redoublait de prudence. Une tuile arrivait parfois. Pas toujours.

Ils se retrouvèrent bientôt devant l'entrée de l'hôtel et longèrent la piscine. Sam leva les yeux, chercha la fenêtre de sa chambre puis les replongea dans l'obscurité. Elle sentait une présence auprès d'eux, celle d'un être invisible qui les épiait et les écoutait.

– Que faisait votre père dans la vie ?

– La grève, la plupart du temps. Il était ouvrier imprimeur dans un journal de Nottingham. Les autres l'avaient surnommé « Harry le rouge ». Il voulait faire la révolution. Il voulait devenir le chef des communistes en Angleterre. « Ça va aller vite, maintenant, mon garçon ! » hurlait-il au petit déjeuner. « Ils vont arriver d'un jour à l'autre... »

– Qu'est-il devenu ?

– Il s'est fait virer. Les collègues l'ont suivi quelques semaines et puis ils ont repris le travail. Cela l'a rendu amer. Sa déception a été d'autant plus grande que les bolcheviks ne sont jamais arrivés. Il est mort, aigri et malheureux. Je me rappelle encore les paroles de ma tante à son enterrement : « C'était un brave type, ton père. Un vrai brave type. Il n'a jamais fait de mal à personne. »

Il lui pressa à nouveau le bras.

– Quelle épitaphe ! Elle n'a pas eu le courage de dire que c'était un pauvre con qui avait raté sa vie.

– C'est la seule image que vous gardez de lui ?

– Non. J'étais déjà parti de la maison quand il a été licencié. Je me rappelle ses convictions enthousiastes. Le soir, il me lisait des histoires sur la révolution d'Octobre. Il n'a jamais compris pourquoi je m'étais lancé dans la publicité. Il a refusé de m'adresser la parole pendant des années.

– C'est triste.

– Oh, je doute que mon épitaphe soit plus flatteuse que la sienne.

– Pourquoi ?

– Parce que je lui ressemble. J'ai cru moi aussi que je pourrais changer le monde. Bien sûr, je n'avais rien d'un agitateur politique, mais j'ai tenté de le changer par la création. Par mes films. Finalement, je n'ai fait qu'entretenir le système. Je l'ai nourri à coups de barres de chocolat, de voitures japonaises et de pain complet. C'est ce qu'on mettra sur mon épitaphe : « Ci-gît Ken Shepperd, le plus fécond réalisateur de films publicitaires sur le pain complet. Un dur à cuire. L'homme qui a donné des rêves comestibles à ses contemporains. »

Tout en riant, ils étaient parvenus à la porte de l'hôtel.

– Allons prendre un verre, suggéra Ken.

Ils s'assirent dans un coin sombre de la discothèque. A la table voisine, des représentants de commerce gloussaient en écoutant l'un des leurs raconter une histoire drôle. Une femme seule, aux cheveux trop longs et à la minijupe trop courte pour son âge, était juchée sur un des tabourets du bar. Ken lui jeta un coup d'œil et, croisant le regard de Sam, dit d'un air amusé :

– Si nous faisions un cadeau à Jake ? Quelle tête ferait-il en la trouvant dans sa chambre ?

Il fit signe au serveur et commanda une bouteille de Krug.

– Vous la mettrez sur le compte de la firme Speys. Voulez-vous danser, Sam ?

Elle accepta, surprise.

Il prit ses poignets et la conduisit sur la piste de danse où il l'attira doucement vers lui.

L'orchestre jouait *When a man loves a woman*. Ken la regarda d'un air interrogateur et la pressa contre lui.

Attention, Sam. Danger !

Les bras frémissants, elle sentit un filet de sueur couler le long de sa nuque. Il baissa la tête et leurs lèvres s'effleurèrent. Elle rejeta la tête en arrière comme sous une décharge électrique, puis lui donna un baiser rapide et mit délibérément sa joue contre la sienne. Elle sentit le contact râpeux de sa barbe naissante, l'odeur de son eau de toilette et celle, saine et sensuelle, de sa transpiration à travers la chemise en coton.

Ils dansèrent, joue contre joue, et elle regarda prudemment autour d'elle. Et si Charlie Edmunds, ou un autre, se trouvait dans la salle ? A son grand soulagement, elle ne vit que le groupe des représentants de commerce hurlant de rire et la prostituée du bar qui fumait une cigarette.

Ken lui caressait le dos. Un souvenir qu'elle croyait avoir oublié lui revint en mémoire. Une nuit glaciale. L'odeur entêtante des banquettes de cuir dans la voiture. Le contact léger et sensuel de la main d'un garçon sur sa cuisse. La radio diffusait un slow sirupeux. Les vitres des portières étaient embuées et elle s'était demandé si un voyeur ne les épiait pas dans l'ombre. Elle se rappelait avec netteté le son du papier qu'on déchire, l'odeur de caoutchouc du préservatif, le bruissement des vêtements et les grognements maladroits. Elle se rappelait son étonnement, quelques minutes plus tard, sous le poids du garçon épuisé : « Comment c'était ? C'était bon ? Bon Dieu, c'était formidable ! » En vérité, elle ne s'était rendu compte de rien. Avait-il joui ou bien avait-il eu – comment appelait-on cela, déjà ? – une éjaculation précoce ?

Sandy. Elle se rappelait son nom, mais pas son visage. Il était blond. Tout le reste était confus dans son souvenir.

La musique s'arrêta et elle écarta son visage de celui de Ken. Leurs yeux se rencontrèrent.

– Je vous trouve très attirant, Ken. Ne me tentez pas.

– Moi. Je me borne à danser. Mais c'est vrai, j'aimerais faire l'amour avec vous.

Elle secoua la tête.

– Nous sommes de bons amis, Ken. Ne gâchons pas

tout en... (Elle haussa les épaules.) J'ai besoin de toutes mes forces actuellement. De garder la tête froide. Je suis sûre que faire l'amour avec vous serait une expérience merveilleuse, mais cela m'est impossible.

Elle le serra contre elle en lui mordillant gentiment le bout de l'oreille puis s'écarta.

– Allons nous rasseoir. J'ai soif.

Le champagne les attendait sur la table. Il emplit leurs verres et ils trinquèrent.

– Je pensais qu'entre vous et Richard...

– Ça ne va pas très fort. Je ne sais pas ce qu'il a en ce moment. Il a beaucoup changé ces derniers mois.

– Que voulez-vous dire ?

– Il est devenu différent. Je ne sais pas si... (Elle contempla les bulles dans son verre.) Il s'est lié avec un homme étrange qui a beaucoup d'influence sur lui... Une sorte de gourou.

Ken fronça les sourcils d'un air sceptique.

– Je parle sérieusement, Ken. Il passe son temps à lui téléphoner. Il avait l'habitude de ne compter que sur lui-même – et cela lui réussissait plutôt – et maintenant, ce type, Andreas Berensen, l'a complètement sous sa coupe. Comme il lui a donné l'année dernière des tuyaux qui se sont révélés payants, il ne va même plus aux toilettes sans sa permission.

– Qui est cet Andreas Berensen ?

– Le directeur d'une banque suisse. Je fais peut-être une fixation sur lui sans raison. J'ai peut-être tort. Peut-être que Richard ne me trouve plus séduisante. Mais je me demande parfois s'il n'est pas en train de faire une dépression nerveuse. Il boit comme un trou.

Elle haussa les épaules en souriant tristement.

– Je crois qu'il est important pour moi de rester près de lui. Je dois être forte pour deux.

– Richard a beaucoup de chance.

– D'avoir une piquée de femme ?

– Vous n'êtes pas piquée, Sam. Vous êtes une femme superbe et merveilleuse. Je veux que vous en soyez convaincue.

– Bien, patron.

Ken sourit et Sam regarda autour d'elle.

– Vous avez l'air inquiète.

– Non. Je regardais seulement si je voyais les autres...

– Si le professeur n'allait pas arriver pour nous envoyer au lit. La vie est un éternel recommencement, n'est-ce pas ?

– Vous en êtes convaincu ?

– Oui.

– Vous ne pensez pas qu'en vieillissant on... s'endurcit ?

Elle rejeta la tête en arrière pour mieux l'observer.

– *Elle croyait que l'amour n'était que le contact entre deux épidermes*, cita-t-il, *et pourtant elle a pleuré quand je l'ai quittée.*

– Françoise Sagan.

– Vous l'avez lue aussi ?

– Il fut un temps où je me délectais de ce genre de philosophie spécieuse.

– Et maintenant vous préférez la réalité ?

– Non merci. J'ai déjà donné. J'ai vécu toute ma vie dans la réalité. Je crois que je mérite un peu de fantaisie.

– Désolé. J'aurais dû mettre mon costume de Superman.

Il souriait. Sam lui toucha légèrement l'épaule.

– Vous rappelez-vous le succès de ce slogan : « Un coup d'œil à l'étiquette suffit pour juger le produit » ?

– Qu'allons-nous faire de vous, Sam ? demanda-t-il en la regardant avec attention. Il doit bien exister quelque part des experts en prémonitions – il y en a pour tout – des gens qui ne sont ni des fous ni des sceptiques. Pourquoi pas parmi les universitaires ? Votre ami psychiatre m'a donné l'impression d'être ringard et prétentieux. Lui avez-vous raconté ce qui vous est arrivé à Hampstead ?

– Non. Je ne pense pas qu'il me croirait.

– Qu'avez-vous raconté aux flics ? Ils ne sont pas venus vous interroger ?

– Si. J'ai fait une déposition en indiquant à quelle heure je m'y trouvais et ce que j'y avais vu. Ils m'ont dit que j'avais eu raison de ne pas prendre l'escalier.

– Leur avez-vous parlé de votre rêve ?

– Non. Je ne pense pas qu'ils...

– J'imagine la tête du policier rapportant votre témoignage devant le tribunal...

Il prit un accent faubourien très marqué.

– Le... euh... Le témoin, Votre Honneur, a tout vu en rêve. Elle est persuadée que le crime est l'œuvre d'un demeuré mort il y a vingt-cinq ans et qui portait une cagoule noire.

Sam se mit à rire.

– Que faisait votre père lorsqu'il avait une de ses prémonitions ? A-t-il consulté quelqu'un à leur sujet ?

– Non, jamais. Il ne faisait rien de spécial. Il venait d'une famille de mineurs. Les mineurs sont généralement superstitieux. Ils acceptent les événements sans trop chercher à comprendre.

Il se leva et lui prit la main.

– Retournons danser. Vous êtes sûre que vous ne voulez pas changer d'avis ? demanda-t-il en la serrant contre lui.

– Je suis une vieille femme, Ken. Une vieille femme qui commence à perdre la boule. Je croyais que vous ne vous intéressiez qu'aux pin-up et aux mannequins ?

Il lui embrassa tendrement la joue.

– Vous êtes vraiment très vieille, Sam. J'entends d'ici vos articulations craquer et vos os cliqueter.

Elle fit mine de lui donner un coup de poing dans l'estomac.

– Si l'un de nous est âgé, c'est moi. Passé la quarantaine, on est sur la mauvaise pente, constata-t-il.

– Cela vous ennuie de vieillir ?

– Je remarque chaque jour des changements. Des petits détails physiologiques. Ma peau devient flasque. J'ai des poils qui poussent à des endroits bizarres. Ma mémoire flanche. Parfois j'oublie l'identité des personnes auxquelles je parle. On me retrouvera probablement un de ces jours profondément endormi sous l'arche d'un pont, sur une pile de vieux journaux. Vous avez vu ce pauvre type ? Il n'arrête pas de parler de pain complet et de barres de chocolat. Il doit avoir faim. On dirait qu'il n'a pas mangé depuis quinze jours.

Elle éclata de rire.

– Allons, venez. Il est temps d'aller se coucher.

– Seul ?

– Tout seul, dit-elle fermement.

26

Un bruit strident la réveilla.

La sonnette.

Elle ouvrit les yeux. Le bruit persista.

Toujours la sonnette.

Une étrange lumière jaune, couleur sépia, baignait la chambre.

La sonnette se faisait insistante.

Je viens, je viens ! pensa Sam. Seigneur, pourquoi Richard ne répondait-il pas ?

Elle étendit la main et le sentit auprès d'elle. Il ne dormait pas de ce côté du lit d'habitude... Curieux.

Ken.

Ô mon Dieu ! Elle n'avait quand même pas... Non, ce n'était pas possible !

Il était encore là. Pourquoi ne s'était-il pas éclipsé discrètement dans l'obscurité ? En se retrouvant pour le petit déjeuner, ils auraient pu prétendre qu'il ne s'était rien passé.

Seulement, il était encore à ses côtés. Il ronflait et le jour se levait déjà. Sam avait la bouche pâteuse et l'estomac serré. Pendant quelques secondes, elle demeura immobile tout en s'efforçant de réfléchir. La nuit, on peut dissimuler bien des choses qui se révèlent implacablement au grand jour. La nuit, on peut croire que rien n'est réel. Elle se demanda quelle attitude adopter vis-à-vis de Ken. Elle avait fait une erreur. Un sentiment de tristesse l'envahit. Il avait suffi d'une nuit pour détruire trois ans de travail forcené. Elle fixa le plafond d'un œil morne en souhaitant pouvoir retarder la pendule de quelques heures et effacer la nuit.

Qu'allait-il se passer ? Qu'allaient-ils se dire tous les deux ? Lui demanderait-il de ne plus travailler pour lui ? Ou ferait-il comme si de rien n'était ? Elle imagina la suite. Les longs silences glacials au bureau. Les commentaires désobligeants. La jalousie qui la rongerait devant les actrices qu'il choisirait pour ses films. Et pour finir, sa démission.

Elle ne voyait de lui, sous le drap froissé, que des cheveux ébouriffés, une barbe naissante et une bouche entrouverte d'où s'échappait un ronflement. Rêvait-il ? A quoi pouvaient bien rêver les autres ? Tout en écoutant les borborygmes du radiateur elle contempla la reproduction de Gauguin sur le mur en face. La femme avait des seins magnifiques, fermes et arrogants. Par comparaison, les siens avaient l'air petits et flasques.

Il faut que je me lave les dents avant qu'il ne se réveille, pensa-t-elle en se glissant hors du lit. Traversant silencieusement la pièce, elle ouvrit porte-fenêtre et rideaux sur les rayons naissants de l'aube. Les gris et les jaunes se partageaient le ciel et l'étrange tiédeur de l'air lui donnait l'impression d'être vraiment au bord de l'océan Indien. Même l'autoroute, aussi vide et silencieuse qu'un canal, semblait lointaine. A travers la brume qui pesait au ras du sol, elle pouvait voir l'herbe scintillante de rosée du terrain de golf.

Elle se glissa sur le balcon ; les pâles rayons du soleil caressaient son corps nu. Elle se sentait curieusement libre, délivrée de toute gêne et s'en étonna.

J'ai un amant, pensa-t-elle.

Ses sentiments étaient complexes. Elle éprouvait à la fois une impression de légèreté et de pesanteur. Elle était à la fois d'air et de plomb. Quelque chose avait changé en elle durant la nuit, définitivement, mais elle était encore incapable d'analyser ce changement. Plus tard, peut-être...

Elle contempla ses seins, la fourrure de son pubis où le soleil levant mettait des reflets roux. Son corps entier baignait dans la même lumière chaude, comme celle d'une énorme lampe.

Elle s'appuya contre le balcon humide et baissa les yeux. Le dôme de verre était illuminé. Un ouvrier, qui semblait minuscule, était en train de vider la piscine, réduite aux dimensions d'une flaque d'eau. D'un pas tranquille, un serveur s'acheminait vers le bar, une caisse de bouteilles de bière sur l'épaule. Elles tintaient bruyamment et Sam s'étonna de percevoir le son avec une telle netteté, depuis le dix-neuvième étage.

Une femme qui portait une serviette et un livre se dirigeait vers la piscine. C'était la blonde de la veille. Elle étala sa serviette sur l'une des chaises longues et s'étendit. Sam se pencha en avant pour mieux la voir. Le balcon vacilla.

Il est en train de se desceller.

Non, bien sûr que non ! Tu rêves, Sam. Essaie encore.

Elle recula craintivement.

Tu n'es qu'une poule mouillée ! Tu n'as pas une once de courage.

Le balcon est descellé. Ils bâtissent ces clapiers en un rien de temps, sans aucun souci des normes de sécurité... Le balcon est descellé.

Poule mouillée !

Lentement, prudemment, elle revint au balcon et jeta un coup d'œil par-dessus la rambarde. Quelle chute...

Le vertige la saisit.

Décidément, je n'ai aucun sang-froid.

Je n'ai pas peur. Non, je ne veux pas avoir peur. Je ne suis pas une de ces toquées qui sont paniquées devant le vide. Forte de cette résolution, elle saisit fermement le balcon à pleines mains et se pencha.

Il y eut un craquement sec et le balcon fléchit, l'entraînant en avant.

Non. Seigneur, non !

Elle s'affaissait de tout son poids contre lui.

– Ken, appela-t-elle. Au secours, au secours !

Elle tourna la tête et vit la porte-fenêtre à un mètre au-dessus d'elle.

– Ken ! Mon Dieu, aidez-moi. Ken, Ken...

Nouveau craquement. Nouveau glissement en avant. Cette fois elle était presque dans le vide. Ne regarde pas en bas, Sam. Ne bouge pas. Doucement. Elle tenta de reprendre pied sur le plancher mais la pente était trop raide et le balcon fléchissait un peu plus à chacun de ses mouvements.

Au secours !

Directement en dessous d'elle, la femme blonde était étendue sur sa chaise longue.

Je vais vous tomber dessus. Partez !...

Le serveur portait une autre caisse de bouteilles en direction du bar.

Levez donc les yeux, je vous en prie !

– Au secours !

Elle ne parvint qu'à émettre un chuchotement rauque.

– Ken. Aidez-moi !

Elle se balançait dans le vide, maintenant. Le balcon craquait de toutes parts. Elle le sentait céder sous son poids. Elle tenta un dernier rétablissement mais ne fit que plonger un peu plus.

Elle jeta un regard désespéré derrière elle.

– Ken ! appela-t-elle. Ken !

C'est alors qu'elle le vit. Son cœur bondit dans sa poitrine. Elle était sauvée. Il saurait ce qu'il fallait faire. Le balcon oscilla dangereusement et elle se mit à hurler.

– Je vais lâcher prise.

Ken apparut dans l'embrasure de la porte-fenêtre. A l'exception d'une cagoule noire, il était complètement nu et ses yeux brillaient à travers les fentes.

– Ken, vous êtes devenu fou ? Ce n'est pas le moment de jouer. Non, non !...

Il y eut un craquement assourdissant, le bruit d'une déchirure.

Ken, immobile, la regardait.

Elle voyait ses lèvres sourire à travers la cagoule.

Il y eut une nouvelle embardée, un craquement atroce et elle se sentit tomber dans le vide.

Toujours agrippée au balcon, elle sentit son cœur lui remonter dans la gorge. Le dôme de verre devenait de plus en plus gros et l'air lui sifflait aux oreilles. La femme, pensa-t-elle tout à coup. Je vais la tuer.

– Non, non...

Une sonnerie aiguë et persistante lui vrilla les oreilles.

Tout était sombre autour d'elle. Et cette sonnerie emplissait tout.

Elle avait froid et elle était trempée. Etait-ce l'eau de la piscine ?

Toujours la sonnerie.

Un raclement bizarre au-dessus d'elle. On aurait dit une conduite d'eau...

L'obscurité. Le vide.

La sonnerie.

N'était-ce pas le téléphone ?

Elle étendit la main et ne trouva rien à côté d'elle. Elle tâtonna de l'autre côté du lit, sentit enfin quelque chose de dur et reconnut le contact familier du récepteur.

– Service du réveil téléphonique, madame...

– Oui ? Merci beaucoup. Attendez, je...

L'opératrice avait déjà raccroché.

Seigneur !

La terreur se dissipait lentement. Un tourbillon de pensées confuses l'assaillit. Elle chercha l'interrupteur, pressa le bouton et la lumière de la lampe de chevet l'éblouit un moment. Un regard à sa droite : elle était seule dans son lit. L'oreiller était impeccable. Elle ferma les yeux et retrouva, en prenant conscience de la sueur glacée qui couvrait son corps, la sensation qu'elle avait eue en s'engouffrant dans l'eau froide de la piscine.

« Merci, mon Dieu », prononça-t-elle silencieusement. Elle se leva, alla jusqu'à la fenêtre et ouvrit les rideaux. Il faisait encore sombre à l'extérieur et la pluie tombait. Elle traversa la chambre et fit couler l'eau de son bain. Le miroir lui renvoya l'image d'une femme épouvantée.

Encore un rêve prémonitoire, se dit-elle. Il avait le même caractère dramatique et la même netteté que les autres.

27

A travers son propre reflet dans la vitre, Sam, le regard perdu, contemplait l'obscurité. Elle avait l'impression que la Bentley roulait dans le vide, dans le néant. C'était ainsi qu'elle s'imaginait l'enfer : un endroit désert où personne n'entendait vos cris, où il faisait toujours froid et d'où l'on ne pouvait s'évader, pas même par la mort.

Charlie Edmunds, Jake et Zurbrick de la société McPherson prenaient leur petit déjeuner lorsqu'elle les avait rejoints dans la salle à manger de l'hôtel. Il lui avait été impossible de parler à Ken de son cauchemar avant leur départ pour Londres. Elle le lui avait confié dans la voiture en passant son rôle d'amant sous silence.

La journée s'était déroulée sans anicroche. La société Speys avait beaucoup aimé leur film et son directeur avait sympathisé avec Ken. Ils devaient en tourner trois autres en mai ; les extérieurs devaient être repérés dès avril. Un budget de plus de six cent mille livres leur avait été alloué.

Elle avait expliqué à Ken comment, à son arrivée à l'hôtel, elle avait cru que le balcon se descellait. Selon lui, son rêve était un avertissement. Le balcon était effectivement peu fiable et son instinct de conservation s'était manifesté durant son sommeil. On pouvait peut-être donner la même explication à son comportement dans Hampstead et au goûter d'anniversaire de son fils.

– Il est possible que vous ayez une intuition aiguë, des antennes, en quelque sorte ; comme les oreilles de Bugs Bunny.

– Bugs... C'est le surnom que m'a donné Richard.

– Vous voyez ?

– Non. Il m'appelle comme ça parce qu'il prétend que lorsque je réfléchis, mes dents de devant ressortent comme celles d'un lapin.

– Tiens... Je ne l'avais pas remarqué.

– Parce que vous ne m'avez jamais vue réfléchir.

– Je suppose qu'il vaut mieux se faire appeler Bugs que Jaws (1)...

– Merci quand même !

Ken conduisit quelques instants en silence puis alluma une cigarette.

– A mon avis, votre rêve sur la catastrophe aérienne peut être considéré comme une coïncidence. Mais pour les deux autres... il y a peut-être quelqu'un qui veille sur vous, de là-haut !

– La bonne fée, ma marraine ?

– Je préfère ma théorie des antennes, avoua-t-il en souriant.

– On croirait entendre Bamford.

– Qui est-ce ?

– Un ami. Il est psychiatre.

Ken tira sur sa cigarette sans répondre et tapota du doigt le bord du volant.

– Pensez-vous parfois à la mort ? demanda-t-elle.

– Cela m'arrive.

– En avez-vous peur ?

– Beaucoup moins que de la vie.

(1) Nom du célèbre requin des *Dents de la mer. (N.d.T.)*

– Pourquoi cela ?

Il rejeta la tête en arrière.

– Je crois que j'ai peur d'aller au tombeau sans avoir rien donné.

Il baissa la vitre et, d'une chiquenaude, se débarrassa des cendres.

– Voyez-vous, tant que nous vivons, nous ne faisons que prendre : nous consommons de l'essence, nous polluons l'atmosphère et nous décimons les forêts. Nous sommes des prédateurs. Moi, je crois que nous avons tous besoin de donner en échange. Nous devrions essayer de laisser le monde dans un meilleur état que celui que nous avons connu.

– Vous êtes drôle, dit-elle en souriant.

Il pressa doucement sa main.

– Drôle et gentil, continua-t-elle. Vous pensez beaucoup, n'est-ce pas ?

– Trop, sans doute. Que faites-vous, ce week-end ?

– Je vais à la campagne. Richard a une partie de chasse demain. Ensuite, nous dînons chez des amis. Et dimanche, relâche. Enfin, je l'espère. Et vous ?

– Je pars en Espagne tourner le film sur le xérès.

– Ah oui, bien sûr ! Pour combien de temps ?

– Je serai de retour mercredi prochain, si nous respectons le planning.

– Comment sont les équipes espagnoles ?

– Très bien. Vous allez avoir de nombreux budgets à établir.

– L'année s'annonce chargée.

Posant la tête contre le cuir moelleux du dossier, elle ferma les yeux, bercée par le chuintement des pneus et le bruit de la circulation sur l'autoroute. Le chauffage lui rôtissait les orteils et une immense fatigue l'accabla tout à coup. Elle sombra dans une douce somnolence.

Elle se réveilla en sursaut alors que la Bentley cahotait dans Wapping High Street.

– Vous avez fait un petit somme, dit Ken.

– Je suis désolée. Je n'ai pas été une compagne de voyage très agréable !

C'est alors qu'ils aperçurent les deux voitures garées devant l'entrepôt. Ils échangèrent un regard. Ken fronça les sourcils mais ne dit rien. Elle regarda à nouveau les voitures : l'une portait l'écusson de la police londonienne ; l'autre, banalisée, était reconnaissable à ses deux antennes.

Ken l'aida à sortir ses bagages et, debout devant l'ascenseur, lui fit comprendre d'un signe de tête qu'il attendrait quelques minutes avant de partir.

Seigneur !

Une certitude s'empara de Sam dans la lumière sinistre de l'ascenseur qui montait les étages en brinquebalant. Lorsqu'il s'arrêta avec son habituelle secousse, l'une des valises tomba lourdement sur le sol. Sam la traîna dans le couloir et, devant la porte de son appartement, fouilla dans son sac à main. Où étaient donc ses clés ? Un calme étrange régnait dans l'immeuble, comme si tous les voisins l'épiaient silencieusement derrière leurs judas.

Elle avait à peine ouvert la porte que Nicky déboulait vers elle comme une fusée.

– Maman !

Ce n'était pas l'habituel salut joyeux. C'était un appel au secours, un cri de rage et de chagrin.

– Eh bien, mon tigre, qu'est-ce qui se passe ?

Elle eut une bizarre sensation d'irréalité. Etait-elle vraiment là ou bien imaginait-elle la scène ? Etait-ce un nouveau cauchemar ?

Le petit garçon était au bord des larmes.

– Ils ont ouvert le ventre de Teddy !

– Teddy ? Ton ours ? Mais que...

Un policier sortit de la chambre de Nicky, Helen dans son sillage.

– Helen ? Qu'est-il arrivé ? Nous avons été cambriolés ?

Helen secoua lentement la tête. Elle semblait en état de choc.

La peur tordit l'estomac de Sam. Où était le rêve ? Où était la réalité ? L'embrasure de la porte sembla glisser vers elle et la cogna durement au bras. Elle entra dans le vestibule en trébuchant, une main tendue en avant pour assurer son équilibre. Elle se raccrocha au portemanteau.

– Helen ? Que se passe-t-il ?

– Ils l'ont tout vidé, maman, pleurait Nicky.

– Nous avons donc été cambriolés ? C'est cela ? Où est mon mari ?

Le policier se dirigea vers elle et la regarda d'un air gêné. Il était jeune, grand et dégingandé. Il n'avait pas plus de vingt ans, pensa-t-elle.

– Vous êtes madame Curtis ?

– Oui.

– Je crois que vous feriez bien de parler à l'inspecteur. A moins que votre mari...

Il désigna du doigt la salle de séjour et s'apprêta à entrer dans la chambre.

– Qu'est-ce que vous faites ici ? Où allez-vous ?

– L'inspecteur vous expliquera.

– Je vous interdis d'entrer dans cette chambre ! dit-elle en posant les mains sur les épaules de Nicky.

Le policier devint écarlate.

– Je suis désolé, madame, mais nous avons un mandat.

– Un mandat ?

– Un ordre de perquisition, si vous préférez.

– Que recherchez-vous donc ?

Seigneur ! C'est un nouveau cauchemar. Slider allait-il apparaître parmi eux ?

– Je crois que vous devriez parler à l'inspecteur, madame !

– Je veux voir ce mandat.

– L'inspecteur...

– Vous n'entrerez pas dans ma chambre tant que je ne l'aurai pas vu.

Elle se tourna vers Helen.

– Empêchez-le d'entrer.

Puis elle s'agenouilla pour embrasser son fils.

– Une minute, chéri. Attends-moi ici.

– Il a ouvert le ventre de mon ours, sanglota Nicky.

– C'est moi qui vais lui ouvrir le ventre, affirma Sam en regardant le policier d'un air féroce.

Elle traversa le vestibule comme une bombe et s'arrêta net en voyant un policier à quatre pattes dans la cuisine, en train de promener une lampe électrique sous l'évier. Toute la vaisselle avait été sortie des placards et empilée sur le carrelage.

– Dehors ! hurla-t-elle. Sortez de ma cuisine !

Elle empoigna un tiroir au hasard et l'ouvrit violemment. Il était plein de couteaux, de spatules, de cuillères en bois et d'ustensiles divers. Le tiroir vola à travers la pièce, répandit son contenu sur le sol, heurta le mur au-dessus du policier et lui retomba sur la tête avec un choc sourd. Au grognement qu'il poussa, Sam comprit qu'elle lui avait fait mal.

– Sam, voyons...

Richard lui prit le bras.

– Il faut les laisser faire.

Il se tourna vers le policier qui se frottait la tête.

– Rien de cassé ?

L'homme plissa les yeux.

– Pourriez-vous emmener votre femme, s'il vous plaît ?

Richard conduisit Sam dans la salle de séjour.

Il y avait deux hommes dans la pièce. Le premier, coiffé à la Beatle, style années 60, portait un pantalon marron à pattes d'éléphant. Debout devant la table, il empilait des papiers dans un carton.

Le deuxième, agenouillé devant le bureau de Richard, sortait des documents d'un tiroir. Des chaussettes couleur moutarde et des mollets blancs sortaient de son pantalon gris. Il jeta un coup d'œil au couple et se redressa. C'était un homme à la carrure de boxeur – peut-être l'avait-il été dix ans plus tôt ? – avec un visage avide et des yeux légèrement saillants qui lui donnaient l'air d'une grenouille repue. Son costume était étriqué et froissé, son col de chemise ouvert, et sa cravate de travers. Il contempla Sam d'un air vaguement protecteur, comme si elle ne comptait pas, comme si c'était une enfant dont on pouvait saccager le jouet favori.

– C'est la bourgeoise ?

Richard hocha la tête. Il observait Sam avec le regard d'un animal traqué. Enfin, il se raidit, tenta de sourire d'une façon rassurante mais ne parvint qu'à grimacer nerveusement.

– Bugs, voici l'inspecteur...

– Milton, comme le poète. Inspecteur Milton.

– Bonsoir, dit poliment Sam.

– J'appartiens au service des fraudes financières de la police de Londres. Et voici le sergent Wheeler.

L'homme qu'il désignait du pouce continua d'emballer ses documents comme si de rien n'était.

Le service des fraudes.

Déconcertée, Sam le regarda avec de grands yeux.

Des images lui revinrent en mémoire. La conduite de Richard. Ses longues séances de travail sur l'ordinateur. L'argent de la maison de campagne. Celle de sa montre Rolex et tous ces vins fins et ce whisky qu'il achetait sans compter.

Elle frissonna.

L'inspecteur Milton l'observait d'un œil méprisant, comme s'il allait la manger toute crue et la vomir dans la piscine aussitôt après. Toute son attitude semblait dire : « N'essayez pas de me couillonner, ma petite dame. »

– C'est un bel appartement que vous avez là, madame Curtis, dit-il d'une voix insidieuse. J'ai été élevé dans le coin. Evidemment, à l'époque, les loyers n'étaient pas ce qu'ils sont. Ça doit être ça qu'on appelle le progrès, n'est-ce pas ?

– Je veux voir votre carte et votre mandat de perquisition.

Il sortit son portefeuille de sa poche, l'ouvrit d'un geste désinvolte et le tint à sa hauteur. Si la dame tenait tellement à vérifier, que la dame prenne tout son temps. C'était le règlement et l'inspecteur le respectait toujours. N'empêche qu'il savait bien à qui il avait affaire. Des bourgeois, mais des crapules quand même. Qui se croyaient tout permis parce qu'ils avaient du fric. Mais les temps avaient changé. Les flics aussi. D'accord, ils avaient toujours leurs gros sabots ; mais maintenant, ils avaient aussi un cerveau. Et ils savaient s'en servir. Par contre, côté cœur, c'était plus ça. On ne peut pas tout avoir...

La photo de sa carte de police donnait de lui une version plus jeune, avec une expression effarée et des yeux encore plus saillants. Il referma son portefeuille d'un geste sec, le remit dans sa poche et, toujours d'une seule main, présenta son mandat de perquisition : trois lignes sur papier à en-tête, avec l'adresse des Curtis et une signature au bas de la page. Il replia le document et le remit dans sa poche.

– Peut-être pouvez-vous me dire la raison de votre présence ?

Il se gratta le nez.

– Je crois que votre mari vous l'expliquera plus tard, si vous le lui demandez gentiment.

Il effleura du doigt le bureau de Richard.

– Beau meuble. Il a dû coûter un bon paquet, pas vrai ? Vous faites partie des gens qui me rendent malade, madame Curtis. Les jeunes-cadres-dynamiques. Vous devriez faire du théâtre. Votre numéro d'épouse indignée n'était pas mal du tout. Je parie que vous aimez dépenser l'argent de votre mari mais que vous n'aimez pas vous salir les mains. Vous êtes propre comme un sou neuf, pas vrai ? Même si je vous regardais dans les trous de nez, je trouverais tout nickel, aussi impeccable que le canon d'un flingue neuf.

– As-tu téléphoné à Bob Storer ? demanda Sam à son mari.

– Il arrive. Nous ne pouvons rien faire, Bugs. Il faut les laisser opérer.

Elle jeta un regard furibond à l'inspecteur.

– Je me moque des papiers que vous avez sur vous. Ne me parlez plus jamais sur ce ton. (Elle se tourna vers son mari.) Pouvons-nous parler seule à seul ?

En sortant de la salle de séjour, elle vit Helen qui attendait, debout dans le couloir.

– C'est l'heure du bain de Nicky. Je peux le lui donner ?

– Laissez la police vérifier la vidange de la baignoire auparavant.

Helen opina du chef en se demandant si Sam parlait sérieusement. Après que Richard l'eut rejointe sur le palier, Sam ferma la porte d'entrée.

– Que se passe-t-il, Richard ? Qu'est-ce que tout cela signifie ?

Il y eut un claquement derrière eux. La porte de l'ascenseur s'ouvrit et Ken apparut.

– Tout va bien, Sam ? Y a-t-il quelque chose que je puisse faire ?

– Tout va bien. Merci. Je... Je vous verrai...

– Jeudi.

Sam eut un pauvre sourire et l'ascenseur redescendit en gémissant. Elle se tourna vers son mari.

– Qu'est-ce qui se passe, Richard ?

– Rien. Je t'assure, ce n'est rien.

– Rien ! La brigade des fraudes débarque chez nous, met l'appartement à sac, et c'est tout ce que tu trouves à dire ?

– Ce n'est rien d'important, Bugs. (Il fit tomber sa cigarette sur le sol.) Ils furètent, c'est tout.

– Ils furètent ? répéta-t-elle, les yeux écarquillés. Qu'as-tu fait ?

– Rien, je te dis.

– Les policiers n'éventrent pas un ours en peluche s'ils ne pensent pas trouver quelque chose à l'intérieur.

Il haussa les épaules.

– C'est une manœuvre d'intimidation du service de surveillance des opérations boursières. Depuis le scandale Guinness, ils sont aux aguets. Ils guettent tout ce qui ressemble à un délit d'initiés.

– Es-tu mêlé à tout ça ?

– Non. Bien sûr que non. (Il tira violemment sur sa cigarette.) Tout le monde a la trouille en ce moment. J'ai mis quelques clients sur un coup qui a rapporté beaucoup d'argent et les types du service des fraudes ne veulent pas croire qu'il s'agit d'un coup de chance.

– Tu ne me dis pas tout, Richard.

– Mais si, je t'assure.

– Est-ce que tu risques d'être arrêté ?

– Non.

Le visage empourpré, il tira une nouvelle bouffée. Il tenait son mégot entre le pouce et l'index, comme un ouvrier. Il aspira profondément la fumée.

– Du moins pas encore.

28

Dimanche matin. Etendue dans son lit, Sam regardait Richard s'habiller, le petit corps tiède de son fils pelotonné contre elle. Nicky n'avait pu dormir les deux nuits précédentes. Il était entré en courant dans leur chambre, terrifié par le méchant homme qui allait revenir avec son grand couteau pour découper le ventre de Teddy. Il avait dormi entre eux et Sam avait passé une nuit blanche à écouter sa respiration et les drôles de petits gémissements qu'il poussait de temps à autre. Ce contact la rassurait.

Quel salaud, cet inspecteur Milton. Milton, comme le poète. Je viens détruire votre paradis, ma petite dame. Oh oui, je suis un salopard intelligent. Un salopard intelligent avec un grand couteau.

Les plus sages d'entre les hommes
Se sont égarés, trompés par de mauvaises femmes.
Et ils s'égareront encore même s'ils se croient plus
[sages (1).

Espèce de salopard ! Ça vous amuse de terrifier les petits garçons ? Vous êtes content de vous ? Content

(1) Milton : *Samson Agonistes.*

d'avoir donné à mon fils la vision d'un authentique croque-mitaine ? Qui ouvrait le ventre de son nounours avec un grand couteau ? Quel courage !

Et cette prétention ! Vous aviez l'air si fiers en emportant ces cartons bourrés de papiers, vous et votre empoté de collègue.

Nicky était réveillé. Les yeux papillotants, il s'amusait à gratter les draps.

– Au revoir, Bugs.

Richard avait une expression inquiète. Elle toucha sa joue du doigt.

– Sois prudent. A quelle heure rentres-tu ?

– Vers midi, répondit-il d'une voix si épaisse qu'elle en était quasi inaudible. Salut, le tigre.

Il passa une main dans les cheveux du petit garçon.

– Tu vas à la chasse, papa ?

– Non.

– Tu avais dit que tu m'emmènerais aujourd'hui. Tu avais dit qu'on irait tous les deux à la chasse.

– Nous irons cet après-midi, Tigre, d'accord ?

– Alors, où tu vas maintenant ?

– J'ai des affaires à régler.

– Je peux venir avec toi ?

Non, il ne pouvait pas. Papa allait à l'aéroport attendre Andreas pour lui faire signer des documents.

Sam entendit la porte de la salle de bains, puis celle de l'entrée, s'ouvrir et se refermer. Le crissement des pas sur le gravier, le grondement du moteur de la BMW. Elle leva les yeux vers le plafond fraîchement repeint. Les entrepreneurs s'étaient occupés assez rapidement de la chambre à coucher mais les autres pièces devraient attendre la réfection du toit. Ils étaient tous tombés d'accord sur ce point. D'où l'accumulation de planches, d'échelles et d'échafaudages à l'extérieur. Richard avait consenti à tout : le montant du devis ne posait aucun problème. Du moins jusqu'à l'apparition de Milton (comme le poète), ce vendredi.

Nicky s'était rendormi et Sam se mit à somnoler. Un moment plus tard, le petit garçon se leva mais la jeune femme le remarqua à peine car elle avait glissé dans un sommeil profond et lourd qui dura jusqu'à 10 heures.

En ouvrant les yeux, elle vit, par la fente des rideaux, qu'il faisait grand jour. Le regard fixe et éteint, elle demeura immobile, sans plus de ressort qu'un vieux pneu crevé, à plat depuis si longtemps qu'il en est tout déjanté. Toute énergie l'avait abandonnée.

Elle alla dans la cuisine pour se faire un café. Helen entra.

– Bonjour, madame Curtis.

Sam répondit d'un sourire.

– Vous avez bien dormi ?

– Oui. Tout est si calme ici. Où est Nicky ?

– Il est sorti il y a un moment.

Sam ouvrit le Frigidaire et se versa un jus de fruits. Dès les premières gorgées, son estomac réagit désagréablement.

– Maman !

Le cri ressemblait au hurlement d'une sirène.

– Ma... man !

Les deux femmes se précipitèrent dehors.

– Ma... man !

Elles cherchèrent désespérément Nicky des yeux. Où était-il ? En haut ? En bas ? Dans les champs ? Vers la rivière ?

La rivière ?

Sam se mit à courir en direction du cours d'eau.

Les cris se répétèrent.

Elle s'arrêta net, pivota et leva les yeux. Il était tout en haut de l'échafaudage.

Un craquement épouvantable se produisit, le son du bois qui cède et qui se fend.

Seigneur Dieu ! Non ! Non !

Nicky enlaçait l'un des montants de l'échafaudage comme s'il s'était pris d'affection pour lui et non pour se cramponner à ce qui le rattachait à la vie.

L'échafaudage s'était détaché du mur et, comme une grue cassée, oscillait d'un côté et de l'autre en grinçant. Il heurta le mur, faillit projeter l'enfant dans le vide puis se balança si fort qu'elle crut que tout allait s'écrouler. En fait, il bascula en sens inverse et frappa le mur si violemment que des morceaux de brique s'en détachèrent avec un bruit qui résonna le long des montants.

Sam courut jusqu'à l'échafaudage et, aidée par Helen, essaya en vain de l'immobiliser. Il s'inclina davantage et la partie inférieure, se détachant du sol l'espace d'un instant, revint cogner contre le mur avec un bruit retentissant.

Sam s'empressa d'escalader le vieil échafaudage qui était encore dressé à côté.

La main engourdie par le contact froid du métal rouillé, elle se hissa péniblement le long des poutres, consciente de leurs vibrations et du vent qui soufflait dans ses cheveux.

– Maman, maman, maman !

– J'arrive. Une seconde...

Elle sentit qu'un muscle se déchirait dans sa cuisse et sa main heurta quelque chose de pointu. L'une de ses mules tomba par terre. Elle entendit un craquement assourdissant, se tourna, vit Nicky à quelques mètres d'elle, se rapprocha de lui. Il était tout proche lorsqu'une embardée de l'échafaudage l'éloigna. Oh non, Seigneur ! Faites qu'il ne se renverse pas, qu'il oscille à nouveau de mon côté. Sa prière fut exaucée.

– Chéri, donne-moi la main... Là, prends la mienne. C'est bien...

Sa main se crispa sur la sienne, la serra avec la force du désespoir. Le balancement reprit. L'enfant s'éloignait d'elle à nouveau. Elle tira en sens inverse, le bras tendu.

– Tiens bon, mon tigre, tiens bon !

La douleur dans son bras était insupportable. Il fallait pourtant le ramener à elle.

C'est alors qu'elle sentit le bois fléchir sous elle.

Non !

Il y eut un craquement sec. Une poutre vola en éclats.

L'échafaudage rebondit comme un ressort.

Il fallait lâcher prise.

Elle allait tomber.

Elle abandonna la main de son fils, à la fois incrédule et horrifiée.

Le mur reculait. Nicky reculait, les yeux écarquillés et le visage figé. L'échafaudage qu'elle agrippait penchait de côté et ses efforts pour le redresser restèrent sans effet.

Le sol se précipita vers elle.

Non !

Trop tard.

La tête tourbillonnante, elle sentit sa colonne vertébrale se briser sous la violence du choc qui l'atteignit comme une gigantesque gifle. L'air siffla à ses oreilles, ses dents se heurtèrent et elle reconnut l'odeur de l'herbe humide et boueuse. Puis un carillon se déchaîna dans sa tête. Comme les cloches d'une église.

29

– Bugs ?

Le sol était moelleux sous elle.

Elle était dans un lit.

Elle rêvait, sûrement. Richard l'observait, la lumière avait quelque chose de changé.

– Comment te sens-tu, Bugs ?

Elle plissa le front. Sa tête lui faisait horriblement mal. Elle essaya de bouger son bras et poussa un cri de douleur. Elle avait un goût de sang dans la bouche.

– Où est Nicky ? demanda-t-elle.

– Il va très bien. Il n'a que quelques bleus.

Nicky la regardait avec de grands yeux graves. Comme il avait l'air sérieux, parfois ! Elle leva le bras pour le toucher et fit la grimace.

– Comment vous sentez-vous, madame Curtis ?

La voix était celle d'un inconnu, au physique agréable, qui se tenait debout près de son lit, un stéthoscope dans la poche de sa blouse blanche.

– Je...

Toute la pièce se mit à tourner.

– Vous êtes encore en état de choc, dit-il. (Il jeta un coup d'œil à sa montre.) Vous êtes restée trois heures inconsciente.

Trois heures ? Il devait se tromper.

– Où suis-je ?

– A l'hôpital de Brighton.

– A l'hôpital ?

– Oui. Vous avez fait une mauvaise chute. Rassurez-vous, les radios sont bonnes. Vous n'avez rien de cassé, mais vous allez vous sentir endolorie pendant quelques jours.

Il sourit. Le sourire du bon docteur qui a le sens du contact humain. Qui sait rassurer ses malades.

– Vous avez eu beaucoup de chance, ajouta-t-il, vu la hauteur de votre chute. Heureusement, il avait beaucoup plu et le sol était détrempé. Je reviendrai vous voir dans un moment.

Elle voulut le remercier mais aucun son ne sortit de sa bouche. Elle se sentait perdue. Le soleil – un faible soleil d'hiver – brillait dans la chambre d'où elle pouvait voir le ciel. Elle n'avait aucune idée de l'heure. Etait-ce l'après-midi ?

La porte se referma. Il y eut un cliquetis et elle sentit que son lit basculait.

– Arrête, Nicky ! Lâche cette manivelle ! Tu risques de faire tomber ta mère.

Elle entendit des pas puis la voix excitée de son fils :

– On voit la mer !

Elle regarda le plafond blanc et l'ampoule électrique au-dessus de sa tête. Elle passa sa langue dans sa bouche : toujours ce goût de sang. Sa mâchoire lui faisait mal.

L'échafaudage.

J'étais sur cet échafaudage.

Son regard effrayé et humide revint vers son mari qui lui tenait la main, assis près de son lit.

– Je vais poursuivre en justice ces putains d'entrepreneurs, menaça-t-il.

– Ce n'était pas leur faute, dit-elle en secouant lentement, précautionneusement la tête.

– L'échafaudage s'est détaché du mur. Il aurait pu s'abattre sur n'importe qui. Il aurait pu tuer le premier qui passait dessous.

– Nicky n'aurait pas dû...

– Un échafaudage est fait pour qu'on y grimpe. C'est à cela qu'il sert. Comment te sens-tu ?

– J'ai mal à la tête.

– Ils ont craint une fracture du crâne.

– Comment s'est passé ton rendez-vous ?

– Bien. Tout ira bien.

Elle lui pressa la main.

– C'est un bon hôpital, assura-t-il. Ils veulent te garder cette nuit. Le docteur m'a dit que tu pourrais sortir demain matin.

– Nous sommes dimanche, n'est-ce pas ?

– Oui.

– J'ai une réunion demain matin.

– J'appellerai Ken. Le docteur ne veut pas que tu retournes travailler avant un jour ou deux.

– Ken est absent. Tu demanderas Claire ou... Lucy.

– Très bien.

– Qu'est-ce qu'il y a derrière la porte, papa ?

– Le couloir, Tigre. Celui par où nous sommes arrivés.

Nicky se pencha au-dessus du lit.

– Pardon, maman.

Il avait les yeux rougis. Elle lui sourit.

– Viens faire un bisou à maman.

Il l'embrassa du bout des lèvres, comme s'il avait peur de lui faire mal.

– J'ai grimpé seulement pour voir s'il y avait un nid.

– Et tu en as trouvé un ?

– Non. Tu rentres à la maison ce soir ?

– Demain.
– Oh ! Je peux rester avec toi ?
– Non, mon chéri. Tu rentres avec papa ce soir.
– Je pars en exploration, annonça-t-il en se laissant glisser du lit.
– Ne t'éloigne pas, Tigre, recommanda Richard.
La porte s'ouvrit et se referma. Sam sentit la main de Richard sur la sienne. Il se pencha brièvement vers elle et parla d'une voix sourde comme s'il ne voulait pas être entendu.
– Il faut que j'aille en Suisse, Bugs. A Montreux. Pour affaires. J'ai pensé que tu pourrais venir avec moi. Nous pourrions aller skier quelques jours à Zermatt.
C'est à Zermatt qu'ils avaient passé leur premier Noël de couple.
– Il faut que j'y aille d'ici une semaine. J'ai pensé au week-end prochain.
– Qu'est-ce que tu dois y faire ? demanda-t-elle avec inquiétude.
Il promena un regard craintif autour de lui.
– J'ai un peu de fric planqué dans une banque du coin. Il faut que je m'assure qu'il est en sécurité en cas de coup dur. Pour payer l'hypothèque de la maison et l'école de Nicky.
– J'ai mon travail, si jamais...
– Oui, je sais. Mais je préfère...
– Richard, tu ne vas rien faire d'illégal là-bas, n'est-ce pas ?
– Mais non. Tout ira bien. Andreas a tout arrangé. Je dois seulement agir vite, avant que...
– Avant quoi ?
Il haussa les épaules.
– Je ne sais pas exactement. Personne ne peut savoir. Cela prendra un bon bout de temps avant que la police ne démêle tout cela. Ils font une razzia dans

toute la boîte. Archie aussi a été inquiété. Cela peut leur prendre des mois mais cela peut aussi être résolu en quelques semaines.

– Dans quelle mesure es-tu compromis ?

Il se leva et alla jusqu'à la fenêtre.

– Ils n'ont rien de sérieux contre moi, dit-il d'un ton évasif. Au pire, j'aurai une amende à payer.

– Cet inspecteur – ce Milton – n'arrêtait pas de dire en fouillant l'appartement que tu n'aurais pas une aussi jolie vue de ta cellule.

– Il essayait de m'effrayer. Du bluff, tout ça...

– Quel sale type !

Il revint s'asseoir à son chevet. Elle était parfaitement réveillée, à présent, mais toutes sortes de pensées l'assaillaient et elle souffrait terriblement de la tête. Pour la première fois depuis l'intrusion des policiers à leur domicile, elle plaignait vraiment son mari. Des sentiments complexes l'agitaient. Ils avaient été si heureux jusqu'à... jusqu'à sa trahison ? Jusqu'au rêve de l'accident d'avion ? Tout semblait s'effondrer autour d'elle. Comme l'échafaudage.

– Crois-tu que tu pourras t'absenter ?

– Il faut que je regarde dans mon agenda.

– J'aimerais bien que tu m'accompagnes.

Le père et le fils demeurèrent près d'elle jusqu'à l'heure du dîner. Une infirmière lui donna un cachet pour l'aider à s'endormir.

– Je suis moulue, dit-elle. Je ne crois pas que j'en aurai besoin.

Elle le prit néanmoins et se sentit tout de suite mieux. Etrangement, un espoir naquit en elle.

Toutes les questions avaient une réponse. Il suffisait de chercher dans la bonne direction, de trouver le bouton secret ou la formule magique. Va-t'en, Slider, je te l'ordonne. Rentre dans ton cachot, répugnante créature ! Retourne d'où tu viens et laisse-moi vivre en paix ! Disparais, espèce de monstre infâme. Va-t'en !

Que contenait donc cette pilule ? Sam nageait dans l'euphorie. Puis une immense vague de fatigue la souleva, la roula et la déposa doucement sur les rives sombres du sommeil.

Elle s'endormit.

30

Elle demeura à l'hôpital jusqu'au lundi après-midi. Richard vint la chercher pour la conduire à Londres. Elle arriva à son bureau mardi avec un mal de tête sournois. Claire leva les yeux à son entrée. Etonnant, pensa-t-elle. Claire me regarde. Quel progrès !

– Comment allez-vous ?

– Très bien.

Elle regrettait l'absence de Ken. Elle aurait aimé lui raconter ses mésaventures et lui reparler de ses « antennes » si sensibles mais il était en tournage en Espagne.

Elle prit la première lettre sur la pile de courrier qui l'attendait sur son bureau.

C'était un billet, concis mais courtois, du secrétaire du *Royal Yacht Squadron* : *Le comité regrette de ne pouvoir donner l'autorisation d'utiliser ses locaux dans un but publicitaire et ce malgré l'intérêt de votre projet.*

C'était pourtant un excellent scénario. Un fringant navigateur assis devant le Cercle maritime sortait sa pipe de sa poche d'où tombait simultanément une boîte de préservatifs. Texte : *Une fille dans chaque port ? D'accord ! Mais faites comme l'amiral : utilisez des préservatifs !*

Elle prit la lettre suivante, la reposa. Ses mains tremblaient et les larmes lui montaient aux yeux. La peur s'insinuait en elle et lui glaçait les os. Elle ouvrit son sac à main et en sortit le livre sur les rêves, jeta un coup d'œil rapide à la biographie de l'auteur et appela les renseignements.

– Pouvez-vous me donner le numéro de l'université de Hull, s'il vous plaît ?

Elle couvrit le microphone d'une main.

– J'ai rêvé que je tombais d'un balcon, expliqua-t-elle à Claire qui ne répondit pas mais la contempla d'un air... amusé.

Elle nota le numéro que lui donna l'opératrice.

– Comment avez-vous trouvé Mme Wolf ? demanda Claire.

– Etrange.

– Elle dit souvent la vérité. Du moins, c'est ce que j'ai constaté. Pas vous ?

– J'espère que non, dit Sam en composant le numéro.

– J'aimerais parler au Dr Colin Hare, du département de psychologie, s'il vous plaît.

– Un moment, je vous prie.

– Département de psychologie.

C'était une voix d'homme, brusque, légèrement irritée.

– Puis-je parler au Dr Hare ?

– Qui est à l'appareil ?

– Samantha Curtis.

Sous le regard de Claire, Sam se sentit brusquement mal à l'aise.

– Puis-je savoir à quel sujet vous désirez lui parler ?

– Oui. Au sujet de son travail sur les rêves. Je me demandais s'il était possible d'en discuter avec lui.

– Il est en communication.

– Puis-je patienter un moment ?

– Bien sûr. Ne quittez pas.

– J'ai une migraine épouvantable. Claire, soyez gentille, faites un saut chez le pharmacien du Strand et rapportez-moi un tube d'aspirine.

– Volontiers. Je termine ce travail et...

– Non. Allez-y tout de suite, commanda Sam d'un ton plus cassant qu'elle ne l'aurait voulu.

Claire se leva lentement. Sam lui tendit un billet de cinq livres et la secrétaire sortit de la pièce.

– Oui ? Que désirez-vous ?

La voix était douce, légèrement hésitante.

– Docteur Hare ?

– Lui-même.

– J'espère que je ne vous dérange pas. Je vous appelle parce que je suis désespérée, balbutia Sam, au bord des larmes.

– Racontez-moi, dit-il patiemment, comme s'il avait tout le temps devant lui. Racontez-moi ce qui vous arrive.

– Des tas de choses. Je fais des rêves qui... Mes rêves sont...

Du calme, Sam. Du calme ! Maîtrise-toi. Ne te conduis pas comme une névrosée.

– Je fais des rêves qui se réalisent, expliqua-t-elle, mais je ne les comprends pas. Ils diffèrent légèrement des événements qui surviennent... Je crois même qu'ils les provoquent. Cela ne vous paraît pas complètement absurde ?

– Eh bien... Pourriez-vous me donner plus de détails ?

– Pourrais-je vous rencontrer ? Personne ne me croit. J'ai vraiment besoin de parler à quelqu'un qui étudie les rêves. Si vous pouviez m'accorder seulement une heure d'entretien ?

Elle se sentit un peu plus calme.

– Il ne m'est pas possible de tout vous expliquer au téléphone mais je crois que ma vie est en danger. Ainsi que celle des membres de ma famille et d'autres personnes. J'ai besoin de parler à quelqu'un qui puisse m'expliquer ce que sont les rêves. Si vous n'avez pas de temps à me consacrer, peut-être pourriez-vous me recommander quelqu'un ?

– Je serais très heureux de bavarder avec vous. Vous avez très bien fait d'appeler car nous étudions actuellement les rêves prémonitoires. Malheureusement, ce ne sera pas avant avril ou mai car je pars aux Etats-Unis pour deux mois vendredi prochain. Je dois y donner des conférences. Voulez-vous que je vous appelle à mon retour ?

La main de Sam se crispa sur le téléphone.

– Il faut que je vous voie avant. Je vous en prie... Je ne peux pas attendre... Je serai peut-être morte d'ici là.

Quelle réflexion stupide ! Il allait la prendre pour une folle.

– Je vois, dit-il. (Il y eut un silence.) C'est donc si grave ?

– Excusez-moi. Je ne veux pas avoir l'air de dramatiser mais il est vrai que ma situation est très grave.

– Je peux vous recevoir demain en fin d'après-midi. Ça vous convient ?

– Oui. Je...

– D'où appelez-vous ?

– De Londres.

– Ce n'est pas la porte à côté.

– Peu importe.

– Quel âge avez-vous ?

– Trente-deux ans. Enfin, presque trente-trois.

– Bien. Euh... nous faisons des expériences sur des sujets de votre tranche d'âge. Si vous venez, euh...

accepteriez-vous de passer la nuit à l'université, dans notre laboratoire du sommeil ? C'est aussi agréable que l'hôtel, à part les fils électriques, bien sûr. Cela nous serait utile et à vous aussi, sans doute.

– Je suis prête à tout.

– Je sais qu'il y a une place de libre au laboratoire. Cela tombe très bien.

Il paraissait maintenant tout à fait enthousiaste.

– Je suis chez moi demain après-midi. J'habite en face de l'université. Pourquoi ne pas nous y rencontrer ? Nous pourrons bavarder tranquillement, qu'en dites-vous ?

Elle nota ses directives, le remercia, raccrocha et vérifia sur son agenda si elle était libre. Un mélange d'émoi et d'espoir l'anima soudain. Allait-elle enfin recevoir une réponse à ses questions ? Lui parlerait-il lui aussi d'antennes et de coïncidences ?

Elle finit d'ouvrir son courrier.

En bas, la porte claqua derrière Claire qui se rendait à la pharmacie d'en face.

31

Par la fenêtre du train elle regardait défiler la campagne monotone que le fleuve barrait d'un trait noir comme de l'encre renversée sur un bureau d'écolier. Des cheminées en brique se dressaient à l'horizon comme les piquets d'une tente soutenant le dais sombre du ciel.

Un homme qui faisait les cent pas dans le couloir s'arrêta pour lui jeter un coup d'œil et s'immobilisa une seconde pendant que le train entrait dans un tunnel. Sam eut soudain peur, peur que la porte du compartiment ne s'ouvrît brusquement sur un homme en cagoule noire. Autour d'eux, le grondement du train retentissait en échos tonitruants puis ils retrouvèrent le jour. Derrière la barrière d'un passage à niveau, une file de voitures s'allongeait.

On était mercredi après-midi. Le groupe s'était-il à nouveau réuni lundi ? Sous la direction de Barry, le silencieux en kimono de karatéka ? Avaient-ils discuté de son rêve ? Que pensaient-ils d'elle ? Qu'elle était une espèce de sorcière ?

Avaient-ils fait la relation entre son rêve et le meurtre de Tanya ? Ou bien étaient-ils trop occupés à percevoir leurs vibrations ?

L'homme revint, scruta à nouveau son compartiment. Elle lui jeta un regard venimeux. Allez-vous-en. Foutez le camp ! Dehors, Slider, ou qui que vous soyez. Laissez-moi seule. Du vent ! L'homme hésita, se détourna et s'en fut.

Il est possible que vous ayez une intuition aiguë, des antennes, en quelque sorte, comme les oreilles de Bugs Bunny.

C'est évident, Ken. Existe-t-il une personne qui rêve d'un balcon qui s'effondre et sache ce que cela veut dire ? Freud ? Sans doute. Jung ? Selon lui, un balcon est le symbole du sein maternel. Bien sûr. Ma mère est morte. Je ne pouvais plus téter. C'est simple. Pour Freud, le balcon représente un échafaudage. C'est clair comme le jour, mon vieux.

Il est beaucoup plus facile de se laisser obnubiler par le caractère prémonitoire du rêve que d'affronter la réalité.

Evidemment.

Richard considérait ce voyage comme une folie. Un choc provoquait parfois des effets bizarres, lui avait-il dit, et elle avait besoin de repos, de tranquillité et de calme. Quelques jours de détente et elle serait en bonne forme pour l'accompagner en Suisse. La Suisse, affirmait-il, lui ferait beaucoup de bien. Il en était certain. Elle n'aurait plus de rêves prémonitoires, il arrangerait ses affaires et leur mariage redeviendrait harmonieux. La Suisse avait des propriétés miraculeuses.

L'ennui, quand on a des rêves qui se réalisent, c'est que les gens auxquels on se confie vous prennent pour une folle. Pauvre Sam ! Elle est tombée d'un échafaudage et elle a reçu un choc à la tête. Elle n'a jamais été la même depuis. Bien sûr, la liaison de son mari l'avait un peu perturbée avant...

Etait-ce la vérité ?

Au loin, elle aperçut une file de camions qui traversaient un pont suspendu. Puis défilèrent une gare de marchandises, un bateau-phare au milieu de l'estuaire et une rangée de grues accroupies contre le ciel comme des vieillards pêchant à la ligne. Enfin le train ralentit et le mot « Hull » passa comme l'éclair devant la vitre.

La vérité, c'était que les enfants auraient pu être tués et que seule la chance avait empêché qu'ils le soient. La vérité c'était qu'elle aurait pu être violée et assassinée et que son rêve l'avait protégée. La vérité, c'était qu'elle avait failli se tuer en tombant de l'échafaudage parce qu'elle n'avait pas su déchiffrer le cauchemar du balcon.

La vérité, c'était que cent soixante-trois personnes pourraient être encore en vie ; Tanya Jacobson aussi. Tandis que Bamford dissertait sur Freud, la jalousie, les refoulements, la souffrance, le désir de pénis... toutes ces choses qui lui étaient familières et qui expliquaient tout. Et rien. Bamford, le groupe d'études oniriques... L'escalier du métro, symbole du vagin... Et quoi encore ? La seule chose qui comptait pour eux, c'était l'interprétation du rêve. Peu importait que la patiente se fasse violer et assassiner. « Percevoir les vibrations », voilà l'essentiel !

Sa petite valise à la main, elle gravit l'escalier étroit et déboucha sur un palier sombre et lugubre. Une porte s'ouvrit derrière elle.

– Madame Curtis ?

Elle se retourna et vit un petit quadragénaire barbu, vêtu d'un pantalon de velours côtelé et d'un pull en laine d'Arran. Il augmentait le désordre de sa chevelure éparse et malpropre en la fouillant d'un doigt acharné. Un morceau de sparadrap était collé sur son arcade sourcilière.

– Docteur Hare ?

– Ah...

Il avait l'air gêné et perdu d'un homme qui s'est égaré dans les toilettes pour dames.

– Oui... Je vous en prie, appelez-moi Colin.

– Sam, dit-elle en souriant.

– D'accord, Sam.

Il agita les bras de façon désordonnée et leva les yeux au plafond comme s'il s'attendait à le voir s'effondrer.

– L'ampoule est morte, je crois.

Sam frissonna. Encore une.

Allons, pas de panique. Elle n'allait tout de même pas perdre les pédales chaque fois qu'une ampoule claquait.

Hare se frotta les mains.

– Bien. Je vous attendais un peu plus tôt. Votre train a pris du retard, n'est-ce pas ?

– En effet.

– Bon... Entrez. Vous.. euh... Vous excuserez le désordre. Je suis confus de vous recevoir ainsi mais j'ai juste commencé à ranger...

Elle le suivit dans une grande salle de séjour et recula sous le choc.

Un typhon s'était abattu sur la pièce.

Des vêtements, des livres – ouverts ou déchirés – jonchaient le sol. Une grosse tache de café s'étalait sur le mur comme une araignée et des morceaux de faïence gisaient contre la plinthe. Les débris d'une lampe se mêlaient à ceux d'une chaîne hi-fi. Un gros morceau de plâtre était tombé du mur, près d'un poste de radio démantelé dont les fils et les lampes gisaient un peu partout. Une vieille Olivetti était renversée au pied d'une table cassée et des feuilles de papier étaient éparpillées à travers la pièce. La vitre de la fenêtre, qui donnait sur un jardinet austère, présentait une magnifique fêlure.

Hare leva les bras en signe d'impuissance.

– C'est un désordre épouvantable, n'est-ce pas ? Ma femme et moi avons eu une petite discussion. Nous... euh... sommes en instance de divorce.

Il arrondit le dos et fourragea dans ses cheveux. Sous le sparadrap qu'il vérifiait du doigt, ses yeux prirent une expression désorientée.

– Je ne sais pas du tout comment je vais expliquer ça à ma propriétaire.

Il démêla lentement sa barbe puis ferma la porte à clé.

– Simple précaution au cas où ma femme s'aviserait de revenir. C'est une personne très possessive. Je suis désolé de vous recevoir ainsi.

– Puis-je vous donner un coup de main ? offrit Sam.

Pourquoi s'étaient-ils battus avec une telle violence ? Pour cette pièce minable ? Parce qu'il plaquait sa femme ou parce que celle-ci l'avait trouvé en galante compagnie ? Derrière son apparence d'universitaire négligé, était-il coureur ? Son regard tomba sur une photographie en couleurs sur le dessus de la cheminée. Elle représentait deux écolières en uniforme. Le verre aussi était cassé.

Il débarrassa une extrémité du vieux divan des livres et des objets qui l'encombraient et prit le manteau de Sam sur son bras. L'air indécis, il tira sur son chandail, se gratta la barbe et vérifia son col de chemise.

– Je vous remercie infiniment d'avoir bien voulu me recevoir si vite, dit la jeune femme.

Il déploya le manteau et le tint à bout de bras comme un prestidigitateur qui ne sait plus faire son tour.

– Je vais l'accrocher quelque part. Je reviens tout de suite. Je ne sais plus où j'en suis. Voulez-vous une tasse de thé ?

– Non merci.
– J'ai du café, si vous préférez.
– Avec plaisir.
– Bien... Bon. Je m'en vais... Si vous avez besoin de... c'est dans le couloir.

Il traversa la pièce sur la pointe des pieds comme s'il essayait de compenser par son silence le bruit qu'ils avaient pu faire précédemment.

Dans la cuisine, il remua la vaisselle et ouvrit le frigo. Sam entendit aussitôt le sifflement de la bouilloire. Elle regarda autour d'elle : voilà comment une femme était censée agir lorsqu'elle découvrait que son mari la trompait... Elle cassait tout.

Il revint avec un plateau sur lequel étaient disposées deux tasses fumantes et une assiette de biscuits. Quelque chose crissa sous ses pieds. Il baissa des yeux marris et vit une cassette en morceaux.

– Vous avez dit du café, n'est-ce pas ?
– Merci.

Elle porta la tasse à ses lèvres tout en soufflant sur le liquide bouillant. Ce n'était pas l'arôme du café. Elle renifla discrètement : c'était du thé.

– Je mets les biscuits près de vous. Vous devez avoir faim après ce long voyage.
– J'ai beaucoup aimé votre livre.

Ses yeux s'agrandirent et il sourit.

– Ah oui... *Ce que signifient vraiment vos rêves.*
– Je l'ai trouvé très intéressant.
– Vous a-t-il aidée ?
– Un peu.
– Je crois qu'il est assez réussi mais l'éditeur n'en a publié qu'une partie : celle qui se borne aux interprétations classiques. Nous avons gardé les rêves prémonitoires pour le prochain volume.

Il remua sa cuillère dans son thé et jeta un regard craintif vers la porte. S'attendait-il à ce que son épouse fasse intrusion dans la pièce d'un moment à l'autre en brandissant une hache ? Sam se demanda ce qu'elle ferait face à une folle furieuse.

– N'oublions pas l'heure, dit-il en regardant sa montre. Laszlo aime commencer tôt. C'est le chef de laboratoire. Nous devons y être dans une demi-heure. J'ai tout arrangé pour que vous puissiez prendre vos repas à la cantine.

– Tout le monde semble trouver ridicule cette idée de rêves prémonitoires, dit Sam.

– Cela n'a rien d'étonnant. Cela les rassure. Quelque chose que vous niez ne présente plus aucun aspect menaçant.

Il posa sa cuillère sur la table.

– La plupart des gens prennent les parapsychologues pour des cinglés. Moi, je suis un scientifique, un scientifique qui refuse les œillères.

Nouveau coup d'œil à sa montre.

– Parlons de vous. Vous m'avez dit au téléphone que vous croyiez votre vie en danger.

– C'est exact.

– Me permettez-vous d'enregistrer notre conversation ?

Elle hocha la tête et, plongeant un bras parmi les débris divers, il en retira un petit magnétophone. Il le mit en route et, après l'avoir déposé en face de lui, fit un essai d'enregistrement avec une expression quasi triomphante : en dénichant un appareil qui n'avait pas été détruit par sa femme, il marquait, semblait-il, un point contre elle.

– Pourquoi ne commencez-vous pas par me raconter toute l'histoire ? Nous nous rendrons ensuite au laboratoire où nous étudierons votre sommeil et les phases de vos rêves et où nous essaierons de déterminer ce qui est anormal en eux. Nous pourrons en discuter demain. Je dois assister à une réunion le matin mais je suis libre après déjeuner. Pourrez-vous rester jusque-là ?

– Oui. Merci.

– Bien. Alors, allons-y. Vous pouvez parler.

Elle obéit. Il l'écouta en hochant la tête et en poussant de temps à autre de petits grognements. Il croisait et décroisait continuellement ses bras comme s'il pratiquait une nouvelle forme de télégraphe.

– Quel dommage que vous n'ayez pas tout noté ! commenta-t-il. Ces rêves me paraissent très intéressants. Deux d'entre eux me semblent indubitablement prophétiques : celui de la catastrophe aérienne (je connais des gens qui ont eu la même vision) et celui du meurtre de cette pauvre femme à Hampstead. J'appelle rêve prophétique celui qui montre clairement l'avenir. Les autres ne sont que prémonitoires : ils vous avertissent d'un danger mais n'ont pas la même précision.

Un doigt levé, il se pencha vers elle et arrêta le magnétophone.

– Dites-moi... Cet homme en cagoule, ce Slider... Est-il lié à vos autres rêves ?

– Oui.

Elle eut un sourire hésitant, presque incrédule. Elle s'attendait à de l'ironie, à une attaque en règle. Rien de tout cela. Il la croyait. Et cette découverte lui faisait peur.

– Ne soyez pas effrayée, Sam. Je crois que vous possédez un don remarquable.

– Mais je n'en veux pas ! Je veux seulement mener une vie normale.

Il sourit comme à une vieille plaisanterie.

– Une vie normale, dites-vous ? Avez-vous jamais pensé qu'une vie sans prémonitions était anormale ? Les rêves et les prémonitions ont contribué à façonner l'histoire. Calpurnia vit la mort de César en rêve.

Il aurait pu échapper à son sort s'il ne s'était pas moqué d'elle. Même la Bible dit que tous les événements sont annoncés par des présages.

Il se fraya un chemin jusqu'à la fenêtre. Un objet s'écrasa sous son pied avec un craquement sinistre. « Putain de bonne femme ! » marmonna-t-il.

– Le sixième sens, Sam, dit-il en regardant par la fenêtre, ou le don de voyance, quel que soit le nom que vous lui donniez, est une fonction qui fait partie de la vie normale, au même titre que manger, boire, respirer ou penser. Nous ne nous en occupons pas parce que nous croyons que la société n'en a pas besoin, qu'il est plus intelligent d'apprendre à un enfant à se servir du téléphone que de transmettre un message par télépathie.

– Pourquoi devient-on voyant tout à coup ?

– Je ne crois pas qu'on le devienne « tout à coup ». Nous naissons tous avec certains pouvoirs qui disparaissent très rapidement chez la plupart d'entre nous parce que nous ne les utilisons pas en société. Cette société décourage carrément toute exploitation de ces pouvoirs – vous vous en êtes aperçue lorsque vous avez cherché de l'aide auprès de votre entourage.

Il se tourna vers elle.

– Beaucoup de gens ont peur du ridicule, donc ils abandonnent. Ils ne donnent aucune chance à leurs dons de se développer. Mais ils les gardent. Certains d'entre nous ont la faculté de s'en servir instinctivement. D'autres ont besoin d'un coup sur la tête pour les réactiver. (Il haussa les épaules.) Voilà où nous en sommes. Nous avons tous certains dons à la naissance, comme nous avons deux bras et deux jambes !

– Je ne me souviens pas d'avoir reçu un coup sur la tête.

– Vous n'avez pas besoin de ça. Un traumatisme

fait aussi bien l'affaire. Prenons votre exemple : quelqu'un a tenté de vous violer, de vous tuer quand vous étiez enfant, un type affreux en cagoule noire... Puis vous avez perdu vos parents dans un accident. Ce sont de graves traumatismes.

– Mais ces rêves se sont arrêtés à la mort de mes parents. Je n'en ai pas eu pendant vingt-cinq ans. Pourquoi ont-ils repris ?

– C'est ce que nous devons découvrir. Quelque chose les a déclenchés – quelque chose lié, de toute évidence, à cet individu borgne en cagoule. Peut-être en apprendrons-nous plus au laboratoire ?

Il regarda de nouveau sa montre comme s'il était désireux de quitter la pièce. Ou avait-il peur que sa femme ne revienne ?

– Je pense que nous ferions mieux de partir, maintenant. Cela ne nous empêchera pas de continuer notre discussion.

Il se leva, aida Sam à mettre son manteau et insista pour porter sa mallette.

Dehors il faisait noir et la neige commençait à tomber. Ils attendirent, au bord du trottoir, qu'une trouée se produise parmi les files compactes de véhicules qui, tous phares allumés, roulaient avec un bruit de tonnerre. C'était l'heure de pointe : dans le ronflement des moteurs, le grincement des freins et le cliquetis des essuie-glaces, les employés regagnaient leur domicile et les camionneurs leurs dépôts. Le Dr Hare dut hurler pour dominer le tumulte.

– Si vous essayiez de traverser les yeux fermés, vous vous feriez écraser. Pourtant, beaucoup d'entre nous traversent la vie en aveugles.

Un camion qui passa près de Sam la fit vaciller. Ses poumons s'emplirent d'un air nauséabond imprégné de vapeurs d'essence. Une nouvelle masse sombre surgit sur la route. Elle empoisonnait la nuit de son pot d'échappement et frôla le couple en l'arrosant de neige fondue et souillée. Sam et le Dr Hare traversèrent la route en courant et franchirent le portail de l'université. Des étudiants marchaient sous les lumières aveuglantes du campus. Sam les enviait. Comme elle aurait aimé être jeune et pouvoir tout recommencer de zéro ! Un garçon et une fille passèrent près d'eux. Absorbés dans leur conversation, ils marchaient lourdement, traînant leurs *Doc Martens*. C'était la mode. La mode des jeunes. Moi je serais ridicule avec ce genre de bottes, pensa-t-elle. Je me sentirais déguisée.

Ces étudiants seraient bientôt sur le marché de l'emploi. Leur licence ou leur thèse en poche, que deviendraient-ils ? Des consommateurs. Des jeunes cadres ambitieux qui se nourriraient tous de Castaway...

Sam et son compagnon traversèrent la cour, franchirent une porte et montèrent un escalier de pierre.

– Ce n'est pas luxueux mais c'est tout à fait confortable, assura Colin en arrivant au second étage.

Il ouvrit une porte sur le palier, alluma la lumière et entra.

C'était une petite chambre très propre, meublée d'un lit pour une personne, assez large, qui semblait sortir du magasin, d'un tapis beige impeccable, d'un poste de télévision, d'un lavabo, d'une armoire et d'une commode. Tout paraissait neuf. Les rideaux étaient tirés et le dessus-de-lit bleu marine soigneusement replié. N'eût été le faisceau de fils de fer qui pendait au-dessus du lit, Sam se serait crue dans n'importe quelle chambre d'hôtel.

La peur s'empara d'elle.

Il y avait quelque chose d'insolite dans cette chambre. Quelque chose de faux. Comme si elle n'avait été qu'un décor en trompe-l'œil, dans un hall d'exposition. Elle aurait l'impression de se déshabiller et de se coucher en public. Non. Ce n'était pas cela. Quoi alors ? Elle frissonna. Une voix intérieure lui suggéra de remercier le Dr Hare et de partir sur-le-champ.

Pourquoi ? Il essayait de l'aider.

C'est ce que tu crois.

– C'est tout à fait différent de ce que j'imaginais, dit-elle. C'est une pièce banale mais jolie. Beaucoup plus jolie que la plupart des chambres d'hôtel où j'ai dormi.

– Il faut que les gens s'y sentent à l'aise.

– J'ai cru que j'allais me retrouver dans une cage de verre.

– Non. Nous n'avons pas besoin de vous observer durant votre sommeil. Je vous montrerai le laboratoire où tous les renseignements dont nous avons besoin sont enregistrés.

En sortant de la chambre ils croisèrent une jeune fille à l'air studieux. Elle portait une pile de documents.

– Bonsoir, docteur Hare, dit-elle avec un fort accent écossais.

– Bonsoir, Jane. Je vous présente Mme Curtis, qui a bien voulu se prêter à nos expériences.

Pour Sam, le dernier mot évoquait l'image d'une grenouille dans un bocal de formol.

– Bonsoir, dit poliment la jeune étudiante en disparaissant dans l'escalier.

– Elle vient de terminer ses études et elle fait de la recherche, commenta Hare. Venez, je vais vous montrer mon bureau. Je préfère recevoir mes visiteurs ailleurs, dans un endroit plus calme.

Ils traversèrent le couloir et il ouvrit la porte d'une pièce encombrée d'ordinateurs et de papiers où régnait un désordre indescriptible, un chaos à peine moins prononcé que dans son appartement.

Puis il la conduisit dans une autre petite pièce, brillamment éclairée. Parmi les ordinateurs, les appareils électriques et les deux gros oscillographes, un jeune homme étudiait des diagrammes. Brun, trente ans à peine, il avait le type slave et des cernes profonds sous les yeux. Une mèche lui tombait sur le front. Absorbé par ses graphiques, il la rejeta en arrière et lorsqu'elle retomba à la même place il la repoussa d'un geste irrité.

– Laszlo, puis-je vous présenter ?

Le jeune homme leva la tête et se frotta les yeux d'un air las comme si l'intervention du Dr Hare le contrariait.

– Vous êtes madame Curtis ? dit-il d'une voix sèche et indifférente.

Sam se demanda si ce n'était pas lui qui lui avait répondu la veille, au téléphone.

– Oui, dit-elle en souriant.

– Très bien, marmonna-t-il.

Il bâilla et Sam fronça les sourcils. Il y eut un moment de silence.

– Laszlo a surnommé cet endroit le *Hilton* de Hull, dit Hare, conscient du malaise.

– Ah, se borna à répondre Sam.

Quant à Laszlo, il retourna à ses graphiques qu'il examinait intensément.

– Avez-vous déjà participé à des expériences dans un laboratoire comme le nôtre, madame Curtis ? demanda-t-il sans lever les yeux.

– Non.

– Pas de problème.

Les lèvres serrées, la mine concentrée, il inscrivit un signe sur le graphique.

– Vous n'avez rien de spécial à faire. Seulement

dormir, précisa-t-il avec un rire inattendu d'adolescent. Dormir et rêver. A vous le plaisir, à nous le travail. N'est-ce pas, docteur Hare ?

Il prononça son nom comme s'il s'agissait d'une plaisanterie.

– Les gens ne se doutent pas à quel point la recherche sur les rêves peut être ennuyeuse, expliqua Colin en se tournant vers la jeune femme. L'un d'entre nous doit rester toute la nuit assis dans le laboratoire à surveiller l'oscillographe. Ce n'est pas idéal pour la vie privée du chercheur.

C'était peut-être la raison de son divorce, pensa Sam.

– Ne pouvez-vous pas me laisser dormir et relever les tracés le matin ?

– Non. Nous devons surveiller le traceur. Il faut pouvoir remplacer le papier ou la pointe, si besoin est.

Il prit une feuille de papier millimétré sur laquelle elle distingua huit rangées de lignes bleues. Certaines ondulaient. D'autres zigzaguaient carrément.

– Chacune de ces lignes représente vingt secondes de sommeil. Il nous faut deux mille cinq cents feuilles de papier semblables pour couvrir la nuit. Il nous faut collaborer avec le dormeur. Si nous remarquons une activité inhabituelle, nous devons le réveiller et découvrir ce qui se passe. Et puis, nous étudions une autre forme de sommeil...

Il eut un sourire de fierté et tapota un petit tableau de contrôle avec des rangées de cadrans et de boutons.

– Nous étudions les rêves conscients, dit-il. En avez-vous déjà fait ?

– Qu'entendez-vous par là ?

– Lorsque, dans votre rêve, vous êtes consciente du fait que vous rêvez.

– Cela m'est arrivé une fois, dit-elle. Il y a longtemps.

– Avez-vous pu réagir ?

– Comment ?

– Avez-vous pu maîtriser votre rêve ? L'orienter selon vos désirs ?

– Non. Je me rendais seulement compte que j'étais en train de rêver.

– Que savez-vous des rêves ? De l'activité onirique ?

– Pas grand-chose, reconnut Sam.

– Rêvez-vous fréquemment ?

– En temps normal ?

– Oui.

– Je ne sais pas, une ou deux fois par semaine...

– Non. Vous rêvez chaque nuit. Comme tous les êtres humains. En huit heures de sommeil, vous avez entre trois et cinq périodes de rêve qui durent de dix à quinze minutes et peuvent aller jusqu'à trente à quarante minutes. Mais vous ne vous en souvenez pas. Vous ne vous souvenez d'un rêve que si vous vous éveillez aussitôt après ou au beau milieu.

Il lui montra une énorme liasse de papiers.

– Vous semblez sceptique. Tout est enregistré là. Si vous restez assez longtemps avec nous, je vous le prouverai.

Elle regarda les lignes hachées qu'il suivait du doigt l'une après l'autre.

– Voici un tracé presque plat qui correspond à l'activité du cerveau au ralenti, pendant le sommeil profond. En voici un autre, en dents de scie, enregistré durant une phase différente : lorsque vous rêvez, vos yeux décrivent des mouvements très rapides. Ces autres courbes correspondent à l'activité de certaines zones du cerveau durant la respiration, les fonctions cardio-vasculaires ou les variations de température de votre corps.

Il se gratta la tête.

– Vous comprenez, si vous vous rappelez votre rêve, tout va bien. C'est épatant pour nous. Nous le notons, nous l'analysons et nous pouvons vérifier si certaines séquences se réalisent. Mais que faire de tous ces rêves dont vous ne gardez pas le souvenir ? Ces rêves que vous avez durant cinq périodes chaque nuit, pendant deux ou trois heures ? Comment savoir ce qui vous arrive ? Nous avons la preuve que vous rêvez mais nous ignorons le contenu de ces rêves...

Il se tapa le front du doigt.

– Que se passe-t-il là-dedans ? Avez-vous des prémonitions que vous ne pouvez pas utiliser parce que vous avez oublié le contenu du rêve ? Sortez-vous de votre corps pour vous transporter dans l'espace ? Voyagez-vous dans le temps ? Si vous pouviez rêver consciemment, en revanche, vous seriez capable de vous souvenir de vos rêves. Vous vous réveilleriez, dès la fin du rêve, et vous le raconteriez. Nous avons un micro dans la chambre ainsi qu'un magnétophone qui se déclenche au son de la voix.

– Vous pouvez réellement enregistrer cela ?

– C'est un immense avantage. Si vous rêvez consciemment, vous pouvez maîtriser votre rêve.

– Comment pouvez-vous faire prendre conscience au dormeur qu'il est en train de rêver ?

Il désigna du doigt un appareil de contrôle.

– Cette boîte envoie des signaux électriques de très faible intensité. Nous la relions au nerf médian du sujet et lorsque nous voyons qu'il rêve, nous envoyons les signaux. Le sujet ne se réveille pas mais prend conscience qu'il – ou elle – est en train de rêver. Dès lors, il lui est possible de maîtriser son rêve.

– Supposons que je rêve d'une catastrophe aérienne. Pourrais-je empêcher l'accident ?

Hare enfonça ses mains dans ses poches.

– Disons que nous pouvons déterminer s'il s'agit d'un rêve prémonitoire ou simplement d'un cauchemar.

– Mais si on peut empêcher l'accident, cela prouve que ce n'était pas un simple cauchemar ?

– Nous n'en savons rien. C'est le domaine que nous explorons. Vous pourriez nous être très utile. A mon retour d'Amérique...

– Cela aide à fantasmer, intervint Laszlo sans lever les yeux de son travail. Vous faites un rêve ennuyeux à mourir et tout à coup vous percevez le signal. Vous savez alors que vous êtes en train de rêver et vous pouvez rêver n'importe quoi. Si vous voulez passer une nuit d'amour avec Tom Cruise vous n'avez qu'à penser à lui et hop, c'est parti pour le septième ciel.

Il la regarda.

– Vous finissez par vous demander quel intérêt il y a à se réveiller.

– C'est exactement la question que je me pose depuis quelque temps, dit Sam.

32

Sam dîna au restaurant universitaire, perdue au milieu d'étudiants bruyants, dans une immense salle où se mêlaient les odeurs de friture, de graisse rance et de viandox. Elle alla ensuite se coucher comme elle l'aurait fait dans n'importe quel hôtel. Seule différence : la salle de bains était située à l'autre bout du couloir, ce qui était plutôt incommode.

Hare et Laszlo vinrent brancher leur dispositif et lui souhaiter de beaux rêves.

Adossée aux oreillers, elle feuilleta un exemplaire de *Vogue*. Des femmes au visage figé se pavanaient dans leurs plus beaux atours, comme devant un miroir. L'élégance... Sam se demanda quelle allure elle avait avec tous ces fils branchés sur le crâne. Elle continua de tourner les pages : une jeune beauté en déshabillé était assise sur le capot luisant d'une Porsche. Deux mannequins la regardaient dédaigneusement. Ils se tenaient côte à côte, comme un père et son fils, le plus âgé en costume de tweed, une canne-siège à la main, le plus jeune en complet-veston parfaitement coupé.

Il n'y a pas d'âge pour rêver... disait la légende.

Sam posa le magazine sur sa table de chevet, but une gorgée d'eau puis éteignit la lumière. Elle se glissa sous les draps lentement, avec précaution, pour ne pas déranger les fils. Ils lui tiraient les cheveux et lui donnaient la migraine mais elle n'osa pas y toucher. Le lit était moelleux, confortable, bien meilleur que le sien. Un courant d'air frais filtra de la fenêtre qu'elle avait légèrement entrouverte et elle entendit des pas dans la cour.

– Aïe ! Keith, espèce de salaud !

La fille cria, gloussa puis cria de nouveau.

– Non, ce n'est pas ce que je voulais dire ! Non ! Pas dans le cou ! Oh ! quel salaud !

Le personnel débarrassait les tables dans la cantine. Sam perçut le tintement de la vaisselle empilée à la hâte sur les plateaux et le chuintement de l'eau coulant des robinets. Au loin quelqu'un passait un disque de Buddy Holly, *Every Day*. Elle allait avoir du mal à s'endormir ce soir avec tous ces bruits inhabituels, cette odeur de graillon et les tiraillements douloureux dans ses cheveux.

Elle songea à ses prémonitions.

Hare la croyait. Pourtant, elle le trouvait étrange, sans pouvoir dire pourquoi. Même chose pour Laszlo.

Etaient-ils tous les deux assis dans le laboratoire maintenant ? Devant ce traceur qui enregistrait ses ondes cérébrales ? Que lui avait donc expliqué Hare pendant qu'il fixait les électrodes ? Ah oui. Les cinq phases du sommeil. La première était la phase hypnagogique. Hypnagogique.

Lorsque vous commencez à perdre conscience et que vous voyez apparaître devant vos yeux des visions de visages inconnus, étranges ou effrayants...

Puis venait la deuxième phase : le sommeil devenait plus profond. La troisième phase : tout le corps était au repos. La quatrième phase : le sommeil se faisait encore plus profond et l'esprit se vidait. Enfin, la cinquième, celle des rêves.

Pour le moment, elle n'était pas encore entrée dans la première phase.

Elle se retourna nerveusement dans son lit, chercha à tâtons l'appareil de contrôle au-dessus de sa tête et appuya sur un bouton. La télévision s'alluma. Ses yeux clignèrent devant le récepteur brusquement éclairé et, tout en suivant un film publicitaire qu'elle ne connaissait pas, elle se demanda à quoi pouvaient ressembler ses ondes cérébrales en ce moment.

Le soleil se levait sur une immense chaîne de montagnes couvertes de neige.

Une tache minuscule apparut au loin, grandit, et un mot passa comme un éclair à travers l'écran avant de s'évanouir : *Aroleid.*

La tache s'agrandit encore. *Aroleid* réapparut, s'éclipsa, resurgit pendant que la tache emplissait peu à peu l'écran.

– Aroleid, dit une voix qui lui était vaguement familière dans un chuchotement qui s'acheva en rire.

Sam plissa le front. Aroleid ? Qu'est-ce que ça pouvait bien être ? Elle éteignit la télévision et, levant les yeux au plafond, regarda les pales du ventilateur qui tournaient lentement à la façon d'une hélice. Bizarre, pensa-t-elle, je ne l'avais pas remarqué auparavant. Il faisait froid dans la chambre et elle frissonna dans son lit. Pourquoi cet engin fonctionnait-il ?

La porte s'ouvrit puis se referma doucement. Elle entendit une respiration, le tintement d'une clé et le cliquetis de la serrure.

Quelqu'un fermait la porte de l'intérieur.

Tremblante, elle fixa l'obscurité.

– Qui est là ? demanda-t-elle.

Qui diable était-ce ? Le Dr Hare ? Laszlo ? Pourquoi avaient-ils verrouillé la porte ?

– Qui êtes-vous ?

Silence.

Elle distingua une silhouette près de la porte, une ombre noire, presque immobile, qu'elle entendait respirer.

– C'est vous, docteur Hare ?

Sa voix lui parut anormale, comme étranglée. Seigneur, y avait-il du monde dans ce bâtiment ? Lui faudrait-il hurler de toutes ses forces pour se faire entendre ? Qu'est-ce que le traceur décrivait actuellement ?

Ils allaient certainement se rendre compte qu'il se passait quelque chose. A moins que... Laszlo... ? Seigneur, non ! L'ombre approchait.

– On verra comment le traceur enregistre la scène, dit une voix qu'elle reconnut : celle qui commentait le film publicitaire un instant plus tôt. Ce n'était ni celle du Dr Hare ni celle de Laszlo.

Sam sentit la pression exercée sur le drap, sous son menton, puis les couvertures furent brutalement rejetées. Elle voulut crier : un gargouillis sortit de sa gorge. Une main gantée la bâillonna.

– Du calme, sale petite garce. Je vais juste te baiser. Rien de plus. Ça te plaira, tu vas voir.

Les yeux agrandis, elle regardait l'ombre noire. Il y eut un petit bruit sec et, à la lumière de sa lampe de chevet, elle reconnut Slider penché sur le lit. Il portait une combinaison de motard d'un vert métallique, des gants noirs épais et des lunettes protectrices sur les fentes de sa cagoule.

Elle eut un mouvement de recul et vit sa bouche sourire à travers le tissu.

Il lui tendit une carte orange et blanc, un ticket d'embarquement qu'il agita devant ses yeux pour qu'elle puisse lire clairement le numéro et le nom de la compagnie : CHARTAIR – 35 A.

– Tu en auras besoin très bientôt. Tu ne devrais

pas le laisser traîner dans les taxis. C'est vraiment négligent de ta part.

Il lâcha le ticket et le regarda tomber doucement sur sa poitrine.

– Oh, tu vois ? Il vient de m'échapper...

Il la détailla d'un œil vicieux.

– Tu es vraiment dure à la détente. Tu ne comprends rien à rien, sale garce ! La chute du balcon ? As-tu apprécié, au moins ?

Il sourit de nouveau, exhibant ses dents jaunes et cassées.

– T'as pas fini. Le pire est devant toi. Tu vas voir ce que c'est qu'une vraie chute, une chute vertigineuse.

D'un pas dominateur, il alla jusqu'au lavabo, prit le tube de pâte dentifrice et le brandit après avoir dévissé le bouchon.

– Tu aimes jouer, pas vrai ? Tu aimes les devinettes ? Les mystères ? Qu'est-ce que tu dis de ça ?

Il pressa le tube et s'amusa à faire gicler la pâte sur le tapis jusqu'à ce qu'il soit vide. Il le laissa alors tomber sur le sol.

– C'est dégueulasse, ce dentifrice. Moi, je ne m'en sers jamais.

Je suis en train de rêver, pensa la jeune femme. Oui, c'est un rêve. Serait-ce un rêve conscient ?

– Pourquoi as-tu tous ces fils sur la tête ? demanda-t-il. Tu essaies de me battre avec des trucs *high tech* ? Petite salope ! Il est temps que je te donne une leçon et c'est ce que je vais faire !

C'est un rêve conscient, se répéta Sam. Je sais que je suis en train de rêver. Que lui avait dit Hare ? *Si vous rêvez consciemment, vous pouvez maîtriser votre rêve.*

– Non, dit-elle avec une fermeté qui la surprit. Je ne veux pas recevoir de leçon. Je vais vous donner quelque chose. Je vais vous donner une tablette de Castaway.

Il parut perplexe.

Concentre-toi, Sam, pensa-t-elle. Pense au Castaway.

Une barre de chocolat apparut dans sa main.

Elle comprit brusquement qu'elle pouvait avoir tout ce qu'elle voulait. Elle lui fourra la friandise dans la main.

– Mangez-le.

Assise sur le lit, elle le regarda déchirer le papier et mordre dans le chocolat.

– Qu'en pensez-vous ?

– C'est bon, reconnut-il. Ça a un peu le même goût que le Bounty.

– C'est aussi l'avis de Ken.

– Vraiment ?

– Oui.

Slider sourit. Sam reprit confiance.

– Je veux que vous me disiez pourquoi vous me harcelez, Slider. Que voulez-vous ? Pourquoi ne me laissez-vous pas tranquille ?

– C'était bon, dit-il en se léchant les doigts.

– Vous en voulez un autre ?

– Non.

– Cela me serait très facile. Je peux remplir toute la pièce de barres de Castaway si je le désire.

– Vous pouvez remplir toute la pièce de chocolats ?

– Oui. Et je pourrais aussi vous faire disparaître. Mais je ne le veux pas. Pas encore. Je veux savoir ce que vous me voulez. Je veux savoir pourquoi j'ai ces rêves.

Il leva les bras d'un air surpris.

– Je suis votre ami, Sam.

Il s'assit près d'elle.

– Je suis votre ami. Voilà pourquoi vous rêvez ainsi. Je vous les envoie pour vous protéger. Je vous montre l'avenir pour vous avertir de ses dangers. Il faut me faire confiance.

Il lui mit un bras autour des épaules et les pressa doucement.

– Je suis votre ami, vous comprenez ? Cela vous fait plaisir ?

– C'est formidable !

– Formidable ? répéta-t-il en souriant. Vous croyiez donc que je ne l'étais pas ?

– C'est vrai.

– Ridicule ! gloussa-t-il. C'est dingue !

Il s'esclaffa et elle sentit le lit trembler. Assis l'un près de l'autre, ils rirent un bon moment tous les deux sans pouvoir s'arrêter. Puis un silence paisible s'installa.

– Ecoutez, Sam, il ne faut pas vous tracasser au sujet de l'avenir. Tout est organisé dans les moindres détails.

Il lui mit à nouveau le bras autour du cou puis, sautant du lit, se dirigea vers la porte et l'ouvrit.

– Ne partez pas, dit-elle.

– Je ne pars pas. Je veux voir si les journaux sont arrivés.

Il se baissa et se retourna vers elle en brandissant le *Times*.

– C'est un bon journal, n'est-ce pas ?

– Oui. Excellent.

Il remonta ses lunettes sur son front, ouvrit le quotidien et le parcourut rapidement puis le replia et revint s'asseoir sur le lit.

– Je vous ai dit que tout était organisé, insista-t-il. Tenez, regardez dans cette colonne.

Il tenait la page des annonces en face d'elle. Ses yeux, à travers les fentes de la cagoule, étaient redevenus si froids et si durs qu'elle ne pouvait dire lequel était en verre.

– Allons, jetez un coup d'œil par vous-même. Lisez cette colonne.

Sam obéit.

Avis de décès, lut-elle en suivant du regard un doigt soigneusement manucuré à l'ongle démesuré. Une vraie serre d'oiseau de proie. Un tremblement la saisit.

– Allons, regardez là. Vous ne voyez rien ?

La voix résonnait d'une joie enfantine.

Sam continua de lire, pétrifiée.

> M. Richard Curtis, son époux,
> Nicky, son fils,
> sa famille et ses amis
> ont la douleur de vous faire part
> du décès de
>
> Mme Samantha Ruth Curtis
>
> survenu accidentellement
> dans sa 33e année.
>
> Les obsèques auront lieu dans
> l'intimité familiale.
> Ni fleurs ni couronnes.

– Il n'y a que la date qu'ils ont oubliée, ajouta-t-il d'une voix qui parut lointaine à la jeune femme.

Tout à coup, un courant d'air fit voler la feuille de journal qui disparut dans un tourbillon. Sam entendit le grondement d'un moteur et vit les rideaux se décrocher violemment. Les cheveux ébouriffés par le vent, elle leva les yeux vers le plafond où le ventilateur, noir, énorme, menaçant, tournoyait follement dans un bruit infernal, si assourdissant qu'elle dut se boucher les oreilles.

Non !

Le vent arracha les draps du lit et les dispersa dans la chambre comme des morceaux de papier.

– Non ! hurla-t-elle. Ô mon Dieu, non !

Le verre qui était sur sa table de chevet explosa et une pluie de tessons s'abattit sur Sam.

Les portes de l'armoire s'ouvrirent toutes grandes et les vêtements qu'elle contenait furent projetés sur le plancher. L'ampoule électrique se brisa et la pièce fut plongée dans l'obscurité.

– Ô mon Dieu, aidez-moi !

– Sale petite garce ! Tu crois que tu vas m'avoir avec toute ta technique ? Tu crois que tu peux me faire disparaître rien qu'en y pensant ?

Arrachée du lit, projetée au plafond, Sam se sentit retomber dans un tourbillon de glace, au beau milieu des éclats de verre et des meubles fracassés. Elle s'écrasa sur le sol avec une telle force qu'elle demeura prostrée, incapable de bouger.

Une lumière blanche l'éblouit et elle ferma les yeux.

– Sam ?

Elle grelottait. Qu'il faisait froid dans cette chambre !

– Sam ?

Elle sentit une odeur bizarre, inconnue, poussiéreuse, et, ouvrant les yeux, se vit écrasée sous une espèce de duvet beige. Le froid devenait insupportable.

– Mon Dieu ! s'écria une voix masculine.

– Rien de cassé, Sam ?

Elle reconnut la voix du Dr Hare et tenta en vain de repousser le duvet.

– Etes-vous blessée ?

Elle faillit répondre qu'elle n'en savait rien.

– S'il vous plaît, supplia-t-elle. Débarrassez-moi de cette chose...

Elle voulut repousser à nouveau ce qui l'étouffait. Puis, brusquement, elle comprit. C'était la moquette.

Elle gisait par terre, à plat ventre.

– Mon Dieu ! répéta Laszlo.

– Aidez-moi à la porter jusqu'au lit.

Elle sentit que des mains maladroites et tremblantes la soulevaient. La moquette disparut et elle vit de nouveau le plafond blanc. Il n'y a pas de ventilateur, remarqua-t-elle vaguement. Puis elle entendit le grincement des ressorts et retrouva le contact moelleux du lit. Le visage de Colin Hare, inquiet et interrogateur, était proche du sien. Les yeux cernés de Laszlo l'observaient avec une étrange expression qui l'effraya.

– Ça va ? demanda Hare.

Elle hocha faiblement la tête.

– Elle a l'air d'avoir froid. Laszlo, remettons les couvertures à leur place.

Elle le regarda marcher à travers la pièce. Les yeux de Laszlo étaient toujours fixés sur elle, la même question s'y lisait : Pourquoi ?

Hare se pencha pour ramasser une feuille de papier. Seigneur, quel chaos !

Tout semblait avoir été détruit dans la chambre. Du verre brisé, des vêtements, des fragments de meubles jonchaient le sol. La fenêtre avait volé en éclats et la tringle du rideau était arrachée du mur. Il y avait une mince traînée blanche sous le lavabo. Une chaise était posée de guingois contre le mur, l'un de ses pieds tordu sous elle, comme un animal blessé. La table de chevet avait été projetée en haut de l'armoire.

Non. C'était impossible.

Hare revint vers Sam les bras chargés de draps et

de couvertures. Il déploya l'un des draps et l'étendit sur elle avec douceur. Comme un drapeau sur la dépouille d'un soldat, pensa-t-elle. Je suis morte. Je suis morte. C'est la raison pour laquelle il me regarde ainsi.

– Prenez l'autre bout, Laszlo, et bordez le lit.

Elle sentit le lit pencher d'un côté, puis de l'autre, et le poids d'une couverture. Chaude. Rassurante.

– Je veux me réveiller maintenant, assura-t-elle et elle surprit le coup d'œil inquiet qu'échangèrent les deux hommes.

Hare eut un sourire gêné.

– Mais vous *êtes* réveillée, Sam. Vous avez fait un cauchemar.

Il s'interrompit et leva les mains au ciel.

– J'ai eu un rêve conscient, précisa-t-elle.

– Ah oui, je...

– Il a vidé tout mon tube de dentifrice. Le voyez-vous ?

– Quoi ? Votre dentifrice ?

– Oui. Sur le lavabo.

Il chercha le tube puis baissa les yeux. Sur la moquette, un mot était tracé, parfaitement lisible, en pâte blanche : AROLEID.

Hare s'agenouilla, toucha la pâte du doigt puis ramassa le tube vide, totalement écrasé.

– Il était dans ma chambre, dit-elle en fixant le message. C'est lui qui a fait ça.

– Qui, Sam ?

– Slider.

Hare regarda autour de lui.

– Je n'ai pas pu faire tout cela moi-même, dit-elle. Pas toute seule. Je n'aurais pas pu me déplacer... avec tous ces fils...

Elle leva les mains et s'assura qu'ils étaient tous en place.

Le regard de Colin Hare sautait de l'un à l'autre de ses compagnons.

– Comment est le graphique ? demanda-t-elle, partagée entre le désarroi, la peur et la colère. Je parie que tout est normal. Qu'est-ce qu'il a détecté ? De beaux rêves ? Des détails insolites ?

Hare se tourna vers son collaborateur.

– Je crois que nous ferions mieux de la... débrancher.

Haussant les sourcils, Laszlo eut un étrange sourire.

Sam les observait.

Que diable fabriquez-vous tous les deux ? Est-ce une espèce de jeu ? Une immense supercherie que vous trouvez drôle ? Seigneur ! Puis elle comprit : ce n'était pas l'ironie qui le faisait sourire, oh non, pas du tout ! En fait, il ne souriait pas. Il grimaçait. Quant à Hare, il n'avait pas l'air de trouver ça drôle non plus. Il tremblait comme une feuille.

Comme quelqu'un qui crève de trouille.

Les yeux de Sam firent le tour de la pièce puis revinrent se poser sur Hare. Il avait l'air terrorisé.

Brusquement, elle comprit pourquoi.

33

Elle avait veillé le reste de la nuit, pétrifiée, en état de choc. Hare était demeuré avec elle, assis sur une chaise, le dos voûté. Exactement comme maintenant, dans ce pub où ils étaient attablés, juste en face de l'université.

AROLEID.

Qu'est-ce que ce mot pouvait bien vouloir dire ? Etait-ce une anagramme ? DIE LORA ? DIE ORAL ? Une vraie devinette. Sam n'était pas douée pour résoudre les devinettes.

Tu vas voir ce que c'est qu'une vraie chute, une chute vertigineuse.

Une chute. Elle allait donc tomber ? Hare clignait des yeux d'un air perplexe. Seigneur ! le pauvre type avait vraiment une sale mine. Il n'avait pas dû fermer l'œil de la nuit. Il lui dit quelques mots mais c'était l'heure du déjeuner et sa voix douce ne pouvait dominer le tumulte de la circulation à l'extérieur et celui des conversations dans la salle.

– Je vous demande pardon ?

– J'espère que ça ne vous ennuie pas de déjeuner ici ?

– Mais non. C'est parfait, répondit Sam, soulagée qu'il ne l'ait pas invitée chez lui.

Elle plongea son regard dans les yeux apeurés et las de son compagnon et prit une profonde inspiration.

– Ce n'est pas votre femme qui a tout démoli chez vous, n'est-ce pas ?

Il demeura un long moment sans répondre.

– Non, dit-il enfin.

– C'est quelqu'un – ou quelque chose – qui ne voulait pas que vous m'aidiez ?

Les yeux toujours fixés sur elle, il semblait ne pas la voir mais contempler le déroulement d'un film projeté pour lui seul. Puis il leva les épaules et hocha la tête d'un air malheureux. Il ressemblait à un animal effrayé. Si effrayé que sa peur en devenait contagieuse. Sa bouche se tordit. Il noua ses doigts et les dénoua lentement, un à un.

– Il y a une explication scientifique... commença-t-il en levant son verre d'une main tremblante.

Il but une gorgée de bière, s'essuya la barbe d'un revers de main et hocha la tête d'un air entendu.

– L'énergie... peut créer des perturbations.

Il se tut. L'exposé était terminé.

– Je ne vous suis pas, dit Sam.

Il hésita, noua ses doigts de nouveau et poursuivit à contrecœur :

– Nos ondes cérébrales produisent une énergie incroyable, surtout si nous sommes dans un état d'excitation. Je...

Il s'interrompit quelques secondes, tandis que la serveuse posait deux assiettes de lasagnes devant eux.

– L'angoisse peut se communiquer. Il est tout à fait possible que j'aie capté votre anxiété et que celle-ci ait déclenché une réaction en chaîne sur les champs d'énergie de mon appartement en modifiant la polarisation électromagnétique des molécules de...

Enfin, c'est ce que nous appelons parfois le phénomène *Poltergeist*.

– Que veut dire exactement ce mot ? Un esprit irrité ?

– Au sens littéral, un « esprit frappeur ». C'est un mot allemand.

Il plongea prudemment sa fourchette dans ses lasagnes comme s'il pouvait s'agir d'un attrape-nigaud.

– Ils font de la bonne cuisine.

– Ça a l'air délicieux, dit-elle poliment.

Elle leva à son tour sa fourchette et l'approcha des pâtes brûlantes réchauffées au micro-ondes mais la reposa aussitôt. Elle n'avait vraiment pas faim.

– Si vous revenez, j'aimerais beaucoup vous présenter certains des sujets avec lesquels je travaille. Cela vous rassurerait sans doute de faire connaissance avec des gens qui ont, comme vous, des prémonitions. Vous verriez ainsi que vous n'êtes pas la seule.

Il reposa sa fourchette et sirota sa bière, en contemplant la jeune femme de ses yeux inquiets.

– J'aimerais beaucoup que vous puissiez revenir... à moins que je ne descende dans le Sussex. J'aimerais faire d'autres expériences avec vous. C'est tout à fait fascinant et cela pourrait conduire à d'importantes découvertes.

– Les autres rêvent-ils autant que moi ?

Il parut se détendre un instant.

– Eh bien... oui. Je crois que oui. (Il fronça les sourcils.) Ce qu'il faut maintenant, c'est noter tous les rêves que vous ferez, de façon à déterminer quels sont ceux qui se réalisent.

– Ce que je voudrais savoir, moi, c'est d'où viennent ces prémonitions – ou précognitions –, quel que soit le nom que vous leur donniez.

– Tout le problème est là. C'est ce que nous tentons de découvrir. Nous avons trois théories. Nous ne nous occupons pas des coïncidences ni des prophéties qui doivent forcément se réaliser. Nous nous bornons à étudier les cas de gens qui semblent véritablement capables de voir l'avenir et de capter une fraction du temps réel. Est-ce que cette théorie vous dit quelque chose ?

Sam fit un signe de tête négatif.

Il gratta la couche de fromage avec sa fourchette et scruta la viande ainsi découverte puis il se détourna pour observer la foule des clients derrière eux, ce mélange hétéroclite d'hommes d'affaires, d'étudiants et d'ouvriers du bâtiment.

– Selon la théorie du temps réel, certaines personnes peuvent capter par télépathie la pensée des autres, expliqua-t-il. Vous avez pu, par exemple, entrer en communication télépathique avec le pilote de l'avion. Peut-être avait-il un problème, peut-être buvait-il, peut-être savait-il que l'avion allait s'écraser à son prochain vol en Bulgarie ? Peut-être a-t-il provoqué l'accident délibérément pour se suicider ? Vous avez pu capter tous ces signaux.

– Vous voulez dire que j'ai lu dans ses pensées ?

– Oui. Tout à fait. Vous avez même pu entendre la conversation qu'il a eue avec son copilote. (Il sourit.) L'explication est valable pour les deux autres cas. Dans votre rêve, vous êtes entrée en communication avec l'enfant qui a tiré le coup de feu et avec le violeur dans la station de métro. Vous avez lu dans leurs pensées.

Elle sentit sa gorge se serrer douloureusement et abaissa son regard sur ses ongles. Ils étaient encore plus rongés qu'à l'ordinaire.

– Si j'ai un don télépathique, pourquoi ne puis-je pas capter plus de choses : vos pensées, celles de mon mari, ou des passants dans la rue ?

– L'air est plein de vibrations : électriques, acoustiques, lumineuses, radiophoniques. Nous ne pouvons capter qu'une partie d'entre elles. Notre cerveau élimine le reste ou filtre celles qui l'intéressent. Il est aussi possible que votre système de filtrage se soit détraqué et que vous captiez les pensées des autres durant votre sommeil.

– Si cela était, vos graphiques l'indiqueraient-ils ?

– Je l'espère. J'espère que nous découvririons une particularité commune à tous les gens qui ont des prémonitions.

– Et que montrait mon tracé, la nuit dernière ?

– Malheureusement, nous ne vous avons pas enregistrée assez longtemps. La seule chose que nous avons remarquée, c'est que vous êtes entrée très rapidement dans la phase des rêves, mais cela arrive fréquemment lorsque le dormeur n'est pas dans son environnement habituel.

– Comment cette théorie explique-t-elle mon rêve du balcon ?

– Les rêves peuvent être très difficiles à interpréter. Les rêves prémonitoires – ou précognitifs – regorgent de symboles et nous savons peu de chose sur leur processus de formation. En faire l'analyse est extrêmement difficile. Je suis sûr que beaucoup de gens font des rêves prémonitoires mais, comme ils ne savent pas les analyser, ils ne s'en rendent pas compte.

– Quels symboles trouvez-vous dans le rêve du balcon et dans celui de l'échafaudage ?

– Eh bien, ils relatent tous deux une chute... ce qui, chez une femme, exprime... la tentation d'accepter... euh... des avances... (Il agita nerveusement les mains.) ... Enfin, des rapports sexuels.

Ce bon vieux Sigmund ! Pas moyen de lui échapper.

Qu'est-ce que l'échafaudage avait à voir avec tout ça ?

A moins que...

Elle s'aperçut qu'il la regardait d'un œil interrogateur, conscient d'avoir touché quelque chose en elle.

– Vous savez, corrigea-t-il, le symbolisme n'est pas toujours exact.

– Quelles sont les autres théories ?

– Il y a celle du surnaturel, bien sûr.

Il piqua ses lasagnes ici et là du bout de sa fourchette comme pour dissiper la vapeur... ou l'exorciser.

– Croyez-vous au surnaturel ?

– Ah... Je suis un scientifique. Officiellement, je n'ai pas le droit d'y croire.

– Et officieusement ?

– C'est une question de définition.

– Croyez-vous aux fantômes ?

Il se gratta la barbe, puis la joue, et baissa brièvement la tête.

– Je ne vois aucun rapport entre les fantômes et la précognition.

– Alors comment expliquez-vous la présence de Slider ?

– Vous croyez que c'est un fantôme – enfin un esprit – qui vient vous hanter du fond de votre passé ?

– Qu'en pensez-vous ?

Il s'arma de courage et prit une bouchée de lasagnes. Un minuscule morceau en tomba et dégringola sur sa barbe, comme un acrobate dans un filet.

– Je trouve cela très intéressant, dit-il en mâchant pensivement. La plupart des croque-mitaines s'oublient avec l'âge adulte. Slider pourrait être l'incarnation de vos peurs. Chaque fois que quelque chose vous effraie, que votre cerveau capte un danger, vous traduisez ces craintes en une image grotesque et vous pensez : « Attention, Slider ! » comme s'il s'agissait d'un signal d'alarme.

– Autrement dit, chaque fois qu'il m'apparaît en rêve, je dois faire attention car quelque chose va m'arriver ?

– J'ai l'impression que c'est ce qui se passe. Pas vous ?

Il plongea de nouveau sa fourchette dans les lasagnes.

– Je crois qu'il vous faut essayer de comprendre ces rêves, de trouver leur sens. J'ai écrit un article à ce sujet. Je vais faire un saut à mon bureau et vous en ramenez un exemplaire. Je crois que cela pourra vous aider.

– Merci.

– La dernière théorie sur laquelle nous travaillons est celle du gauchissement du temps. Avez-vous quelques notions sur la nature du temps ?

– Elles sont bien vagues.

– Je ne veux pas vous ennuyer avec des détails scientifiques mais disons que pour nous, il existe différentes sphères – ou différents plans – de réalité où les gens peuvent pénétrer durant leurs rêves. Volontairement ou involontairement, nous n'en savons encore rien.

Il leva les mains au ciel, puis tripota son col de chemise.

– Vous avez peur que cet homme en cagoule soit le fantôme de quelqu'un que vous avez connu dans le passé et qui reviendrait vous hanter. A mon avis, d'après ce que vous m'avez dit, ce n'est pas cela du tout. Je crois, au contraire, qu'il s'agit d'un être réel, vivant actuellement, dont la présence vous inquiète, vous tourmente et que vous associez à Slider.

Le froid la gagnait à nouveau. Il l'enveloppait, se glissait en elle. La table tremblait. Elle s'aperçut tout à coup que c'étaient ses mains qui en cramponnaient le rebord. Ses jambes s'écrasaient l'une contre l'autre et sa vision se brouillait.

– Quel genre de personne ? demanda-t-elle d'une voix tremblante.

Les yeux de Colin Hare étaient pleins de sollicitude.

– Quelqu'un que vous connaissez peut-être et qui vous met mal à l'aise. Quelqu'un que vous n'aimez pas et dont vous vous méfiez. Quelqu'un qui vous rappelle cet homme borgne en cagoule. Je ne veux pas vous donner de fausses idées mais il est possible que ce personnage vous soit néfaste. (Il haussa les épaules.) Ce ne sont que des suppositions.

Andreas, pensa-t-elle. Dois-je lui parler de lui ? Non, c'est idiot. Il n'y a aucun rapport entre les deux.

– Peut-être avez-vous rencontré cet homme à Hampstead, ou du moins quelqu'un qui lui ressemble et qui vous l'a rappelé ?

Il jeta un coup d'œil à sa montre.

– Vous avez un train à prendre. Je fais un saut jusqu'à mon bureau pour prendre cet article. J'en ai pour deux minutes.

Il termina sa bière, se leva et sortit du pub. Par la fenêtre, elle le regarda courir jusqu'au bord du trottoir et guetter, dans la file des camions, une trouée qui lui permette de traverser. Elle baissa les yeux sur ses lasagnes et en découpa un morceau.

Il y eut un crissement de freins et un bruit sourd. Sam releva la tête juste à temps pour voir Hare projeté en l'air puis retomber et disparaître. Elle entendit le chuintement des pneus et le choc d'un corps contre le métal.

Quelqu'un se mit à hurler.

C'était elle.

Une autre voix succéda à la sienne. Sam se leva

d'un bond en renversant sa chaise, courut vers la porte et se heurta à un client dont elle renversa le verre.

– Excusez-moi, excusez-moi...

Laissez-moi passer, suppliait-elle silencieusement, laissez-moi passer !

Elle sortit en trombe du restaurant et s'immobilisa, en clignant des yeux.

Hare, debout sur le trottoir, attendait le moment de traverser.

– Docteur Hare ! Colin... Colin ! Ne bougez pas !

Il y eut une trouée dans la circulation et il en profita pour s'élancer sur la chaussée.

– Non ! Docteur Hare, non !

Elle vit le camion. Les freins grincèrent et il y eut un bruit sourd. Hare disparut. Elle entendit le chuintement des pneus et le choc d'un corps contre du métal.

– Docteur Hare... Colin !... NOOOON !...

Derrière elle, la porte s'ouvrit. Des pas se précipitèrent. Des portières de voitures claquèrent. Quelqu'un donna un coup de klaxon. Le sifflement de freins à air comprimé se mêla au vacarme d'un moteur Diesel.

Les mains crispées sur les cuisses, elle fit quelques pas puis s'élança à travers la foule qui s'amassait déjà. Le corps gisait, face contre terre, la tête à demi cachée par la roue du camion. Sur le macadam, une tache de sang – mêlé à une matière grisâtre – qui s'agrandissait à vue d'œil.

Sam se détourna en chancelant, heurta quelqu'un, balbutia une excuse et s'agenouilla pour vomir.

34

Il faisait chaud dans la pièce et le thé, bouillant, était d'une douceur écœurante. Elle en but quelques gorgées. Le liquide, glissant dans sa gorge et dans son estomac, diffusa sa chaleur en elle. Elle dut reposer la tasse pour ne pas se brûler les doigts. Sur le dessus du bureau gris, des mots avaient été griffonnés : *Les flics sont des enculés.*

Nul ne les avait donc remarqués ? On aurait pu les effacer ou les dissimuler, non ? A moins que ce genre de prose ne resurgisse tous les jours. Tout à coup, ils se métamorphosèrent sous son regard.

AROLEID.

Un officier de police lui sourit à travers la table. C'était un immense gaillard en veston de serge bleue à boutons d'argent, avec une couche de pellicules sur les épaules. Il avait le visage d'un homme qui aurait bien voulu changer le monde mais ne savait pas par quel bout commencer.

– Buvez encore un peu, madame, buvez tout. Ça vous fera du bien.

Sam voulut obéir mais elle tremblait tellement que le thé déborda et lui brûla les mains. Elle reposa la tasse au milieu du thé répandu.

– Je suis désolée.

– Ce n'est rien. Laissez-le refroidir un peu.

Elle fouilla dans son sac à main, en sortit un mouchoir et s'essuya les mains et les lèvres. Elle s'était rincé la bouche et pourtant elle conservait un goût de fiel sur la langue. Elle regarda autour d'elle : c'était une petite pièce morne, avec des chaises de salle de conférences et des murs dont la peinture verte s'écaillait. Un gros morceau de plâtre manquait à un endroit : la tête d'un punk y avait-elle cogné trop fort durant un interrogatoire ?

Le policier lui relut sa déposition, lentement.

– Vous voulez ajouter quelque chose ?

Oui, pensa-t-elle. C'est moi qui suis responsable de sa mort.

J'ai tué Tanya Jacobson et maintenant le Dr Hare. Ils sont morts tous les deux parce qu'ils ont voulu m'aider.

Mais pourquoi Bamford O'Connell était-il toujours en vie ? Parce qu'il n'avait pas essayé de l'aider ? Et Ken ?

– Tout va bien, madame ?

Elle se redressa en sursautant.

– Excusez-moi, je...

– Voulez-vous vous étendre un peu ?

Elle avait la nausée. Pourtant, elle lui assura que tout allait bien et le remercia.

– Il faut que je rentre à Londres, ajouta-t-elle.

– Quelqu'un de l'université va vous conduire à la gare.

– Merci. C'est très aimable.

Il fit glisser sa déposition à travers la table.

– Si vous voulez bien signer vos déclarations... Je ne sais pas si le coroner aura besoin de vous pour l'enquête. Si oui, il vous écrira.

Elle le suivit à l'entrée du poste de police où, à sa grande surprise, Laszlo l'attendait, les yeux cernés de bistre dans son visage blême. Il se leva en la voyant et Sam se mit à pleurer. Le policier lui tapota amicalement le bras.

– Je crains qu'elle ne soit encore sous le choc, l'entendit-elle expliquer. Je lui ai suggéré de passer à l'hôpital mais elle veut regagner Londres.

Elle se retrouva dehors, dans la lumière éclatante et froide, et grimpa dans la vieille 2 CV de Laszlo. Il claqua la portière derrière elle, se glissa derrière le volant. Le moteur démarra avec un gémissement de tondeuse à gazon.

– Merci, dit-elle.

– Je crois que les trains pour Londres sont fréquents.

– Oui.

Il conduisit sans mot dire pendant quelques minutes.

– C'est terrible ! s'exclama-t-il enfin. C'est absolument terrible.

– Oui.

– Il savait tant de choses. Tout le service reposait sur lui. Nous n'étions qu'au début de nos recherches.

– Il était si gentil.

Elle sentit les larmes couler sur ses joues et n'eut pas un geste pour les essuyer.

– Il se consacrait totalement à son travail. Peut-être en faisait-il trop.

– Que voulez-vous dire ?

Il lui jeta un regard de côté.

– Vous le savez très bien.

Il freina devant un feu rouge, le visage impassible. Comme s'il y avait accroché une pancarte qui disait : « Désolé. Fermé pour la saison. Propriétaire absent. »

– Je me sens responsable, avoua-t-elle. J'ai l'impression d'avoir provoqué sa mort.

– Non, coupa-t-il avec une énergie qui l'étonna.

Le feu passa au vert et la 2 CV repartit.

– Vous connaissez le proverbe, madame Curtis ? Quand on ne supporte pas la chaleur des fourneaux, on sort de la cuisine.

– Non. Expliquez-vous.

– Si l'avenir vous effraie, ne cherchez pas à le voir.

– Mais je ne cherche pas à le voir, protesta-t-elle.

Elle regardait droit devant elle sans rien voir. Son cœur battait la chamade et elle avait de nouveau envie de vomir.

– Alors pourquoi êtes-vous venue ici ?

– Parce que je veux que cela cesse. Je ne veux plus voir l'avenir. Je veux arrêter tout ça.

– Vous êtes allée trop loin. Vous ne pouvez pas vous arrêter.

– Pourquoi pas ?

– Il y a de multiples carrefours dans la vie, madame Curtis. De même que les pays ont des frontières, la vie aussi a les siennes. C'est la mort. Le point de gravitation de la Terre est une frontière au-delà de laquelle tout se déséquilibre. Lorsque vous commencez à explorer le paranormal, vous ne pouvez rester spectatrice. Au-delà d'un certain point, vous devenez actrice. Comprenez-vous ?

Tremblante, elle fronça les sourcils.

– Quand vous regardez dans l'avenir, vous regardez au-delà du plan terrestre, madame Curtis. Si vous vous obstinez, vous traversez une frontière et vous faites partie du futur.

– Je ne saisis pas bien.

– Je crois que si. Vous comprenez qu'il y a des forces autour de vous qui se sont manifestées la nuit dernière dans le laboratoire. J'ai lu sur votre visage que vous l'aviez compris.

– Je ne l'avais pas compris auparavant.

– Vraiment ?

Le ton était quelque peu amer.

– Vous croyez que j'ai tué délibérément le Dr Hare ? Vous croyez que je... ?

Il s'arrêta devant la gare. Elle aurait voulu prolonger le trajet. Laszlo voulait qu'elle s'en aille le plus vite possible, qu'elle sorte de sa voiture, de sa ville et de sa vie.

– Je crois qu'une force maléfique vous environne, madame Curtis. Et comme elle bouleverse ceux qui vous approchent, elle peut provoquer des événements tragiques.

– Quelle force maléfique ? D'où vient-elle ?

Il coupa le moteur.

– Je crois que votre train part dans cinq minutes. Dépêchons-nous.

Elle descendit de voiture. Il prit sa mallette sur le siège arrière et la lui porta jusqu'à la gare.

– Avez-vous votre billet ?

Elle hocha la tête.

– Votre train part de ce quai.

– Puis-je vous poser une question ?

Il ne répondit pas.

– Si c'est ce que vous pensez du futur, pourquoi travailliez-vous avec le Dr Hare ?

– Parce que je croyais que je voulais savoir, répondit-il en s'éloignant. (Il s'arrêta brièvement, à demi tourné vers elle.) Mais j'avais tort.

Elle le regarda sortir de la gare, entendit la portière claquer et le gémissement de tondeuse du moteur puis le grincement de la boîte de vitesses.

Il ne s'était pas retourné une seule fois. Son départ ressemblait à une fuite.

35

Il était 8 heures du soir lorsqu'elle arriva à Wapping. Richard n'était pas encore rentré. Helen regardait la télévision dans sa chambre et Nicky était couché, l'air malheureux. Il ne dormait pas. Elle s'assit près de lui et l'étreignit tendrement mais son expression ne changea pas.

– Je ne veux pas que vous partiez, toi et papa, dit-il. C'est pas juste. Vous êtes tout le temps partis.

– C'est seulement pour une semaine, Tigre. Papa et maman ont envie de passer un moment ensemble, tous les deux.

Elle le serra de nouveau contre elle et l'embrassa sur le front. Il faisait un froid sec ; un vent impétueux – presque une tempête – soufflait dans la nuit et l'eau giflait les rives. Elle regarda le petit garçon en souhaitant pouvoir lui dire la vérité : elle n'avait aucune envie de partir et encore moins de le laisser seul, même si elle savait qu'il s'amuserait chez ses amis. Elle ne voulait pas lui avouer qu'elle était morte de peur.

La perspective de ce voyage l'épouvantait.

Elle lui raconta une histoire, en commença une autre et il finit par s'endormir. Elle sortit de la chambre et traversait la salle de séjour lorsque le téléphone sonna sur le bureau de Richard. Elle décrocha.

– Allô ? Qui est à l'appareil ?
– Sam ?
– C'est vous, Ken ?
Un sentiment d'excitation l'envahit.
– Vous êtes de retour d'Espagne ?
– Comment ça va ?
– Oh !... bien. Enfin...

Brusquement, sa voix mourut dans sa gorge et ses yeux s'emplirent de larmes. Elle se mit à trembler, à trembler si fort que le téléphone lui tomba des mains et roula sur le sol.

– Sam ? Sam ? Que se passe-t-il ? Vous ne vous sentez pas bien ? Etes-vous seule ? Voulez-vous que je passe vous voir ? Voulez-vous que nous nous rencontrions quelque part ?

– Je viens... (Elle s'obligea à parler distinctement.) Je viens tout de suite. Je serai chez vous dès que possible...

Elle raccrocha et renifla, le regard perdu. Puis elle s'essuya les yeux et alla prévenir Helen qu'elle sortait.

La Jaguar cala au feu rouge de Clapham Common. Sam actionna le démarreur et le moteur se remit à gronder. Quelques coups d'accélérateur et le ronflement s'enfla. Un nuage de fumée bleue jaillit du pot d'échappement. Ça fait des semaines que je roule en ville, pensa la jeune femme. Le moteur est encrassé. Le feu passa au vert et elle démarra. Une pétarade crépitante se déclencha et la fumée s'épaissit encore. Elle ralentit et tourna : au bout de l'allée se dressait la demeure fantastique de Ken, une immense maison de l'époque victorienne. Elle s'arrêta derrière la Bentley. La porte d'entrée s'ouvrit au moment où elle descendait de voiture.

– Ken ! s'écria-t-elle en se jetant dans ses bras, les yeux noyés de larmes.

– Sam, que vous arrive-t-il ?

Il la serra étroitement contre lui.

– Seigneur, que s'est-il passé ?

Elle se dégagea.

– Venez, je vous offre un verre, dit-il après une hésitation.

– Etes-vous seul ?

– Oui, répondit-il en souriant. Je suis rentré d'Espagne il y a une heure et je vous ai téléphoné car je repars demain pour Bristol.

Il referma la porte derrière eux et elle le suivit dans le hall où deux guerriers en armure les observaient avec circonspection à travers les fentes de leurs heaumes. Ils passèrent devant un autre Ken en cire assis dans un fauteuil d'osier – combien d'effigies de lui-même possédait-il ? –, un juke-box, puis un gigantesque tableau surréaliste représentant un cochon sautant d'une montagne à l'autre, et entrèrent enfin dans le salon tapissé de toiles de maîtres : un Hockney, un Lichtenstein, un Picasso, un Wurlitzer posé à même le sol, sous la mezzanine. Un feu de bois ronflait dans une antique cheminée que Ken avait récupérée dans une brocante quelconque. La télévision diffusait *Deux Flics à Miami*.

Sam s'assit sur un vénérable sofa à haut dossier dans lequel elle faillit disparaître. Ken s'absenta brièvement et revint, un verre de whisky à la main.

– Buvez ça. C'est du pur malt. Cela vous remontera.

Elle obéit. Sous la brûlure du liquide, sa nausée disparut.

– Comment ça s'est passé, en Espagne ? demanda-t-elle en fixant le contenu de son verre.

– Très bien.

Il s'assit en face d'elle sur un autre canapé tout aussi monumental et alluma une cigarette.

– Je ne devrais pas être là, dit-elle. C'est dangereux pour vous...

Tout à coup, comme si une digue venait de se rompre, elle éclata en sanglots.

Ken se leva et vint s'asseoir près d'elle. Elle le regarda à travers ses larmes.

– J'ai vraiment peur pour vous, Ken. Je pense que vous risquez... enfin, il faut que vous soyez très prudent.

– Pourquoi ?

– J'attire des forces maléfiques, avoua-t-elle.

Il mit son bras autour de ses épaules.

– Vous avez fait un autre cauchemar ? demanda-t-il avec douceur.

– Mes antennes m'ont encore joué un tour.

Elle lui expliqua son rêve de l'échafaudage, son voyage à Hull et lui rapporta les moindres paroles de Hare et de Laszlo.

Il but son whisky à petites gorgées et éteignit sa cigarette après avoir soufflé une dernière bouffée en direction des chérubins nus et joufflus qui voletaient parmi les fresques du plafond.

– Vous croyez que ce Dr Hare a été tué parce qu'il essayait de vous venir en aide ? Que son appartement a été ravagé par un esprit et qu'il a été tué parce qu'il n'a pas tenu compte de cet avertissement ?

Sam hocha la tête, le regard fixé sur les flammes vacillantes.

– Je ne sais pas combien de temps je pourrai encore tenir dans ces conditions.

– Oui, vous traversez de durs moments, Sam. L'histoire de l'échafaudage, ce qui s'est passé à Hull... (Il la pressa contre lui.) A mon avis, il faut essayer de garder votre sang-froid. Je sais que tout cela est horrible mais l'esprit humain est une chose étrange, Sam. Nous sommes hypersensibles. Il est tout à fait possible que nous dramatisions les événements.

– Vous parlez comme Bamford O'Connell.

– Non, corrigea-t-il en souriant. Je crois que vous avez des rêves prémonitoires – ceux de la catastrophe aérienne et de la station de métro – mais celui du balcon est plus difficile à expliquer. La mort de cet homme, de ce Dr Hare, est épouvantable mais vous avez dit vous-même que la route était dangereuse, qu'il était épuisé après une nuit blanche et qu'il avait bu de la bière. Ce que je veux vous dire, c'est qu'il faut essayer de voir les choses objectivement. Rien de plus.

Elle serra les lèvres et ne dit mot. Ken appuya la tête sur les coussins.

– Un rôle, dit-il.

– Pardon ?

– Je pense à votre mot *Aroleid*. Qui peut jouer un rôle ?

– Je n'en ai aucune idée.

– Vous trouvez aussi le suffixe *ide*, du grec *eidos*, qui exprime l'idée de ressemblance. Cela vous dit quelque chose ?

Il fit claquer ses doigts.

– J'y suis. Quelqu'un joue de sa ressemblance avec un autre pour vous terroriser. Ce Slider... Vous dites qu'il portait une combinaison verte de motocycliste et qu'il vous a donné une carte d'embarquement. De Chartair ?

– Oui. La même que celle qu'il m'avait donnée dans le taxi. Vous savez, après la catastrophe aérienne de Chartair, je me suis rappelé le numéro de mon siège. C'était le 35 A. Il m'a dit que j'allais savoir ce que c'était qu'une vraie chute, que celle de l'échafaudage n'était rien.

– C'est un cauchemar lié à la catastrophe et à votre chute. Voilà ce qu'il faut vous dire.

– Je crois que je préfère accepter cette version plutôt que de croire à...

Elle fit tourner le verre entre ses mains. Il y eut un moment de silence.

– Bon. Qu'allons-nous faire de vous maintenant ? Vous envelopper dans de la ouate jusqu'à ce que vos rêves se dissipent ? Vous mettre dans une cellule capitonnée afin que nous soyons tous à l'abri de vos esprits malins ?

Il eut un sourire qui s'effaça lorsqu'il comprit qu'elle prenait ses paroles au sérieux.

– Je suis sûr que vous vous en tirerez, Sam, dit-il en lui caressant la joue. Vous êtes du bois dont on fait les survivants.

– Croyez-vous ?

– Ecoutez... (Il alluma une autre cigarette.) Je crois que c'était une erreur de vous précipiter à Hull si peu de temps après votre chute.

– Pourquoi ?

– Je vais peut-être vous sembler brutal, mais tant pis : vous êtes en train de paniquer. Vous vous êtes mise dans un état effrayant, vos nerfs craquent et il faut absolument que vous vous ressaisissiez. Prenez des vacances. Comme je vous l'ai déjà dit la semaine dernière, partez et essayez d'oublier. Détendez-vous.

– Je pars samedi pour une semaine de ski avec Richard. J'ai tout arrangé au bureau. Vous n'y voyez pas d'inconvénient ?

– Bien sûr que non. Vous devez vous détendre. D'accord ? Réfléchissez une bonne fois à tout ce qui s'est passé, détendez-vous et vous verrez ensuite si vous avez la même optique. Mais cela m'étonnerait.

– J'espère que vous avez raison.

– J'en suis certain. Allons, venez, je vous invite à

dîner. Je parie que vous n'avez rien mangé. Avez-vous faim ?

– Pas vraiment.

– Il faut manger quelque chose.

– Alors c'est moi qui vous invite, pour une fois.

– D'accord.

Il se leva et finit son verre.

– Ce serait un mot idéal pour jouer au Scrabble.

– Quoi donc ?

– Aroleid. On y trouve aussi le mot « lord », le seigneur, le maître, celui à qui on doit obéir. A qui obéit votre motard en cagoule ? Au diable ?

Sam le regarda avec inquiétude.

– Je vous en prie, Ken, soyez prudent.

En traversant le vestibule, il ouvrit le heaume d'un des chevaliers en armure.

– Je ne plaisante pas, Sam. J'ai moi-même ma propre garde d'hommes casqués. Ils mettront votre Slider en pièces s'il essaie seulement de me créer des ennuis.

Il laissa retomber la visière qui se referma avec un claquement sonore.

36

AÉROPORT DE GATWICK.

Le panneau bleu et blanc, avec ses idéogrammes, passa comme l'éclair sur l'autoroute.

– Tire-toi de là, Ducon !

Richard donna un coup de klaxon, fit un appel de phares et, comme la voiture qui roulait devant lui se rangeait enfin, accéléra à fond. Sam regardait les essuie-glaces de la BMW chasser du pare-brise la pluie froide de février. Un camion les dépassa, les aveuglant brièvement de sa masse dans un giclement d'eau.

Elle avait eu le même rêve jeudi soir et la nuit dernière. Le ventilateur du plafond se mettait à tourner de plus en plus vite. Elle était à nouveau dans le laboratoire. Le ventilateur tournait comme une hélice. Alors, elle s'éveillait en frissonnant, trempée de sueur. C'était tout. Il ne se passait rien d'autre. Elle n'avait pas cessé d'y penser depuis deux jours.

Elle avait fait envoyer des fleurs à l'enterrement de Colin. Aurait-elle dû écrire quelques mots ? Après réflexion, elle avait décidé de ne mettre que son nom sur la carte.

Dans un grondement assourdissant, un jumbo-jet descendait vers eux. Les volets et le train d'atterrissage sortis, il passa lentement au-dessus de la voiture et disparut derrière les hangars. Sam attendit l'explosion, le ronflement sourd et la nappe de feu. Rien ne se produisit.

Richard freina puis accéléra de nouveau.

– Tu conduis trop vite, dit-elle.

– Nous sommes en retard.

Nouveau coup de klaxon furieux à l'intention d'une voiture qui déboîtait devant eux.

– Heureusement que deux personnes ont annulé leurs réservations. Tout était loué jusqu'à Genève. On dirait que le monde entier va faire du ski ce week-end ! Mais c'est une bonne compagnie.

– Laquelle ?

– Chartair... Allons, roule, connard !

Chartair.

Les yeux fixés sur le pare-brise, Sam contemplait la courbe décrite par les essuie-glaces. Droite, gauche. Droite, gauche. Comme la lame d'une faux.

– Les avions ont-ils des hélices ? demanda-t-elle brusquement.

– Seulement les petits coucous.

– Celui que nous prenons n'en a pas ?

– Ça fait trente ans qu'ils n'en ont plus.

– Je croyais que les moteurs en avaient de toutes petites, à l'intérieur.

– Ils ont des ventilateurs.

Des ventilateurs... Des pales qui tournent de plus en plus vite...

Elle entendit le petit bruit du clignotant : la voiture entra dans l'aéroport.

– J'aurais voulu emmener Nicky, dit-elle. Il est assez grand pour faire du ski, maintenant.

– L'année prochaine, répondit Richard.

L'année prochaine. Serait-elle encore là ?

– Je me sens coupable de le laisser seul. J'ai l'impression de passer ma vie à le quitter.

– Tout ira bien. C'est un petit garçon indépendant.

Indépendant. C'est l'adjectif qu'utilisaient aussi sa tante et son oncle pour se donner bonne conscience. « Oh, inutile de se tracasser pour Samantha ! C'est une petite fille indépendante. »

Elle imagina l'avion décollant sous une pluie serrée, dans des remous grisâtres, dans ces tourbillons qui vous entraînaient dans le vide où les hommes demeurent à jamais.

La voiture ralentit puis accéléra pour franchir les derniers mètres.

– Nous sommes foutrement en retard. Je te laisse ici. Tâche de trouver un chariot ou un porteur et fais enregistrer les bagages pendant que je gare la voiture.

Sam poussa son chariot à travers la foule compacte qui attendait devant les guichets, remonta plusieurs files de voyageurs qui s'égaillaient dans toutes les directions, empêtrés dans leurs bagages et engoncés dans leurs anoraks. Un vieil homme, assis dans son fauteuil roulant, promenait sur la foule le regard désorienté de celui qui ne reconnaît plus son époque.

Sam aurait voulu leur crier de ne pas partir, pas aujourd'hui. Elle aurait voulu leur dire qu'ils allaient mourir mais elle se mordit les lèvres. Allons, détends-toi, pour l'amour du ciel ! Des milliers d'avions décollent tous les jours. Tout le monde prend l'avion. C'est aussi banal que l'autobus et c'est beaucoup plus sûr.

Un gong retentit et le haut-parleur pria un certain M. Gordon Camping de se rendre au bureau des renseignements.

Sam aperçut la rangée des guichets Chartair et les panneaux indiquant les destinations : GENÈVE, MA-

LAGA, VENISE... Elle se joignit à la file d'attente et regarda sa montre. La queue progressa d'un centimètre et l'homme qui se trouvait derrière elle lui enfonça son chariot dans les mollets. Elle se retourna, l'œil furieux, et comprit à son air ahuri, qu'il ne s'en était pas rendu compte. Quelques secondes plus tard, il recommença. Cette fois, elle frémit de douleur et l'apostropha :

– Vous devriez prendre des leçons de conduite !

– Puis-je avoir vos billets ? Madame ? Madame ?

Sam dut fouiller dans son sac pour en extraire la petite pochette. Elle la déposa sur le comptoir.

La jeune fille fronça les sourcils en examinant les billets.

– Vous êtes en retard pour ce vol. L'embarquement est terminé depuis vingt minutes.

– Je regrette... bredouilla Sam. La circulation...

La jeune fille décrocha son téléphone.

– Attendez une seconde que je vérifie...

Sam chercha son mari du regard. En avait-il terminé avec la voiture ? Non. Apparemment, il n'était pas là.

– Très bien, dit l'hôtesse. Vous avez de la chance. Combien de valises avez-vous à l'enregistrement ?

– Deux.

Sam déposa les bagages sur la bande transporteuse et la jeune femme vérifia leur poids sur le cadran. Elle détacha deux étiquettes d'un panneau en face d'elle, les colla sur deux cartes d'embarquement orange et blanc et les tendit à Sam.

Sam baissa les yeux. 35 A. Non !

Ce ne pouvait être qu'une mauvaise plaisanterie.

Le comptoir sembla monter vers elle et heurta ses genoux. Elle perdit l'équilibre et, en voulant se raccrocher à son voisin, envoya promener ses valises.

L'employée de la compagnie la regardait d'un air sévère. Le visage de Sam s'empourpra.

– Excusez-moi... serait-ce possible de changer de sièges ?

– Absolument pas. Le vol est complet.

Voyant ses bagages s'éloigner sur le convoyeur, Sam se précipita pour les rattraper.

– Ils ont déjà été enregistrés, madame ! protesta la jeune fille.

Sam avait la bouche sèche. Des tessons de verre lui transperçaient le cerveau. C'était si douloureux qu'elle s'accrocha au comptoir pour ne pas tomber.

La jeune fille la prenait manifestement pour une folle.

Mais vous ne comprenez pas ? Pauvre idiote ! Cet avion va s'écraser ! Nous allons tous y passer.

– Vous pouvez reprendre ces tickets, dit-elle à voix haute, je crains que nous ne puissions partir...

– Nous ne pouvons les revendre et, de toute façon, ils ne sont pas transférables.

– Tant pis. Cela ne fait rien.

Sam abandonna les billets sur le comptoir, reprit ses valises et fendit la foule.

C'est alors qu'elle aperçut la chemise rayée et le pantalon en velours côtelé vert de Richard. Il courait vers elle en esquivant les obstacles, le visage en sueur.

– Salut, dit-il. Qu'est-ce qui se passe ?

Sam se sentit rougir et une larme coula sur sa joue.

– Merde ! Nous l'avons raté ?

Elle lui répondit d'un hochement de tête.

– Il reste quarante minutes avant le départ, dit-il en regardant sa montre. C'est complètement ridicule. Je vais téléphoner au directeur. Je le connais. C'est un ami d'Archie. Je vais arranger ça.

– Non.

– Comment, non ?
– Je ne veux pas.
– Qu'est-ce que tu ne veux pas ?
– Je ne veux pas prendre cet avion.
– Qu'est-ce que ça veut dire ?

Elle baissa la tête et sortit son mouchoir. Elle tenta d'endiguer le flux des larmes en fermant les yeux. Elle se sentait profondément ridicule et désespérée.

– Je ne peux pas le prendre.

Elle s'attendait à une explosion de colère mais il lui passa gentiment un bras autour des épaules.

– Tu n'es vraiment pas bien, n'est-ce pas ? J'avais cru qu'en partant tous les deux... les choses pourraient s'arranger...

Quelqu'un les bouscula et leur fit des excuses. Sam entendit à peine.

– Je désire qu'elles s'arrangent, mais je ne peux pas prendre cet avion. Quelque chose va arriver.

Il y eut une petite explosion et un bruit de verre brisé juste derrière elle. Elle poussa un hurlement et se retourna : un homme agenouillé près de son sac de produits hors taxes contemplait d'un air désolé le liquide ambré qui se répandait sur le sol. Sam ferma les yeux en poussant un soupir de soulagement.

– As-tu l'intention de leur dire ?
– De leur dire ?
– Oui, de leur dire, insista Richard.

Il criait presque. Elle se tamponna les yeux.

– Est-ce que tu vas te décider, Bugs ? Est-ce que tu vas leur annoncer la catastrophe ? Pourquoi ne pas utiliser le haut-parleur ? Allez, vas-y ! Dis-leur que le vol CA 29 de la compagnie Chartair court à sa perte !

Sam fit mentalement la démarche. Elle s'imagina au bureau des renseignements de l'aéroport.

Excusez-moi mais j'ai eu deux cauchemars ces der-

niers temps, dont un au sujet de l'avion qui s'est écrasé en Bulgarie et... vous ne le croirez sans doute pas, mais j'ai eu le même avertissement au sujet de votre vol. Vous comprenez, Slider, mon croque-mitaine en cagoule, s'est manifesté dans chaque rêve avec une carte d'embarquement qui porte le numéro 35 A. Vous voyez, c'est celui qu'on vient de me donner au guichet d'enregistrement. C'est évident, n'est-ce pas ? Cet avion va s'écraser ?

– On pourrait y aller en voiture, Richard. Si tu es fatigué, je conduirai.

– As-tu rêvé que cet avion allait s'écraser ? demanda-t-il.

– Je ne peux pas le prendre.

– Va-t-il s'écraser, oui ou non ?

– Je ne sais pas.

– Vas-tu les prévenir ?

– Je sais que quelque chose va arriver mais je ne sais pas quoi. Je ne sais pas s'il va s'écraser ou bien si...

– Bugs, *il faut* que je me rende en Suisse. Je dois y être lundi matin. Les choses se gâtent...

Il jeta un regard inquiet à l'agent de police qui se tenait près d'eux et baissa la voix.

– Si je veux sauver mes capitaux il faut que j'agisse très rapidement. Si tu ne veux pas venir je partirai seul.

– Mais je veux t'accompagner... Il est 14 h 40 maintenant. Nous pourrions être à Douvres en deux heures, prendre le ferry ou l'hovercraft, rouler de nuit et être à Genève à 2 ou 3 heures du matin. Demain c'est dimanche et tu n'as rendez-vous que lundi !

– Montreux, corrigea-t-il, pas Genève.

– Ce n'est pas beaucoup plus loin.

– J'espérais passer un dimanche peinard. Nous aurions pu canoter sur le lac.

– Rien ne nous en empêche.
– Es-tu capable de conduire ?
– Qu'est-ce que tu veux dire ?
– Tu n'as pas rêvé d'un accident de voiture ?
– Non, assura-t-elle en s'essuyant à nouveau les yeux.

Il alla rechercher la BMW. Pendant son absence, Sam observa le manège des voitures. Les taxis déchargeaient leurs clients qui levaient les bras pour se protéger de la pluie et se précipitaient à la recherche d'un chariot.

Un rire moqueur résonna derrière elle.

Le rire de Slider.

Sam se retourna. La valise d'un voyageur s'était ouverte et répandait son contenu sur le sol. L'homme se baissa pour la ramasser et son compagnon se remit à rire, d'un rire mauvais, déplaisant, si bruyant qu'il en était insupportable. Sam poussa son chariot à travers la foule, l'abandonna le long du trottoir et demeura à l'écart, petite silhouette solitaire et apeurée sous la pluie battante.

37

Le lit lui parut étrange. Il était immense et moelleux. Trop moelleux. Elle bougea légèrement, perçut le grincement d'un ressort et remarqua une légère réverbération quelque part, sous elle.

La lumière qui inondait la pièce était si chaude et si brillante qu'elle absorbait ses peurs naissantes comme du papier buvard. Des phares aveuglants. Des policiers au garde-à-vous près de la frontière. *Non ! Vous êtes la femme qui rêve. La Suisse n'a pas besoin de vous. Pourquoi voulez-vous entrer dans ce pays ? S'il vous plaît, allez-vous-en. Et emportez vos cauchemars avec vous.*

Nous venons pour skier.

Vous ne venez pas pour skier. Vous venez pour fricoter avec le système bancaire suisse.

Les rayons de soleil qui se coulaient à travers l'interstice des rideaux éclairaient une portion du mur à sa droite. Un faible vrombissement se fit entendre au-dessus d'elle et un petit courant d'air froid lui fit lever les yeux. Elle vit les pales d'un ventilateur tourner lentement.

Elle se redressa à demi dans son lit pour contempler l'engin d'un œil méfiant et chercha sa montre à tâtons sur la table de nuit. Elle rencontra le pied d'une lampe, le bracelet de cuir et – enfin – la Rolex qu'elle tint un moment en face d'elle. Il lui fallut quelques secondes pour déchiffrer les cadrans jumeaux. 11 h 40. Elle avait une légère migraine. Une douleur qui l'assaillait depuis des semaines, pensa-t-elle en se soulevant pour boire une gorgée d'eau, une douleur sourde qui s'intensifiait parfois mais ne cessait jamais. Son dos aussi lui faisait mal. Le matelas était trop mou, beaucoup trop mou. Elle avait l'impression que le lit s'était à moitié effondré sous elle.

Le bruit du ventilateur changea légèrement. Il devint plus fort et elle leva les yeux vers lui. Il vacillait comme s'il était prêt à se détacher du plafond.

Où était Richard ? La porte de la salle de bains était entrebâillée mais aucun son n'en sortait. Elle avala quelques gorgées d'eau et regarda autour d'elle. La pièce était immense, confortable et d'une majestueuse élégance : meubles Louis XIV, moquette et rideaux dans des tons pastel, moulures le long du plafond. Une applique en cristal éclairait la coiffeuse.

Le bruit s'accentua au-dessus d'elle et elle eut peur tout à coup. Le ventilateur allait-il lui tomber dessus ? Quelle mort originale et terrifiante : tuée par un ventilateur... Elle l'observa, de plus en plus inquiète. Il tournoyait à toute vitesse et le courant d'air devenait une rafale glacée. Le drap qui la recouvrait se mit à claquer.

Seigneur !

Le ventilateur vacillait de plus belle et son tournoiement s'accéléra. Des lignes se formèrent autour de lui, sur le plafond, comme des veines sur les mains d'une vieille femme. Elles s'épaissirent, s'agrandirent et le plafond se mit à se gondoler et à s'affaisser. Des morceaux de plâtre tombèrent et vinrent s'écraser autour de Sam en projetant un nuage de fine poussière blanche. Soudain, le ventilateur se décrocha et resta suspendu au-dessus de sa tête, selon un angle bizarre. Des fils électriques s'en échappaient. Le plafond s'affaissa un peu plus et des morceaux de plâtre dégringolèrent tout autour d'elle tandis qu'un vent glacé, brassé par les pales du ventilateur, lui cinglait le visage.

Terrorisée, elle roula sur le côté mais les draps, tendus autour d'elle comme des filets, se resserrèrent dès le premier mouvement. Elle se jeta de tout son poids sur le bord du lit. Les morceaux de plâtre pleuvaient autour d'elle. Humides et glacés, ils l'atteignaient parfois à la tête ou au cou. Elle se tordit follement et roula sur elle-même. Elle sentit les draps céder et, comme elle avait dégagé ses bras trop tard pour amortir sa chute, elle tomba la tête la première et heurta violemment le sol.

Soudain, le silence.

Etendue sur le dos, elle essaya de reprendre son souffle. La sueur ruisselait sur son visage et sur son corps. Il y eut un cliquetis de clés et le bruit d'une porte qui s'ouvre. Puis une voix de femme dit : « Excusez-moi » et la porte se referma en toute hâte.

Un ressort gémit et Sam sentit une légère réverbération, quelque part sous elle. Il y avait quelque chose d'étrange, d'anormal.

Le lit ? Etait-elle encore couchée ? Le ventilateur tournait toujours mais presque sans bruit, à présent. Elle ouvrit les yeux et regarda craintivement autour d'elle. Malgré les lourds rideaux, une lumière douce et chaude baignait la pièce. Tout était calme. Normal. Rien n'était abîmé. Sam jeta un coup d'œil méfiant au plafond et fronça les sourcils. Pas de ventilateur. Pas de fissures. Rien qu'un lustre de cristal et d'élégantes moulures. Pourtant, elle entendait le ronronnement d'un ventilateur.

Perplexe, elle tendit la main vers le commutateur. Peine perdue. Sa main était prisonnière du drap. Tout son corps semblait ligoté comme par une camisole de force. Terrifiée, elle parvint à s'asseoir dans un sursaut et réalisa que les draps étaient emmêlés sous elle. Elle s'en libéra aussitôt.

Elle se souleva et chercha sa montre à tâtons sur la table de nuit. Elle rencontra le pied d'une lampe, le bracelet de cuir et – enfin – la Rolex qu'elle tint un moment en face d'elle. Il lui fallut quelques secondes pour déchiffrer les cadrans jumeaux. 11 h 40.

C'était l'heure de son cauchemar. Mais était-ce réellement un cauchemar ? Désorientée, elle promena son regard autour d'elle. Elle prit conscience de son mal de tête en se soulevant pour boire une gorgée d'eau. Son dos aussi lui faisait mal. Ce matelas était trop mou, beaucoup trop mou. Elle avait l'impression que le lit s'était à moitié effondré sous elle.

Le son du ventilateur changea légèrement. Clic-clac, clic-clac... Elle regarda à nouveau le plafond puis réalisa que le bruit provenait de la salle de bains. Glissant hors du lit, elle traversa la pièce sur la pointe des pieds et jeta un coup d'œil à l'immense baignoire blanche et aux deux lavabos. Il y flottait une vapeur chaude et des senteurs d'eau de Cologne. Une grande serviette blanche gisait sur le carrelage et la baignoire venait d'être utilisée. La robe de chambre en cachemire de Richard était suspendue à une patère, derrière la porte. C'est alors qu'elle découvrit son ventilateur : un petit aérateur placé dans le mur au-dessus du siège des toilettes !

Elle jeta un coup d'œil à son reflet dans le miroir et fut atterrée par ses yeux gonflés, ses traits tirés. Elle éteignit la lumière, arrêtant le ventilateur du même coup. Les pales vibrèrent encore quelques secondes puis s'immobilisèrent.

Le silence lui parut lourd et inquiétant. Elle s'enveloppa dans une serviette de bain et, regagnant la chambre, tira les rideaux. Dehors tout était calme. Le soleil était doux et chaud. Un vrai temps de printemps. Appuyée sur le rebord de la fenêtre, elle contempla le lac, immense étendue d'eau qui ressemblait moins à un lac qu'à une mer mais dont la surface, totalement lisse, évoquait une toile géante tendue entre ses rives. Au loin, on distinguait les Alpes avec leurs sommets neigeux et leurs lambeaux de rocaille brune. Lausanne était quelque part sur la droite, noyée dans la brume. Genève, invisible d'ici, se trouvait à l'autre extrémité du lac.

Sous la fenêtre, un vieux monsieur élégant, emmitouflé dans une écharpe aux tons vifs, promenait un minuscule yorkshire sur un des pontons de bois. Il s'arrêta pour contempler les hors-bord et les petits yachts qui y étaient amarrés, aussi immobiles que des jouets, puis scruta intensément l'eau comme s'il venait d'y faire tomber quelque chose. Mêlée aux effluves du lac – vivifiants, presque salés –, une odeur de cigare monta jusqu'à Sam.

Elle avait encore mal à la tête. A quelle heure étaient-ils arrivés ? 3 heures ? Ils avaient dû sonner jusqu'à ce qu'un vieux portier revêche vienne leur ouvrir et prenne leurs bagages à contrecœur.

La cloche d'une église tinta à deux reprises. Le silence lui succéda. Quelle paix... Sam contempla un bateau au loin, une petite tache claire dans la brume.

Durant le trajet, ils avaient écouté la B.B.C. jusqu'à minuit, guettant les bulletins d'information. Pas de catastrophe aérienne. Rien. Le vol CA 29 de la compagnie Chartair avait probablement décollé et atterri sans histoire.

Mais que se serait-il passé si elle avait été à bord ?

Elle se détourna pour regarder le lustre et l'endroit

où se trouvait le ventilateur de son rêve. Tout avait paru si réel. Comme les autres fois. Elle se remit à contempler le lac. Son calme la perturbait. Elle entendit le cliquetis d'une clé et la porte qui s'ouvrait derrière elle.

– Salut, Bugs, enfin réveillée ?

– Depuis quelques minutes.

– J'ai loué un bateau pour cet après-midi, dit-il. J'ai pensé que nous pourrions faire une promenade sur le lac après le déjeuner.

– Bien sûr. C'est une bonne idée.

Elle remarqua la pile de journaux sous son bras.

– Ce sont ceux d'aujourd'hui ?

– Oui. Le *Sunday Times* et le *Mail on Sunday*, dit-il en les déposant sur le lit.

– Ils sont déjà arrivés d'Angleterre ?

– Les Suisses sont des gens efficaces.

Elle parcourut la première page du *Mail* puis se mit à le feuilleter.

– Il n'y a rien, Bugs.

– Comment, rien ?

– Pas d'accident d'avion. C'est bien ce que tu cherchais, n'est-ce pas ?

Elle le scruta, cherchant à déceler sur son visage des traces de satisfaction qui lui permettraient de se mettre en colère et de crier. En vain. Elle ne trouva que l'inquiétude qu'il ressentait pour elle.

38

Le silence du lac n'était rompu que par le doux clapotement des avirons. Sam se pencha en arrière dans le minuscule bateau et laissa traîner un doigt dans l'eau. Elle était glacée. La jeune femme retira sa main et la frotta tout en admirant les montagnes qui se dressaient au loin. Tout lui paraissait gigantesque à côté de leur frêle embarcation.

Il avait fait presque chaud au moment du départ mais le soleil déclinait rapidement et des lambeaux de brouillard blanc flottaient sur le lac. Elle frissonna et observa un canard solitaire qui nageait à quelques mètres d'eux, paisiblement, comme s'il était sur une mare.

– Comment te sens-tu ? demanda Richard en tirant sur les avirons.

– Très bien. Juste un peu lasse.

Lui aussi paraissait fatigué. Il était blafard. Comme un buste de marbre ou un mannequin de cire. Comme un mort...

Il avait à peine ouvert la bouche durant le repas. Ils s'étaient comportés comme deux étrangers obligés de partager la même table. Elle était plongée dans ses réflexions, Richard dans les siennes. Il se frottait le nez, allumait cigarette sur cigarette et buvait trop :

de la bière, du vin puis du cognac. Pourquoi ne s'était-il pas reposé ? Pourquoi cette obstination à canoter sur le lac comme s'il s'agissait d'une punition ?

Peut-être espérait-il retrouver leur amour ? Faire revivre un rêve, des images de bonheur, les jours heureux où ils canotaient à Cambridge ? C'était très agréable, en été. Mais actuellement, on était en plein hiver et il faisait un froid sibérien.

Le menton sur les genoux, Sam ne voulait pas détruire ses illusions. Non, elle ne lui dirait pas : « Pour l'amour de Dieu, rentrons avant d'attraper une pneumonie ! » Cela n'aurait rien de romantique. Allons, il fallait lui donner une seconde chance. Panser les blessures. Encore un petit effort, Sam. Grelottons pour la bonne cause.

Un mince sillage d'écume se dessina à côté d'eux.

On aurait dit du dentifrice.

Espèce de sale petite garce ! Tu crois que tu vas m'avoir avec tes trucs high tech ?

– Tu as froid, Bugs ?

– Un peu.

Des bribes de musique lui parvinrent de très loin. Elle reconnut *Every Day* chanté par Buddy Holly. Puis la musique s'arrêta aussi brusquement qu'elle avait commencé. Elle avait entendu le même air, la nuit où elle avait dormi au laboratoire. Rêvait-elle encore ou était-elle éveillée ? Elle était incapable de se le rappeler.

– Tu veux rentrer ?

Elle regarda la brume qui s'épaississait. Des nuages roulaient vers eux.

– Oui, dit-elle, l'esprit troublé. Rentrons.

Elle regarda son mari ramer, dans son gros pullover, les Ray-Ban sur le nez. Il essayait d'avoir l'air jeune et dans le vent. Il ne parviendrait jamais à avoir l'air jeune. D'ailleurs, elle n'aurait jamais pu l'aimer s'il ne lui avait pas donné cette impression de maturité rassurante. L'image du père...

– A quelle heure est ton rendez-vous, demain ?

– A 9 heures.

– Ce sera long ?

– Le temps de signer quelques papiers.

– Quels papiers ?

– Des formules bancaires.

– Quelle sorte de formules bancaires ?

Il eut un sourire hypocrite.

– Mon acte de disparition.

– Tu vas disparaître ?

– Oui. Je... enfin, Andreas... Il a constitué tout un réseau d'actionnaires qui nous permet de faire circuler l'argent tout autour du globe, de la Suisse aux Antilles en passant par Panama, Nassau, le Liechtenstein et, pour finir, la Suisse. Une idée absolument géniale. Chaque fois que l'argent entre dans un pays il est mis au nom d'actionnaires différents. C'est une pratique courante, ajouta-t-il en la voyant plisser le front d'un air soucieux.

– Vraiment ?

– C'est une façon de dissimuler les opérations. Le service des fraudes, pas plus que les types d'Interpol, ne pourra jamais savoir à qui l'argent appartient même si l'enquête dure un siècle. Personne ne le saura !

Une écharpe de brume se déroula entre eux et, l'espace d'un instant, Richard eut l'air d'un spectre. Sam sentit une haleine glacée lui caresser la joue.

Elle frissonna. Elle crut entendre un bruit sourd dans le lointain et scruta le brouillard qui s'épaississait autour d'eux. Elle aurait voulu dire à son mari de ramer plus vite mais elle ne voulait pas lui montrer sa peur.

– Quand seras-tu fixé sur... ?

La brume le dissimula complètement pendant quelques secondes.

– Ils ont arrêté le directeur d'une de nos filiales américaines et ils lui ont offert une réduction de peine s'il se mettait à table...

– Tu sais, j'étais sincère l'autre jour lorsque je t'ai offert de prendre les frais à ma charge...

Les coups sourds se rapprochaient.

– Tout ira bien, Bugs. Andreas est un type très intelligent. Nous allons nous en sortir.

Le brouillard se referma silencieusement sur eux et Sam sentit ses vrilles humides dans ses cheveux. Elle avait peur. Peur de ces bruits inconnus. Peur dans ce petit bateau perdu dans la brume.

Puis elle distingua le bruissement de l'eau et le grondement d'un moteur. Il venait droit sur eux. A toute allure.

– Tu entends ? demanda-t-elle.

Richard ôta ses lunettes de soleil et les enfouit dans sa poche. Il scruta le brouillard d'un air inquiet.

– Tu ne peux pas ramer plus vite ?

– Je ne suis pas sûr de ma position, avoua-t-il en regardant autour de lui. Cette foutue brume est tombée d'un seul coup. Cela va probablement s'éclaircir dans quelques minutes.

– Rame, pour l'amour de Dieu ! hurla Sam.

Elle voulut se lever mais retomba dans le bateau qui tangua si fort que l'eau aspergea le plat-bord.

– Attention, Bugs ! Ne fais pas de mouvement brusque !

Elle pataugeait dans l'eau glacée.

– Il vient droit sur nous, dit-elle. Tu ne l'entends pas ?

– Est-ce que tu as rêvé ça aussi ?

– Je ne sais pas. Je ne sais plus ce que je rêve !

Le grondement s'accentua et elle vit Richard plisser les yeux pour essayer de percer la brume.

– Ne t'inquiète pas, dit-il en tirant sur les avirons. Nous progressons.

Elle se retourna en tendant le cou pour mieux voir ce que cachait l'épais nuage blanc.

Une hélice.

Pas celle d'un ventilateur ni d'un avion. Mais celle d'un bateau.

Puis elle vit une grande ombre noire qui leur fonçait dessus.

– Hé ! s'époumona-t-elle. Attention !...

Un paquet d'eau passa au-dessus de leurs têtes comme un boulet de canon et s'abattit sur eux, les assommant à demi. La barque donna de la gîte puis se mit à tanguer follement. Arrachée de son siège, Sam fut précipitée sur le plancher. Sa tête vint heurter les jambes de Richard. Elle entendit le vrombissement du moteur puis le battement des hélices qui brassaient l'eau dans un jaillissement d'écume et projetaient d'énormes gerbes.

Nous allons chavirer, pensa-t-elle.

Puis ce fut le silence.

L'assaillant avait disparu.

Il s'était volatilisé.

On n'entendait plus que le clapotis des vagues dans le sillage du bateau.

Le visage de Sam ruisselait d'une eau huileuse qui puait l'essence et lui piquait les yeux. Le pantalon de Richard était complètement trempé et ses cheveux plaqués sur le front.

– Ça va ? demanda-t-il.

La barque fit une embardée.

– Où est l'autre ?

– Quel con ! Comment peut-on circuler à une vitesse pareille dans un tel brouillard ?

– Je ne l'entends plus. Où est-il, Richard ? Qu'est-ce que c'était ? L'as-tu vu ?

A quatre pattes, elle regagna précautionneusement son siège tout en rejetant en arrière ses cheveux dégoulinants.

– C'était un genre de hors-bord.

– Pourquoi ne l'entendons-nous plus ?

– Que veux-tu dire ?

– C'est comme si... comme s'il avait disparu, d'un coup de baguette magique, dit-elle en scrutant les tourbillons blancs.

Elle tremblait de froid et de peur. Puis elle perçut à nouveau le ronflement du moteur et le bruit de l'eau fouaillée par les hélices puissantes.

– Ohé ? Ça va ? Ohé ?

Une masse sombre apparut derrière Richard et comme la brume se dissipait, Sam put voir la proue d'une grosse vedette. Un homme en veston écossais et casquette de base-ball était à la barre et les regardait d'un air inquiet.

– Je m'excuse, dit-il. Je suis désolé.

Derrière lui, dans la cabine aux hublots en verre fumé, Sam aperçut une silhouette, celle d'un homme qui les observait.

– Espèce de dingue ! hurla Richard.

– Je m'excuse... je m'excuse... continua le pilote en levant les mains. Ça va ?

Richard le congédia d'un geste.

– Ça va, allez. Ça va.

Sam croisa le regard de l'homme dans la cabine et surprit son ricanement malveillant. Elle le vit juste assez longtemps pour le reconnaître.

C'était Andreas Berensen.

Le pilote poussa son levier de vitesse en avant avec un bruit sec. Comme le bateau s'éloignait lentement, le brouillard se leva tout à coup et la côte apparut clairement au loin. Vision fugitive car la brume retomba bientôt comme un rideau sur une scène.

– L'as-tu vu ? demanda Sam.

– Qui ?

– Ton ami.

– Quel ami ?

– Ton cher ami. Tu ne l'as pas reconnu ?

– De quel ami parles-tu, Bugs ?

– D'Andreas. Il était à bord du bateau.

– Ne dis pas de bêtises.

– Il nous observait. Je l'ai vu dans la cabine.

– Et tu crois qu'il serait resté à l'intérieur ? Qu'il ne serait pas sorti pour nous parler ? Andreas ? (Il se mit à rire.) C'est l'un de mes meilleurs amis, Bugs. Il n'agirait pas ainsi, voyons ! Seigneur, tu as vraiment une dent contre lui ! Tu le détestes, n'est-ce pas ? Il n'y avait personne d'autre à bord de ce bateau. Ton imagination te joue encore des tours.

– Je n'ai rien imaginé. Il y avait un homme dans la cabine. Je suis sûre que c'était Andreas.

– Tu deviens timbrée, Bugs, dit Richard en haussant les épaules. Je pense vraiment qu'à notre retour en Angleterre tu devrais consulter Bamford.

Furieuse, elle se détourna. Tout en fouillant la brume du regard elle écoutait le bruit de la vedette qui filait au loin. A mesure que le ronronnement du moteur s'éloignait, elle percevait un autre son, un rire lointain qui vibrait à travers le lac comme s'il était porté par le vent.

Seulement il n'y avait pas de vent.

39

Le soleil jouait à travers les branches des sapins et Sam regardait scintiller l'étoile à trois branches au bout du capot, comme une ballerine dans un film muet. Le paysage défilait en silence. Sam avait l'impression d'être dans un cocon. L'intérieur de la voiture sentait bon le cuir neuf. Du bout des doigts, elle caressa son siège.

Ils approchaient du sommet du col et le bord de la route était hérissé de panneaux. VIRAGES DANGEREUX... Richard donna un coup de freins et, le corps crispé, les nerfs tendus, Sam enfonça ses pieds dans l'épais tapis de sol. Pourquoi conduisait-il cette Mercedes et non pas sa propre BMW ? se demanda-t-elle. C'était étrange, de le voir assis à sa gauche, au volant de cette voiture qui n'était pas à eux. Et cette couleur ! Un vert infâme pour une voiture aussi coûteuse ! Quel manque de goût !

La voiture couina en prenant un virage en épingle à cheveux, dépassa un petit chalet où des affiches vantaient la bière Löwenbräu et franchit un étroit pont de pierre. Une estafette jaune des P.T.T. les croisa.

– Tu ne trouves pas que la couleur de cette voiture est abominable ?

– Je n'ai pas eu le temps de me soucier de ce détail, répondit Richard en accélérant, l'air irrité.

Elle sentit les pneus racler le sol et les entendit crisser en mordant la route fraîchement bitumée. La Mercedes fit une légère embardée et, dans un mugissement, s'élança à l'assaut de la montagne, dépassa une balise et une rangée d'arbres annelés de peinture blanche. Puis elle dévora une portion de route qui serpentait entre une muraille de pierre et un précipice au fond duquel brillait le filet d'argent d'un torrent.

Sam regarda son mari avec inquiétude. Pourquoi conduisait-il si vite ? Sur une telle route et avec une telle voiture ? se demanda-t-elle alors qu'il se rangeait pour laisser passer un énorme camion qui les doubla en vrombissant. Le déplacement d'air déporta la Mercedes.

Nouveau virage en épingle à cheveux. Nouveau couinement du moteur. Sam poussa un soupir de soulagement : à partir de là, un muret de pierre les séparait de l'abîme. Quelques centaines de mètres plus loin, à droite, s'étendait un petit terre-plein d'où l'on devait jouir d'une vue panoramique. Le son cuivré d'un klaxon se fit entendre et une Volkswagen apparut devant eux, suivie d'une moto fonçant à toute vitesse et d'une camionnette blanche.

Les coups de klaxon, hargneux et rageurs, se rapprochèrent. Sam frissonna. Devant elle, la route disparaissait dans un virage signalé par un panneau qui limitait la vitesse à quarante kilomètres à l'heure.

Sa ceinture de sécurité se resserra autour d'elle et la rejeta si brutalement en arrière qu'elle en eut le souffle coupé. Surgissant du virage, un poids lourd tentait désespérément de doubler un autre véhicule et s'élançait à leur rencontre. Sam entendit, mêlé aux coups de klaxon, le crissement aigu des freins de la

Mercedes et vit le regard affolé de son mari aller de la paroi rocheuse à sa gauche au précipice vertigineux qui s'ouvrait à sa droite. Le poids lourd était si proche qu'elle pouvait voir le chauffeur se débattre avec son volant et son expression d'impuissance lorsque ses roues se mirent à déraper. Un espace s'élargit entre les deux véhicules et Sam crut, une fraction de seconde, que la Mercedes pourrait passer.

Une fraction de seconde.

Mais le poids lourd fit un écart dans la direction opposée, heurta la voiture qu'il tentait de dépasser et rebondit droit sur eux.

L'avant parut les surplomber comme la gueule énorme et sombre d'un insecte géant prêt à les avaler. Elle voulut se recroqueviller sous le tableau de bord mais la ceinture de sécurité la rejeta en arrière. Une terrifiante cacophonie éclata : rugissement du moteur, ululement du klaxon, gémissement des freins et crissement des pneus.

Sam vit vaciller l'étoile à trois branches puis le pare-chocs massif du poids lourd fit éclater le pare-brise et elle tendit les mains en avant, instinctivement, comme pour tenir le monstre à distance. Elle se sentit projetée en avant, précipitée contre un obstacle rigide et une douleur atroce lui transperça le crâne.

Il y eut un bruit épouvantable de métal broyé, mi-grondement, mi-grincement, et Sam se retrouva sur le terre-plein, au bord de la route. Abasourdie, elle suivit du regard le poids lourd qui dévalait la route à une vitesse folle, la Mercedes coincée sous sa cabine comme une mouche piégée par une araignée. Tout à coup, l'arrière de la voiture heurta le petit mur de pierre, le camion fit un brusque tête-à-queue et les deux véhicules, encastrés l'un dans l'autre, plongèrent simultanément dans le vide, entraînant les arbres dans leur chute, et dégringolèrent comme deux énormes poubelles pleines de ferraille cabossée. Puis le silence succéda au vacarme, un long silence durant lequel la lumière sembla s'éteindre autour de Sam, lentement, jusqu'à ce que les ténèbres l'environnent.

Ce devait être ça, la mort.

Le silence. La sensation d'être piégée dans le vide et l'obscurité.

Pour l'éternité.

Le vide.

Pendant quelques secondes elle ne sentit rien. Puis elle eut envie de vomir et se mit à frissonner.

– Richard ! appela-t-elle. Richard, au secours !

Elle aurait dû entendre les sirènes des voitures de police, les ambulances, les voitures des pompiers.

– Au secours ! répéta-t-elle.

Elle flottait, en suspens dans un élément qui n'était ni de l'eau ni de l'air. Le vide, pensa-t-elle. Le vide absolu.

– Tout va bien.

Un simple murmure.

– Tout va bien, Sam.

Une silhouette se profila dans l'ombre. Quelqu'un était dans le vide avec elle. Il se rapprochait. Il était maintenant tout près d'elle. Elle vit un reflet sur la combinaison de course d'un vert métallique. Puis elle le reconnut.

Oh non ! Je vous en prie, mon Dieu ! Non...

Une cagoule noire, une orbite rouge et vide... Il était proche d'elle à la toucher.

– Bugs ?

– Non ! Aidez-moi, je vous en prie, aidez-moi !

– Bugs ?

Ce n'était pas la même voix.

La cloche d'une église tinta et quelque chose remua dans l'ombre à ses côtés.

– Bugs ? Voyons, tout va bien.

– C'est toi, Richard ? demanda-t-elle.

Il faisait très froid dans la chambre. Un froid sibérien. Son visage était engourdi. Il y eut un bruissement de draps et le grincement d'un ressort.

– Ça va, Bugs ?

La voix de Richard était ensommeillée. Elle l'entendit grogner et s'agiter. Lentement, prudemment, elle tendit la main pour s'assurer de sa présence. Sa chair était tiède et il respirait. Elle le toucha à nouveau avec plus d'insistance puis elle roula vers lui, étendit l'autre bras et étreignit son épaule. Serrée contre lui, encore tremblante de frayeur mais soulagée, elle lui embrassa le dos.

Il s'agita de nouveau.

– Fais-moi l'amour, demanda-t-elle.

40

Debout près de la fenêtre, elle contemplait le lac en attendant que le portier vienne prendre leurs bagages.

Une vedette filait sur l'eau, si loin qu'elle entendait à peine son moteur. Elle se demanda si ce n'était pas celle qui avait failli les tuer en surgissant de la brume.

On frappa à la porte.

– Entrez, dit-elle.

Le garçon d'étage prit sa valise. Elle le suivit dans le couloir jusqu'à l'ascenseur. Le hall, sinistre et froid, avait cette atmosphère de sérénité et d'attente commune à tous les grands hôtels. Un téléphone sonna discrètement. Quelqu'un décrocha aussitôt. Le portier se tenait à son poste, surveillant son domaine. Derrière son comptoir, le caissier, un petit homme à grosses lunettes, écrivait quelque chose dans un énorme registre. A la réception, un employé téléphonait et un autre feuilletait nonchalamment une brochure.

Sa mallette de cuir à ses pieds, un jeune homme élégant attendait sur le seuil. Il regardait impatiemment sa montre. Près de lui, un couple âgé, bien habillé, était assis sur la banquette. L'homme lisait le journal, la femme brodait un napperon au point de croix. Sam prit place en face d'eux et sortit un livre de son sac.

Une grande femme élégante pénétra dans l'hôtel d'un pas décidé. Elle portait un manteau en renard argenté et un chapelet de pékinois s'emmêlaient à ses pieds. Le portier se redressa, plein de déférence, et lui adressa la parole en allemand. Une actrice célèbre ? Une femme de milliardaire qui ne savait que faire de sa vie ? Sam la regarda bavarder un moment avec le portier, puis prendre sa clé et remorquer sa ménagerie vers l'ascenseur.

Pour la première fois depuis... l'affaire, Richard et elle avaient fait l'amour, la nuit dernière. Ils étaient revenus à la normale. C'était bizarre. Tout avait changé et pourtant tout restait comme avant. S'il avait appris quelque chose de sa maîtresse, il avait pris bien soin de ne pas le montrer. Même position. Même technique. Même poids mort sur elle. Mêmes paroles romantiques : « Merde, Bugs, c'était formidable ! »

Puis il s'était rendormi.

Evidemment, il était 3 heures du matin. Et pouvait-on ranimer la passion quand elle était morte ? La passion... Un petit pincement, du côté du cœur. Une bouffée de nostalgie. Elle ouvrit son livre et ferma les yeux.

•

– A bientôt, n'est-ce pas ?

Remarquant aussitôt le ton interrogateur de sa voix, elle n'avait pu résister au plaisir de le taquiner.

– Peut-être, avait-elle répondu négligemment.

Les rides qui s'étaient formées sur le front de l'homme l'avaient emplie de joie.

– Peut-être ? Seulement peut-être ?

En guise de réponse, elle lui avait pris la main et lui avait embrassé les doigts l'un après l'autre.

– Désolé d'être en retard, dit Richard, hors d'haleine.

Levant les yeux, elle le vit se hâter vers elle. Il avait l'air épuisé. Il l'embrassa sur la joue.

– Qu'est-ce que tu lis ?

Elle lui montra la couverture. *Les Filles de l'orage*, d'Elizabeth Buchan.

– Les bagages sont prêts ?

– Oui. Tu as mis plus longtemps que prévu.

– La voiture est en panne.

– Que s'est-il passé ?

– Elle m'a emmené sans encombre jusqu'à la banque et puis elle a refusé de redémarrer.

– Elle marche, maintenant ?

– Non. Je crois que c'est l'allumage qui déconne.

– Je viens juste de régler la note. Retenons-nous une autre chambre ?

– Non. Ce n'est pas la peine. Andreas m'a prêté sa bagnole.

– Andreas ?

– Oui. Il nous rejoindra à Zermatt pour un jour ou deux. Il connaît des pistes épatantes et peu fréquentées. Il nous ramènera la BMW si elle est réparée, sinon nous la prendrons au retour.

– C'est très gentil de sa part, dit-elle d'un ton incertain.

– C'est un chic type. Je te l'ai déjà dit.

Il baissa les yeux.

– Tous les bagages sont là ?

– Oui. Comment s'est passée ta matinée ?

– Très bien. Il n'y a plus aucun problème, précisa-t-il en reniflant. En ce qui concerne les banques suisses, Richard Curtis n'existe plus.

Il se baissa pour prendre les valises mais le portier le devança, les lui prit des mains et sourit d'un air triomphant.

– Je les porte à votre voiture ?

Ils le suivirent dans la lumière du matin et Richard indiqua de la main une voiture mal garée, de l'autre côté de la rue. Une Mercedes d'un vert écœurant.

41

Sam fit demi-tour et revint vers l'hôtel. Elle s'assit dans le hall et demeura silencieuse, les traits figés, le regard fixe.

Richard la suivit.

– Qu'est-ce qui t'arrive, Bugs ? demanda-t-il en s'asseyant près d'elle. Que se passe-t-il encore ?

– Je ne veux pas prendre cette voiture.

– Qu'est-ce que tu veux dire ?

Son regard demeurait sans expression.

– Pourquoi, Bugs ? Elle est toute neuve.

– C'est sa couleur.

– Sa couleur ? Tu crois que j'avais le choix ? C'est déjà vachement sympa de la part d'Andreas de me prêter sa propre voiture. Il ne l'a que depuis un mois.

– J'ai fait un autre cauchemar ! hurla-t-elle avec tant de force que tous les clients se retournèrent pour la dévisager.

Quelle importance, d'ailleurs ? Ils pensaient probablement qu'ils se querellaient, comme le font beaucoup de couples.

– Formidable ! Encore un de tes foutus rêves !

Il se pencha vers elle et posa ses mains sur les accoudoirs du sofa.

– Et qu'as-tu rêvé, cette fois ?

– J'ai vu... une Mercedes verte.

– Et que veux-tu que je fasse ? Que je la renvoie à Andreas, merci infiniment mais, désolé, ma femme n'aime pas la couleur ?

Elle sourit. Trouvait-elle la situation cocasse ou était-ce une réaction nerveuse ? Elle n'en savait rien mais elle le dévisagea en continuant de sourire.

– Reprends-toi, Bugs. Tu n'as pas voulu prendre l'avion parce que tu croyais qu'il allait s'écraser. Maintenant, tu ne veux pas monter dans cette voiture parce que... Que veux-tu faire exactement ? Vivre ici le restant de tes jours ?

Elle le suivit de nouveau jusqu'à la voiture. Il lui tendit les clés.

– Te sentirais-tu mieux si tu conduisais ?

– Non.

En silence, ils sortirent de Montreux, longèrent le lac puis remontèrent la vallée du Rhône. Dans la tête de Sam tout se mêlait : les événements des semaines précédentes, les conseils qu'elle avait reçus, les explications qu'on lui avait données.

Il faut essayer de comprendre vos rêves, Sam. Trouver leur sens caché.

Une Mercedes verte qui disparaît dans la gueule d'un poids lourd.

Très freudien.

Vraiment ?

Evidemment.

Croyez-vous que cela puisse symboliser une nouvelle naissance ?

Tout à fait.

Je devine de fortes connotations sexuelles dans ce rêve, Sam. Ne les sentez-vous pas ?

Toujours le même son de cloche.

Le soleil se reflétait sur l'étoile à trois branches au bout du capot. L'odeur de la voiture était la même que dans son rêve. Une odeur puissante, lourde et épicée de cuir neuf. Celle de la Bentley de Ken. De la Rover de son oncle.

La même que dans son rêve. Exactement la même.

Le bois du tableau de bord, tout neuf, était parfaitement ciré.

Comme celui d'un cercueil.

Comme dans son rêve, Richard était à sa gauche et c'était le même. Hideux.

Richard étendit le bras et lui tapota gentiment la cuisse.

A gauche, les vignes en terrasses gravissaient le versant ensoleillé. A droite, les Alpes s'élevaient comme les murs d'une forteresse. Sam, la gorge serrée, sentit une peur confuse l'envahir. Elle aurait voulu s'arrêter, sortir de cette voiture mais elle demeura silencieuse. Il faut que j'essaie de comprendre, pensa-t-elle en songeant aux paroles de Hare.

Une Mercedes verte qui disparaît dans la gueule d'un mastodonte de la route. Evidemment, on pouvait l'interpréter de multiples façons. Bamford O'Connell, Tanya Jacobson et tous les membres du groupe d'études oniriques pourraient s'en donner à cœur joie. Tous, sauf elle.

Le danger se rapprochait de plus en plus. Il l'attirait, la subjuguait...

Allait-elle enfin affronter son démon ?

Elle ouvrit la boîte à gants et y jeta un coup d'œil. Peut-être y trouverait-elle des indices sur la personnalité d'Andreas ? Elle ne vit que cinq ou six cassettes de musique classique, un petit agenda et un petit chiffon soigneusement plié. Elle se mordilla les ongles. Qui était Andreas ? Il n'avait ni femme ni enfant. Selon Richard, il avait été marié et son épouse était morte, mais il n'en était pas certain. Andreas était une énigme. Pourquoi les observait-il de la cabine du bateau ? Pourquoi avait-il tenté de les supprimer avant que les papiers ne soient signés ? C'était ridicule. Pourquoi n'était-il pas sorti de sa cachette ? Pourquoi ricanait-il ? Et d'abord, était-ce vraiment lui ?

Après tout, Richard avait peut-être raison. Andreas était peut-être un brave type et elle se faisait des idées...

La route se rétrécit. Elle suivait maintenant un ruisseau caillouteux où un homme et un jeune garçon pêchaient à la ligne. Sam remarqua une cassette qui dépassait du lecteur. Elle l'enfonça et, bientôt, les enceintes diffusèrent une sonate pour piano de Beethoven. Les accords délicats, un peu tristes, évoquaient l'automne et l'emplirent d'une étrange mélancolie.

La route s'incurva légèrement et se sépara du cours d'eau. Derrière les arbres qui la bordaient comme une haie d'honneur, le soleil jetait des éclairs dorés.

Comme dans son rêve.

Sur la route, devant eux, les arbres se raréfièrent. Peu à peu, les conifères avaient fait place à d'autres essences. Dans son rêve, il n'y avait que des sapins...

– Comment as-tu fait la connaissance d'Andreas ?

– Il m'a téléphoné un jour. Je lui avais été recommandé, paraît-il. Il voulait que je fasse une opération pour sa banque.

– Pourquoi t'a-t-il aidé si souvent ?

Richard frotta son pouce et son index l'un contre l'autre.

– *Denaro*... Les Suisses vous aident toujours si vous leur faites gagner du fric. De plus, c'est un brave type.

– Tu ne trouves pas qu'il s'est montré un peu trop obligeant ?

– Qu'est-ce que tu veux dire ?

– Tu ne penses pas qu'il pouvait avoir un autre motif ?

– Quel autre motif ? Bon sang, tu me prends pour un con ?

– Mais cette histoire de délit d'initiés... Il est dedans jusqu'au cou, non ?

Il secoua la tête.

– Tu en es sûr ? Tu ne crois pas qu'il t'a fait porter le chapeau ?

– Il n'est pour rien dans tout cela, Bugs. Prendre des risques fait partie de mon boulot. C'est pour ça qu'on me paie.

– Tu n'es pas payé pour violer la loi. Je me trompe ?

Richard devint écarlate.

– Alors c'est comme ça que tu gagnes ton fric ? La maison de campagne, les travaux, tout le reste... C'était ça ?

Il renifla nerveusement et chercha ses cigarettes.

– Non. Je t'ai déjà dit que non. J'ai réussi plusieurs opérations.

– Quel genre d'opérations ?

– Oh... Des coups boursiers. Sur l'achat de certaines sociétés. J'ai touché de bonnes commissions.

Le ton était évasif. Il renifla de nouveau et freina pour négocier un virage en épingle à cheveux.

C'est alors qu'elle vit un petit chalet où des affiches vantaient la bière Löwenbräu et un étroit pont de pierre où ils croisèrent une estafette jaune. Sam ravala sa salive. Richard accéléra, l'air irrité. Elle sentit les pneus mordre l'asphalte. La Mercedes fit une légère embardée, et dans un mugissement s'élança à l'assaut de la colline, dépassa une balise et une rangée d'arbres annelés de peinture blanche.

– Tu n'as vraiment rien compris, dit-il en secouant

sa cigarette par la vitre ouverte. Tout ce que je fais, c'est pour nous !

La route serpentait entre une muraille à pic et un précipice au fond duquel on apercevait un torrent.

C'était comme un film qu'elle aurait déjà vu.

Rien n'y manquait.

Du calme, Sam. Il faut rester calme.

Richard se rangea pour laisser passer un énorme camion qui les doubla en vrombissant. Le déplacement d'air déporta leur voiture sur la droite.

– Richard, ralentis !

– Ne t'inquiète pas. Je ne vais pas vite. (Il alluma une autre cigarette.) Nous avons encore du chemin à faire. Et après, il y a ce foutu train, pour monter jusqu'au village !

Nous n'y arriverons pas. Nous allons être écrasés par un poids lourd. D'ici quelques minutes tout sera fini. Nous serons morts. Finis. Foutus. Rideau. Il n'y aura plus personne.

Curieusement, elle se sentit brusquement euphorique. Forte. Libre.

Tout se passait comme si quelqu'un lui disait de se détendre, que rien n'avait plus d'importance, qu'elle pouvait choisir entre la vie et la mort mais que la mort était préférable. Plus intéressante. Vivre enfin ses rêves jusqu'au bout... Allons, un petit effort et elle serait libre.

Elle se mit à rire. Elle avait été stupide. Ridicule... Pourquoi s'être fait tant de souci ?

– Qu'est-ce qu'il y a de si drôle ?

Drôle. Ce mot lui parut multiplié par l'écho. Drôle. Puis des frissons la parcoururent et la douleur irradia en elle, comme si des milliers de jets d'eau glacée lui perforaient l'estomac.

Je vais me réveiller d'ici peu, pensa-t-elle. Je suis

en train de faire un cauchemar mais comme j'en suis consciente, je vais pouvoir le dominer.

Le son cuivré d'un klaxon se fit entendre au loin et une Volkswagen rouge apparut devant eux, suivie d'une moto fonçant à toute vitesse et d'une camionnette blanche.

Mêmes véhicules. Mêmes couleurs.

Elle essaya de parler mais aucun son ne sortit de ses lèvres.

Richard ! Elle crut hurler le nom de son mari. Ce fut un chuchotement. Elle entendit à nouveau les coups de klaxon, hargneux, rageurs et elle déboucla sa ceinture de sécurité.

Le terre-plein. Ils approchaient du terre-plein.

– Arrête.

Elle se jeta sur Richard, agrippa le volant et sentit la Mercedes se cabrer. Richard freina à fond et la voiture s'arrêta en gémissant.

– Bon sang, mais tu es complètement folle !

– Sors de la route, dit-elle. Je t'en prie... Vite !

Sa voix n'était plus qu'un murmure.

Il lui jeta un regard furieux puis redémarra brusquement en faisant hurler les pneus. Il se gara si brutalement sur le terre-plein qu'elle faillit donner de la tête dans le pare-brise.

– A quoi joues-tu, nom de Dieu ?

– Dehors ! Vite ! Il faut sortir !

Ouvrant la portière, elle se précipita à l'extérieur et contempla, les yeux dilatés par la peur, le précipice boisé qui surplombait la rivière.

Elle perçut le grondement du poids lourd dans le lointain. Deux véhicules se rapprochaient, l'un essayant de dépasser l'autre. Ils allaient surgir dans quelques secondes. Elle se retourna vers Richard qui l'observait, debout près de la Mercedes.

Ils arrivent. Tu vas voir que j'ai raison.

Le grondement s'accentuait. Ils étaient tout près d'eux maintenant.

Richard fit le tour de la voiture pour la rejoindre. Une voiture apparut au tournant, puis une autre, une Porsche rouge avec des skis sur le toit, une petite Renault, une BMW et une Audi surchargée de bagages.

Allons, montrez-vous.

Le grondement se prolongeait.

Tout à coup, elle se rendit compte qu'il ne provenait pas de la route, qu'il n'avait rien à voir avec des poids lourds.

C'était le bruit de l'eau bouillonnant en bas, dans le ravin.

Elle s'avança sur le terre-plein, attentive au bruit des graviers qui crissaient sous les pas. Une camionnette bourdonna le long de la route, suivie d'une file de voitures. Puis il n'y eut plus d'autre bruit que celui de l'eau dans la gorge. Elle alla jusqu'au petit mur et contempla la paroi rocheuse qui tombait à pic dans l'eau écumante. Elle entendit des pas derrière elle et Richard passa un bras autour de sa taille.

– Tu devrais peut-être me faire interner, Richard.

– Et toi tu devrais essayer d'oublier tes rêves, Bugs.

42

Ils avaient dû s'arrêter et mettre des chaînes à la Mercedes pour faire les dix derniers kilomètres. Richard s'était escrimé pendant une heure sans cesser de jurer et Sam, pleine de bonne volonté, avait tourné autour de lui dans le froid glacial. Elle était totalement inefficace mais rester assise et attendre était au-dessus de ses forces.

Elle se demandait si Ken n'avait pas vu juste.

Vous vous êtes mise dans un état effrayant, vos nerfs craquent et il faut absolument que vous vous ressaisissiez... Partez et essayez d'oublier.

Bien sûr.

Réfléchissez une bonne fois à tout ce qui s'est passé, détendez-vous et vous verrez ensuite si vous avez la même optique, mais cela m'étonnerait.

Oui, patron. Bien, patron.

Seigneur, si seulement il pouvait avoir raison !

La route s'arrêtait à Täsch. Richard sortit les valises du coffre et les déposa sur un chariot à bagages. Sam, debout dans la neige, le regarda garer la voiture dans un gigantesque parking, dans le cliquetis des chaînes et le crissement des pneus.

Tout était blanc et pur. La neige, qui continuait de tomber, lui chatouillait le visage, le paysage évoquait une carte de vœux... Un bon feu de bois, la dinde rôtie, le vin et l'allégresse...

Ils étaient enfin arrivés. Malgré ses rêves ou grâce à eux ? Seraient-ils là si ses cauchemars ne l'avaient pas prévenue des risques qu'ils couraient ? S'ils avaient pris l'avion ? Ou si elle n'avait pas obligé Richard à ramer comme un forcené pour éviter la collision avec la vedette ?

S'il ne s'était pas garé sur le terre-plein, les deux poids lourds seraient-ils sortis du virage ?

Bien sûr que oui, Sam. C'est cet arrêt qui vous a sauvé la vie.

Foutaises.

Tu sais pourquoi tu refuses de me croire, Richard ? Parce que tu as peur.

Je ne suis pas folle. Oh non ! Slider s'amuse avec moi comme le chat avec la souris. « Un coup j'apparais, un coup je disparais. » « Je suis juste derrière toi... Non, je n'y suis plus. » « Certains rêves se réalisent et d'autres pas. » C'est un jeu, voilà tout. C'est un jeu qu'il te faut gagner, Sam, sinon tu mourras.

Elle piétina pour se réchauffer les pieds et enfonça ses mains gantées au plus profond de ses poches. En anorak rouge et bottes blanches, Richard revenait vers elle en toute hâte. Ils poussèrent ensemble le chariot jusqu'au funiculaire qui devait les emmener à Zermatt.

Le porteur déposa leurs bagages à l'arrière du boghei électrique et leur tint la porte ouverte. Après un départ un peu brusque, ils s'éloignèrent le long de Bahnhofstrasse et croisèrent un traîneau dont l'attelage carillonnait en trottinant. Le boghei gémissait à fendre l'âme.

Tout respire l'argent ici, pensa-t-elle. Les manteaux de fourrure et les montres coûteuses dans les vitrines ; la fumée des cigares et l'arôme du café et du chocolat chaud qui flottaient dans l'air, mêlés à l'odeur des chevaux ; l'animation, la foule, les enseignes des confiseries, des bottiers, des bijouteries, les skis dernier modèle qui battaient toutes ces élégantes épaules. A côté du Matterhorn qui s'élevait au-dessus des toits des hôtels comme un monolithe, le soleil déclinant, terne et grêle, avait l'air d'une babiole usagée.

Whymperstübe. L'hôtel *Whymper*. Ainsi nommé en souvenir du premier Anglais qui avait escaladé le Matterhorn. Beaucoup de ses compatriotes reposaient dans le cimetière sous le pont. Ils étaient si nombreux qu'il n'y restait plus aucune place.

Sam frissonna. Les dalles de pierre pointaient dans la neige, aussi déjetées que des dents de vieillard. Tous les héros du coin, tous les commerçants et tous les Anglais dormaient là, sous leurs épitaphes, tous aussi morts les uns que les autres. *J'ai choisi l'escalade*, lisait-on sur une tombe. Quelle serait la sienne ?

– Rien n'a changé, dit Richard.

Neuf ans plus tôt tout avait été magique. Un vrai conte de fées. Il y avait eu la neige, le chocolat chaud, les oreillers moelleux et les fous rires. L'insouciance. A 3 heures du matin, ils avaient « emprunté » le traîneau du boulanger et avaient dévalé les rues de la ville. Elle s'était sentie si libre, alors. Si sotte et si folle.

Le boghei monta l'allée, freina pour éviter deux vieilles dames et s'arrêta devant l'hôtel *Alex*. Pendant qu'ils remplissaient les fiches à la réception, le garçon d'étage monta les valises à leur chambre. Elle était simple et douillette, avec des meubles en bois clair, des oreillers joufflus et une énorme couette aussi douce que la neige.

– Nous devrions téléphoner à Nicky, dit-elle.

– Ouais.

Il y avait une école en face de la fenêtre, de l'autre côté de la rue. Sam contempla les petits bureaux délaissés pour la nuit. Des dessins bariolés étaient exposés sur le mur. Elle essaya de se concentrer, de réfléchir.

Il y avait tant de possibilités... C'était peut-être la raison pour laquelle les gens ignoraient volontairement leurs prémonitions. A partir du moment où ils commençaient à chercher à comprendre, à vérifier toutes les hypothèses, ils s'acheminaient vers la folie ou la solitude de l'ermite. Ils ne pouvaient plus s'échapper. Une seule issue leur restait : gagner quelques heures, quelques jours ou quelques semaines vécues dans l'épouvante. Cela n'en valait vraiment pas la peine.

La neige tombait toujours abondamment. La jeune femme sentit le souffle chaud du radiateur sur son visage.

– Comment te sens-tu, Bugs ?

Elle leva les sourcils.

Elle faillit lui répondre qu'elle se sentirait beaucoup mieux s'il la croyait, mais il ne la croyait pas. Ken non plus, d'ailleurs. Du moins pas vraiment. Seules deux personnes l'avaient crue. L'une était morte et l'autre ne voulait plus rien savoir.

Elle revit Laszlo s'enfuir de la gare sans se retourner.

Tu ne gagneras pas, Slider, se promit-elle. Je ne te laisserai pas triompher. Je te battrai. Je m'en suis pas mal tirée jusqu'à présent, n'est-ce pas ? Je gagnerai, je le jure.

Richard s'étendit sur le lit et sortit son paquet de cigarettes de la poche de son anorak.

– Pourquoi souris-tu ? demanda-t-il.

– Tu te souviens de ce poème absurde ?

A Riga vivait une jeune dame
Qui chevauchait un tigre en souriant...
A son retour de promenade
C'était le tigre qui souriait :
Il avait avalé la dame.

– C'est ce que tu ressens ?

– Je pense que la vie est aussi féroce qu'un tigre.

– A la tienne !

– A la tienne !

Ils trinquèrent et Richard, après avoir humé son vin, but longuement.

– C'est bon de se retrouver un peu seuls, n'est-ce pas ?

– A la maison, nous ne parlons jamais.

– De quoi aimerais-tu parler ? s'enquit-elle en sirotant son vin.

Il bâilla en haussant les épaules.

– De nous, je suppose. J'ai l'impression que nous revenons de loin.

Il tira sur sa cigarette et fixa son regard sur une blonde décolorée à la table d'un homme corpulent d'une bonne trentaine d'années plus âgé qu'elle.

– Elle n'a rien de terrible, dit Sam.

– Elle a de beaux nichons.

– C'est très flatteur pour moi d'être à côté d'un homme qui lorgne les autres femmes.

Il continua à boire et tout à coup son visage s'anima.

– Andreas ! s'exclama-t-il en se levant d'un bond, nous ne vous attendions pas avant demain.

Sam vit le banquier se diriger vers eux d'un pas raide. Son long manteau à col de fourrure était moucheté de neige et ses mains gantées. Elle sentit brusquement un courant d'air froid, comme s'il avait laissé la porte ouverte, et elle eut aussitôt la chair de poule.

Il la salua d'un signe de tête, un sourire affecté sur les lèvres. Le même sourire que dans la cabine du bateau. C'était bien lui qu'elle avait vu, elle en était sûre.

– Comment allez-vous ? s'enquit Richard avec empressement.

– Pas plus mal que ce matin, répondit Andreas avec un sourire froid.

Il lui serra la main et son regard se posa sur Sam.

– Bonsoir, madame Curtis.

Sam fut aussi courtoise qu'elle le put mais elle avait l'impression que les yeux froids se moquaient d'elle.

– Quel plaisir de vous revoir. J'ai été ravi de vous rencontrer. Nous avions passé une si agréable soirée.

– Merci. J'en suis très heureuse.

– Asseyez-vous, continua Richard en faisant signe au serveur d'apporter une autre chaise.

– Vous avez dîné, je crois, objecta Andreas. Je me joindrai à vous après avoir pris quelque chose.

– Mais non, pas du tout. Restez avec nous, insista Richard. Cela n'a aucune importance. Vous pouvez manger en notre compagnie. Je vais vous chercher un verre. Voulez-vous du vin ?

– Volontiers. Merci.

Le banquier retira son manteau. Richard s'en empara et le passa en toute hâte au garçon qui apportait la chaise, comme un ballon de rugby. Il saisit un verre sur la table voisine, l'emplit et le posa devant Andreas.

– Ce n'est qu'un vin du cru. Du Dole. Rien d'extraordinaire.

– Les vins de pays sont parfois excellents, dit Andreas en s'asseyant et en arrêtant à nouveau son regard sur Sam.

– Très juste, opina Richard. Vous avez certainement raison. Nous avons bu du très bon vin à notre dernier séjour ici... Pourquoi ne pas porter un toast ? Au moment présent ! Si nous commandions du champagne ? Je vais chercher la carte.

Il eut un large sourire.

– A la dématérialisation de Richard Curtis.

Il attendait une manifestation d'approbation mais Andreas regardait négligemment ailleurs, comme un vieux chien agacé par un chiot.

– Ils n'ont rien trouvé à votre voiture.

– Que voulez-vous dire ?

Richard fit à nouveau signe au serveur.

– S'il vous plaît, pourriez-vous nous apporter le menu – et la carte des vins. (Il se retourna vers son invité.) Ils n'ont pas expliqué la panne ?

– Bah... dit Andreas. Peut-être un fil électrique qui s'est débranché quelque part. En tout cas, elle marche très bien.

Sam eut à nouveau la chair de poule. *Ils n'ont rien trouvé à votre voiture...* Ils n'avaient rien trouvé non plus à la Jaguar à Hampstead. Elle tressaillit et les deux hommes la dévisagèrent.

– Tout va bien, Bugs ?

– Mais oui. J'ai seulement un peu froid.

Elle croisa le regard d'Andreas, ces yeux bleus glacés dans cette figure plate et anonyme qui semblait si insignifiante au premier regard. Ses cheveux blonds étaient ternes et bien coupés mais il les perdait. Sur le haut de son crâne ne restait qu'un léger duvet. A vingt ans, il avait probablement été beau. C'était maintenant un homme en pleine forme, sportif, qui s'habillait de façon un peu trop tapageuse : chemise de soie crème, pull en cachemire rose et petite médaille en argent autour du cou.

– C'est extraordinaire, dit Richard. Je suppose que c'est le système électronique qui nous a joué un tour. Toutes ces pièces minuscules qui s'imbriquent. Comment déterminer laquelle a eu une défaillance ?

Tout à coup, Sam comprit l'origine de son malaise.

C'était la façon dont le banquier avait enveloppé son verre de la main, ce geste imperceptible du pouce et du petit doigt qu'il avait eu pour animer les trois autres doigts, pour les faire se courber autour du verre. Pour leur donner une impression de réalité.

43

De toutes ses forces elle se débattit, essayant de se dégager des draps qui l'étouffaient et pesaient sur elle comme des sacs de sable. Il lui fallait à tout prix échapper aux lames du ventilateur qui lui tombaient dessus et au plafond qui s'effritait au-dessus d'elle. Elle fit un ultime et violent effort pour se libérer des draps mais ils retombèrent en l'écrasant et en la bâillonnant. Elle suffoquait et cherchait sa respiration en se tordant sur le lit, impuissante.

Piégée.

Elle tenta de crier mais le drap lui rentra dans la bouche.

Elle comprit enfin, trop tard, que les draps la maintenaient, l'empêchaient de tomber.

Elle glissa bientôt dans un tourbillon fou. Désespérément, elle se raccrocha à l'un d'eux mais il ne résista qu'une demi-seconde et se déchira.

– Au secours !

L'écho répondit à sa voix et résonna comme dans une grotte. Puis elle tomba la tête la première, fut précipitée dans l'air glacé, rebondit et tournoya vers un puits d'ombre. Elle tendit les mains en avant, dans un effort désespéré pour diriger sa chute et échapper aux ténèbres.

– Non !

Elle plongea dans le gouffre. Les parois, auxquelles elle tenta de se raccrocher, étaient gelées et ses mains glissèrent sur elles, douloureuses et écorchées. Quelque chose de blanc surgissait sous elle. C'étaient les pales du ventilateur qui fauchaient l'air en cliquetant d'autant plus fort qu'elle s'en rapprochait. Elle s'attendait d'un moment à l'autre à être mise en pièces.

– Vérifiez l'offre, Sally. Les actions Mitsubishi sont à cinquante-cinq. Si elles montent à cinquante-cinq et demi j'en achète cinq cents. D'accord, rachetez le tout.

La voix de Richard résonnait dans l'ombre.

– C'est un gros coup, Harry. Une affaire de cinq cents contrats. La poule aux œufs d'or ! Nous pourrions dominer le marché. Il ne faut pas laisser passer ça. Merde ! Sautez dessus. Bon sang, c'est le moment !

Il continuait à divaguer. Elle ne l'avait jamais entendu parler ainsi dans son sommeil. Elle ne lui connaissait pas cette voix inquiète et balbutiante.

Puis elle entendit des enfants chanter.

Un petit cochon
Pendu au plafond
Tirez-lui la queue
Il pondra des œufs...

Le rire des enfants sembla se répercuter à l'infini. Il se répercuta dans la classe vide. Elle se glissa hors du lit. Les rires s'arrêtèrent aussitôt.

Perplexe, elle traversa la chambre. Derrière elle, son mari s'agita en grognant. Soulevant le rideau, elle regarda dehors. Au-dessus de la neige immaculée qui recouvrait le sol, la nuit était étrangement translucide. L'école en face était sombre, silencieuse et vide. Sam retourna se coucher, remonta la couette sur elle et demeura les yeux fixés dans les ténèbres.

Une haleine froide lui souffla dans l'oreille et une voix douce et railleuse – celle de Slider – chuchota un seul mot :

« AROLEID. »

Puis ce fut le silence.

44

Sous la neige qui tombait dru, ils gravissaient péniblement la colline qui menait au téléphérique. Les skis sur l'épaule, ils passèrent près d'une étable et longèrent une rangée de vieux bâtiments, style chalet. *Chambres à louer*, disait l'écriteau.

– Je croyais que vous étiez intéressé par les valeurs japonaises ? demanda Richard.

– Uniquement lorsqu'elles sont convertibles en francs suisses, précisa Andreas.

Ils parlaient dans une langue qui leur était particulière. Aussi étrange à Sam que l'étaient celles du pays qu'ils traversaient. Français. Allemand. Suisse-allemand. Des bribes de langues étrangères flottaient autour d'eux. Deux hommes grands et maigres marchaient devant eux à grands pas. L'un portait une combinaison de ski jaune fluorescent et des bottes d'un jaune éclatant. L'autre une combinaison blanche et des bottes rose vif. Ils parlaient haut en marchant lourdement, les skis jetés sur leurs épaules. Ils riaient aux éclats. C'étaient des gens normaux qui se hâtaient de profiter de leur journée de ski. Des gens qui vivaient intensément et sans se poser de questions.

Quel effet cela faisait-il d'être morte ? On gisait

dans un sac en plastique à la morgue. On flottait dans le vide, dans un monde où personne ne pouvait vous entendre hurler. Pour l'éternité.

Et après tout, quelle importance ? Elle en avait assez de marcher, de sentir la neige lui picorer le visage, d'avoir peur. Elle voulait s'asseoir, dormir, rêver peut-être.

Dormir : rêver peut-être ? Oui, c'est toute la question. Mais durant ce sommeil de mort, quels rêves ferons-nous (1) ?

Continue-t-on de rêver une fois mort ? Continue-t-on de rêver dans le vide ?

– Tu es bien silencieuse, ce matin, constata Richard.

Elle battit des paupières pour chasser la neige qui lui brouillait la vue et continua à cheminer sans un mot tout en observant les gants de ski d'Andreas, des gants fourrés verts. Que lui avait donc dit Colin ?

Quelqu'un que vous connaissez peut-être et qui vous met mal à l'aise. Quelqu'un que vous n'aimez pas et dont vous vous méfiez. Quelqu'un qui vous rappelle ce type borgne en cagoule.

Elle tenta de se raisonner : c'est un banquier. Rien de plus. Un banquier avec une main mutilée. Il est sec et arrogant comme le sont la plupart des banquiers. Que crains-tu de lui ? Qu'il te dévore ? Qu'il te transforme en grenouille ? Qu'il te saute dessus pendant que Richard regarde ailleurs et qu'il t'égorge après t'avoir violée ? Simplement parce que tu crois l'avoir vu à bord de ce bateau ? Il vous rend service à tous les deux. Tu dois être aimable avec lui.

Ils traversèrent le pont de bois qui enjambait la rivière et montèrent un escalier raide pour faire la queue devant le téléphérique. Sam traînait les pieds

(1) Shakespeare : *Hamlet. (N.d.T.)*

derrière les deux hommes. L'air sentait l'ail, l'huile solaire, la pommade pour les lèvres et le parfum.

– Sony. Voilà une bonne opération, annonça Richard. Les actions peuvent rapporter jusqu'à cinq fois leur valeur plus une prime de quatre pour cent.

– Je préfère Fujitsu, affirma Andreas.

Le mécanisme se mettait en branle. Sam entendit le ronronnement du moteur qui tirait le câble massif, le raclement des nacelles à six places qui arrivaient lentement, le son métallique des portes qu'on ouvrait, le choc des skis les uns contre les autres et le piétinement des passagers, le cliquetis de la fermeture et le frottement des poulies le long du câble. Sam eut brusquement peur d'entrer dans cette coquille d'œuf, peur de la montagne. Elle aurait voulu rentrer à l'hôtel.

Elle reçut un coup dans les reins et se détourna.

– *Entschuldigung.*

La femme eut un sourire d'excuse en essayant de remettre ses skis en place. Elle avait l'air énervée. Deux petites filles en combinaison de ski rose l'accompagnaient.

Sam sentit qu'une main s'emparait de ses skis. Elle vit Andreas les ranger à l'arrière de la nacelle. Il lui prit le bras pour l'aider à monter. Elle regarda autour d'elle.

– Où est Richard ?

– Il montera devant.

Quatre petits Japonais qui étaient dans la nacelle les regardèrent monter, bouche bée, et décampèrent juste avant la fermeture de la porte.

La nacelle démarra. Déséquilibrée, Sam se laissa choir sur l'un des bancs. Installé en face d'elle, Andreas tenait précautionneusement ses skis. Suspendue au câble, la nacelle se balança un moment puis commença son ascension.

Sam regarda par la fenêtre. Dans sa combinaison de ski d'un vert métallique, ses lunettes rejetées en arrière, Andreas avait l'air sûr de lui. Un snobinard prétentieux. Ses talents de skieur étaient probablement aussi spectaculaires que sa mise, pensa-t-elle avec irritation.

La neige tombait de plus belle. Le vent bouscula la nacelle qui glissait dans un univers opaque. La trépidation fut telle que Sam jeta autour d'elle un regard inquiet, attentive aux vibrations du câble et à la neige qui fouettait les vitres. Elle croisa celui d'Andreas qui l'observait avec un sourire indéchiffrable.

– Le temps n'est pas très beau, dit-il d'un air entendu.

– Ce n'est pas un jour pour faire du bateau, répliqua-t-elle.

Il n'eut pas un tressaillement.

– Etes-vous un adepte du bateau, Andreas ? Le lac de Genève doit être merveilleux pour faire de la voile, ou même du hors-bord.

Il n'eut aucune réaction.

– J'ai trop de travail pour cela. Le ski est ma seule détente.

– Si j'habitais Montreux, je passerais ma vie sur le lac. Ce doit être exaltant de traverser le lac en vedette, par un bel après-midi d'hiver. Qu'en dites-vous ?

– Sans doute, fit-il en se tournant vers la fenêtre comme si la conversation l'ennuyait.

– Avez-vous lu *Trois Hommes dans un bateau* (1) ?

– Je ne crois pas.

Elle l'observa à la dérobée, essayant de déchiffrer ses pensées au moyen de ses gestes : la façon dont il détournait la tête pour regarder le paysage, la façon

(1) Classique de la littérature anglaise.

qu'il avait de serrer les poings, ses moindres changements d'attitude.

– Ça va se dégager lorsque nous serons au-dessus des nuages, dit-il.

Le câble frotta bruyamment contre un pylône, la nacelle oscilla et Sam leva des yeux inquiets. Par la fenêtre, elle pouvait voir les cimes des sapins.

Tu n'as pas fini. Le pire est devant toi. Tu vas voir ce que c'est qu'une vraie chute, une chute vertigineuse.

Qui êtes-vous, Andreas ? Ou bien est-ce moi qui divague ? Elle contempla encore une fois les doigts de l'homme puis cette combinaison verte qui lui donnait une impression de déjà-vu.

La nacelle s'arrêta dans un sursaut et se mit à vaciller follement. Sam sentit la peur l'envahir. Une rafale de vent ballotta l'engin d'un côté puis de l'autre. La neige et la brume s'épaississaient à vue d'œil. Elle entendit le vent gémir à travers les pylônes. Quelque chose grinça au-dessus de sa tête et il y eut un bruit angoissant de déchirure. Andreas souriait toujours. Il se moquait de sa peur, sans doute.

A deux reprises, la nacelle oscilla dangereusement puis reprit son ascension. Nouvelle déchirure. Nouvelle embardée suivie d'un fracas. L'ombre les envahit, la nacelle recula dans une secousse et elle sentit son cœur bondir dans sa poitrine.

Les portes s'ouvrirent alors avec un sifflement et le banquier se leva.

Ils étaient arrivés.

Il prit les skis de Sam et l'attendit. Elle sauta hors de la nacelle. Une autre arrivait et rejoignait la précédente dans un bruit sourd.

– Merci, dit-elle en se dirigeant vers son mari qui attendait à la sortie, parmi la foule.

– Je croyais que tu étais près de moi, lui expliqua-t-il. J'ai pris une nacelle pleine de Teutons. Ils ne parlaient pas un mot d'anglais. Avez-vous bavardé tous les deux ?

– Votre épouse est tout à fait charmante. Et si cultivée... répondit Andreas en souriant à la jeune femme.

Sam leva les yeux vers le câble du téléphérique où cliquetaient et grinçaient des poulies. Une autre nacelle arriva et vint heurter avec un bruit sourd l'arrière de la précédente.

C'était ici que cela se passerait, pensa-t-elle. Ici, sur cette montagne. Quelqu'un l'y attendait.

45

– Sam !

La voix de Ken résonna longuement dans la montagne, multipliée par l'écho. Sam sursauta et, se retournant, balaya du regard la pente qu'elle venait juste de dévaler. Personne. A l'exception d'Andreas dont la combinaison verte se détachait sur la neige. Il attendait qu'elle soit en bas de la piste pour s'élancer à son tour et se faire admirer. Elle regarda son mari mais il n'avait apparemment rien entendu.

La voix avait semblé si proche.

Si claire.

Comme un cri d'alarme.

– Le soleil essaie de sortir des nuages, dit Richard.

Elle hocha la tête et reporta les yeux sur la pente. Au moins, ils étaient à l'abri du vent. Au-delà des cimes, on devinait les feux du soleil derrière les nuages.

Dans l'heure qui avait suivi le déjeuner la neige avait cessé de tomber et le brouillard s'était éclairci. Selon la suggestion d'Andreas, ils étaient montés tout en haut du glacier pour échapper au mauvais temps. Sam entendit le bourdonnement de la dameuse qui gravissait la pente. Le bruit était si proche qu'elle se retourna pour regarder approcher l'énorme machine rouge munie de chenilles et dont les hélices en rotation aplatissaient la neige. Sur son toit, un gyrophare lançait des éclats orange et les gémissements courts et syncopés de sa sirène évoquaient le grincement d'une porte malmenée par le vent.

Après s'être élancé du tremplin, Andreas, ses bâtons de ski sous les coudes, s'accroupit, se redressa, plia les genoux. Souple comme un serpent, il faisait une démonstration de slalom, tel un moniteur donnant une leçon. Son aisance agaça la jeune femme. Puis, tête baissée, il fila en direction des hélices tournoyantes de la dameuse tout en zigzaguant à une vitesse folle.

On dirait qu'il n'a pas vu l'engin, se dit Sam avec un frisson.

Il vira de nouveau, s'éloigna de la dameuse en accélérant puis revint droit sur elle.

Allait-il se précipiter sur les hélices ?

Au dernier moment, il prit un virage encore plus serré, se ramassa sur lui-même et, tout schuss, revint sur la jeune femme avec un sourire démoniaque.

Sam fit un pas de côté, s'empêtra dans ses skis et perdit l'équilibre en battant l'air de ses bras.

Nouveau virage d'Andreas qui glissa vers elle et l'arrosa au passage de gerbes de neige.

Elle tomba sur le côté avec un bruit mat. Il éclata de rire. S'aidant de ses bâtons, elle parvint à se relever mais ses skis glissèrent une fois de plus et elle chuta de nouveau. Salaud ! pensa-t-elle. Ses regards furieux passèrent du banquier à Richard qui se grattait le nez d'un air ironique.

Andreas était manifestement dans son élément. Peut-être essayait-il de compenser la pauvreté de sa conversation par sa virtuosité au ski. Il remonta ses lunettes sur le haut de son front.

– Laissez-moi vous aider, dit-il.

Il se pencha, lui serra le bras dans un étau de fer et la remit sur ses pieds.

– Cela fait mal de tomber, n'est-ce pas ?

Son regard dur lisait en elle.

– Nous allons couper par là. Je connais un endroit où la neige est parfaite. Peu de gens y viennent.

Pendant qu'il remettait ses lunettes elle regarda sa main et se souvint tout à coup d'une poigne semblable à la sienne, il y avait bien longtemps. Il rabattit son capuchon vert sur ses yeux et, s'élançant sur la pente, disparut dans la brume.

– Je ne veux pas skier avec lui, dit Sam en brossant son pantalon couvert de neige.

– C'est pourtant un excellent skieur, rétorqua Richard sur la défensive. Il connaît très bien le coin. Il vaut mieux avoir un guide dans toute cette brume.

– Ça m'est égal.

– En fait, je crois que tu lui plais beaucoup.

Elle le regarda dans un silence accablé puis :

– Dis-moi, Richard, serais-je une des clauses du contrat, par hasard ?

Il rougit en se grattant l'oreille.

– Ne sois pas ridicule. Je te demande simplement d'être aimable avec lui.

– Mon Dieu, comme tu as changé ! Tu étais si fier autrefois...

Incapable de poursuivre, elle s'éloigna dans le sillage du banquier. Elle vira maladroitement puis s'arrêta, les yeux irrités par le froid. La colère et la peur qui s'affrontaient en elle lui troublaient les idées.

Elle regarda son mari descendre à toute vitesse, selon son habitude, et disparaître dans la brume, le dos voûté, ramassé sur lui-même. Un bruissement lui fit tourner la tête. Un couple de skieurs passa près d'elle : l'homme un peu raide sur ses skis, la femme élégante et souple. Le brouillard les engloutit à leur tour et le silence retomba. Sam était seule sur la pente.

Elle jeta autour d'elle un regard inquiet. Sa cuisse lui faisait mal depuis sa chute, ses vêtements étaient mouillés et elle avait froid. Elle aurait voulu se retrouver chez elle, devant un bon feu, avec Nicky jouant sur le tapis.

Ce serait si bon d'être chez soi. En sécurité. Mais avait-elle encore un foyer ?

Elle battit des paupières et s'obligea à poursuivre, à contrecœur. Elle prit deux virages de façon saccadée tout en essayant de retrouver un peu d'enthousiasme dans le rythme de sa course. Tout à coup, ses skis frôlèrent l'angle d'une pierre et se mirent en croix. Le sol vint à sa rencontre et elle s'étala sur la neige.

– Et merde ! jura-t-elle, face contre terre.

L'une de ses jambes était libre. Il lui fallut ramper pour dégager l'autre et remettre son ski en place. Elle fouilla des yeux la brume qui s'amassait autour d'elle. Où étaient-ils tous les deux ?

– Richard ? appela-t-elle.

Silence.

– Richard ?

Elle avait crié son nom mais la brume aspirait sa voix comme du papier buvard.

Elle redescendit lentement, fit quelques circonvolutions et s'arrêta. Une vague silhouette se profilait à quelques mètres d'elle. En s'approchant, elle reconnut la combinaison verte d'Andreas. Il tourna brusquement à droite. Une ombre se dessinait au bord de la piste : un panneau marqué d'une flèche. Sam s'élança vers lui et vit qu'Andreas était parti dans la direction opposée. Quelque chose était écrit sur le panneau, le nom de la piste, sans doute.

Elle s'approcha pour mieux voir.

AROLEID.

L'incrédulité la figea sur place, les yeux écarquillés.

AROLEID.

La neige vacillait sous elle, roulait comme la mer sous un bateau.

AROLEID.

Doux Jésus ! Le nom lui sautait aux yeux, palpitait, se rapprochait d'elle. Il la frappa au visage et la jeta sur le sol.

Elle y demeura un moment, engourdie par la peur. Elle entendit un ricanement et se détourna pour voir d'où il venait. Elle était seule.

Elle se remit péniblement sur ses skis et continua de fixer le panneau.

AROLEID.

La flèche indiquait la gauche. Le panneau se dressait, solitaire, dans la brume.

Sam, tremblante, le regardait fixement. Elle avait peur de rester seule près de ce panneau. Elle avait peur de suivre la direction indiquée. Elle était terrifiée.

– Richard ! s'écria-t-elle, mais aucun son ne lui répondit.

Le froid lui mordait les doigts et le visage. Il la rongeait comme s'il voulait la dévorer de l'intérieur. La brume s'épaississait et le paysage semblait irréel. Comme dans un rêve.

Pas de panique, pensa-t-elle. Je suis en train de faire un rêve conscient et je vais me réveiller d'une minute à l'autre.

Je vous en prie, mon Dieu, faites que je me réveille !

Elle crut entendre un bruit derrière elle et se retourna. Une silhouette se profila au-dessus d'elle mais disparut aussitôt. Une illusion, sans doute, provoquée par la brume.

– C'est toi, Richard ?

Pas de réponse.

La brume s'épaississait toujours et la combinaison verte s'était volatilisée.

AROLEID.

Vers la gauche.

C'était le panneau que Slider lui avait montré.

Pas question de suivre cette direction, merci. Sam tourna à droite et s'élança à la suite d'Andreas, s'éloignant du panneau aussi vite que possible. Elle descendit la pente en accélérant, se sentit précipitée en avant et faillit tomber. La neige sous ses skis devenait poudreuse.

La combinaison verte avait complètement disparu mais ses traces étaient encore visibles. Sam les suivit.

– Attends-moi, connard ! marmotta-t-elle en ratant un virage.

Comment récupérer sa technique sur un terrain pareil ? Elle perdit les traces d'Andreas et faillit chuter une fois de plus sur un rocher enseveli sous la neige.

La pente s'accentuait. Sam poussa un cri aigu en prenant de la vitesse. Elle prit un virage à une allure folle, puis un autre et dévala une piste vierge. L'un de ses skis heurta une pierre, pivota sur une plaque de glace et elle eut juste le temps d'éviter un nouvel obstacle avant de reprendre son équilibre. Elle s'arrêta à quelques centimètres d'un gros rocher nu, recula, tourna, franchit une autre bosse qui la projeta en l'air, retomba sur ses pieds dans un jaillissement poudreux et repartit en flèche de l'autre côté du terrain. Elle essaya de tourner. Nouvel obstacle. Nouveau saut. C'est alors qu'elle vit Andreas et sa combinaison verte juste devant elle. Elle vira plusieurs fois et s'arrêta derrière lui, épuisée et haletante.

– Seigneur ! dit-elle à bout de souffle. C'était raide. Vous êtes sûr que c'est la bonne piste ?

– Tout à fait, répondit-il, mais cela devient encore plus difficile à partir d'ici. C'est un bon parcours mais il faut faire très attention.

Il remonta ses lunettes sur son front et se retourna vers elle.

Sam poussa un cri.

Ses skis se croisèrent et s'enfoncèrent dans le sol. Pour se dégager, elle dut enfoncer ses bâtons dans la neige. Les mains crispées, elle secoua la tête, les yeux agrandis par l'horreur et l'incrédulité.

Andreas portait une cagoule noire avec des fentes pour les yeux, le nez et la bouche.

Une combinaison d'un vert métallisé semblable à celle de Slider dans le laboratoire.

Sam chercha Richard des yeux. Puis elle fixa de nouveau Andreas.

Il souriait, manifestement amusé par son émoi. Il toucha la cagoule de sa main gantée.

– Rien ne vaut un passe-montagne de soie pour vous tenir chaud. Nous entrons dans une zone de poudreuse. Nous allons être aspergés. Une cagoule protège le visage.

Du calme, se dit Sam.

Du calme, pour l'amour de Dieu ! Ce n'est qu'un passe-montagne comme en portent des centaines de skieurs.

Un passe-montagne banal et une combinaison de ski vert métallisé.

Des coïncidences et rien d'autre.

Il remit ses lunettes en place et lui fit un signe de la main.

Elle resta immobile, les yeux écarquillés. Elle ne

voulait pas le suivre mais ses skis se mirent à glisser et elle dut enfoncer ses bâtons dans la neige pour demeurer sur place. Elle jeta un coup d'œil vers le haut du versant.

S'il te plaît, Richard, viens vite !

La brume se dissipait imperceptiblement. Comme cette pente était raide !

– C'est une chance pour vous que je me sois arrêté ici, dit Andreas avec un sourire qui ressemblait à un rictus. Vous auriez pu faire une mauvaise chute.

Une silhouette apparut tout en haut. Richard. Sam en ressentit un tel soulagement que son cœur bondit dans sa poitrine.

Son mari commença la descente, vira, croisa ses skis et tomba de tout son long. Elle sentit son sang se glacer dans ses veines. Richard releva aussitôt la tête et fit un geste dans sa direction.

Elle regarda de nouveau Andreas. Etait-elle encore en train de rêver ? Etait-ce un cauchemar conscient ?

Je voudrais vraiment me réveiller, pensa-t-elle. Mais je sais que ce n'est pas un rêve. C'est la réalité.

– Allons, venez, dit Andreas. Descendez lentement. Soyez prudente. Je vais vous montrer.

Quelqu'un que vous connaissez peut-être et qui vous met mal à l'aise. Quelqu'un que vous n'aimez pas et dont vous vous méfiez. Quelqu'un qui vous rappelle Slider.

Incapable de détacher les yeux de son interlocuteur, Sam avança lentement vers lui.

– Regardez, dit-il.

Ils se trouvaient sur une saillie rocheuse. Elle jeta un coup d'œil à ses pieds. La piste se transformait en un couloir étroit qui tombait presque à la verticale. Ses parois arrondies et recouvertes de glace étaient aussi lisses que le fût d'un canon. Il s'effilait jusqu'à un surplomb au-delà duquel on ne voyait rien.

– Il faut faire très attention en descendant ce couloir, dit-il en souriant. Si vous chutez vous ne pourrez pas vous arrêter. Il y a un terrible à-pic au bout. Vous devez tourner tout de suite à droite et prendre la corniche. Si vous tombez, vous vous écraserez sur des rochers.

Il tourna en godillant puis descendit tout schuss, comme s'il se trouvait sur une piste pour débutants. Tout en pliant les jambes et en agitant les bras, il sautait à la façon d'un danseur et prenait de la vitesse, faisant fi des conseils qu'il venait de lui donner.

Sam se détourna et vit que Richard s'apprêtait à la rejoindre.

– Attention, Richard ! cria-t-elle. Arrête-toi à ma hauteur ! Ne va pas trop vite !

Il leva une main en signe d'accord et elle se mit à descendre, lentement, pétrifiée par la peur, en évitant maladroitement rochers et cailloux. Au fond du couloir, elle s'arrêta, figée sur place. Ce n'était plus une pente, c'était un véritable mur de glace qui s'enfonçait dans la brume. Elle sentit que la tête lui tournait et recula peu à peu. Elle se retourna pour avertir son mari qui s'était arrêté plusieurs mètres au-dessus d'elle.

– Tout va bien ? cria-t-il.

– Fais très attention. Sois extrêmement prudent : ça descend à pic.

Elle s'éloigna un peu plus, à reculons. Richard attendait qu'elle lui laisse le passage. Elle remarqua le silence. Terrifiant.

Où cet homme voulait donc la conduire ? Etait-ce un homme, d'ailleurs ? N'était-ce pas plutôt une créature fantastique ? Un monstre ? Son regard revint au couloir. Ce serait un vrai cauchemar de regrimper tout ça. Il était 16 heures. Bientôt la lumière disparaîtrait, surtout si la brume devenait plus épaisse. Les moniteurs feraient une dernière ronde avant de fermer les pistes mais ils ne viendraient pas par là. Ce n'était pas une piste. Ils ne pourraient jamais remonter avant la nuit. La seule issue était donc de continuer la descente.

Il faut affronter vos monstres, Sam.

C'est ce que je vais faire, pensa-t-elle, en suivant la corniche le long de l'à-pic de la mort à deux mètres d'elle. Elle se rendit compte qu'elle prenait de la vitesse et que le rebord sur lequel elle skiait était trop étroit pour lui permettre de virer. Elle se mit à glisser en chasse-neige vers le bord de la corniche.

Ses skis étaient maintenant parallèles et le vent cinglait son visage pendant qu'elle filait de plus en plus vite sur le sol glacé. Elle aperçut Andreas en contrebas. Elle eut l'impression qu'il riait, sous sa cagoule. Puis la corniche fit place à une immense pente de poudreuse où ses skis s'enfoncèrent. Elle s'arrêta. Elle n'avait pas l'habitude de terrains aussi escarpés. Après plusieurs centaines de mètres, la pente s'assagissait puis repartait vers un autre à-pic.

Le bruit d'un hélicoptère qui tournait au-dessus d'eux se fit entendre. Sam, animée d'un brusque espoir, tenta d'apercevoir les sauveteurs. En vain.

Une brusque rafale, giflant la surface de la neige, souleva un nuage acide qui lui piqua les yeux. Elle n'eut pas le temps de protéger son visage. Lorsqu'elle put de nouveau contempler le ciel, d'un bleu aussi sombre que l'eau d'un lac, le ronronnement du moteur mourait dans le lointain.

Derrière elle, Richard fit crisser ses skis sur la glace. Il s'était arrêté au bord de l'à-pic et scrutait le vide.

– Hé, Andreas ! Où nous emmenez-vous ? s'écria-t-il. Nous ne sommes pas des acrobates ! Vous tenez à ce qu'on se casse le cou ?

Andreas l'ignora. Il souriait à Sam.

– Cette neige repose sur de la glace. Vous ne devez pas la traverser. Descendez tout droit. Prenez des virages serrés. Suivez exactement mes traces. Si vous la coupez, vous provoquerez une avalanche. Faites comme moi. Si vous ne tournez pas au moment où il faut, vous tomberez dans le précipice. Il y a un autre mur de glace un peu plus loin, encore plus raide.

Elle le regarda fixement, paralysée par la peur.

Andreas s'élança, coudes au corps. Il faisait naître des nuages de poudre blanche dans son sillage et, tout en contrôlant sa vitesse, prenait des virages à angle droit. Soudain, il se redressa bizarrement, le corps tordu. Il essaya de se rétablir mais n'y parvint pas, fit la culbute et disparut dans une gerbe de neige. Son bras puis sa tête émergèrent. Il fit un effort pour se dégager, puis se couvrit le visage d'une main.

Sam n'hésita pas. C'était maintenant ou jamais. Elle s'élança et prit le premier virage, sur les traces d'Andreas, trop lentement. Elle n'avait pas pris assez d'élan et l'un de ses skis resta coincé dans la neige. Elle échappa de peu à la chute. Paniquée, elle le dégagea d'un mouvement brusque et tourna en prenant de la vitesse. Elle allait trop vite, maintenant. Andreas n'était plus qu'à une cinquantaine de mètres d'elle. Ne regarde pas, pensa-t-elle, ne regarde surtout pas. Ne tombe pas. Ses muscles étaient si crispés qu'elle rata son virage. Elle tenta de ralentir mais ne réussit qu'à accélérer.

A trente mètres au-dessus de lui elle abandonna ses traces et commença de couper la pente, en prenant le plus de vitesse possible.

Elle entendit Richard hurler.

– Bugs, ne traverse pas ! Bugs ! Tourne, bon sang, tourne !

Le bord du précipice s'approchait à vue d'œil.

Elle allait trop vite pour bifurquer.

– Bugs ! Tourne ! *Tourne !* Laisse-toi tomber, bon Dieu !

Le précipice était tout proche.

Elle hurla en essayant d'obliger ses skis à virer. A droite, puis à gauche. Peine perdue. Le précipice venait à sa rencontre.

Alors la neige explosa autour d'elle. Une douleur lui traversa le cou et elle se retrouva couchée sur le dos, les yeux fixés sur le ciel.

Elle entendit la voix anxieuse de Richard.

– Bugs ? Rien de cassé ?

Son cœur battait à se rompre. Elle roula sur elle-même et la neige bougea sous elle.

– Non. Tout va bien.

Elle se releva tout en ôtant la neige de ses lunettes et vit son mari qui contemplait d'un air affolé la longue balafre qu'elle avait dessinée dans la neige. Andreas, une centaine de mètres au-dessus d'elle, se cachait encore le visage de ses mains. Du sang coulait sur ses gants.

– Andreas, continua Richard. Ça va ?

La pente était plus douce que ne l'avait cru Sam. Elle récupéra ses skis et les rechaussa. Richard attendait. Andreas, assis, se couvrait l'œil d'une main. Tout en contemplant la diagonale qu'elle avait tracée au-dessus de lui, la jeune femme se débattait avec la fixation d'un de ses skis. Ses mains comme son esprit semblaient engourdis.

Un coup de tonnerre ébranla la montagne et elle eut l'impression que quelque chose avait frappé la plante de ses pieds. La neige se fissura et les craquelures s'étendirent bientôt comme des veines.

Comme une coquille d'œuf brisée, pensa-t-elle.

Un grondement retentit et le sol se mit à trembler. Les fissures s'étendaient autour d'elle, accompagnées d'un bruit étrange et terrifiant, celui d'un parchemin géant qu'on déchirerait.

Elle pensa à une coquille d'œuf géante en train de se fêler. Au plafond de sa chambre d'hôtel.

Elle entendit Richard hurler : « Sauve-toi, Bugs ! »

Elle essaya de lui obéir mais la peur la paralysait.

Comme dans ses cauchemars.

– Sauve-toi, Bugs !

Elle entendit un claquement de fouet et un énorme bloc de neige glissa droit vers elle. Puis un bruit de ressac lui fit lever la tête : le long de la pente, un nuage descendait lentement, un nuage compact fait de glace et d'écume neigeuse.

Elle se redressa en tentant d'utiliser son seul ski pendant que l'autre pied s'enfonçait profondément dans la neige.

Le grondement se fit assourdissant, s'unit aux hurlements du vent qui l'assaillaient. Elle était presque au bord du précipice maintenant. La neige s'affaissa sous elle et ce fut la chute. Roches et glace croulèrent autour d'elle dans une cacophonie terrifiante. On aurait dit que des millions de pas couraient le long d'un tunnel. Crépitements, fracas et hurlements multipliés par l'écho devinrent de plus en plus forts.

Nage. Essaie de rester à la surface.

Elle bougea ses bras. Quelque chose lui cogna la tête et l'aveugla. Elle dégringola un peu plus. Ses mains glissaient sur une paroi si froide qu'elle lui donnait une sensation de brûlure.

Le mur de glace.

Elle tournoyait. Les grondements fous se poursuivaient. Quelque chose la blessa à la joue. Elle continua de tomber pendant quelques secondes, rebondit sur un obstacle, puis un autre.

Enfin elle s'immobilisa. Le vacarme continuait autour d'elle mais hurlements et crépitements s'apaisaient, s'éloignaient.

Le silence se rétablit.

Sam gisait dans les ténèbres. Elle ferma les yeux, les rouvrit. Rien. Elle ne voyait rien.

Elle essaya de bouger les mains. Impossible.

Elle essaya de bouger les jambes. Peine perdue.

Elle se mit à trembler.

Le vide. Ce vide dont elle avait rêvé quand la Mercedes s'était écrasée dans le ravin.

Ce vide où elle ne verrait plus jamais Nicky.

Ni Richard.

Ni personne.

Elle sentit l'épouvante monter en elle. Une demi-heure. On ne survivait qu'une demi-heure dans une avalanche. Passé ce délai, on était considéré comme perdu.

Où était-elle ? A quelle profondeur ? A quelle distance ?

Elle sentait le froid tout autour d'elle.

Le silence.

C'était ça, la mort.

Elle essaya de bouger. Elle commença par sa main droite mais celle-ci était prisonnière... de la courroie du bâton de ski. Elle la libéra d'une torsion et put toucher son visage. Elle promena ses doigts sur son front, sur son nez, sur sa bouche. C'est moi et je suis vivante. Elle effleura sa joue qui la piquait.

Où est la surface ?

Ils avaient tant parlé d'avalanches autrefois. Ils en avaient plaisanté. Ils avaient débattu de ce qu'il fallait faire. Il paraît que la peur provoque un relâchement intestinal. C'est comme ça que les chiens retrouvent les disparus. Grâce à l'odeur. Elle se demanda si c'était son cas. Sauvée grâce à sa merde. Quelle ironie !

Il fallait cracher, lui avait-on dit un jour. Si la salive retombait sur le visage, cela prouvait qu'on était couché sur le dos. Elle cracha. Des gouttes atterrirent sur son front.

– Au secours ! hurla-t-elle. Je suis ici. Ici !...

Mais sa voix était inaudible. Prisonnière, comme elle, de ce linceul de glace.

Si au moins j'étais inconsciente, regretta-t-elle. Si au moins j'avais été assommée par ma chute. Je mourrais sans m'en apercevoir.

Une gouttelette tomba sur son visage. Puis une autre. La neige fondait.

Où était Andreas ? Où était Richard ? Etait-il enseveli dans la neige, lui aussi ?

Ils étaient en dehors des pistes, sur le flanc de la montagne. Quelqu'un avait-il vu l'avalanche ? Elle leva la main et poussa. C'était aussi dur que le roc. Elle tenta de gratter l'obstacle du bout de son gant. Son doigt glissa, dérisoirement.

Elle reconnut son bâton de ski, agrippa la poignée dure et métallique mais ne parvint pas à le bouger.

Elle retira l'un de ses gants avec ses dents et sentit une autre gouttelette sur son visage. Elle gratta la neige du doigt. De minuscules cristaux glacés tombèrent sur ses yeux et ses joues. Elle avait dû perdre ses lunettes de protection. On les retrouverait peut-être un jour. Samantha Curtis... Portée disparue. Identifiée grâce à ses lunettes.

Sa main se refroidissait. Il fallait conserver la chaleur. Elle enfila son gant puis essaya à nouveau de bouger le bâton de ski, de le tirer brusquement, de le tordre d'un côté et de l'autre. Mais il était bloqué. Elle ferma les yeux et, frappant la neige du poing, écouta le bruit mat qui rompait les ténèbres silencieuses.

Pouvait-on respirer à travers la glace ? Combien d'air lui restait-il ?

Un son lui parvint : on jetait une poignée de graviers contre une vitre, lui sembla-t-il. Juste au-dessus de sa tête.

Son cœur s'emballa. Ils l'avaient enfin trouvée.

Puis le son mourut, ne laissant subsister qu'un faible écho. Etait-ce un pas à quelques mètres de là ? Ou une explosion dans le lointain ?

Avec l'énergie du désespoir, elle frappa à nouveau la neige du poing, tout en fermant les yeux pour se protéger des minuscules tessons. Elle frappa de toutes ses forces et, tout à coup, sa main creva la neige qui retomba en pluie sur son visage et dans sa manche. Elle l'essuya de la main et ouvrit les yeux.

La lumière du jour.

Une aveuglante clarté.

Elle provenait d'un trou à peine plus gros que son poing.

– Au secours !

Le jour qui filtrait dans sa tombe lui permit de voir qu'elle n'était pas seule.

Quelqu'un gisait à ses côtés.

A travers la fente de la cagoule tachée de sang, une orbite rouge la fixait, toute proche. Une goutte de sang tomba sur sa joue.

Sam se mit à hurler.

La face d'Andreas était encastrée dans le toit de la tombe comme une gargouille. Sa bouche ouverte ricanait encore et il dardait sur elle le vide béant de son orbite et le regard mort de son œil unique, totalement pétrifié.

Seigneur ! Non ! Oh non !

C'est alors qu'elle remarqua la main, figée au-dessus d'elle selon un angle bizarre, une main qui semblait étrangère au personnage, une main déformée, desséchée, réduite à un pouce et à un petit doigt et qui pointait comme une patte griffue à travers la neige.

Sam secoua la tête pour l'éviter. Elle voulut regarder à travers l'orifice qui laissait passer la lumière mais celle-ci s'assombrit et disparut bientôt. Le sol autour d'elle se remit à trembler et des bruits sourds l'ébranlèrent.

Ô mon Dieu, épargnez-moi une autre avalanche !

Elle vit tout à coup des hélices tourner au-dessus d'elle.

Un ventilateur. Avec des hélices noires.

Elles descendaient sur elle en tourbillonnant follement.

Le ventilateur, les hélices, le plafond qui se fissurait, la coquille d'œuf. Les images se bousculèrent dans sa tête.

Les hélices noires.

C'était un hélicoptère.

Les hélices s'éloignèrent et le ronronnement s'arrêta.

Un hélicoptère, Sam !

Oh, je vous en prie ! Revenez ! Je suis là.

Il avait disparu.

– Au secours ! hurla-t-elle. Au secours !

Elle entendit un fracas au-dessus d'elle et des voix excitées qui criaient : « Par ici ! Ici ! »

Tout à coup, il se produisit un grondement de tonnerre et une véritable pluie – neige et glace mêlées – tomba sur son visage. Celui d'Andreas se mit à trembler, à vibrer comme s'il était en vie et qu'un rire sarcastique l'animait encore sous sa cagoule noire. Sa tête se rapprochait d'elle, centimètre par centimètre, comme s'il voulait l'embrasser.

Non ! Non ! NON !

Puis la lumière s'éteignit et elle se retrouva dans l'obscurité.

Ensevelie dans la nuit silencieuse.

Dans le vide, ce vide où on peut crier sans que personne vous entende.

Ses cils effleurèrent quelque chose de doux, de froid et d'humide. Battant des paupières, elle émit de petits gémissements sourds en sentant le visage de l'homme s'approcher d'elle et la toucher.

Elle rejeta la tête en arrière, fit des mouvements de cou désespérés pour creuser la neige sous elle mais l'autre visage se pressait contre le sien. A travers la soie du masque, les os des pommettes cherchaient à s'imprimer dans sa bouche, de plus en plus brutalement, comme si les deux têtes étaient prises dans un étau qui se resserrait impitoyablement.

La douleur s'accentuait. Elle avait du mal à respirer. Elle suffoquait, à demi étouffée. Elle essayait de raisonner, malgré sa terreur. Malgré l'obscurité.

Vous m'étouffez.

Vous m'écrasez.

Vous me faites si mal.

Puis elle sentit sa tête exploser tout à coup, comme une ampoule électrique. Et tout s'arrêta.

46

Un homme chauve lui sourit dans l'obscurité et lui tendit les bras.

Elle se déroba et tenta de lui donner un coup de pied mais ses jambes restèrent inertes.

– Laissez-moi tranquille ! cria-t-elle.

Surpris, il cligna des yeux et sourit de nouveau. C'était un sourire doux et rassurant. Sam fronça les sourcils. Il ne ressemblait pas à Andreas. Pas du tout. Il avait de grands yeux chaleureux et une barbe abondante.

– Tout va bien, dit-il. Tout va bien.

Elle l'observa, intriguée. D'où pouvaient provenir ces vibrations et ce curieux ronflement que l'écho multipliait comme si elle se trouvait tout à coup à l'intérieur d'un tambour ? Et comment expliquer ces odeurs d'essence, de graisse et de gaz d'échappement ? Elle entendit le cliquetis d'une chaîne, le claquement d'un cadenas et une voix qui criait. Le barbu cria lui aussi quelque chose qu'elle ne comprit pas. Elle sentit qu'on lui pressait la main.

– C'est fini, Bugs. Tu vas aller très bien maintenant.

Richard.

Elle tourna à demi la tête et vit défiler les sapins,

puis un mur de glace bleue et tout se fondit dans la brume, comme à la fin d'un film.

– Comment vous sentez-vous ? demanda le barbu en se penchant sur elle.

– Ma jambe me fait mal.

– Je vais vous donner quelque chose pour atténuer la douleur. Etes-vous allergique à un médicament ?

Elle secoua la tête en signe de dénégation. Le mouvement lui fut pénible.

– Où suis-je ?

– Dans un hélicoptère. Nous vous transportons à l'hôpital de Visp. Nous y serons dans quelques minutes.

Quelqu'un lui pressa à nouveau la main et lui caressa le front. Elle ferma les yeux et eut envie de vomir. Quand elle les rouvrit, Richard se tenait auprès d'elle. Il lui caressait le front.

– Tout va bien, Bugs. C'est fini.

A côté de lui, la silhouette du Matterhorn se profila en tournoyant dans le lointain. Sam s'assit une seconde, sans tenir compte de la douleur. Elle se rappela ce qui s'était passé.

– N'essaie pas de te lever, Bugs. Reste étendue.

Elle aperçut, au bord d'un long ravin, l'à-pic vertigineux d'un mur de glace bleu acier. Tout près, une large cicatrice s'ouvrait au flanc de la montagne.

C'était l'endroit où elle avait été retrouvée.

La vision s'effaça brièvement puis revint. Sam pouvait voir clairement le paysage sous elle. L'hélicoptère, qui volait assez bas, suivait le couloir. La partie supérieure de la pente qui avait été couverte d'une neige poudreuse n'était plus maintenant que boue et rochers. A droite, ce chaos continuait jusqu'au bord du mur de glace. A gauche, la boue avait été recouverte de neige et formait d'énormes blocs blancs empilés en désordre sur plusieurs mètres de haut. Un peu plus loin, là où la pente s'atténuait, de gros morceaux de glace s'entassaient jusqu'au bord d'un deuxième ravin.

Sur la corniche, des hommes habillés de brun, déployés en éventail, se frayaient un chemin à travers les blocs de neige et enfonçaient çà et là de fines tiges de métal. Ils levaient la tête, puis avançaient et recommençaient.

– C'était fou, dit une voix derrière elle.

Elle se détourna et vit le barbu les dévisager successivement, l'un après l'autre, avec une expression où la colère le disputait au chagrin.

– Vous êtes complètement fous, vous les Anglais. Complètement toqués. Pourquoi êtes-vous allés skier là-haut ? (Il se tapa le front du doigt.) Complètement fous.

Elle n'avait aucune envie de polémiquer.

– Je... Je suis désolée, finit-elle par dire.

– Vous avez eu beaucoup de chance.

– De la chance ?

Il désigna la vitre et secoua à nouveau la tête.

– Vous avez vu ça ? La glace, les murailles ? C'est impossible. Regardez où vous êtes descendue.

Elle voyait clairement la montagne maintenant. Même s'ils avaient réussi à descendre la pente où était tombée l'avalanche ils n'auraient pu...

La corniche où Andreas lui avait dit de tourner se prolongeait de quelques mètres et tombait à pic. Il n'était pas possible de s'en apercevoir à distance. Elle l'aurait découvert au moment de la culbute sur cinq cents mètres de rochers, dans la brume mouvante.

47

On frappa à la porte de sa chambre d'hôpital.

– Entrez, dit-elle.

C'était un policier, en uniforme bleu, sa casquette à la main, un revolver sur la fesse droite. Il était petit, soigné, avec des cheveux bien coiffés, une moustache bien taillée et un air méthodique.

– Mâdâme Curtis ?

Elle acquiesça d'un mouvement de tête. Il se présenta.

– Caporal Julen, de la police cantonale.

– Bonjour.

– Comment vous sentez-vous, mâdâme Curtis ?

– Bien, merci.

– Vous avez une jambe et plusieurs côtes cassées.

– Deux côtes et une cheville, rectifia-t-elle.

– J'espère que vous ne voyez aucun inconvénient à ce que je vous pose quelques questions ?

– Bien sûr que non.

Il tira une chaise près du lit et s'assit en posant sa casquette sur ses genoux.

– C'est toujours mauvais d'être pris dans une avalanche. Nous essayons de faire de notre mieux pour que nos pistes soient sûres mais quand les gens s'éloignent des itinéraires conseillés, et sans guide, en plus...

Il leva les bras au ciel.
– Oui.
– Vous savez, il était impossible de descendre d'où vous étiez. Même sans l'avalanche vous auriez été tuée. Vous n'auriez pas pu skier plus avant. C'était impossible. Pourquoi votre mari a-t-il pris ce couloir ?
– Ce n'est pas lui qui a pris cet itinéraire. C'est Andreas.
– Andreas ?
– Une relation d'affaires de mon mari. Il est suisse et il nous a dit qu'il connaissait très bien le coin.
Le policier fronça les sourcils.
– Je ne comprends pas.
Quelque chose dans son expression la troubla.
– Il vit à Montreux, ajouta-t-elle, et il skie souvent à Zermatt. C'est du moins ce qu'il m'a dit.
– Que fait-il ? Comment s'appelle-t-il ?
– Andreas Berensen. Il dirige la banque Fürgen-Züricher dont le siège est à Montreux.
– Voyons, mâdâme Curtis, l'hélicoptère qui patrouillait vous a vus juste avant l'avalanche. Vous n'étiez que deux sur la pente.
– Oui, Andreas et moi. Mon mari était derrière nous. Nous avions été séparés par le brouillard.
Il secoua la tête.
– Il n'y avait que deux personnes, affirma-t-il en haussant la voix.
Tout à coup, elle frissonna.
– Nous étions trois... expliqua-t-elle, la bouche tordue par un sourire nerveux. Nous étions trois. Andreas a été pris avec moi dans l'avalanche. Il est mort. Je suis sûre qu'il est mort. Son œil était tout...
Elle remarqua l'étrange expression du policier et la voix lui manqua.
Il contempla longuement sa casquette puis leva les yeux sur la jeune femme.

– Essayez-vous de me faire marcher ?

– Moi ? Vous faire marcher ? rétorqua Sam dans une soudaine flambée de colère. Vous croyez que je plaisante ? Vous croyez que je trouve tout ça drôle ?

Il se leva et se dirigea vers la fenêtre.

– Vous venez de Londres, n'est-ce pas ?

– Oui.

– C'est une très belle ville. J'y suis allé en vacances. J'ai visité Scotland Yard. Très efficace. Remarquable. Mais il pleut toujours à Londres, n'est-ce pas ?

– Pas toujours.

Il se rassit et remit sa casquette sur ses genoux.

– Vous faisiez du ski dans nos montagnes en compagnie de votre mari et d'Andreas Berensen ?

– Oui.

– Vous vous êtes cassé deux côtes et vous avez une fracture multiple de la cheville ?

– Oui.

– A part cela, vous vous sentez bien ?

– Oui.

– Vous êtes encore sous le choc ?

– Je ne crois pas.

– Moi si. Ou alors, vous essayez de rejeter le blâme sur quelqu'un d'autre au lieu d'assumer vos propres responsabilités.

Les joues de Sam lui brûlaient.

– Je suis désolée. Je ne comprends pas.

– Ah non ? (Il se frappa la poitrine d'un poing rageur.) Eh bien moi, je comprends parfaitement. Chaque année, il y a des morts dans la montagne. Des gens aussi stupides que vous qui se croient très forts et qui vont skier n'importe où, tout ça pour ne pas payer un guide.

– Excusez-moi, mais je ne comprends toujours pas.

Il lui jeta un regard courroucé.

– Je crois que vous comprenez, mâdâme Curtis. Je crois que vous et votre mari comprenez très bien.

Elle ferma les yeux. Il parlait par énigmes. Qu'est-ce que c'était que cette nouvelle devinette ? Un nouveau jeu ?

– Pourriez-vous être plus clair, je vous prie ? Qu'insinuez-vous exactement ?

Ses doigts tambourinèrent sur sa casquette puis s'arrêtèrent brusquement. Il la regarda droit dans les yeux.

– Vous me dites qu'Andreas Berensen est le directeur de la banque Fürgen-Züricher et que vous et votre mari skiiez avec lui. C'est exact ? Qu'il était votre guide ? C'est bien ça ? C'est ce que vous affirmez, vous et votre mari ?

– Oui. Je vous l'ai déjà dit, il était enseveli avec moi sous la neige. Nous étions ensemble sur la pente. Il a dû... tomber sur la pointe de ses skis. L'un de ses yeux a été arraché dans la chute. Il a été pris sous l'avalanche avec moi. Il est mort.

– Il n'y avait personne avec vous. J'ai interrogé les hommes qui vous ont trouvée. Ils m'ont dit qu'il n'y avait personne avec vous lorsqu'ils vous ont découverte. J'ai interrogé la banque Fürgen-Züricher, mâdâme Curtis.

Il secoua la tête en regardant successivement sa casquette et Sam.

– Ils n'ont jamais entendu parler d'un Andreas Berensen. Aucun directeur de banque suisse ne porte ce nom. Personne en Suisse n'a un passeport à ce nom. (Il tapota sa casquette.) Et savez-vous pourquoi, mâdâme Curtis ? Parce qu'il n'existe pas. Voilà pourquoi.

48

– Les cadavres ne se sortent pas des avalanches, Sam.

Mais les rêveurs se réveillent, pensa-t-elle en promenant son regard autour de la salle de restaurant. A la table voisine, quatre hommes d'affaires étudiaient la carte. L'établissement, qui paraissait vide, donnait une impression d'attente. Il était encore tôt. Dans une demi-heure, toutes les tables seraient occupées et Julio, le sourcil levé, se débarrasserait des retardataires d'un mouvement d'épaules accompagné d'un humble sourire. *Scusi*. Désolé.

Vêtu de son éternelle chemise froissée, Ken se pencha pour mieux observer le visage de Sam. Il rompit un petit pain qu'il émietta sur la table. Le serveur empoigna la bouteille d'orvieto et emplit les verres d'un geste majestueux, comme s'il arrosait des plantes vertes.

Ken prit une cigarette et en tapota le bout sans filtre sur sa montre, à petits coups secs.

– Richard l'a vu disparaître ?

– Oui.

– Et vous étiez ensevelie avec lui ?

– C'est ce que j'ai cru.

– Il était au-dessus de vous ?

– Oui.

– Donc les sauveteurs auraient dû le dégager en premier ?

Elle acquiesça.

– Et ils n'ont rien vu ?

Elle leva son verre et but quelques gorgées de vin.

– Non.

Il alluma sa cigarette, tira une bouffée et rejeta lentement la fumée par les narines.

– Ainsi, vous avez tout imaginé ? demanda-t-il en roulant sa cigarette entre le pouce et l'index.

Sam avait l'impression que son cerveau refusait de fonctionner, d'aborder le problème. Elle se sentait vide, inerte.

– Andreas a dû tomber dans le précipice – enfin je le suppose – et j'ai cru qu'il était enterré avec moi. J'ai reçu un coup sur la tête. Cela explique peut-être le reste...

Le sourire de Ken fit naître de petites pattes-d'oie au coin de ses yeux.

– Tout m'a semblé si réel, dit-elle en haussant les épaules.

– Ce doit être une expérience que d'être emportée par une avalanche.

– C'était bizarre. J'ai cru que j'allais mourir. J'ai vraiment pensé que ma dernière heure était venue. Quand j'ai vu son visage – je parle d'Andreas – j'ai eu la conviction que...

Elle baissa les yeux sur la nappe puis les leva en direction de la porte où un groupe de personnes attendait. Julio aidait un petit homme obèse à ôter son manteau. Il s'y employait avec une efficacité clinique, comme s'il pelait méthodiquement une orange.

Ken leva son verre.

– C'est un plaisir de vous retrouver. Vous m'avez manqué.

– C'est bon d'être de retour. Vous m'avez manqué aussi.

Elle hésita, rougit et s'interrompit. Ils trinquèrent et elle but une gorgée de vin. Il était froid et sec et elle frémit comme si un plombage la faisait brusquement souffrir.

– Quand comptez-vous reprendre votre travail ?

– Après le déjeuner.

– Vous plaisantez ?

– Pas du tout. Je recommence cet après-midi. Dix jours dans un hôpital suisse, ça suffit amplement. Je me débrouille très bien avec mes béquilles et je ne veux pas laisser la place à Claire.

Il huma son vin, en but une gorgée, tira sur sa cigarette et la secoua soigneusement dans le cendrier. Il contempla la nappe d'un air pensif puis leva les yeux sur Sam.

– Claire est partie.

Sam la dévisagea, muette de surprise. Elle frissonna. L'air était humide et glacé. Elle se demanda si le restaurant était chauffé.

– Partie ?

– Oui.

Elle chercha à déchiffrer son expression.

– Comment ? Pourquoi ?

– Elle a disparu le lendemain de l'avalanche. J'ai reçu un mot quarante-huit heures plus tard.

– Que disait-elle ?

– Rien. Sinon qu'elle regrettait de ne pouvoir continuer à travailler pour moi.

– C'est tout ?

– Oui. Elle nous a vraiment laissés tomber. Vous aviez raison. J'aurais dû vous écouter.

– Et elle ne vous avait rien dit auparavant ?

– Non.

– Comment avez-vous fait, sans personne pour la remplacer ?

– Drummond est un brave type. On s'est débrouillés.

– Quelle garce ! Elle aurait pu au moins attendre mon retour. Nous l'avons toujours bien traitée. S'en aller aussi brusquement...

Il avala la fumée de sa cigarette puis la rejeta en hochant la tête.

– Que voulez-vous... C'est la nouvelle génération...

Il tourna la tête pour rejeter la fumée, leva son verre et s'appuya contre le dossier de sa chaise.

– Et Richard, où en est-il ?

– Il est convaincu que la banque de Montreux lui ment. Il a rencontré Andreas à plusieurs reprises ces dernières semaines, entre autres au siège même de la banque. Apparemment, c'était bien lui le directeur et il s'est arrangé pour brouiller les pistes. Un peu trop bien, selon Richard.

– Quelles en sont les conséquences pour lui ?

– Tout son argent a disparu. Envolé.

– Que va-t-il faire ?

– Rien. Il avait fait tout ça parce qu'il craignait de perdre son job et de voir son compte gelé mais il semble qu'il n'ait plus rien à craindre. Les poursuites sont abandonnées. C'est ce que lui a appris son avocat hier soir.

– Pour quel motif ?

Elle haussa les sourcils et sourit faiblement.

– Richard n'en est pas absolument certain, mais il semblerait que l'un des principaux témoins à charge ait disparu.

Ken la regarda longuement et, plongeant la main dans la poche intérieure de son veston, en sortit une enveloppe.

– Ne serait-ce pas cet homme ?

Les yeux rivés sur les siens, Sam prit l'enveloppe qu'il lui tendait. Comme elle n'était pas collée, la jeune femme y glissa un doigt et en sortit une photographie en noir et blanc qu'elle déposa sur la nappe. Elle jeta un coup d'œil à Ken et revint à la photo. C'est alors qu'elle le reconnut. Elle se pencha pour mieux voir et sentit ses cheveux se dresser sur sa tête.

D'abord elle vit la main, une main déformée réduite au pouce et au petit doigt. Puis le visage – ce visage froid et correct avec un grand front et des cheveux soigneusement plaqués sur les tempes et qui ne formaient plus qu'un léger duvet sur le sommet du crâne. Seule différence : les lunettes. Les verres ronds, cerclés de fer, avaient un côté désuet. Il était debout devant un immeuble, vêtu d'un costume soigneusement boutonné. Il avait un air boudeur, comme si la photo avait été prise contre son gré.

– Andreas ! s'exclama-t-elle. C'est bien lui.

– Quel âge avait l'Andreas que vous connaissiez ?

– Entre quarante et cinquante ans.

– Cet homme aurait aujourd'hui quatre-vingt-quinze ans. Il s'est pendu en 1938 dans une cellule de la prison de Lyon.

D'un coup de genou elle faillit faire tomber la table. La chaleur lui monta brusquement à la tête et pendant quelques secondes elle crut qu'elle allait s'évanouir. Elle s'agrippa à la nappe pour ne pas tomber.

– Il y a environ quinze jours, j'ai regardé un documentaire à la télévision. C'était sur la magie noire et ils nous ont montré une photo de ce type. Sa main m'a rappelé votre description.

– Qui était-ce, Ken ?

– Il s'appelait Claude Wolf. C'était un Allemand un peu bizarre, qui s'intéressait de très près à la magie noire. Il a fait partie de plusieurs cercles de sorcellerie en Europe entre les deux guerres. Il avait monté une organisation en Italie mais Mussolini a donné un coup de balai à tout ça et Wolf s'est réfugié en France. Il a épousé une femme aussi bizarre que lui et ils se sont lancés dans les sacrifices rituels. Il a été arrêté en 1938 à Lyon, accusé de plusieurs meurtres mais sa femme, Eva, qui était enceinte de huit mois, réussit à s'échapper et s'installa en Angleterre où elle se fit passer pour une réfugiée juive. Ils avaient un fils âgé de quatre ans qu'ils durent abandonner mais qui fut adopté par un couple de Suisses.

– C'était Andreas ?

– Il ne doit pas y avoir tellement de personnes avec la même difformité.

– Vous n'avez rien appris de plus ?

– Non, mais je connaissais le producteur de l'émission et je lui ai téléphoné pour lui demander s'il pouvait me fournir d'autres tuyaux sur le sujet. Il a contacté l'archiviste et il m'a envoyé cette photo.

Elle demeura silencieuse un moment, face au visage arrogant et froid.

– Nous sommes mercredi, dit-elle en regardant sa montre. Claire m'a dit qu'elle recevait tous les mercredis.

– Qui ?

– Pouvez-vous m'emmener à Bloomsbury ?

Ken arrêta la Bentley devant la porte du « Centre d'épanouissement de la personnalité », où Sam entra en boitillant. La femme aux cheveux plaqués et au visage tiré était toujours derrière sa caisse enregistreuse.

– J'aimerais voir Mme Wolf.

– Elle est absente, répondit la femme sans bouger les lèvres.

– Je croyais qu'elle recevait le mercredi.
– Elle est malade.
– Savez-vous quand elle reviendra ?
– Je ne sais pas ; elle est très malade.
– J'ai besoin de la rencontrer.
– Elle ne veut voir personne.
– Est-il possible d'avoir son adresse ?
– Non. C'est impossible. (Elle baissa la voix.) Allez-vous-en. Et ne revenez plus. Nous ne voulons pas de vous ici.
– C'est très important, insista Sam. Je dois...
La femme se leva à demi et, l'espace d'une seconde, Sam crut qu'elle allait se jeter sur elle. En reculant, elle trébucha et laissa choir une de ses béquilles. Elle se baissa pour la ramasser et, en se relevant, croisa le regard haineux de son interlocutrice qui lui barrait la route. Sam se précipita dehors et remonta dans la Bentley, tremblante et le visage en feu. Ken installa ses béquilles sur le siège arrière et referma la portière de la voiture.
– Bonne chasse ?
– Non. Mme Wolf est malade et ne reviendra sans doute pas. Ils n'ont pas voulu me donner son adresse.
– Je crois que je la connais, dit-il après un instant de silence.
Sam le regarda avec stupéfaction.
– Comment cela ? Que voulez-vous dire ?
Sans répondre, il mit le moteur en marche.
– Que voulez-vous dire, Ken ?
Sans un mot, il se glissa entre les files de voitures. Il était 4 heures de l'après-midi. Ils remontèrent Tottenham Court Road à une allure d'escargot et tournèrent à gauche dans Marylebone Road. La tête vide, Sam contemplait le capot de la Bentley. Il lui semblait qu'une partie d'elle-même était encore ensevelie dans sa tombe glacée. Ils prirent l'autopont de Pad-

dington puis tournèrent en direction de Shepherd's Bush. En sortant de la voie rapide, ils réintégrèrent le flot lent de la circulation.

Après avoir traversé Acton et Ealing, Ken s'arrêta à deux reprises pour vérifier le nom des rues, erra dans un dédale de sens interdits et s'arrêta finalement devant une demeure victorienne en ruine. Ouvrant la portière, il aida Sam à descendre.

– Je vous accompagne, dit-il. Vous avez besoin d'un garde du corps.

– Comment savez-vous que cette maison est celle de...

– Je ne sais pas. Mais je suis prêt à parier.

Ils regardèrent les noms sous l'interphone. Ils étaient écrits au crayon, pour la plupart à demi effacés, mais le nom de « Wolf » au deuxième étage était encore lisible.

Sam regarda son patron d'un air intrigué.

– Je ne comprends pas.

– Vous comprendrez bientôt.

Elle s'apprêtait à appuyer sur la sonnette lorsque Ken arrêta son geste et pressa celle d'un autre appartement.

– Harry ? C'est toi ? s'exclama une vieille femme revêche.

– Non, c'est le livreur, répondit Ken.

Il y eut un bourdonnement et la porte d'entrée s'ouvrit. Ken s'effaça pour laisser passer Sam.

Le hall était sombre et humide. Il empestait le chou bouilli et le linoléum était si bosselé qu'il en était dangereux.

– Attendez-moi ici, demanda Sam. Je préfère y aller seule.

– Vous êtes sûre ?

Elle fit un signe affirmatif et s'enfonça dans la pénombre. Elle loucha pour déchiffrer le numéro sur la première porte à droite et se dirigea vers la seconde, d'où s'échappait une forte odeur de chat. Elle hésita brièvement et tendit l'oreille. Quelque part, derrière elle, une télévision vociférait. Elle jeta un coup d'œil alentour et pressa le bouton de la sonnette. Un bourdonnement discordant résonna dans l'immeuble. Un long silence suivit. Elle était sur le point de sonner à nouveau lorsque des pas décidés se firent entendre.

La porte s'ouvrit sur Claire.

Sam n'en crut pas ses yeux.

C'était bien Claire.

Claire qui ne paraissait pas surprise et dévisageait sa visiteuse d'un œil froid.

Comme si elle l'avait attendue.

Sam, troublée, recula d'un pas.

– Pourquoi êtes-vous venue ici ? demanda l'autre d'un ton glacé.

– Je croyais... enfin, je voulais voir Mme Wolf.

– Ma mère a eu une attaque et ne peut voir personne. Partez et laissez-nous tranquilles.

– Votre *mère* ? (Tremblante, Sam secoua la tête.) Vous avez dit votre mère ?

– Elle a eu son attaque en voyant son fils tomber sous l'avalanche. Elle a tout vu.

– Elle a tout *vu* ?

– Ma mère voit beaucoup de choses.

– Où est-il tombé ?

– Dans un précipice. Il a fait une longue chute et son corps est pris dans la glace. On le retrouvera au printemps.

Sam, incapable de parler, la regardait avec stupéfaction.

– Vous avez tué ses deux fils. Cela ne vous suffit pas ? Pourquoi ne voulez-vous pas laisser ma famille en paix ?

La porte se referma et elle entendit le cliquetis de

la chaîne de sécurité. Trop bouleversée pour faire un pas, elle demeura immobile.

– Sam ? Vous vous sentez bien ?

Elle vit rougeoyer la cigarette de Ken. Lentement, elle boitilla dans sa direction.

– Ça va ?

Elle s'arrêta en face de lui.

– Vous aviez raison, dit-elle en essayant de deviner l'expression de son visage dans la pénombre. Un bruit – celui d'un loquet de porte ? – résonna derrière elle et elle se retourna craintivement. Rien.

Elle monta dans la voiture et demeura silencieuse, les yeux fixés sur les phares qui trouaient la nuit.

– Avez-vous eu d'autres rêves depuis ? lui demanda Ken.

– Non.

– A votre place, je n'en parlerais plus, Sam. Et je ne chercherais plus à comprendre. J'essaierais d'oublier. Le temps guérit tout.

– J'aimerais beaucoup vous croire.

– Vous en doutez ?

Elle hocha la tête.

– Si vous avez la possibilité de voir l'avenir, alors je suis sûr que vous avez celle d'oublier le passé.

– Peut-être.

– Oubliez tout. L'homme en cagoule est mort et enterré. Ils sont tous les deux morts, maintenant. Enterrez-les dans votre tête.

Il jeta son mégot par la vitre.

– Oubliez-les. Oubliez le passé. C'est fini. Vous avez affronté vos monstres – vos terreurs. C'est bien ce qu'on vous avait dit de faire, n'est-ce pas ?

Elle hocha la tête.

– Vous les avez tous affrontés et vous les avez battus.

– La vie grouille de monstres, Ken.

– Elle grouille aussi de survivants.

Fut-ce une heure après cette conversation que Ken déposa Sam à Wapping ? Fut-ce beaucoup plus tard ? Elle se souvint vaguement d'avoir pris un verre en sa compagnie mais peut-être confondait-elle les dates. Elle avait si mal à la tête qu'elle ne voyait plus clair et qu'elle tremblait de tous ses membres.

Elle entra dans l'ascenseur et appuya sur le bouton du quatrième étage. La porte se referma et la lumière s'alluma. Lentement, bruyamment, l'ascenseur se mit à monter et tout à coup s'arrêta avec une secousse si violente que Sam faillit perdre l'équilibre.

Il y eut une petite explosion et la lumière s'éteignit. Un morceau de verre la blessa au visage et elle poussa un cri.

Dans un silence profond, elle attendit que la porte s'ouvre mais rien ne se passa.

Ses doigts explorèrent la paroi. Où était le bouton qui commandait l'ouverture de la porte ? Le cœur battant à se rompre, elle appuya sur le bouton du dernier étage. Aucun résultat. Sa main abandonna le métal froid et lisse. Rez-de-chaussée. Premier étage. Deuxième. Troisième. Quatrième. Elle appuya sur un autre au hasard. L'ascenseur demeura obstinément immobile. Elle donna un coup de poing dans la porte et entendit le choc sourd résonner dans le silence. Elle frappa à nouveau.

Pourquoi ne pas essayer la sonnette d'alarme ? Il en existait bien une. Plus haut. N'était-ce pas le dernier bouton ? Toujours pas de résultat. Soudain, la porte s'ouvrit avec lenteur, en râpant le sol, et Sam sentit son cœur s'emballer.

Elle poussa un hurlement et recula dans la cage minuscule.

Le dos au mur, elle se figea : debout dans l'embrasure de la porte, Claire brandissait une faucille.

Sam leva les bras pour se protéger mais la lame s'abattit sur elle et une cuisante, une épouvantable douleur la transperça. Elle tenta de détourner les coups à l'aide de sa béquille mais Claire la lui arracha des mains et la lança dans le couloir.

– Richard ! hurla la jeune femme. Ô mon Dieu, Richard ! Aide-moi !

La lame lui coupa les doigts de la main puis s'enfonça dans sa poitrine.

– Richard !

Elle sentit l'acier lui fouailler le cœur puis s'abattre sur sa tête.

Quand elle rouvrit les yeux, Claire était penchée sur elle. Les yeux injectés de sang, les traits déformés par un plaisir sadique, elle s'apprêtait à frapper de nouveau. Sam sentit des milliers de pointes rouges lui vriller le crâne.

Puis, tout à coup, Claire fit un saut en arrière. Dans le brouillard, Sam la vit glisser sur le sol, la tête secouée comme celle d'une poupée de chiffon. Une main l'empoigna par les cheveux et la jeta contre un mur, les yeux écarquillés par la stupeur. Elle vit la faucille s'échapper de sa main. C'était Richard. Richard, fou de rage, qui lui cognait furieusement la tête contre le mur. Il cognait, cognait. Enfin, Claire s'affaissa sur le sol et il se tourna vers sa femme.

– Ça va, Bugs ?

Chancelante, Sam se précipita vers lui. Elle ne le voyait pas distinctement et elle s'effondra avant de le rejoindre.

– Bugs ?

Elle ne répondit pas.

– Bugs ? Tout va bien ?

Du sang ruisselait sur son visage et ses vêtements.

– Bugs, réponds-moi.

La lumière revint. Une lumière d'hôpital, blanche et crue. Un médecin la dévisageait. Derrière lui, sur le mur, elle vit un tableau de nu. Alors elle comprit. Ce n'était pas un médecin qui se penchait sur elle. C'était son mari.

– Tout va bien, Bugs. Ne t'en fais pas.

Elle promena une main sur son visage. De l'eau ? Non, de la sueur. Elle était seulement couverte de sueur. Elle contempla ses mains, compta lentement ses doigts. Il n'en manquait aucun et elle n'était pas blessée.

– Encore un cauchemar ?

– Non, dit-elle en secouant la tête. Celui-là était différent. Tout à fait différent.

Il se pencha pour l'embrasser sur le front.

Elle se rendit compte qu'elle suffoquait. Elle resta immobile, cherchant à reprendre son souffle et écoutant les battements de son cœur qui vibrait dans sa poitrine comme la peau d'un tambour.

– Oui. Il était différent, cette fois. Ce n'était qu'un rêve, dit-elle à voix haute, clairement.

Comme si elle voulait que le monde entier le sache. Comme si, en affirmant cette différence, elle essayait de se convaincre elle-même. Elle ferma les yeux quelques secondes et revit la tête de Claire s'écraser contre le mur, l'expression vaincue de son regard vitreux lorsqu'elle s'était effondrée. Elle regarda son mari en souriant.

– Ce n'était qu'un mauvais rêve.

Épouvante

Depuis Edgar Poe, il a toujours existé un genre littéraire qui cherche à susciter la peur, sinon la terreur, chez le lecteur. Il a suscité de nombreux films.

ALMQUIST Gregg	L'éveil de la Bête 2574/4* Inédit
ANDREWS Virginia C.	Ma douce Audrina 1578/4*
BARKER Clive	Livre de sang 2452/3*
BLATTY William P.	L'exorciste 630/4*
BRANDNER Gary	La Féline 1353/4*
	Carrion 2705/4* Inédit
BYRNE John L.	Le Livre de la Peur 2633/4* Inédit
CAMPBELL Ramsey	La poupée qui dévora sa mère 1998/3*
	Le Parasite 2058/4* Inédit
	La lune affamée 2390/5*
	Images anciennes 2919/5*
COLLINS Nancy A.	La volupté du sang 3025/4* Inédit
FARRIS John	La forêt sauvage 2407/5* Inédit
GALLAGHER Stephen	La vallée des lumières 2800/3* Inédit
HERBERT James	Le sombre 2056/4*
	Pierre de lune 2470/4*
HOWARD Joseph	Damien la malédiction II 992/3*
JAMES Peter	Possession 2720/5* Inédit
	Dreamer 3020/6*
JETER K.W.	Les âmes dévorées 2136/4* Inédit
	Le ténébreux 2356/4* Inédit
KAYE Marvin & **GODWIN** Parke	Lumière froide 1964/3*
KING Stephen	Voir page précédente
KOONTZ Dean R.	Spectres 1963/4* Inédit
	Le rideau de ténèbres 2057/3*
	Le visage de la peur 2166/3* Inédit
	Chasse à mort 2877/5*
	Les étrangers 3005/8*
LANSDALE Joe R.	Le drive-in 2951/2*
LAWS Stephen	La nuit des spectres 2670/4* Inédit
	Le Veur 2762/4* Inédit
LEVIN Ira	Un bébé pour Rosemary 342/3*
MAXIM John R.	Les possédés de Riverside 2654/4* Inédit
MICHAELS Philip	Graal 2977/5*
MONTELEONE Thomas	L'horreur du métro 2152/4* Inédit
	Fantasma 2937/4*
MORRELL David	Totem 2737/3*
NICHOLS Leigh	L'antre du tonnerre 1966/3* Inédit
	L'heure des chauves-souris 2263/5* Inédit
	Feux d'ombre 2537/6* Inédit
PIERCE Dale	Le sang du matador 2554/3* Inédit
REEVES-STEVENS Garfield	Dreamland 2906/6*
RHODES Daniel	L'ombre de Lucifer 2485/3* Inédit
	Le banquet de Lucifer 2837/4* Inédit
RUSSO John C.	L'appel du sang 2611/5* Inédit
SAUL John	Corps étranger 2308/4*
SELTZER David	La malédiction 796/2*
SOMTOW S.P.	Vampire Junction 2862/6* Inédit
STRAUB Peter	Le dragon flottant 2373/6* Inédit
	Tu as beaucoup changé, Alison 2816/5* Inédit
STRIEBER Whitley	Wolfen 1315/4*
STRIEBER W. & **BARRY** J.	Cat Magic 2341/6* Inédit
TESSIER Thomas	La nuit du sang 2693/3*

J'AI LU NEW AGE

BONDI J. A. & ALTMAN N.	**Amour, sexe et clarté** 2817/**3***
CAYCE Edgar	**...et la réincarnation (Par Noël Langley)** 2672/**4***
(Voir aussi à Koechlin)	**Les rêves et la réalité (par Harmon H. Bro)** 2783/**4***
	L'homme du mystère (par Joseph Millard) 2802/**3***
CHADWICK Gloria	**A la découverte de vos vies antérieures** 2722/**3***
DAMEON-KNIGHT Guy	**Karma, destinée et Yi King** 2763/**3*** Inédit
DENNING M. & PHILLIPS O.	**La visualisation créatrice** 2676/**3*** Inédit
DOORE Gary	**La voie des chamans** 2674/**3*** Inédit
HAYDES Peter	**L'aventure suprême** 2849/**2*** Inédit
KOECHLIN de BIZEMONT Dorothée	**L'univers d'Edgar Cayce** 2786/**5***
	L'astrologie karmique 2878/**6***
	Les prophéties d'Edgar Cayce 2978/**6***
MACLAINE Shirley	**L'amour foudre** 2396/**5***
	Danser dans la lumière 2462/**5***
MELLA Dorothee L.	**Puissance des couleurs** 2675/**3*** Inédit
MONTGOMERY Ruth	**Au-delà de notre monde** 2895/**3*** Inédit
MOODY Raymond Dr	**La vie après la vie** 1984/**2***
	Lumières nouvelles... 2784/**2***
	La lumière de l'au-delà 2954/**2***
MURPHY Joseph Dr	**Comment utiliser les pouvoirs du subconscient** 2879/**4*** (Juin 91)
PARKINSON Cornélia	**La magie des pierres** 2961/**4***
PEARCE Joseph Chilton	**La fêlure dans l'œuf cosmique** 3022/**4***
PECK Scott	**Le chemin le moins fréquenté** 2839/**5***
ROBERTS Jane	**Le Livre de Seth** 2801/**5*** Inédit
	L'enseignement de Seth 3038/**7*** (Juin 91)
SIEGEL Bernie	**L'amour, la médecine et les miracles** 2908/**4***
SMITH Michael G.	**Le pouvoir des cristaux** 2673/**3*** Inédit
TALBOT Michael	**L'univers : Dieu ou hasard** 2677/**3*** Inédit
WATSON Lyall	**Supernature** 2740/**4***
	Histoire naturelle du surnaturel 2842/**4***
WEISS Brian L. Dr	**De nombreuses vies, de nombreux maîtres** 3007/**3***

Aventure Mystérieuse

BELLINE Marcel	**La troisième oreille** 2015/**3***
	Un voyant à la recherche du temps futur 2502/**4***
BERLITZ Charles	**Le Triangle des Bermudes** 2018/**3***
FLAMMARION Camille	**Les maisons hantées** 1985/**3***
MAHIEU Jacques de	**Les Templiers en Amérique** 2137/**3***
PRIEUR Jean	**La prémonition et notre destin** 2923/**4***
SADOUL Jacques	**Le trésor des alchimistes** 2986/**4***

RAMPA T. Lobsang
Histoire de Rampa 1827/**3***
La caverne des anciens 1828/**3***
Le troisième œil 1829/**3***
Les secrets de l'aura 1830/**3***
Les clés du nirvâna 1831/**2***
Crépuscule 1851/**2***
La robe de sagesse 1922/**3***
Je crois 1923/**2***
C'était ainsi 1976/**2***
Les trois vies 1982/**2**
Lama médecin 2017/**3***
L'ermite 2538/**3***
La treizième chandelle 2593/**3***
Pour entretenir la flamme 2669/**3***
Les lumières de l'Astral 2739/**3***

Policier et Suspense

Cette collection présente tous les genres du roman criminel : le policier classique avec des auteurs tels que Ellery Queen, Boileau-Narcejac, le roman noir avec Raymond Chandler, Ed McBain et les œuvres de suspense illustrées par Stephen King ou Tony Kenrick.
C'est un panorama complet du roman criminel qui est ainsi proposé aux lecteurs de J'ai lu.

BARKER Clive	**Le jeu de la damnation** 2655/**6***
BAXT George	**Dus sang dans les années folles** 2952/**4***
BOILEAU-NARCEJAC	**Les victimes** 1429/**2***
	Maldonne 1598/**2***
BOURGEAU Art	**Sanglants désirs** 2815/**3*** Inédit
BROWN Fredric	**La nuit du Jabberwock** 625/**3***
CHANDLER Raymond	**Playback** 2370/**3***
COGAN Mick	**Black rain** 2661/**3*** Inédit
CONSTANTINE K.C.	**Meurtres à Rocksburg Station** 2858/**3***
COUSIN Philippe	**Le Pacte Pretorius** 2436/**4***
DEMOUZON	**Paquebot** 2651/**3***
DE PALMA Brian	**Pulsions** 1198/**3***
FARRIS John	**L'intrus** 2640/**3***
FRANCIS Dick	**Ecran de fumée** 2630/**3***
GARBO Norman	**L'Apôtre** 2921/**7*** (Juin 91)
GARDNER Erle Stanley	**Les doigts de flamme** 2431/**3***
	L'évêque bègue 2571/**3***
	Le perroquet faux témoin 2608/**3***
JUST Ward	**Le dernier ambassadeur** 2671/**5***
KENRICK Tony	**Les néons de Hong-Kong** 2706/**5*** Inédit
KING Stephen	**La peau sur les os** 2435/**4***
	Running Man 2694/**3***
	Chantier 2974/**6***
LEE Stan	**Puzzle** 2761/**5***
LEPAGE Frédéric	**La fin du 7e jour** 2562/**5***
MACBAIN Ed	**Manhattan blues** 2594/**3***
	Le chat botté 2891/**4*** Inédit
MACDONALD Gregory	**Fletch père et fils** 2717/**3***
MEYERS Martin	**Suspect** 2374/**3*** Inédit
MOSS Robert	**Un carnaval d'espions** 2634/**7***
NAHA Ed	**Robocop** 2310/**3*** Inédit
	Dead-Bang 2635/**3*** Inédit
	Robocop 2 2931/**3***
OSBORN David	**Le sang à la tête** 2799/**3***
PARKER Jefferson	**Little Saigon** 2861/**6*** Inédit
PEARSON Ridley	**Le sang de l'albatros** 2782/**5***
	Courants meurtriers 2939/**6***
PERISSET Maurice	**Les maîtresses du jeu** 2570/**4***
	Le banc des veuves 2666/**3***
	Les noces de haine 2759/**4***
PIPER Evelyn	**La nounou** 2521/**3***

QUEEN Ellery	***Et le huitième jour*** *1560/3★*
	La décade prodigieuse *1646/3★*
	Sherlock Holmes contre Jack l'Eventreur *2607/2★*
	L'adversaire *2690/4★*
	Face à face *2779/3★*
	Le mystère des frères siamois *2905/4★*
	Le cas de l'inspecteur Queen *3023/3★*
REEVES-STEVENS Garfield	***Dreamland*** *2906/6★*
SADOUL Jacques	***L'héritage Greenwood*** *1529/3★*
	L'inconnue de Las Vegas *1753/3★*
	Trois morts au soleil *2323/3★*
	Le mort et l'astrologue *2797/3★*
	Doctor Jazz *3008/3★*
SLADE Michael	***Chasseur de têtes*** *2738/5★*
STRASSER Todd	***Pink Cadillac*** *2598/2★ Inédit*
THOMAS Louis	***Sueurs froides (Crimes parfaits et imparfaits)*** *2438/3★*
TORRES Edwin	***Contre-enquête*** *2933/3★*
VION Marc	***Panique au Pellerin*** *2834/3★*
WILTSE David	***Le cinquième ange*** *2876/4★*

Science-fiction

Depuis 1970, cette collection est leader du genre en France. Elle a publié la plupart des grands classiques (Asimov, Van Vogt, Clarke, Dick, Vance, Simak), mais elle a aussi révélé de nombreux jeunes auteurs qui seront les écrivains de premier plan de demain (Tim Powers, David Brin, Greg Bear, Kim Stanley Robinson, etc.). La S-F est reconnue aujourd'hui comme littérature à part entière, étudiée dans les écoles et les universités. Elle est véritablement la littérature de notre temps.

	Univers 1990 *2780/4★*
ANDERSON Poul	***La patrouille du temps*** *1409/3★ (Juin 91)*
ASIMOV Isaac	***Les cavernes d'acier*** *404/4★*
	Les robots *453/3★*
	Face aux feux du soleil *468/3★*
	Tyrann *484/3★*
	Un défilé de robots *542/3★*
	Cailloux dans le ciel *552/3★*
	La voie martienne *870/3★*
	Les robots de l'aube *1602/3★ & 1603/3★ Inédit*
	Le voyage fantastique *1635/3★ (Juin 91)*
	Les robots et l'empire *1996/4★ & 1997/4★ Inédit*
	Espace vital *2055/3★*
	Asimov parallèle *2277/4★ Inédit*
	Le robot qui rêvait *2388/6★ Inédit*
	La cité des robots *2573/6★ Inédit*
	Cyborg *2875/6★ Inédit*
	Refuge *2975/6★ Inédit*
BALLARD J.G.	***La forêt de cristal*** *2652/3★*
	Le monde englouti *2667/3★*
	Salut l'Amérique ! *2704/3★*
	La plage ultime *2859/3★*
	La région du désastre *2953/3★*

BESSIERE Richard	Les 7 anneaux de Rhéa 2848/2*
BLAYLOCK James	Le dernier denier 2860/5* Inédit
BOGDANOFF Igor & Grishka	La machine fantôme 1921/3*
BRIN David	Marée stellaire 1981/5* Inédit
	Le facteur 2261/5* Inédit
	Elévation 2552/5* & 2553/5* Inédit
CANAL Richard	Swap-Swap 2836/3*
CARD Orson Scott	Abyss 2657/4* Inédit
CARROLL Jonathan	Le pays du fou rire 2450/4* Inédit
	Ombres complices 2718/3* Inédit
CHERRYH C.J.	Les adieux du soleil 1354/3*
	L'Opéra de l'espace 1563/3*
	La vengeance de Chanur 2289/4* Inédit
	Le retour de Chanur 2609/6* Inédit
	Les légions de l'enfer 2814/5*
	Cyteen 2935/6* & 2936/6*
CLARKE Arthur C.	2001 l'odyssée de l'espace 349/2*
	2010 : odyssée deux 1721/3*
	Les enfants d'Icare 799/3*
	Terre, planète impériale 904/4*
	Rendez-vous avec Rama 1047/3*
	Les fontaines du paradis 1304/3*
	Base Vénus :
	-Point de rupture 2668/4* Inédit
	-Maelström 2679/4* Inédit
	-Cache-cache 3006/4*
CURVAL Philippe	Le ressac de l'espace 595/3*
	La face cachée du désir 3024/3*
DICK Philip K.	Loterie solaire 547/2*
	Dr Bloodmoney 563/4* (Juin 91)
	Le maître du Haut Château 567/4*
	Les clans de la lune alphane 879/3*
	Les machines à illusion 1067/3*
	L'homme doré 1291/3* (Juin 91)
	Le dieu venu du Centaure 1379/3*
	Le message de Frolix 8 1708/3*
	Blade runner 1768/3*
	Coulez mes larmes, dit le policier 2451/3*
DONALDSON Stephen R.	Thomas l'Incrélude - L'éternité rompue 2406/6* Inédit
FARMER Philip José	Les amants étrangers 537/3*
	L'univers à l'envers 581/2*
	Des rapports étranges 712/3*
	La nuit de la lumière 885/3*
	Le soleil obscur 1257/4*
	Le Fleuve de l'éternité :
	-Le monde du Fleuve 1575/3*
	-Le bateau fabuleux 1589/4*
	-Le noir dessein 2074/6*
	-Le labyrinthe magique 2088/6*
	-Les dieux du Fleuve 2536/6*

3020

Photocomposition Assistance 44-Bouguenais
Impression Brodard et Taupin
à La Flèche (Sarthe) le 9 avril 1991
1087E-5 Dépôt légal avril 1991
ISBN 2-277-23020-0
Imprimé en France
Éditions J'ai lu
27, rue Cassette, 75006 Paris
diffusion France et étranger : Flammarion